알로하, 나의 엄마들

알로하, 나의 엄마들

이금이 장편소설

창비

차례

1917년, 어진말

"버들 애기씨, 내년이면 열여덟이지예? 포와로 시집가지 않을랍니꺼?"

부산 아지매가 물었다. 버들과 그의 어머니 윤 씨의 눈이 둥그레졌다.

구포에 사는데도 부산 아지매로 불리는 아주머니는 동백기름, 박가분, 빗, 거울, 바느질 도구, 성냥 같은 물건을 이고 마을마다 다니며 파는 방물장수다. 아지매는 윤씨가 어릴 때부터 그의 친정에 드나들었다. 일 년에 한두 차례 어진말을 찾아오는 부산 아지매는 언제나 버들네 집에서 보따리를 펼쳐 장사하고 하룻밤 묵었다.

매봉산 자락 골골이 들어앉은 동네들에선 우물 속처럼 하늘만 빼꼼 보였다. 쉰 가구가 채 안 되는 작은 동네인 어진말은 그중에서도 외진 편이었다. 어진말에서 가장 가까운 주천 장에 한번 가려면 산 고개를 세 개나 넘어야 했다. 어진말 여자들은 부산 아지매가 마을에 들어서는 것만으로도 마음이 들썽거렸다. 보따리 속 물건 중 바늘 쌈지나 성냥을 겨우 살 뿐 나머지는 그림의 떡이었지만 구경만으로도 눈 호강이었다. 사방팔방 돌아다니는 부산 아지매로부터 바깥세상 소식 듣는 것 또한 귀 호강이었다.

방 안 가득했던 아낙네들이 돌아가고, 동생인 광식과 춘식도 건넌방으로 자러 갔다. 이부자리를 펴던 버들은 부산 아지매의 느닷없는 혼인 말에 슬쩍 어머니 눈치를 보았다. 포와라는 동네는 처음 들어 보는 곳이었다. 지명이 낯설기는 윤 씨도 마찬가지였다.

"포와? 거가 어데고?"

윤 씨 얼굴에 반색과 근심이 동시에 어렸다. 버들은 근심의 원인을 알았다. 아무리 좋은 혼처라고 해도 혼수로 가져갈 새 이부자리 하나 장만하기 힘든 형편이었다.

팔 년 전, 훈장이었던 아버지가 세상을 떠난 뒤 버들네 집엔 무거운 적막과 함께 맑은 날에도 산 그림자 같은 그늘이 드리웠다. 강 훈장이 저세상으로 간 지 이태 만에 장남마저 죽자 집에 드리운 그늘은 윤 씨의 얼굴에도 거죽인 양 자리 잡았다.

"그기, 쫌 멉니더. 미국이라고 들어 봤습니꺼?"

"들어 봤네. 주천 교회 목사라는 코쟁이 양반이 미국 사람이라 카데. 포와가 그 사람들 사는 데가?"

윤 씨가 말했다. 버들이 읽은 『혈의 누』라는 소설에서도 주인공이 미국에 갔다. 그런 일은 책에나 나오는 것인 줄 알았는데 실제로 갈 수 있다니. 버들은 믿어지지 않았다.

"맞습니더. 미국 땅인데 섬이라 카데예. 거 가면 돈을 쓰레받기로 쓸어 담는다 캅니더. 그뿐 아이라 옷이고 신발이고 나무에 주렁주렁 달려 있어가 맘에 드는 기를 따서 입고 신으면 된다 캅니더. 날씨는 또 우떻고예. 사시사철 늦봄맨키로 따시니 겨울옷이 필요없다 아입니꺼."

부산 아지매는 물건 팔 때보다 더 신나는 얼굴이었다.

"극락도 아이고 무신 그런 데가 있습니꺼?"

버들은 자기도 모르게 물었다.

"그래가 포와를 낙원이라 안 캅니꺼. 거 가기만 하면 팔자 피는 기라예. 열 살만 젊었어도 분칠하고 내가 시집가고 싶다 아입니꺼."

주름이 자글자글한 아지매 말에 윤 씨와 버들이 웃음을 터뜨렸다. 덕분에 결혼 이야기에 긴장됐던 방 안 분위기가 누그러들었다.

"그란데 거 조선 머스마가 있나? 아지매가 우째 그런 머스마를 안다 말이고?"

윤 씨가 물었다. 버들도 궁금했다.

"십 년도 전에 조선 사나들이 포와로 엄청시리 일하러 갔다 캅니더. 그 사나들이 성공해가 색싯감을 찾는 기라예. 까마귀도 고향

까마귀가 좋다 카는데 평생 살 각시는 우떻겠습니꺼? 부산 사는 시집 푸네기 중 딸을 포와로 시집보낸 집이 있습니다. 가시나가 갈 때는 울면서 갔는데 오 년 만에 즈그 집에 땅도 사 주고, 집도 지어 줬다 안 캅니꺼. 그 아가 지만 잘 사는 기 아까벘는지 즈그 오래비 한테 신랑감들 사진을 보냈는 기라예. 조선 색시 좀 구해 달라꼬 말입니더. 그 오래비가 아예 중신애비로 나서가 특별히 좋은 자리 라 카면서 지한테 부탁한 깁니더. 신랑감 사진도 있습니더."

부산 아지매가 보따리에서 사진을 꺼내 내밀었다. 버들은 실제 남자가 앞에 있는 양 똑바로 보기가 쑥스러웠다. 그 대신 윤 씨가 받아 들어 찬찬히 살폈다. 버들은 어머니 표정을 훔쳐보았다. 어떻게 생긴 사람인지 궁금했다.

"아씨, 사윗감으로 우떻습니꺼? 사나답지예? 인물만 좋은 기 아이라 농사를 아주 크게 짓는 지주랍니더."

부산 아지매가 덧보탰다. 그 말에 윤 씨와 버들의 눈이 그 어느 때보다 휘둥그레졌다.

"지주라꼬? 미국서 말이가? 왜놈맨키로 남의 땅 뺏은 기도 아닐 긴데 우찌 남의 나라서 지주가 됐노?"

윤 씨의 목소리가 커졌다. 농사지을 자기 땅을 갖는 건 조선 사람들 모두의 꿈이었다.

"그러게 말입니더. 얼매나 부지런했으면 맨몸으로 남의 나라 가서 땅을 다 장만했겠습니꺼. 그런 자리니까 지가 이레 중신 서는

기라예. 와 그레 사진은 꼭 쥐고 있습니꺼? 아씨가 분칠하고 갈라
캅니꺼?”

부산 아지매 농담에 윤 씨가 “남사시러버라.” 하며 얼른 버들의
치마폭에 사진을 던지듯 놓았다.

버들은 수줍게 사진을 집어 들었지만 눈은 진즉부터 양복 입은
남자를 보고 있었다. 짙은 눈썹과 부리부리한 눈동자, 곧은 콧날,
꽉 닫힌 입매를 가진 사내가 자신을 쏘아보는 것 같아 얼굴이 붉
어졌다. 부산 아지매에게 시집 소리를 듣는 순간 동요하기 시작한
버들의 심장은 사진을 보자 더 크게 뛰었다.

“뒤에 이름하고 나이 있습니더.”

버들은 부산 아지매 말에 사진 뒷면을 보았다. 단정한 글씨체로
서태완, 26세라고 쓰여 있었다. 아홉 살 더 많은 나이보다 서태완
이라는 이름 석 자가 버들 가슴에 각인됐다.

“스물여섯 살이면 적은 기라예. 포와 신랑감들 나이가 많은 기
좀 흠이라 캅니더.”

다른 사람이 있는 것도 아닌데 부산 아지매는 목소리를 낮췄다.

“재취 자리만 아이면 아홉 살 차이야 우떻노. 고향은 어데고 부
모 형제는 우찌 되노?”

윤 씨는 마음이 반은 기울어진 얼굴로 물었다. 버들의 눈은 사진
에 붙박여 있었다. 사람이 마음에 든다 해도 너무 멀리 있었다. 가
까이 살아도 일 년에 한두 번 친정 나들이 하기 힘든데 포와라는

곳에 가면 가족과 다시는 못 만날지 몰랐다. 어머니와 동생들을 두고 그렇게 멀리 가고 싶지 않았다.

"고향은 평안도 용강이라 캅니더. 어매는 몇 년 전 시상 떠나고 여형제들도 조선서 다 시집가 삐리고, 식구라고는 아배하고 아들뿐이라 캅니더. 시집살이할 일도 없다 아입니꺼. 참, 그라고 애기씨, 거 가면 공부도 할 수 있습니더."

버들이 고개를 번쩍 들었다.

"그, 그기 참말입니꺼?"

"야. 우리 시집 가시나는 일자무식이었는데 거 가서 공부해가 집에 펜지도 척척 쓰고, 그 나라 말도 쏼라쏼라 한다 캅니더."

버들은 그 가시나가 자신인 양 가슴이 벌렁거렸다.

주천에 보통학교가 생기자 강 훈장은 장남을 학교에 보냈다. 세상이 변하고 있으므로 자라나는 아이들은 신학문을 해야 한다는 게 강 훈장 생각이었다. 이 년 뒤에는 여덟 살이 된 버들도 입학시켰다. 홍주도 제 아버지를 졸라 버들과 함께 입학했다. 버들네가 어진말에서 살게 된 건 홍주 아버지, 안 부자 덕분이었다.

강 훈장은 어려서부터 과거에 급제해 몰락한 집안을 일으키고 썩은 세상을 바꾸겠다는 야망을 품었다. 과거의 1차 관문인 초시에 합격해 강 초시로 불렸으나 세상 못지않게 부정부패가 심하던 과거제도가 폐지됐다. 과거 준비만 해 온 강 초시에게 그런 날벼락이 없었다. 병아리 오줌 같던 본가의 원조가 끊긴 것은 물론 윤 씨 친정도 진즉 망한 터라 도움을 받을 수 없었다. 관직에 나가지 못하고 돈도 없는 양반은 빛 좋은 개살구와 같았다.

강 초시는 먹고살기 위해 장터에 대서방을 차렸지만 윤 씨마저 삯바느질을 해야 할 만큼 곤궁한 처지가 됐다. 안 부자는 강 초시를 어진말 훈장으로 초빙했다. 아직 버들이 태어나기 전 일이었다. 대대로 상민이었던 안 서방은 소 장사로 돈을 벌어 어진말 땅을 사들였다. 들판이 내려다보이는 곳에 기와집을 짓고 정착한 다음 족보를 사서 양반이 됐다. 그런 내력을 아는 동네 사람들은 호칭이 마땅치 않자 안 부자라고 불렀다.

강 훈장은 돈 주고 산 양반임을 알면서도 열 살도 더 많은 안 부자를 형님으로 모셨다. 윤 씨도 안 부자댁을 형님으로 불렀다. 우애 좋은 어른들 덕분에 버들과 홍주도 단짝 친구가 됐다. 위아래 여형제들이 어려서 죽은 탓에 둘 다 고명딸이었다. 버들은 남매들 중 둘째이고 홍주는 오빠들과 터울 지는 막내였다.

버들은 아버지의 서당에서 천자문을 배울 때보다 학교에서 친구들과 한글, 일본어, 산수, 율동을 배우는 게 훨씬 재미있었다. 어린 나이에 고개를 세 개나 넘어 다니면서도 힘든 줄 몰랐다. 하지만 강 훈장이 세상을 떠나자 윤 씨 혼자 두 아이의 월사금을 댈 수 없었다. 둘 중 하나가 그만두어야 한다면 당연히 딸이었다.

2학년을 다 마치지 못하고 학교를 그만둔 버들은 그때부터 집안 일을 하며 동생들을 돌보았다. 고만고만한 사내 녀석만 세 명이었다. 이듬해 윤 씨는 버들의 바로 아래 동생 규식을 입학시키면서도 버들은 보내지 않았다. 버들은 서운하고 억울했다.

"지는요? 규식이도 가는데 지는 와 안 보내 줍니꺼? 지도 핵교 다시 보내 주이소."

버들은 대들기도 하고 사정하기도 했다.

"가시나가 지 이름자 읽고 쓸 줄 알면 되제 무신 공부가 더 필요하나?"

윤 씨 말에 버들은 밥도 먹지 않고, 집안일도 하지 않고 골을 부렸다.

"니, 어매 죽는 꼴 볼라꼬 이라나? 그래, 내 매봉산 용소에 가가 빠져 죽을 테이까네 니 맘대로 하그라."

윤 씨가 앞치마를 벗어 던지고 벌떡 일어서자 버들은 겁이 덜컥 났다. 어머니마저 없으면 고아가 되는 것이다. 버들은 방을 나가려는 어머니 다리를 부둥켜안고 다시는 학교 이야기를 꺼내지 않겠다고 맹세했다. 그 뒤 버들이 할 수 있는 일은 글자들을 잊지 않기 위해 부지깽이로 땅바닥에 써 보며 마음을 달래는 것뿐이었다.

포와로 시집가면 마음껏 공부할 수 있다니. 들뜨는 버들의 마음을 홍주가 눌렀다. 포와로 시집가면 친구와도 이별인 것이다. 동무 따라 입학한 뒤 공부보다 학교 앞 점방에 더 관심이 많았던 홍주는 버들이 그만둔 뒤에도 계속 학교에 다녔다. 홍주는 때마침 주천으로 살림 난 둘째 오빠네 집으로 아예 옮겨 갔다. 방학에도 김해

와 부산에 사는 오빠들 집에 놀러 다니느라 집에 붙어 있질 않았다. 버들은 홍주가 대처로 놀러 가는 것보다 학교 다니는 게 더 부러웠다. 마치 홍주는 진짜 양반 댁 아기씨, 자신은 미천한 집 딸이 된 것 같았다.

4년제 보통학교 졸업을 끝으로 홍주는 여학교에 진학하지 않았다. 본인이 공부에 취미가 없었던 데다 부모도 아들들이 문턱에도 못 가 본 신식 상급 학교에 딸을 보낼 생각은 없었다. 홍주는 학교가 있고 장이 서는 곳에서 지내다 산골 집으로 되돌아와 답답해했지만 버들은 친구가 가까이 있는 게 너무 좋았다. 홍주하고 있으면 어머니와 함께 생계를 꾸려 나가야 하는 자신의 처지를 잊을 수 있었다. 버들이 밤마실을 허락받는 건 홍주네 집에 갈 때뿐이었다. 바느질거리를 들고 버들은 틈날 때마다 홍주네 집으로 달려갔다. 바느질도 어머니와 마주 앉아 하는 것보다 홍주하고 수다 떨며 하는 게 덜 지루했다.

홍주는 안채 건넌방을 혼자 썼다. 그 방에서 버들은 곶감이나 다식 같은 주전부리를 먹으며 홍주가 옷궤 속에 감춰 둔 『추월색』이니 『혈의 누』, 『모란봉』 같은 소설을 읽었다. 책을 읽고 나서는 가슴 콩닥거리며 자유연애 이야기를 하고, 홍주와 입술연지를 바르고 여주인공 흉내를 내기도 했다.

지난해, 열여섯 살이 되자 홍주의 혼처가 정해졌다. 마산에 있는 시집은 뼈대 있는 양반 가문이라고 했다. 안 부자댁은 딸이 시집가서 책잡히지 않도록 살림을 가르쳤다. 홍주는 가만히 앉아서 해야 하는 바느질을 가장 싫어했다. 삯바느질 일을 도우며 어머니 솜씨를 따라잡은 버들은 밤마다 홍주 곁에서 친구가 혼수로 가져갈 베갯잇이며 방석 등에 수를 놓았다.

홍주는 어머니가 할 것을 이르고 방을 나가면 자수보를 내팽개친 채 떠들기만 했다. 어진말을 벗어나 번화한 마산에서 살 생각에 부푼 홍주와 달리 버들은 친구의 빈자리가 벌써 허전했다. 홍주가 학교 다닐 때 떨어져 있던 것과는 또 달랐다. 그때는 졸업하면 돌아온다는 시한이 있었지만 시집은 영원히 떠나는 것이다.

일 년 전 홍주가 자기 집 마당에서 초례를 치르고 어진말을 떠날 때 버들은 안 부자댁보다 더 슬피 울었다. 이제 속내를 주고받을 동무도, 동무와 놀며 잠시나마 무거운 짐을 내려놓을 시간도 없을 것이다. 아버지의 부재가 드리운 그늘을 평생 벗어나지 못한 채 살아야 할 것 같았다. 그런데 홍주는 시집간 지 두 달 만에 과부가 됐다. 신랑 집에서 아들이 원래 아픈 것을 속였다는 말과 안 부자가 양반 집안과 사돈 맺으려고 궁합이 상극인 것을 숨겼다는 소문이 돌았다. 가장 친한 친구인 버들은 물론 홍주 자신도 진실을 알지 못했다.

여자가 한번 시집가면 그 집에 뼈를 묻는 게 조선의 법도였다. 버들은 홍주를 생각하면 바늘에 손이 찔려 피가 번진 자수보가 떠올랐다. 아무리 수가 잘 놓였어도 피가 묻으면 쓸모없어진다. 홍주는 잘못도 없이 한순간에 피 묻은 자수보 같은 팔자가 된 것이다. 버들은 여자 운명이 고작 자수보 같다는 사실이 억울하고 이해되지 않았다. 그러면서도 혹시 친구가 시집가는 것을 싫어했던 자기 때문에 부정 탄 것은 아닌지 걱정됐다.

"자식도 하나 없이 우찌 평생을 그 집에서 살까예."

버들이 바느질하며 한숨을 쉬었다. 어머니는 자식들만 아니었으면 진즉 매봉산 용소에 몸을 던졌을 거라고 입버릇처럼 말하곤 했다.

"가시나가 웬 한숨이고. 그기 홍주 팔자소관인 걸 우짜겠노."

윤 씨가 매듭지은 실을 이로 끊어 내며 말했다.

그런데 홍주는 남편이 죽은 지 얼마 지나지 않아 친정으로 돌아왔다. 청상과부를 그대로 집에 두었다가 더 큰 화를 입을 것이라는 수리재 무당 금화의 점괘 덕분이었다. 홍주 시집은 물론 친정 식구까지 새신랑이 죽은 게 홍주 때문이라고 여겼다. 또한 세상 사람들도 그렇게 생각했다. 개명한 세상이라고 떠들면서도 사람들 생각은 바뀌지 않았다. 마을에는 안 부자가 홍주를 데려오는 대신 시집에 한밑천 떼어 주었다는 소문도 돌았다.

집으로 되돌아온 홍주를 처음 보러 가던 날 밤, 버들은 마음도 발걸음도 한없이 무거웠다. 버들은 과부 어머니를 보면서 자랐다. 남편을 잃은 당사자의 고통보다 남편 잡아먹은 여자라는 세간의 수군거림이 더 끈질겼다. 평생 멍에처럼 짊어지고 살아야 할 과부라는 이름은 마치 큰 죄목 같았다. 그 죄목은 자식에게까지 이어졌다. 똑같이 잘못해도 과부의 자식에게는 아비 없는 후레자식이란 손가락질이 따라붙었다. 윤 씨가 자식들을 엄하고 모질게 대하는 것도 다 그 소리를 듣지 않게 하기 위해서였다.

홍주의 불행에 자기 설움을 얹은 버들은 안 부자 집으로 가는 내내 온갖 처연한 상상을 했다. 버들은 친구를 부둥켜안고 울 준비가 돼 있었다. 대문을 들어선 버들은 안 부자댁의 시름 가득한 얼굴에 저절로 몸이 움츠러들었다. 안 부자댁이 입 열 기운도 없다는 듯 눈인사를 하며 홍주 방 쪽을 고갯짓으로 가리켰다. 건넌방 앞 섬돌에 놓인 홍주의 당혜를 보자 버들은 울컥 눈물이 솟구쳤다. 버들은 그 옆에 짚신을 벗어 놓고 방으로 들어갔다.

쪽 찐 머리를 하고 소복을 입은 홍주가 어두컴컴한 방에 한쪽 무릎을 세운 채 오도카니 앉아 있었다. 홍주는 버들이 온 것을 알면서 돌아보지도 않았다. 시집간 지 두 달 만에 남편이 죽다니. 세상이 무너지는 듯했을 것이다. 버들은 친구의 불행한 처지가 오롯이 느껴져 숨도 크게 못 쉬고 그 옆에 앉았다. 뒤따라온 행랑어멈이 곶감 접시를 내려놓으며 홍주 눈치를 살폈다. 방을 나간 행랑어멈 기척이 멀어지자 버들은 무슨 말이라도 해야 한다는 생각에 입을 떼었다. 그 순간 홍주가 치맛자락을 펄럭이며 한쪽 무릎을 세우고 있던 자세를 풀었다. 양반다리 위에 주먹을 쥔 홍주는 버들이 말할 새도 없이 분통을 터뜨렸다.

"원래 골골하던 머스마라 카드라. 내가 죽인 것도 아인데 와 내가 집에 갇혀가 죄인 노릇을 해야 하는지 모르겠다. 시집에서 안 쫓가냈으면 우짤 뻔했노. 그 집에 평생 살았으면 숨 막혀 죽었을 기라."

홍주는 버들이 그동안 보아 온 어떤 과부와도 달랐다. 버들은 속으로만 하던 생각을 홍주가 거침없이 내뱉자 시원했다. 맞다. 어무이가 과부가 된 기도, 우리 형제들이 아부지 없는 자식이 된 기도 우리 잘못 아이다.

"내 말이 그 말이다. 잘 쫓가났다."

버들과 홍주는 부둥켜안고, 우는 대신 웃었다.

그것도 모르고 안 부자댁은 처지를 비관한 딸이 나쁜 마음이라도 먹을까 봐 윤 씨에게 부탁해 날마다 버들을 불러들였다.

버들과 홍주는 다시 전처럼 함께 수를 놓거나 주전부리를 하며 소설책을 읽었다. 달라진 게 있다면 남자 경험이 생긴 홍주의 말이 더 거침없어졌다는 것이다.

"지나 내나 첨이라 첫날밤은 엄벙덤벙 넘어갔는 기라. 골골하고 젖비린내 나는 신랑보다 연애소설이라도 읽은 내가 낫다 아이가. 덜덜 떠니라 옷고름도 지대로 몬 푸는데…… 하이고, 내사 마 답답시러버서……."

버들은 빨개진 얼굴로 눈을 반짝이며 홍주 이야기를 들었다.

*

　첫닭이 울었다. 어진말에서 가장 부지런한 장수네 닭이었다. 버들은 그때까지 잠을 이루지 못하고 있었다. 부산 아지매의 코 고는 소리 때문만은 아니었다. 버들은 그보다 자기 심장 소리가 더 크게 느껴졌다.

　윤 씨는 지난밤 생각해 보겠다며 답변을 미루었지만 버들은 시간이 지날수록 결혼 쪽으로 마음이 기울었다. 결정만 나면 신랑 측에서 결혼하는 데 드는 모든 경비를 보내 준다고 했으니 돈 걱정도 없다. 포와에 가고 싶었다. 공부하고 싶었다. 앞으로도 과부의 자식으로 삯바느질하며 살다 비슷한 처지의 남자에게 시집가 어머니처럼 살고 싶지 않았다. 어머니의 삶엔 스스로를 위한 시간이 한순간도 없었다. 어머니뿐 아니라 딸인 버들의 삶도 마찬가지였다. 언젠가 시집가 버리면 그만일 딸들은 부모와 남자 형제들을 위해 희생하는 게 당연한 세상이었다. 하지만 포와에선 결혼한 여자들도 공부할 수 있는 것이다. 그것만으로도 포와는 낙원이었다. 버들은 다시없을 기회다 싶으면서도 제 욕심을 위해 식구를 떠나려는 것 같아 마음 한구석이 찔렸다.

　'어무이가 내도 핵교 보내 줬으면 내 이런 맘 안 묵었을 기다.'

　버들은 약해지려는 마음을 다잡았다. 그리고 시집감으로써 남은 식구에게 도움 될 일을 떠올렸다. 자신이 시집가면 일손만 주는 게 아니라 입도 그만큼 준다. 그러면 어머니도 덜 힘들 것이다. 김해 자전거포에서 일하는 규식도 이젠 제 밥벌이 하고, 광식과 춘식도 다 컸다. 집에서 밥해 주는 것보다 부산 아지매의 시집 조카처럼 결혼해서 친정이 잘살게끔 도와주는 게 나았다. 생각할수록 자기 처지에 그보다 괜찮은 신랑감이 없는 것 같았고 대답을 미루는 사이 기회를 놓칠 것 같아 조바심났다.

먼동도 트기 전 윤 씨는 언제나처럼 일어나자마자 참빗으로 머리를 빗어 쪽을 다시 찌고 뒷간에 갔다. 뜬눈으로 밤을 새운 버들은 어머니가 나가자마자 부산 아지매를 흔들었다.

"아지매요, 아지매요."

"와예?"

아지매가 잠에 취해 중얼거리듯 대꾸하며 버들 쪽으로 돌아누웠다. 버들은 어머니가 올세라 급한 목소리로 확인했다.

"포와로 시집가면 공부할 수 있다는 말 참말이지예?"

공부만 할 수 있다면 호강하지 못해도 좋았다. 설령 고생을 한다고 해도 한 번쯤은 자신만을 위해서 하고 싶었다. 아지매가 벌떡 일어나 앉는 바람에 버들도 덩달아 일어났다.

"참말입니다. 지가 이바구 안 했습니꺼? 일자무식이던 가시나가 포와 가서는 펜지도 쓰고 미국말도 코쟁이맨키로 잘한다꼬요."

"아지매요, 그라모 지 포와로 시집갈랍니더. 아지매가 어무이한테 말씀 좀 잘 해 주이소."

버들이 아지매 손을 잡고 간청했다.

"잘 생각했심니더. 아씨 걱정은 마이소."

아지매가 거친 손으로 버들의 손등을 쓸었다.

버들이 결정을 내리자 윤 씨도 허락했다. 하지만 버들이 마음먹었다고 해서 결혼이 성사되는 게 아니었다. 버들도 사진을 보내 신랑감에게 의사를 물어야 했다.

"걱정 마이소. 우리 버들 애기씨맨키로 참한 색싯감이 또 어데 있다고예. 지가 말 잘 해 줄 깁니더. 날 밝는 대로 사진관 가서 사진부터 박읍시더."

부산 아지매가 큰소리쳤다.

"그기사 자네 생각이고, 아배도 없고 행편도 어렵고 인물도 뛰어난 게 아이고……. 사진 박을 때 입을 변변한 입성 하나 없으이 우짜꼬."

윤 씨가 한숨을 쉬었다. 딸을 결혼시키기로 결정하자 서태완은 놓치기 아까운 사윗감이 되었다. 어머니 말이 다 맞았다. 버들은 조급한 마음에 말했다.

"어무이요, 홍주한테 가가 옷 좀 빌려 달라꼬 할까예?"

윤 씨가 펄쩍 뛰었다.

"야가 부정 타게 뭔 소리고? 결혼 말 오가는 사진을 청상과부 옷을 입고 찍는 기 말이 되는 소리가? 시작부터 초 칠 일 있나?"

버들이 보기에 집 밖에만 못 나올 뿐 할 말 다 하고, 먹을 것 다 먹는 홍주가 자기보다 나으면 나았지 안된 것도 없었다. 그렇게 지금은 과부만도 못한 처지지만 포와로 시집만 가면 이야기가 달라진다. 버들은 공부한 신여성이 돼 멋지게 차려입고 남편과 아이들하고 집에 찾아오는 자기 모습을 상상했다. 인생이 피 묻은 자수보처럼 된 홍주에겐 영원히 일어날 수 없는 일이다.

"맞습니더, 그 옷은 쪼매 그럽니더."

부산 아지매가 맞장구쳤다. 잠시 생각하던 윤 씨는 큰 결심을 한 듯 말했다.

"내 얕은꾀 한번 내 볼 기다. 버들아, 니 저 옷 입고 사진 박그레이."

어머니가 지은 그 옷은 누군가 시집갈 때 가지고 갈 옷으로 동정 달 일만 남아 있었다.

"우, 우떻게 그랍니꺼."

버들이 깜짝 놀라 대꾸했다. 굶어 죽어도 남의 보리 한 톨 탐내지 않고, 자식들에게도 그렇게 가르치던 어머니였다. 윤 씨는 붉어진 얼굴로 단호하게 말했다.

"그레 해라. 기운 옷 입은 사진 보내가 결혼이 성사되겠나. 잘 싸가 가 사진 박을 때만 살짝 입으면 표 안 날 기다."

"맞십니더. 좋은 일에 입는 기니 괜않습니더."

부산 아지매가 맞장구를 쳤다.

버들이 다시 땋은 머리에 윤 씨가 동백기름을 발라 주었다. 아지매가 사진관에 가서 분과 볼연지도 칠해 주겠다고 했다.

버들은 남의 옷을 품에 안고 부산 아지매와 함께 집을 나섰다. 결혼할 남자를 처음부터 속이는 것 같아 찜찜했지만 버들도 기운 옷을 입고 찍은 사진을 보내고 싶지 않았다. 버들은 태완의 마음에 들어 꼭 포와에 가고 싶었다.

옷은 해결됐지만 걸리는 게 또 있었다. 이 엄청난 일을 홍주가 모른다는 사실이었다. 결혼이 성사될 때까지 홍주에게 비밀로 하라고 어머니가 신신당부를 했다. 결혼 말이 오가다 어그러지면 그 또한 여자 흉이었다. 홍주는 그동안 무슨 일이든 버들에게 솔직하게 말했다. 자기 첫사랑이 버들의 죽은 오빠였다는 사실도, 첫날밤 이야기도 감추지 않았다.

사진을 찍고 온 날 밤 버들은 홍주를 찾아가 사실을 털어놓았다. 아무리 어머니 당부라고 해도 홍주에겐 비밀을 만들고 싶지 않았고 가슴에 담아 두고 있기에도 너무 벅찬 일이었다. 홍주는 이미 포와 사는 남자와 조선 처녀들의 결혼 이야기를 알고 있었다.

"마산 시집에서 시어무이랑 이웃 아지매랑 하는 얘기 들은 적 있다. 이웃 아지매 큰딸이 사진결혼으로 시집가 동생도 불렀다 카드라. 그때는 그레 멀리 시집가 우예 사노 했는데 지금 보이 그기 과부보다 백배 낫다."

홍주 말을 듣자 버들의 가슴 한편에 자리하고 있던 불안이 가셨다. 부산 아지매가 거짓말할 사람은 아니지만 알지 못하는 곳에 대한 막연한 두려움이 있었다. 하지만 홍주가 말한 이웃 아지매 딸도 포와가 좋지 않았다면 동생을 부르지 않았을 것이다.

버들은 신랑감이 땅을 가진 지주라는 것, 사진 속 인물이 사내다워 보였다는 것까지 이야기했다. 어머니의 당부를 어기는 일이라 차마 사진은 가져오지 못했다.

"내를 싫다고 하면 남부끄러버서 우짜지?"

버들은 진짜 걱정됐다.

"그라모 다른 신랑으로 해 달라 캐라. 머스마가 그뿐이겠나. 니는 좋겠다. 내도 포와 가고 싶다. 집에서 이레 사는 기도 하루 이틀이지 갑갑해 죽겠다."

홍주가 버들을 부러워하는 건 처음이었다.

그런데 다음 날 밤, 안 부자댁이 버들네 집을 찾아왔다. 심상치 않은 기색에 윤 씨는 긴장한 목소리로 버들에게 말했다.

"물 한 대접 떠 온나."

버들은 방을 나가면서도 뒤통수가 당겼다. 한밤중에 무슨 일이고? 홍주한테 일이 생겼나? 혹시 사진결혼 이야기를 들었나? 아한테 바람 넣었다꼬 따지러 온 기면 우짜지? 비밀로 하라고 했는데 홍주에게 쪼르르 말했다고 어머니가 경을 칠 것이다. 방문을 닫는 버들의 손이 떨렸다. 그때 안에서 안 부자댁 목소리가 새어 나왔다. 버들은 걸음을 떼지 못하고 그 소리에 귀를 기울였다.

"사진결혼 이바구 들었다. 우리 홍주도 보낼 기다. 민적에 올릴 새도 없이 서방이 죽어가 깨끗하지만 속일 생각은 없다. 거도 홍주맨키로 홀몸 된 사람 있을 기 아이가. 부산 아지매 집 알려 도고."

안 부자댁 목소리 역시 떨리고 있었다.

부엌으로 간 버들은 항아리에서 물을 한 바가지 떴다. 손이 떨려 아까운 물이 쏟아졌다. 대접에 부을 때도 넘쳐흘렀다. 버들은 마음을 진정하기 위해 잠시 부뚜막에 걸터앉았다.

홍주는 못 갈 것이라고 생각했을 때는 혼자에게만 주어진 행운인 양 자랑하고 싶었는데 같이 갈 수도 있다고 하자 그보다 좋은 일이 없었다. 친구가 곁에 있으면 외롭지도 않고 훨씬 든든할 것 같았다. 낙원이라 고생할 일은 없겠지만 즐거운 일도 함께하면 더 신나는 법이다. 버들이 방으로 들어가니 안 부자댁이 펄쩍 뛰고 있었다.

"큰일 난다. 홍주 아부지 모르게 하는 기다."

버들은 물 대접을 안 부자댁 앞에 내려놓았다.

"뒷감당을 우찌 할라꼬예?"

윤 씨가 걱정스러운 기색으로 물었다. 안 부자댁은 버들이 건네준 물을 벌컥벌컥 들이켠 뒤 그릇을 소리 나게 내려놓았다.

"죽기밖에 더 하겠나? 우리 홍주 여 있으면 살아도 죽은 목숨인 기라. 죽어도 다 산 내가 죽어야제. 젊디젊은 아가 방에 갇혀가 시들어 가는 꼴 보는 기보다 죽는 기 낫다."

안 부자댁이 결연한 어조로 말했다.

"맞습니더. 어덴들 여보다 안 낫겠습니꺼. 지도 그캐서 우리 버들이 보내는 기라예. 다 큰 가시나를 먼 길 혼자 보내는 기 걱정시러벘는데 홍주가 같이 간다 카면 지는 대환영입니더. 홍주 앞길 생각해가 참말 어려븐 결심 하셨습니더."

윤 씨가 안 부자댁 손을 잡았다. 두 사람은 함께 눈물을 찍어 냈다. 버들도 콧물을 훌쩍였다.

거울 속 여자, 사진 속 남자

홍주는 신랑감을 직접 고르길 고집했다. 안 부자댁은 아들네 집에 간다고 둘러대고 홍주와 함께 부산 아지매네로 떠났다. 버들은 신랑감을 직접 고르는 홍주가 부러웠다. 태완도 나쁘지 않았지만 홍주가 더 괜찮은 신랑감을 골라 오면 어쩌나 싶었다.

"이럴 줄 알았으면 지도 홍주 따라가 더 알아볼 걸 그랬어예."

바느질을 하다 말고 버들이 속내를 내비쳤다.

"치아라. 사진을 우예 믿노? 사진보다 부산 아지매 보증이 훨씬 확실한 기라."

윤 씨는 단칼에 버들의 입을 막았다.

이틀 뒤 홍주가 고개 넘어 돌아오는 걸 봤다는 동생 말에 버들은 저녁 설거지를 한 손이 마를 새도 없이 뛰어나갔다. 홍주는 부산 아지매를 만나 중매쟁이 집에 가서 신랑감을 고르기까지의 일들을 숨넘어갈 듯 설명했다. 주천 장에서 신랑감에게 보낼 사진도 찍고 오는 길이었다. 홍주 신랑감이 어떤 사람인지 궁금해서 안달났던 버들은 홍주가 내미는 사진을 빼앗듯이 받아 들었다.

얼굴만 나온 태완 사진과 달리, 양복을 입은 남자가 난생처음 보는 모양의 집과 나무를 배경으로 한 발을 자동차에 걸치고 선 모습이었다. 버들은 사람과 집과 자동차보다 나무에 시선을 뺏겼다. 부산 아지매가 나무에 옷과 신발이 주렁주렁 달려 있다고 했다. 사진 속 나무를 유심히 살폈지만 꼭대기에 박처럼 둥근 열매가 달린 것만 희미하게 보였다. 작아서 제대로 안 보이는 건지, 아니면 옷과 신발이 흥부가 타던 박 같은 둥근 열매 안에 들어 있는 건지 알 수 없었다.

"우떻노? 사나답게 듬직하게 생겼제? 자동차도 있다 칸다."

홍주가 들뜬 기색으로 말했다. 버들은 그제야 나라님과 고관대작이나 타는 자동차를 가진 홍주 신랑감을 보았다. 얼굴은 작게 나와 잘 보이지 않았고 자동차에 걸친 다리 위에 팔꿈치를 올리고 턱을 괸 모양이 너무 멋을 부린 것 같았다. 내는 태완 씨맨키로 점잖은 사람이 좋아. 버들은 지주인 태완이 자신의 얼굴만 나온 사진을 보낸 게 점잖아서라고 마음대로 생각했다. 버들이 사진을 홍주에게 돌려주며 물었다.

"멫 살이고?"

"서른여덟 살. 일찍 상처해가 자식은 없다."

아버지뻘 나이에 버들 눈이 커다래졌다. 무려 스물한 살이 많았다.

"나이가 너무 안 많나?"

"내보다 어린 신랑캉 살아 봤다 아이가. 내는 어린 신랑 싫다. 사나는 오래비맨키로 듬직한 기 최고라."

홍주는 나이 많은 것을 조금도 문제 삼지 않았다.

"가시나야, 오래비가 아이라 아배뻘이다."

버들은 그 연배의 마을 남자들을 떠올려 보았다. 도저히 남자라고 생각할 수 없는 아저씨들이었다. 그런 남자와 한 이불을 덮는다는 상상만으로도 징그러웠다. 버들은 스물여섯 살인 태완이 더 좋아졌다.

부산 중매쟁이를 직접 만난 홍주는 포와에 대해 많은 것을 알아왔다.

"버들이 니 사탕수수라 카는 기 들어 봤나?"

홍주가 물었다. 버들은 딱 한 번 맛본 사탕도 알고, 텃밭가에 자라는 수수도 알았지만 사탕수수는 몰랐다.

"사탕수수에서 사탕가루가 나온다 카드라. 조선 사나들이 와 포와에 갔나 카면 바로 사탕수수밭에 일하러 간 기란다. 멫천 명이 갔다 칸다."

"포와에 사탕수수밭이 그레 많나?"

버들의 눈이 휘둥그레졌다. 어릴 때 홍주 큰오빠가 부산에서 사 온 일본 사탕을 얻어먹은 적이 있었다. 홍주는 엄청나게 비싸고 귀 한 거라면서 포도알만 한 사탕을 이로 깨어 반 조각 주었다. 버들 은 밖에서 무언가를 먹으면 어머니와 동생들 생각이 났는데 사탕 만큼은 입안에서 녹아 없어지는 게 아까웠고 더 먹고 싶다는 생각 밖에 나지 않았다. 그렇게 귀한 사탕을 만드는 밭이라면 얼마나 비 쌀까. 태완은 농사를 많이 짓는 지주라고 했다. 돈을 쓰레받기로 쓸어 담는다는 말이 믿겼다.

사진관에서 찍은 사진이 나오자 버들과 홍주는 중매쟁이가 시 킨 대로 사진과 함께 보낼 편지를 썼다. 보통학교를 졸업한 홍주나 다니다 만 버들이나 글 쓰는 실력은 엇비슷했다. 버들은 가끔 어머 니가 불러 주는 대로 규식에게나 외가에 편지를 쓰곤 했다. 버들과 홍주는 서로 의논해 가며 한 줄 한 줄 고심해서 썼다. 자기소개를 하는 간략한 내용일 뿐인데 연애편지를 쓰는 것처럼 두근거렸다.

버들과 홍주는 신랑감들로부터 확답을 받은 것도 아니면서 혼 인이 성사된 듯 결혼 생활을 상상했다. 부모나 주위 사람들의 결 혼, 홍주가 짧게나마 경험한 결혼은 보기가 되지 않았다. 먹을 것 과 입을 것이 나무에 주렁주렁 달려 있고, 돈을 쓰레받기로 쓸어 담고, 여자들도 맘껏 공부한다는 포와에서는 결혼 생활도 조선과 많이 다를 것이다. 버들과 홍주는 결국 자신들이 원하는 것들을 상상했다. 얼굴 한 번 못 보고 부모가 정해 준 남자와 결혼했던 홍주는 자신이 선택한 조덕삼이 첫 남자인 양 설레었다. 서로 선택하고 편지까지 주고받는 게 자유연애로 결혼하는 것 같아 좋다고 했다. 버들이 포와에 가면 공부할 거라고 하자 홍주는 어이없다는 얼굴이 되었다.

"와? 뭐 할라꼬 공부를 하노? 니도 참말 별종이다. 그래, 니는 공부해라. 내는 이쁜 옷 입고 신랑캉 차 타고 오만 데 구경 댕기며 재미지게 살 기다."

홍주가 덕삼의 사진을 가슴에 얹은 채 꿈꾸듯 말했다. 버들도 공부만 하겠다는 건 아니었다. 공부할 수 있다는 말을 듣기 전, 태완의 사진을 보는 순간부터 이미 가슴이 뛰었다. 아무리 공부를 시켜 준다고 해도 태완이 마음에 들지 않았으면 쉽게 결정하지 못했을 것이다. 버들은 태완과 행복하게 살면서 공부도 하고 싶은 거였다. 어진말 부부들처럼 소 닭 보듯 데면데면한 사이가 아니라 소설 속 연인처럼 서로 사랑하고 아끼면서 말이다.

조선과 포와 사이의 편지 왕래는 한 달 넘게 걸렸다. 답장은 홍주한테 먼저 왔다. 반듯한 필체로 어여쁜 신부를 얻게 돼 기쁘다, 흰 파도가 넘실거리는 조선 쪽 바다로 목을 뺀 채 일각이 여삼추로 만날 날을 기다리겠다는 내용이 담긴 편지와 함께 경비로 쓸 미국 돈 100달러가 왔다. 일본에서 포와까지 가는 뱃삯이 50달러라고 했다. 서류를 준비하고 일본까지 가는 데에도 경비가 필요했다. 홍주는 돈보다 편지에 더 혹했다.

"하이고 낯간지러버라."

말은 그렇게 하면서도 홍주의 입은 귀에 걸려 있었다.

버들은 두 번째 결혼하는 덕삼보다 총각인 태완의 편지가 더 달콤할 거라고 기대했다. 하지만 태완은 중매쟁이를 통해 결혼하겠다는 통지와 함께 150달러를 보내왔을 뿐이었다. 버들은 실망스러웠지만 50달러가 더 온 걸로 위안을 삼았다. 버들은 50달러를 어머니에게 주었다.

"머스마가 부끄럼을 마이 타나 보네. 총각이라 그럴 기다. 막상 만나면 달라질 기다."

홍주가 위로하듯 말했다. 홍주는 꿈에서 날마다 당신 꿈을 꿔요, 어쩌고 하는 더 낯간지러운 답장을 했다. 버들은 편지를 보내고 다음 날부터 달뜬 기색으로 답장을 기다리는 홍주가 부러웠다. 버들은 태완을 진중하고 속 깊은 사람으로 여기며 마음을 달랬다.

포와에 가기까지 준비할 게 많았다. 사진결혼은 포와에 사는 신랑이 고국의 신부를 초청하는 형식이었으므로 조선에서 혼인 신고를 해야 했다. 혼인 신고를 마치자 버들은 태완이 진짜 신랑으로 여겨졌다. 신랑이 포와 일본대사관에서 받은 여권을 보내오면 그걸 가지고 여행 허가증을 받아야 한다. 서류가 모두 갖춰졌다고 해도 일본에서 신체검사를 통과하지 못하면 미국 가는 배를 탈 수 없다.

버들은 밤마다 몰래 태완 사진을 보았다. 그보다 더 자주 손거울 속 자신을 보았다. 거울은 부산 아지매가 선물로 준 것이었다. 윤 씨에게는 동백기름을 주었다. 아지매의 방물 보따리 속 물건 중 탐 나지 않는 게 없지만 손거울은 그중에서도 가장 갖고 싶은 물건이 었다.

"지 마지막 선물입니더. 장사 그만둘 깁니더. 안 아픈 데가 없십 니더. 골병이 든 기라예. 평생 무거븐 짐 이고 돌아댕겼다 아입니 꺼. 아들이 인자 집에서 손주나 보라꼬 성화라예."

평생 아들 하나 바라보며 살아온 부산 아지매는 작년 봄 그 아 들에게 술도가를 차려 주었다.

"술도가가 웬만한가 보네. 아들이 그카면 안 해야제. 그나저나 인자 몬 보면 서운해서 우짜노."

윤 씨가 벌써 허전한 얼굴로 말했다.

버들은 어머니 몰래 하루에도 몇 번씩 거울을 들여다보았다. 거 울 속 모습은 남자로부터 충분히 사랑받을 수 있을 만큼 어여뻤다. 날이 갈수록 태완을 생각하는 버들의 마음은 커져 갔다. 버들은 종 종 소설 속 연인이 된 꿈을 꾸다 깜짝 놀라 깨곤 했다. 누가 망측한 꿈을 들여다보지나 않았을까 낯 뜨거우면서도 꿈의 여운은 쉬이 가시지 않았다. 꿈속 주인공은 사진 속 남자와 거울 속 여자였다.

*

　버들과 홍주가 어진말을 떠난 것은 열여덟 살이 된 무오년 정월 열이렛날 새벽이었다. 큰 명절인 설과 대보름을 지낸 뒤로 날짜를 잡은 것이다. 버들은 떠날 날이 정해진 뒤 식구들 옷과 떨어진 버선을 다 기웠다. 설에 아버지 산소에 가서 인사를 드리고 떠나기 전날에는 우물물을 몇 차례나 길어다 항아리마다 채워 놓았다.

　"인자 떠나는갑네예."

　우물가에서 몇 번 마주친 안골댁이 눈치채고 물었다.

　"야, 낼 갑니더."

　비밀은 없는 법이어서 버들과 홍주가 사진결혼으로 포와에 간다는 이야기는 동네에 파다하게 퍼졌다. 자기 딸도 보내고 싶어 하는 사람들이 은밀히 버들네 집을 찾아오기도 했다. 한편에서는 과부 된 지 삼 년도 안 된 딸을 또 시집보내는 안 부자네를 흉보았고, 양반입네 하던 윤 씨가 딸을 돈에 팔았다고 수군거렸다.

　"어무이가 딸을 그레 먼 데 보내 놓고 우찌 살까예."

　안골댁이 혀를 찼다. 버들도 막상 떠날 날이 닥치자 마음이 무겁고 아팠다. 어머니는 이제 누구와 함께 삯바느질을 할 것이며 동생 광식과 춘식은 누가 챙겨 줄 텐가. 버들은 남은 사람들을 생각하니 그동안 결혼한다고 들떠 있던 게 미안했다.

　'포와까지 결혼하러 가는 기 다 식구를 위해서다. 가는 대로 태

완 씨한테 말해가 어무이한테 돈 보내 줄 기다. 땅도 사 주고, 동생들 학교에도 보내 줄 기다.'

마지막 밤 버들은 부엌에서 목욕을 하고 어머니와 함께 여느 날처럼 방에 나란히 누웠다. 평소 윤 씨는 베개에 머리를 대기 무섭게 코를 골았다. 그런데 그날은 쉬이 잠들지 못했다. 버들은 어머니가 어둠 속에서 울고 있음을 알았다. 목이 멘 버들이 윤 씨 손을 잡았다. 찬바람에 트고 바느질에 굳은살 박인 손은 나뭇등걸 같았다.

"어무이요. 쪼매만 더 고생하이소. 지가 호강시켜 드릴게예."

버들이 말했다.

"치아라. 내가 자식 덕 볼라꼬 니를 그 먼 데로 보내는 줄 아나? 여 살다 처녀 귀신으로 늙을까 봐 보내는 기다."

"지가 와 처녀 귀신으로 늙습니꺼? 안골댁 아지매도 지가 참한 색싯감이라 캤어예."

버들이 농을 섞어 말했지만 윤 씨는 무거운 한숨을 내쉬었다.

"니가 몬나가 하는 소리 아이다. 왜놈 시상에 누가 의병 딸내미를 데려 가겠노. 그동안 몬난 부모 만나가 고생만 했으이 거 가선 서방한테 사랑받으면서 니 시상 살그라."

윤 씨가 의병이란 단어를 입에 올린 건 처음이었다. 버들은 아버지의 죽음에 대해 정확히 알지 못했다. 일본이 나라를 삼키려 하던 때 간간이 집을 비우던 아버지는 어느 날 아예 종적을 감췄다. 버들은 어머니가 주재소에 끌려갔다 왔을 때를 기억했다. 어머니는 며칠을 앓으면서도 이유를 함구했다. 얼마 뒤 아버지는 시신으로 돌아왔다.

버들은 아버지가 의병이었다는 이야기를 남들 입을 통해 들었다. 일본 순사가 드나들자 버들네 집에는 한동안 역병 든 것처럼 사람들의 발걸음이 끊겼다. 안 부자가 집을 내놓으라고 하면 거리에 나앉을 판이었다. 안 부자는 버들네를 계속 집에서 살게 해 주었고 남몰래 식량도 보내 주었다.

버들보다 세 살 많은 오빠는 그때 김해로 나가 중학교에 다니고 있었다. 일본 사람에 대한 원한이 사무쳤던 오빠는 길에서 행인들을 괴롭히는 순사에게 대들었다 말발굽에 채어 세상을 떠났다. 버들은 어머니가 오빠를 묻고 온 날 밤 오열하며 홍주 어머니에게 하던 이야기를 기억했다.

"나라님도 몬 이기는 왜놈을 우찌 이긴단 말입니꺼. 애들 아부지 그레 죽고, 내 아들마저 죽인 놈들이지만도 내는 왜놈들 미워도, 원망도 안 할 깁니더. 남은 아들한테 원수 갚으라고도 안 할 기라예."

자식들이 이길 수 없는 상대에게 원한을 품지 않도록 하는 게 윤씨 목표였다. 그 뒤 윤 씨는 강 훈장이나 아들의 죽음을 절대 입에 올리지 않았다. 그런 어머니가 스스로 의병이라는 단어를 꺼냈다.

"내는 조선이 웬수다. 힘없는 나라 때민에 남편도 잃고 자식도 잃은 기라. 포와는 조선이 아이니까네 지킬 나라도 없을 거 아이

가. 거 가서는 오로지 느그 생각만 하면서 신랑캉 얼라 놓고 알콩
달콩 재미지게 살그라. 그기 오직 내 소원이다."

어머니 말대로 조선은 힘이 없었다. 지난여름 왜놈들이 조선 왕
을 잡아간다는 소문이 어진말까지 흘러들었다. 왕은 무사히 돌아
왔지만 일본 왕에게 절을 했다는 수치스러운 소식과 함께였다. 아
버지는 나라님도 허리 숙이게 만드는 일본에 대항하다 목숨을 잃
었다. 오빠 또한 마찬가지였다. 윤 씨의 한 서린 목소리가 버들 가
슴에 박음질처럼 한 땀 한 땀 새겨졌다. 늦게까지 잠을 이루지 못
하던 모녀 중 먼저 잠든 쪽은 버들이었다.

드디어 포와였다. 난생처음 보는 나무와 건물들이 낙원인 양 휘
황찬란했다. 아지매 말대로 나무 여기저기 음식과 옷들이 주렁주
렁 달려 있었다. 조덕삼이 자동차를 몰고 홍주를 마중 나왔다. 하
지만 태완은 보이지 않았다. 그 대신 결혼을 취소한다는 연락이 왔
다. 버들은 배에서 내리지도 못하고 되돌아와야 했다. 포와로부터
멀어지는 배 위에서 발을 구르며 소리쳐 울다 잠에서 깬 버들은 꿈
이라는 사실에 가슴을 쓸어내렸다. 한편으론 앞날을 암시하는 듯
한 꿈으로 인해 불안했다. 꿈은 반대라 칸다. 버들은 애써 무시하
며 똑바로 누웠다. 꿈속에서 얼마나 용을 썼는지 몸이 다 아팠다.

부엌에서 달그락거리는 소리가 들려왔다. 자리에서 일어나 부
엌으로 난 쪽문을 열어 보니 윤 씨가 주먹밥을 만들고 있었다. 버
들은 벌떡 일어나 부엌으로 갔다. 떠나기 전 어머니에게 밥상을 차

려 드리려고 다짐했는데 늦잠을 잔 것이다.

"어무이, 지가 할게예."

"고마 치아라. 니는 세수하고 준비해라. 물 데파 났다."

윤 씨 목소리는 평소보다 더 무뚝뚝했다. 지난밤 단단히 덮어 두었던 속내를 열어 보임으로써 혹시나 약해졌을지 모를 마음을 다잡으려는 것이리라. 버들은 어머니가 기억의 문을 닫아걸고 다시 삶으로 돌아와 있음을 느꼈다.

윤 씨는 밥을 먹기 전 버들의 땋은 머리를 틀어 올려 쪽을 찌어 주었다. 먼 길을 가는 데는 처녀보다 결혼한 여자인 게 더 안전했다. 어차피 서류상 태완의 배우자로 떠나는 길이기도 했다. 버들은 손거울로 쪽 찐 모습을 보았다. 앞모습은 땋은 머리일 때와 크게 다르지 않았지만 등에서 출렁이던 머리 타래가 없으니 가붓하면서도 허전했다. 버들은 어머니가 새로 지어 준 무명 치마저고리를 입었다. 아버지가 돌아가신 뒤 새 옷은 처음이었다.

윤 씨는 버들이 떼어 준 돈으로 새 옷 몇 벌을 지었다. 평생 못 볼지도 모를 사돈이지만 딸을 맨몸뚱이로 보냈다는 소리를 듣고 싶지 않았다. 지금까지 기운 옷만 입히다 시집보내는 게 가슴 아팠던 윤 씨는 한풀이하듯 버들의 옷을 만들었다. 혼례식 때 입을 분홍색 모본단 치마저고리와 평상시 입을 무명 치마저고리 한 벌, 더운 곳이라니 모시 적삼 두 개, 속곳과 고쟁이 두 장씩, 버선 세 켤레. 그 밖에도 시아버지 베갯잇과 신혼부부를 위한 원앙 한 쌍이 수놓인 베갯잇, 아직 태어나지도 않은 손주 배냇저고리까지 만들었다.

버들은 태어나서 처음 독상을 받았다. 여느 때와 같은 조밥과 된장찌개, 짠지 외에 달걀찜과 구운 김이 더 놓인 밥상에 숟가락이 하나뿐이었다. 버들이 밥상과 어머니를 번갈아 보며 물었다.

"지, 지만 먹어예?"

"내는 이따 아들이랑 먹을란다. 인사는 어제저녁 했으면 됐으이까네 깨우지 마라."

윤 씨가 대꾸했다. 버들은 어머니가 왜 그러는지 알 수 있었다. 동생들이 바라보고 있으면 버들은 마음껏 먹지 못할 것이다. 어머니와 같이 먹어도 마찬가지였다. 버들은 목이 멨다. 평소엔 아무리 거친 음식도 입속에 들어가기 무섭기 녹아 사라졌는데 오늘은 조 알갱이 하나하나가 곤두선 채 입안을 돌아다녔다. 이제 자신은 포와에 가서 맛난 음식을 먹으며 살 텐데 어머니와 동생들은 모래 알갱이 같은 조밥조차 배불리 먹지 못할 것이다. 버들은 다 먹으라는 어머니의 채근에도 반이나 남겼다.

밥상을 물린 뒤 버들은 어머니에게 큰절을 했다. 윤 씨는 외로 앉아 입을 꾹 다문 채 말이 없었다.

"어무이 걱정 마이소. 도착하는 대로 펜지할게예. 호강시켜 드릴 때까지 그저 몸 건강히 계시라예. 아들한테도 이바구 잘 해 주이소."

눈물을 삼키며 작별 인사를 하고 방을 나온 버들은 잠시 방문에 기댄 채 서 있었다. 끌어안은 보퉁이에서 주먹밥 쌀 때 섞은 참기름 냄새가 났다. 보퉁이 속엔 어머니가 챙겨 준 옷들과 달거리 포, 당혜 한 켤레가 들어 있었다. 버들은 부산 아지매한테 받은 거울을 반짇고리 안에 넣어 두었다. 가지고 가고 싶었지만 어머니가 예쁜 거울을 보며 딸을 생각하기를 바라는 마음이 더 컸다. 포와에 가면 거울쯤은 또 생길 거라는 믿음도 있었다.

버들은 어머니 마음이 담긴 보퉁이를 힘주어 안았다. 안에서 윤 씨의 숨죽인 울음소리가 새어 나왔다. 더 있다가는 그 소리가 실타래처럼 풀려 나와 발목을 휘감을 것 같아 버들은 힘겹게 걸음을 떼었다. 버들은 삐걱거리는 마루를 가만가만 밟으며 걸어가 광식과 춘식이 자고 있는 건넌방 문을 열었다. 퀴퀴한 사내 냄새와 함께 코 고는 소리가 들려왔다. 버들은 방에 들어가 막냇동생 얼굴이라도 한번 쓸어 보고 싶은 것을 참았다. 방문을 닫으며 반드시 두 동생에게 상급 학교 공부를 시켜 주겠다고 다짐했다. 김해 자전거포에서 기술을 배우고 있는 규식에게는 가게도 차려 줄 것이다.

버들은 섬돌 위의 짚신을 신고 마당으로 내려섰다. 잿간 옆의 아버지가 심은 매화나무 꽃눈이 발갛게 부풀어 있었다. 매화꽃이 활짝 핀 걸 보지 못하고 떠나는 게 아쉬웠다. 버들은 사립문 앞에서 집을 돌아다보았다. 몇 년째 지붕의 낡은 이엉을 새것으로 갈지 못해서 궁색이 흐르는 집과 그 안의 사람들이 버들의 가슴에 아픔으로 아로새겨졌다.

버들은 마을 어귀에서 역시 혼자인 홍주와 만났다. 작별은 집 안에서 끝내는 것으로 미리 이야기가 돼 있었다. 홍주는 짚신 대신 당혜를 신고 버들보다 커다란 보따리를 안은 것만 빼곤 수수한 차림이었다. 버들은 통통 부은 친구 눈을 보자 참았던 눈물이 울컥 솟구쳤다.

"울지 마라. 먼 길에 기운 빠진다."

홍주가 씩씩하게 말하며 버들의 손을 잡았다. 회오리치는 온갖 감정이 손과 손을 통해 전달됐다. 둘은 손을 맞잡은 채 새 세상으로 향하는 첫걸음을 떼어 놓았다.

*

온종일 쉬지 않고 걸은 버들과 홍주는 해거름에 부산 아지매 집에 당도했다. 아지매네 초가집은 시장 통 뒤편에 있었다. 조금 번화한 곳에 있는 걸 빼면 버들네와 다를 바 없이 초라했다. 버들은 맨발로 뛰쳐나오며 반기는 아지매를 보자 반가움에 목이 멨다.

"아이고, 애기씨들 어서 오이소. 고생했습니더. 배고프지예? 송화야, 밥상 차리그레이."

아지매가 어미 암탉이 날개를 펼쳐 병아리를 몰듯 버들과 홍주를 방으로 들이며 부엌에 대고 소리쳤다. 한 여자아이가 부엌에서 고개를 빼꼼 내밀었지만 둘은 누군지 신경 쓸 겨를도 없었다. 방에 들어서는 순간 버들과 홍주는 땅바닥에 떨어진 홍시처럼 널브러졌다. 다리는 물론 손가락 하나 까딱할 힘이 없는데 그동안 먼 길을 걸어온 게 신기할 정도였다.

"우리 같은 사람이야 걸어 댕기는데 이골이 났지만 애기씨들이야 어데 그렇습니꺼. 밥 묵기 전에 쪼매라도 쉬이소. 밥도 기운이 있어야 묵는 기라예."

아지매가 버들과 홍주를 안쓰러워하며 베개를 괴어 주었다. 버들은 녹작지근한 몸이 바닥에 눌어붙어 다시는 떨어지지 않을 것 같았다.

"아지매요, 부엌에 있는 가시나, 혹시 수리재 금화 손녀 아이라예?"

네 활개를 펼친 채 드러누워 쉬던 홍주가 문득 생각났다는 듯 물었다.

"금화 손녀라꼬? 미친년 딸 말이가?"

"애기씨가 송화를 압니꺼?"

버들과 아지매가 동시에 되물었다. 어진말에서 진영 쪽으로 나가는 고개 중 하나인 수리재엔 무당집이 있었다. 근방 사람들은 금화에게 신년 운수를 보고, 액막이 부적을 쓰고, 굿을 했다. 금화에겐 옥화라는 딸이 있었는데 그가 어느 날 아비 모를 딸을 낳았다. 바로 송화였다. 실성한 게 먼저인지 아이를 낳은 게 먼저인지 모르지만 옥화는 늘 송화를 데리고 다녔다. 어진말 아이들 중 옥화 모녀에게 돌팔매질 안 해 본 아이가 없었다. 그 일로 죄책감을 느끼는 아이도 없었다.

버들은 겁먹은 얼굴로 제 엄마를 따라다니는 송화보다 헤실헤실 웃던 옥화가 더 뚜렷이 기억났다. 옥화는 미쳤어도 버들이 본 여자 중 가장 예뻤다. 옥화가 방죽에 빠져 죽었다는 소문이 돈 뒤론 송화 모습도 보이지 않았다. 사람들은 늙은 금화가 모자란 손녀까지 거두느라 고생이라고 했다.

"맞지예? 접때 어무이랑 굿하러 갔다 봤습니더."

홍주가 포와의 덕삼과 결혼하기로 정한 뒤 안 부자댁은 금화한테 가서 홍주 첫 남편의 혼백을 달래는 천도재를 지냈다.

"그 아가 와 여깄습니꺼? 아지매 집에서 일합니꺼?"

버들이 물었다.

"아입니더. 송화도 포와로 시집갈 기라예."

아지매 대답에 버들과 홍주가 동시에 벌떡 일어나 앉았다.

"뭐라꼬예? 저 아를 델꼬 간다는 사나가 있습니꺼?"

버들이 믿을 수 없다는 얼굴로 물었다. 언제부턴가 양반, 상놈 경계가 허물어져 가고 있었지만 무당이나 백정에게도 해당되는 이야기는 아니었다. 외딴집에 사는 백정 동북은 머리 허연 늙은이인데도 동네 꼬맹이에게조차 허리를 굽혔다. 환갑 진갑 지난 지 오래인 무당 금화도 마찬가지였다.

버들의 머릿속에서 홍주의 사진결혼이 성사됐을 때 눌러 두었던 생각이 고개를 들었다. 과부는 물론 무당 손녀도 하는 결혼이라고 생각하자 그동안 품었던 환상에 금이 가는 것 같았다. 어중이떠중이 다 할 수 있는 결혼이고, 다 갈 수 있는 낙원이라니.

"있다마다요. 인물이 반반해가 금방 성사됐다 아입니꺼."

부산 아지매가 웃으며 말했다.

"시상에 보는 눈도 없다. 그기 이쁜 깁니꺼?"

홍주가 입을 삐죽거렸다.

"그란데 저 아가 포와는 우찌 알고 갑니꺼?"

버들은 불만을 감추지 못한 채 물었다.

"즈그 할매 금화가 안 부자댁 마님한테 들었다 카면서 송화를 데리고 여를 찾아왔는 기라예. 조선 땅 떠나가 할매, 어매랑은 다른 시상에서 살게 해 달라꼬요."

"우짼지 자꾸 캐물어 쌓더이 그런 꿍심이 있었는 기라."

기억을 되짚은 홍주가 말했다.

"송화 사정도 애기씨들캉 비슷합니더. 누가 아배도 지대로 모르는 무당 손녀를 메누리로 들이겠습니꺼. 지 할매 따라 무당이 되든지, 어데 팔려 가가 기생이나 되겠지예."

아지매가 한숨을 내쉬었다. 버들은 한번 결혼했던 홍주라면 몰라도 자기까지 송화와 비슷한 처지로 모는 게 못마땅했다. 버들의 생각을 읽은 듯 아지매가 말을 이었다.

"지는 애기씨들 시상에 나오기도 전부터 보따리 이고 방방곡곡 안 다닌 데 없습니더. 양반집, 상놈집 할 것 없이 사람 사는 꼴 안 본 기 없습니더. 지 결론이 뭔지 압니꺼? 사람은 다 똑같다는 기라예. 양반, 상놈, 부자, 거렁뱅이 다 같습니더. 양반이라 더 아프고 백정이라 들 아픈 게 아이라예. 자식 애끼는 부모 맘도 마찬가집니더. 손녀 생각하는 금화 맘은 애기씨 어무이들 맘이랑 똑같은 기라예. 애기씨들도 여서 더 낫게 살 수 있으면 뭐 할라꼬 부모 형제 떨어져 그 먼 데로 가겠습니꺼. 여서 지대로 몬 살겄어가 새 시상 찾아가는 기 아입니꺼? 송화한테 측은지심 품고 여서도 포와 가서도 동기맨키로 잘 지내이소. 나이도 동갑이라예."

아지매가 진심을 다해 하는 말에도 버들은 송화와 한방에서 먹고 자며 포와까지 같이 간다는 게 께름칙했다. 가만히 있던 홍주가 물었다.

"참말로 포와 사나들은 저 아를 이쁘다 캅니꺼?"

그때 방문이 열리며 송화가 밥상을 들고 들어왔다. 버들과 홍주의 눈은 한순간에 송화 얼굴로 쏠렸다. 꾀죄죄한 어린 시절에 비하면 환골탈태한 모습이지만 거무튀튀한 피부에 논우렁이처럼 둥근 눈, 솟아오른 코, 뾰족한 턱이 자리잡은 얼굴은 결코 예쁘다고 할 수 없었다. 버들은 헛웃음을 지었다. 송화를 상대로 긴장했다는 게 자존심이 상했다. 송화는 자신에게 쏠린 눈길이 부담스러운지 버들과 홍주 앞에 상을 놓곤 구석으로 물러나 앉았다. 겁먹은 모습이 보였지만 소문처럼 모자란 것 같지는 않았다.

상이 놓이자 버들의 관심은 송화에게서 밥상으로 옮겨 갔다. 귀 통이가 떨어져 나간 소반 위엔 조밥과 시래기된장국, 새우젓과 무 말랭이무침이 있었다.

"시장할 긴데 어서 무소. 홍주 애기씨는 집에서 잘 묵었을 긴데 입에 맞을란가 모르겠습니더."

"배가 등가죽에 붙어가 말똥을 준다 캐도 삼키겠습니더."

홍주가 말하며 밥상에 달려들었다. 잠시 방 안엔 밥 먹는 소리와 부산 아지매가 이것저것 참견하는 소리만 들렸다. 밥을 다 먹어 가 자 송화가 방을 나가더니 숭늉을 가져왔다. 집에서라면 버들이 하 던 일이었다. 설거지도 송화가 했다. 가만히 앉아서 밥상을 받으니 버들은 상전이 된 것 같았다. 송화보다 지체가 높은 것은 맞았다. 설거지를 마치고 들어온 송화는 소매를 내리며 정해진 자리인 양 구석에 앉았다. 버들은 송화에게서 관심을 거두었다.

"그란데 아지매는 혼자 삽니꺼? 아들네캉 같이 사는 기 아이라 예?"

버들은 아지매가 집에 올 적마다 아들, 손주 이야기를 하던 걸 떠올리며 물었다. 갑자기 아지매 얼굴에 시름이 얹혔다.

"설 쇠고 간도로 떠났다 아입니꺼. 내보고도 가자 캤는데 따라 가 봤자 짐만 되지 송장 치우게 할 일 있습니꺼. 그캐서 안 갔어예. 안 갔으이 이레 애기씨들도 보고 좀 좋아예."

아지매는 억지로 위안 삼는 듯 쓸쓸한 미소를 지었다.

"여 오는 길에 간도 간다는 사람들 여럿 봤어예. 거는 와 갔습니꺼? 술도가가 잘된다고 안 했어예?"

버들은 길에서 보았던 사람들을 떠올렸다. 그들은 이불에 솥단지까지 짊어지고 기차역으로 가는 중이었다. 하나같이 초라한 행색이었다.

"왜놈들이 세금을 때려 싸가 문 닫았다 아입니꺼. 지들 술 팔아 묵을라꼬 그란 기랍니더. 들어간 돈 한 푼 몬 건지고 빚만 지고 망해 삐렸십니더. 왜놈 등쌀에 몬 살 겠다고 떠나 삐린 기라예. 간도에 주인 없는 땅이 많다 카데예. 자갈밭을 개간하면 먹고는 산다 카는 말에 떠났어예. 만리타향에 가서 얼매나 고생할까 생각하면 내사 마 가슴이 애립니더."

아지매가 치맛자락을 걷어 눈물을 닦고 코까지 팽 풀었다.

"자넨 그 고생 하더니 말년이 피었다. 인자 손주 재롱이나 보면서 편히 살면 됐다."

윤 씨가 부러움 섞인 말을 건네던 게 지난가을이었다. 버들은 그 사이 가족과 생이별한 아지매를 보자 혼자 삯바느질하고 있을 어머니 모습이 겹쳐져 코끝이 매웠다.

건넌방도 있었지만 불 땐 방은 안방뿐이어서 모두 한방에서 자야 했다. 아지매가 이부자리를 있는 대로 꺼내 바닥에 깔았다. 아랫목에 발을 두고 아지매, 송화, 버들, 홍주 순서로 누웠다. 아지매와 송화가 한 이불, 버들과 홍주가 한 이불을 덮었다.

"낼 아침밥 묵는 대로 배편 알아보러 부산 가야 하니까네 일찍 주무이소."

등잔불을 끄자 방은 캄캄해졌다. 아지매는 버들네 집에서처럼 눕자마자 곯아떨어졌다. 버들은 새벽부터 일어나 먼 길을 왔는데도 오히려 정신이 말똥거렸다. 어둠이 눈에 익자 벽에 걸린 옷 가리개가 어슴푸레 보였다. 집을 떠나던 새벽부터 지금까지 몇 년은 지난 것 같았다.

"자나?"

홍주가 버들을 툭 쳤다.

"안 잔다. 독방서 자다 여럿이 자니까 갑갑하제?"

버들도 말을 건넸다. 동생들이 크기 전엔 온 식구가 한방에서 잤던 버들에겐 익숙한 일이었다.

"아이다. 수학여행 온 거 같다. 부산 가가 여관서 이레 모여 잤다 아이가. 먼저 자는 아 얼굴에 숯 칠도 하고……."

홍주에게 들은 기억이 났다. 학교를 중간에 그만둔 버들에게 수학여행처럼 속 쓰린 이야기도 없었다. 하지만 이제 모두 지난 일이다. 포와에 가면 그 한을 맘껏 풀 수 있을 것이다.

"송화, 니는 여 언제 왔노?"

홍주가 처음으로 송화에게 말을 걸었다. 방 안에 잠시 어둠보다 짙은 침묵이 흘렀다.

"자는갑다."

버들은 곁에 있는 송화가 잠들지 않았음을 알면서도 그렇게 말했다. 포와에 함께 가는 사이가 됐지만 결코 송화와 무람없이 지내고 싶지 않았다.

"참말 자나?"

홍주가 다시 말을 건넸다.

"동지 지나고……."

어둠 속에서 약간 쉰 듯한 목소리가 들려왔다. 동네 사람들 신년 운수를 봐 주던 금화 목소리와 비슷했다.

"그때부터 여서 계속 있었다 말이가?"

버들이 자기도 모르게 물었다. 두 달도 넘는 기간이었다. 송화가 한숨을 내쉬었다.

"……할매가 집에 오지 말라 캐서……."

송화의 아픔이 어둠 속에서 속살을 드러냈다. 긴말하지 않아도 알 수 있었다. 버들과 홍주 또한 언제 다시 집에 갈 수 있을지 몰랐다.

"두 달씩이나 뭐 하고 있었노?"

홍주가 물었다.

"……그냥……."

송화의 대답을 들으려면 답답함을 견뎌야 했다. 홍주가 대답 듣기를 포기하고 다른 것을 물었다.

"니 신랑은 우떤 사람이고? 사진 있나? 보여 도고."

버들도 송화를 선택한 사람이 누군지 궁금했다.

역시나 뜸을 들이던 송화가 부스럭거리며 일어나더니 등잔불을 밝혔다. 일어나 앉았던 버들과 홍주는 아지매가 무어라 중얼거리는 소리에 얼른 손을 모아 등잔불을 가렸다. 돌아누운 아지매가 다시 코를 골자 버들과 홍주는 안도하며 키득거렸다. 그 모습에 빙긋 웃던 송화가 다락을 조심스레 열어 보퉁이 속에서 사진을 꺼내왔다. 굼뜬 동작을 지켜보던 홍주가 채뜨리듯 사진을 받아서 등잔불빛에 비추었다. 버들도 머리를 디밀고 사진을 보았다. 역시 양복을입은 남자는 태완이나 덕삼과 크게 다르지 않은 모습이었다. 사진 뒷면을 보니 박석보, 삼십육 세라고 쓰여 있었다. 서른아홉 살이 된 덕삼보다 적은 나이였다.

"펜지도 받았나?"

홍주 질문에 송화가 고개를 저었다.

"니 글 아나?"

버들이 물었다. 송화가 또 고개를 저었다. 글을 아는 사람보다 모르는 사람이 더 많으니 큰 흉은 아니었다. 하지만 버들은 무당의 손녀에다 까막눈을 각시로 맞이하게 될 박석보가 측은했다.

알로하, 포와

선실 안이 술렁이기 시작했다. 조금 전 아침으로 나온 주먹밥을
갖다준 송화가 머잖아 포와라고 하더니 드디어 당도한 모양이었
다. 고베를 출발한 지 열이틀째 되는 날이었다. 집을 떠난 지는 석
달이 됐다. 고대하던 포와에 닿았지만 버들은 머리조차 들 수 없었
다. 뱃멀미 때문이었다. 배에 탄 뒤 처음 하루 이틀은 쓴 물을 토해
가면서까지 억지로 갑판에 나가 사람 구경, 바다 구경을 했다. 하
지만 버들은 멀미를 이기지 못했다. 머리만 들어도 속이 뒤집히는
통에 눈을 감고 누워 있을 수밖에 없었다. 그나마 송화가 날카로운
참빗 끝으로 혈 자리를 찔러 준 덕분에 머리가 덜 아픈 거였다.

송화와 홍주뿐 아니라 그들처럼 사진결혼하러 가는 진주 출신

장명옥과 수원 출신 김막선까지 네 사람이 돌아가며 버들을 챙겼다. 버들 일행은 두 살 더 많은 명옥과 한 살 더 많은 막선을 언니라고 불렀다. 처음엔 버들이 걱정되어 모두 그 곁에 붙어 있었는데 버들은 그게 더 미안하고 부담스러웠다. 비좁고 냄새나는 삼등실은 자는 시간 외엔 머물고 싶지 않은 곳이었다. 홍주는 이등실 표를 끊고 싶어 했지만 돈을 다 썼고, 나머지 사람들은 돈을 아끼려고 삼등실을 원했다.

"내는 혼자 있는 기 편타. 걱정 말고 구경 댕기그라. 내 거까지 보고 와서 이바구해 도고."

네 사람은 버들의 성화에 점차 밖에 나가 있는 시간이 많아졌다.

눈을 감고 있어도 선실에서 사람들이 빠져나가는 기척이 느껴졌다. 버들은 아침 먹은 것까지 토해서는 안 된다는 생각에 이를 악물고 누워 있었다. 누렇게 뜬 얼굴로 비척대며 태완과 첫 대면을 할 순 없었다. 잠깐이라도 기운을 비축해야 했다. 배가 완전히 멈추면 일어나기로 한 버들은 멀미를 가라앉히려고 그동안의 일을 떠올렸다.

집을 떠난 뒤 버들은 내내 일렁이는 배 위에 있던 것 같았다. 어진말에서 산 십칠 년보다 지난 석 달 동안 더 많은 경험을 했다. 대부분 처음 겪는 일들이라 너무 벅차 멀미할 때처럼 어지러울 정도였다. 버들과 홍주, 송화는 부산에서 밤배를 타고 다음 날 아침 일본 시모노세키항에 도착했다. 그리고 곧장 기차를 타고 고베로 향했다. 그곳에서 포와로 가는 배를 탄다고 했다.

일본 말과 글을 웬만큼 아는 홍주가 앞장섰다. 학교를 다니다 만 버들은 히라가나, 가타카나조차 가물가물했다. 그나마 아버지로부터 배운 천자문 덕분에 한자는 읽을 수 있었다. 그동안 홍주보다 바느질도 잘하고, 살림도 잘하고, 철도 더 들었다고 생각했는데 이제 보니 좁고 얕은 웅덩이 안에서 첨벙거리며 잘났다고 한 꼴이었다. 한글도 모르는 송화는 엄마를 놓칠까 봐 겁먹었던 어릴 때처럼 버들이나 홍주의 옷자락을 놓지 않았다.

"가시나들아, 촌년맨키로 두리번거리지 말고 내 좀 잘 따라다니라."

버들은 홍주가 자신과 송화를 같은 수준으로 취급하며 퉁바리를 줄 때면 기분이 나빴다. 어진말 살 때는 홍주가 빌려준 소설책을 읽고, 외가나 규식에게 편지를 쓸 수 있을 만큼 아는 것으로 충분했다. 어진말과 조선을 벗어나서야 말과 글의 위력을 제대로 안 버들은 공부하기 위해 태완과 결혼하는 것이 정말 잘한 결정임을 새삼스레 깨달았다.

'왜놈 없는 시상에 가는 긴데 그깟 일본말 몰라도 된다. 미국말은 내가 먼저 배울 기다. 두고 봐라.'

버들은 머잖아 미국말도 조선말처럼 능숙하게 할 자기 모습을 떠올리며 마음을 달랬다.

그사이 이들 셋에게 일어난 가장 큰 변화는 송화와의 관계였다.

오는 길에 먼저 탈이 난 사람은 홍주였다. 일본 가는 연락선을 타기 전 부산항에서 사 먹은 찹쌀떡이 얹힌 것이다. 홍주가 거무죽죽해진 얼굴로 식은땀을 흘리며 주저앉자 송화는 보따리에서 바늘쌈지를 꺼냈다. 평소와 달리 민첩한 모습에 버들은 놀란 눈으로 송화를 바라보았다. 송화는 침착하게 홍주 손가락을 실로 묶은 다음 바늘로 찔러 피를 냈다. 열 손가락에서 검은 피가 방울방울 솟았다. 그다음 명치끝과 발등의 혈 자리를 손으로 가늠해 꾹꾹 누르자 홍주는 꺼억 하고 트림을 했고 낯빛도 돌아왔다. 어진말에서도 체하면 할머니나 어머니들이 바늘로 따 주었지만 혈 자리까지 아는 송화는 마치 한약방 의원 같았다.

"니 이런 기 어데서 배웠노?"

"약초 캐러 다니는…… 할배한테 배웠십니더……."

버들이 신기해 묻자 송화가 웅얼웅얼 입속말로 대꾸했다.

"송화야, 니 인자 우리한테 말 놓그라. 새 시상 찾아가는 데 반상이 어데 있노?"

살 것 같은 얼굴로 홍주가 말했다.

"맞다. 그캐라."

버들도 송화한테 높임말 듣는 게 걸리던 차였다. 버들과 홍주가 스스럼없이 대하자 송화도 차츰 경계심을 풀었다. 하지만 송화는 여전히 사람을 무서워했다. 아지매 말로는 옥화가 죽은 뒤 금화는 손녀를 산 아래로 내려보내지 않았다. 이 마을 저 마을 쏘다니다 아버지 모르는 아이를 낳았던 옥화 꼴을 당할까 봐 무서워서였다. 아무리 억울한 일을 당해도 무당 편을 들어 주는 곳은 없었다.

송화도 아이들에게 돌팔매질당하기 일쑤인 마을을 싫어했다. 그 대신 집 주위의 새나 다람쥐를 길들이고, 올무에 걸린 토끼를 구해다 길렀다. 가끔씩 중얼중얼 그들과 이야기도 나누었다. 금화는 자신이 죽고 난 뒤 산속에 혼자 남을 손녀를 생각하면 잠도 오지 않았다. 그러던 차에 굿하러 왔던 안 부자댁으로부터 사진결혼 이야기를 들은 것이다. 금화는 수중의 돈은 물론 가락지까지 빼 든 채 송화를 데리고 부산 아지매에게 갔다.

"우리 불쌍한 송화도 포와 보내 주이소. 거 가서 여염집 색시맨 키로 남편 사랑 받고 자식 키워 가메 살게 해 주이소. 그레만 해 주면 내 죽어서도 은혜 잊지 않고 부산 아지매 아들네 식구 잘되게 해 달라꼬 빌겠습니다."

근방에 가면 수리재에 들르곤 했던 부산 아지매는 금화의 간곡한 청을 거절할 수 없었다.

"아가 산속에서만 살아가 사람 새낀지 짐승 새낀지 모르겠으이 여서 끼고 사람 꼴 맨들어서 보내 주이소. 아지매한테 맡기는 이 순간부터 내한테 손녀는 없는 기라예."

금화는 울먹이는 송화를 떼어 놓고 그길로 돌아갔다. 부산 아지매는 방에서 나가려 하지 않는 송화를 어르고 달래서 사진을 찍고, 중매쟁이를 찾아가 신랑감을 골라 짝을 맺어 주었다. 옷을 새로 지어 입히고, 장 구경도 시켜 가며 사람 사는 곳에 익숙해지도록 애썼다.

"지 할매가 끼고 갈쳐서 밥이고 반찬이고 곧잘 합니다. 바느질도 지 옷 기워 입을 정도는 하고예."

부산 아지매 집에 머무는 동안 아지매는 버들과 홍주에게 틈날 때마다 송화 이야기를 들려주었다. 그리고 산속에서만 살아온 송화가 포와에 가서 잘 적응하도록 도와주길 간곡히 당부했다. 그런데 급체한 홍주가 오히려 송화에게 도움을 받은 것이다. 뱃멀미가 심한 버들도 마찬가지였다.

*

부산 중매쟁이가 알려 준 고베항의 대신여관에는 포와로 시집가기 위해 신체검사를 기다리는 조선인 처녀들이 열 명 넘게 있었다. 눈병과 기생충 검사를 통과해야 하는데 눈 검사는 일주일, 기생충 검사는 이 주일에 한 번 있었다. 기생충 검사에서 떨어지면 이 주를 더 기다렸다 다시 받아야 했다. 버들과 홍주, 송화가 번차례로 기생충 검사에서 떨어지는 바람에 시간이 늦어졌다. 셋은 얼마가 걸리더라도 한배를 타기로 맹세했다. 버들과 홍주가 송화를 두고 먼저 가지 않기로 마음먹었다는 게 더 맞았다. 조선을 떠나자 둘보다 셋인 게 더 든든했고 같은 매봉산 자락에 산 것만으로도 고향 친구 같았다. 사람들은 서로 위하고 의지할 친구가 있는 버들 일행을 부러워했다.

포와로 떠날 날을 기다리며 고베에서 지낸 시간은 더할 수 없이 즐거웠다. 여관에는 신랑감이 보내 준 돈을 부모가 떼먹은 탓에 뱃삯이 없어 떠나지 못하는 여자도 있었다. 집에서 여윳돈까지 더 챙겨 온 홍주는 물론 버들과 송화도 걱정하지 않고 지낼 수 있을 정도의 돈이 있었다. 지금까지 그렇게 큰돈을 가져 본 적 없는 버들은 1, 2전에 벌벌 떨면서도 돈 쓰는 게 재미있었다. 이렇게 놀기만 해도 되는 것이 믿어지지 않아 아침마다 허벅지를 꼬집어 볼 정도였다.

아홉 살에 처음 밥 짓는 법을 배운 뒤부터 부엌일은 거의 버들 몫이었다. 하지만 집을 떠나는 날 아침은 어머니가, 부산에서는 송화가, 일본에서는 여관 하녀가 차려 주는 상을 받았다. 집 떠나면 고생이라지만 버들은 두고 온 식구들에게 미안할 정도로 편하고 좋았다. 가는 길이 이렇게 좋을 정도면 그 끝에 있는 포와는 상상 이상의 낙원일 거라는 믿음이 생겼다. 세 사람은 날마다 고베 구석구석을 구경하며 돌아다녔다.

같은 항구라고 해도 온 나라를 오가는 커다란 배들이 드나드는 고베는 부산이나 시모노세키와는 또 달랐다. 버들 일행은 피부색이 검은 사람을 고베에서 처음 보았다. 하역 작업을 하는 선원들 중 한 명이었다.

"시상에 사람이 우찌 저레 까말 수가 있노?"

"그, 글케 말이다."

버들은 홍주 말에 맞장구쳤다. 얼굴이 옥양목처럼 하얀 백인은 조선에서도 본 적 있지만 간장처럼 검은 사람은 처음이었다. 바짝 언 송화가 버들의 팔을 아플 만큼 세게 움켜잡았다. 여자들의 시선을 느낀 선원이 흰 이를 드러내며 싱긋 웃어 보였다. 셋은 혼비백산해 달아나 부두가 보이지 않는 골목에 가서야 멈춰 섰다. 그들은 숨을 몰아쉬며 누리끼리한 서로의 얼굴을 보곤 웃음을 터뜨렸다.

사람만 놀라운 게 아니었다. 처음 보는 과일, 나무, 집, 전차와 자동차, 인력거와 자전거가 뒤섞인 복잡한 거리 풍경에 넋이 빠질 지경이었다. 일본만 해도 이렇게 조선과 다른데 포와는 어떨까. 버들은 언덕배기에 있는 서양 사람들 집을 구경하는 게 가장 재미났다. 투명하고 반짝반짝 빛나는 유리창으로 엿보이는 화려한 치장들에 감탄하며 포와에서 자신이 살게 될 집을 그려 보았다.

버들은 상상만으로도 만족스러워했지만 홍주는 아니었다. 홍주는 고베의 여관에 도착하자마자 덕삼에게 편지를 썼다. 다른 사진 신부들이 받은 돈보다 액수가 적어 남 보기에 창피할뿐더러 형편이 어렵다는 내용이었다. 그러자 덕삼이 10달러를 보내 주었다.

"50달러는 보내 줄 줄 알았더이 쫌스럽구로 10달러가 뭐꼬?"

홍주는 투덜거리면서도 당장 양품점으로 가 서양식 여자 옷 한 벌과 구두, 모자를 사느라 10달러를 몽땅 썼다. 처음엔 무시하며 본체만체하던 일본인 주인은 홍주가 정말 살 거라는 걸 알자 굽실거리며 버들과 송화에게까지 차를 내주었다. 버들은 비록 홍주 덕이지만 일본인에게 대접받는 게 뿌듯했다. 새로 산 옷으로 차려입은 홍주는 서양 부인처럼 멋져 보였다. 부산에서 산 여행 가방까지 들면 어디에 나서도 빠지지 않을 것이다.

"돈을 그레 홀랑 써 삐리면 우짜노?"

말은 그렇게 하면서도 버들은 자기도 모르게 홍주가 입은 블라우스의 하늘하늘한 앞자락과 소맷자락을 만지작거렸다. 주인이 레이스 천이라고 알려 주며 이 옷 저 옷을 꺼내다 버들에게 보여 주었다. 모두 입에 침이 괼 만큼 멋졌다.

"미국 가가 살 긴데 이 정도는 입어 줘야 않겠나. 느그들도 신랑한테 돈 더 보내 달라꼬 펜지해라. 포와에선 이깟 돈 암것도 아닐 기다."

홍주가 흡족한 얼굴로 커다란 거울에 이리저리 비춰 보며 말했다.

버들은 결혼하겠다는 통고만 받았을 뿐 사사로운 편지 한 번 주고받은 적 없는 태완에게 차마 그런 요구를 할 수 없었다. 여관 주인이 시키는 대로 언제쯤 도착할 거라는 편지를 쓰면서도 돈 이야기는 뻥끗도 하지 않았다.

"가서 사 달라 카면 되지, 내사 만나기도 전에 돈 더 보내 달라는 소린 몬 하겠다."

버들은 그런 말로 부러운 마음을 달랬다. 송화 신랑에게 보내는 편지는 버들이 써 주었다. 송화는 홍주와 버들이 포와 이야기를 할 때면 자기랑 상관없는 일인 양 멀뚱한 얼굴로 앉아 있곤 했다.

"저 가시나는 시집가는 기 뭔지 아는가 모르겠다."

버들이 한숨 쉬며 송화를 걱정했다.

"니는 아나? 버들아, 송화야, 이 언니가 결혼이 뭔지 알려 줄 테이까네 단디 들어라."

홍주가 결혼 첫날밤 신랑이 어떻게 하고, 그러면 각시는 어떻게 해야 한다는 이야기를 해 주었다. 홍주는 신이 났고 버들은 빨개진 얼굴로 키득거렸지만 송화는 맹한 표정으로 둘을 보았다.

버들은 항구 노점에서 버들고리로 만든 여행 가방을 샀다. 홍주 몸종이 된 것처럼 초라한 기분이 들어서였다. 홍주처럼 옷은 사지 못하더라도 보따리를 이고 다니는 건 그만하고 싶었다. 돈 쓰는 일이라면 벌벌 떨던 버들이 가방을 사자 송화도 따라 샀다. 여관으로 돌아온 버들은 신이 나서 보퉁이에 들어 있던 옷가지를 가방으로 옮겨 담았다. 송화도 그렇게 했다. 둘은 홍주가 시키는 대로 가방을 들고 방 안을 왔다 갔다 했다. 버들은 가방만으로도 유학 가는 신여성이 된 것 같았다.

"아이고, 내가 속이 다 시원하다 아이가. 인자 이건 치워 삐리라."

홍주가 바닥에 펼쳐져 있는 보자기를 발로 밀쳐 버렸다. 순간 버들 얼굴에서 넘실대던 웃음이 사라졌다. 버들은 그날 한 번도 두고 온 가족을 생각하지 않았다. 어머니가 지어 준 옷들을 가방에 담으면서도 말이다. 하루하루 새롭고 즐거운 생활에 빠져 언제부턴가 어머니와 동생들 생각이 희미해져 가고 있었다. 감싸 안고 있던 소중한 물건들을 가방에 빼앗기고 그만 버려진 보자기가 마치 어머니 같았다. 버들은 죄책감에 털썩 주저앉아 빈 보자기를 끌어안고 울음을 터뜨렸다.

*

"우리 배 타기 전에 서이서 사진 한번 박자."

신체검사를 통과하고 떠날 날이 잡혔을 때 홍주가 말했다. 버들도 찬성이었다. 포와에 닿으면 한 사람의 배우자가 되는 것이다. 그 전에 먼 길을 함께 온 친구들과의 모습을 사진으로나마 간직하고 싶었다. 홍주는 지난번에 산 서양식 옷을 입었다. 버들은 결혼식을 위해 모셔 둔 분홍색 모본단 치마저고리를 꺼내 입고 송화에게도 그러라고 일렀다. 버들은 그때까지 댕기 머리를 하고 있던 송화의 머리를 틀어 올려 주었다. 셋은 사진관으로 갔다.

사진사는 세 사람에게 꽃다발, 양산, 부채를 내놓았다. 버들은 가짜인 꽃다발과 기생에게나 어울릴 것 같은 부채보다 양산이 마음에 들었지만 홍주가 먼저 집었다. 무엇을 들든 상관없어진 버들이 순서를 양보하자 송화는 부채를 골랐다.

며칠 뒤 사진이 나왔다. 버들은 그 사진 속 모습이 태완에게 보냈던 것보다 훨씬 예쁜 것 같았다.

"이기, 포와로 보낸 사진보다 인물이 나아 보이네. 니 보기엔 우떻노?"

버들 물음에 홍주도 그렇다고 했다. 조선보다 기술이 좋은 것인지, 그사이 놀고먹어 얼굴이 핀 덕인지 알 수 없었다. 가짜라 탐탁지 않았던 꽃다발도 사진 속에선 진짜 같아 보였다. 버들은 태완에게 그 사진을 보내지 못한 게 아쉬웠다. 그 사진 속 모습을 보았다면 태완도 다정한 답장을 했을지 모른다. 셋은 사진을 한 장씩 나눠 가졌다.

여관에는 포와로 결혼하러 가는 여자들 외에 이런저런 일로 미국에 가려는 조선 사람들이 묵고 있었다. 개중엔 이화학당을 졸업한 김에스더라는 여자도 있었다. 에스더는 미국으로 유학 가는 길인데 여권 문제로 길게 머물고 있다고 했다. 사진결혼하러 가는 여자들은 에스더에게 영어를 배웠다. 포와에서 입국 심사를 통과하려면 간단한 영어라도 아는 게 좋다고 했다.

한글을 공부할 때 '가갸거겨'부터 배우듯 영어는 'ABCD'부터 배웠다. 버들은 여권과 여행증명서에 쓰인 영어 알파벳을 드문드문이나마 읽을 수 있었다. 무슨 뜻인지 몰랐지만 그것만으로도 새로운 세상이 열리는 것 같았다.

"여러분처럼 사진결혼하는 여자들을 사진 신부라고 하잖아요. 영어로는 픽처 브라이드라고 해요."

에스더가 알려 주었다. 사진 신부, 픽처 브라이드. 버들은 자신들을 지칭하는 단어를 되뇌어 보았다.

"언니는 이름이 우예 그렇습니꺼? 살면서 그런 이름은 첨이라예."

버들은 우연히 둘만 있게 됐을 때 에스더에게 물었다. 에스더는 사진 신부들 중 가장 열심히 공부하는 버들을 좋게 보았다.

"내 조선 이름은 붙들이야. 난 내 위로 오빠가 둘이나 죽은 다음 태어났어. 할아버지가 남자 동생 태어나면 붙들라는 의미로 지은 이름이 너무 싫었어. 이름 주인인 나를 위해서가 아니라 아직 태어나지도 않은 남동생을 위한 이름인 거잖아."

"그라모 에스더는 누가 지은 겁니꺼?"

"교회에서 세례명을 짓게 됐을 때 내가 고른 거야. 에스더는 자기네 동포를 구한 왕비야. 나도 미국에 가서 공부해 우리 동포를 구할 거야."

버들은 당당하고 자신감이 넘쳐흐르는 에스더를 홀린 듯이 보았다. 버들은 동포를 구할 거라는 말보다 이름을 스스로 골랐다는 사실이 더 대단해 보였다. 붙들이처럼 어진말 여자애들 중에도 남동생 보라고, 아니면 원하지 않은 딸이라서 지은 이름들이 있었다. 섭섭이, 서운이, 또섭이, 끝순이, 막순이, 말순이, 얌전이…… 심지어 이름 없는 아이도 있었다. 아무렇게나 불리다 시집가면 안골댁, 양촌댁처럼 친정 동네 명칭을 붙인 택호가 이름을 대신하는 것이다. 가난한 과부의 딸인 버들도 조선에서 시집갔으면 어진말댁이 됐을 것이다.

버들은 버들개지 필 때 태어나서 버들이라고 지었다는 자기 이름이 다른 여자애들 이름보다 낫다는 생각이 들지 않았다. 조상 대대로 내려오는 항렬을 따라 지은 남자 형제들 이름엔 가문이나 부모의 바람이 담겨 있지만 버들이란 이름에는 어떤 기대나 염원도 담겨 있지 않았다. 딸은 출가외인이 될 사람이니 어릴 때부터 기대조차 하지 않았던 걸까. 그러면서 아버지는 왜 학동들 공부하는 뒤에 앉혀 천자문을 배우게 하고, 학교에도 보내 주었을까.

그 질문이 가슴속에 숙제로 남은 버들은 에스더처럼 자신이 꿈꾸는 삶과 어울리는 이름을 스스로 지어 갖고 싶었다. 포와에 가면 공부해서 에스더처럼 똑똑한 여인이 돼 새 이름을 갖기로 결심했다. 배에서도 날마다 영어 공부를 하리라 다짐했는데 멀미 때문에 누워만 있는 신세가 된 것이다.

*

"버들아, 버들아, 포와 다 왔다. 또 신체검사한다 칸다. 여서 떨어지면 도로 쫓겨 간다 카드라. 얼른 일나서 준비하자."

홍주의 소리에 버들은 눈을 번쩍 떴다. 자기 꼴을 보고 중병이나 든 줄 알고 되돌려 보내면 큰일이었다. 버들은 허둥지둥 일어나 앉았다. 여전히 일렁이는 느낌은 있지만 바다 위를 달릴 때보다는 훨씬 덜했다. 배에서 내릴 준비를 하려고 돌아온 사람들로 선실 안이 어수선했다. 배 전체에 조선인은 열 명 남짓이었다. 나머지는 주로 일본인 승객이었는데 사진 신부들이 많았다. 사진결혼은 조선인보다 일찍 사탕수수밭 노동자로 간 일본인들이 먼저 시작했다고 했다. 버들 일행은 워낙 적은 수에 기가 죽어 조심스레 행동했지만 일본인 사진 신부들은 자기네 나라 사람들 천지인데도 조용조용, 주눅 든 사람들처럼 굴었다.

송화가 물수건을 해 왔고 뒤이어 명옥과 막선이 버들의 가방을 찾아다 주었다. 버들은 물수건으로 얼굴을 닦았다.

"반쪽이 됐다 아이가."

홍주가 혀를 차며 손거울을 들이밀었다. 거울 속에 비친 버들은 홀쭉해진 볼 때문에 광대뼈가 도드라졌고 눈도 더 작아 보였다. 고베에서 찍은 사진 속의 어여쁘고 복스러운 모습은 온데간데 없었다. 태완이 결혼을 취소해 배에서 내리지 못했던 꿈이 퍼뜩 떠올랐다. 꿈이 현실이 될 것 같은 불안감이 울렁증보다 더 무서운 기세로 몰려왔다. 버들은 이를 악문 채 메슥거리는 걸 참고 분홍색 모본단 치마저고리로 갈아입었다. 짚신도 벗어 버리고 가방에 고이 모셔 두었던 당혜를 꺼내 신었다. 홍주의 볼연지로 핼쑥한 안색을 감추고 머리도 다시 매만졌다.

준비를 마친 사진 신부들은 짐을 들고 갑판으로 올라갔다. 홍주와 송화가 옆에서 버들을 부축했다. 어두컴컴한 선실에만 있다 강

렬한 햇살 아래 나서자 눈이 부셨고 바람이 불어 잔머리가 흩날렸
다. 가늘게 뜬 버들의 눈에 그림처럼 펼쳐진 광경이 들어왔다. 뭉
게구름을 병풍처럼 두른 하늘이 바다와 맞닿아 있었다. 뱃전에 빼
곡하게 붙어 선 사람들 때문에 항구의 모습은 잘 보이지 않았지만
오른편으로 도시와 산이 보였다. 조선과 모양새는 조금 달랐지만
산을 보니 이곳도 사람 사는 곳이란 생각에 마음이 진정되기 시작
했다. 햇살이 따가울 만큼 강한데도 끈적거리지 않았고 아주 작은
그늘에만 들어서도 서늘했다. 이런 날씨가 일 년 내내 계속된다는
게 신기했다.

"여는 일 년 내내 따숩다 캤으이 사시사철 이런 날씨겄네."

홍주도 같은 생각을 했는지 설레는 얼굴로 말했다. 고베에서 산
옷을 차려입은 홍주에겐 어디에도 남편 잡아먹은 과부라는 흔적
은 없었다. 시간이 지날수록 산골 티를 벗고 해사해지는 송화 또한
무당의 손녀라는 사실이 아무 흠도 되지 않을 것 같았다. 자신만이
비쩍 마른 꼴로 신랑감과 첫 대면을 하게 된 것이다. 버들은 홍주
와 송화에게 의지했던 몸을 곧추세우고 매무새를 다듬었다.

검사관들이 통역과 함께 올라와 간단한 건강검진을 하고 여권,
여행증명서들을 조사했다. 미국이니 얼굴이 허연 사람만 있을 줄
알았는데 세 명의 검사관만 해도 피부색과 생김새가 다 달랐다. 검
사관들이 가까워질수록 버들의 가슴은 두방망이질 쳤다. 몇몇이
줄에서 끌려 나가자 간이 오그라드는 것 같았다.

가까이 다가온 사람은 고베에서 본 사람보다는 훨씬 피부가 덜 검고 통통하게 생긴 남자였다. 검사관이 눈꺼풀을 들춰 보며 눈 검사를 하는 동안 버들은 숨도 제대로 쉬지 못했다. 여권과 여행증명서를 확인한 다음 검사관은 사람 좋은 미소를 지으며 돌려주었다.

다행히 조선인 사진 신부는 모두 통과했다. 사다리처럼 생긴 계단이 배에서 부두로 드리워 있었다. 버들은 가방을 들고 밑이 훤히 보이는 계단을 겨우 내려갔다. 바람에 옷고름과 치맛자락이 날렸다. 배에서 내리기만 하면 살 것 같았는데 막상 발이 닿으니 땅도 일렁거리는 것 같았다.

항구는 배에서 내린 사람들, 환영 나온 사람들, 선원들, 장사꾼들로 가득했다. 버들은 피부색과 생김새가 각기 다른 사람들이 쏟아 내는 낯선 말소리에 정신이 하나도 없었다. 꽃목걸이를 바구니에 담거나 팔에 걸고 다니며 파는 사람들이 많았다. 먹을 것도 아닌 꽃목걸이를 누가 살까 싶었는데 여기저기 마중 나온 사람들이 꽃목걸이를 사서 배에서 내린 사람에게 걸어 주었다. 이곳의 환영 방식인 모양이었다. 꽃목걸이 장수나 꽃목걸이를 건 사람이 지나가면 달콤한 향기가 났다. 버들은 나중에 그 예쁜 꽃목걸이가 '레이'임을 알았다.

버들은 태완이 꽃목걸이를 들고 마중 나왔을지 모른다는 기대감에 두리번거렸지만 보이지 않았다. 태완뿐 아니라 다른 신랑감들도 눈에 띄지 않았다. 소란스러운 가운데 가장 많이 들리는 소리는 '알로하'였다. 명옥이 어디서 들었는지 포와에선 인사말인 알로하 하나면 다 통한다고 했다. 버들은 그 단어를 입속말로 되뇌어 보았다. '알로하, 포와.' 발음하기 쉽고 왠지 기분이 좋아졌다.

조선인 사진 신부 다섯 명은 일본인 사진 신부들과 함께 이민국 건물로 갔다. 점심으로 이민국에서 주는 일본식 된장국과 밥을 먹고 선반 같은 침대가 층층이 놓인 커다란 방으로 갔다. 남편이 데리러 와야 방을 나갈 수 있다고 했다. 홍주가 일본인 사진 신부들끼리 하는 이야기를 듣고 일주일째 남편을 기다리고 있는 여자도 있다고 알려 주었다. 버들은 자기에게 닥칠 일일 것 같아 무서웠다.

조선인 신부들은 가장자리 침대 하나에 옹기종기 모여 앉아 이름이 불리길 기다렸다. 일본인 신부들이 계속 불려 나가는 것을 보곤 혹여 자기 이름을 놓칠까 봐 수다도 떨 수 없었다. 그들 중 가장 먼저 호명된 사람은 홍주였다. 홍주는 방 안 사람들이 다 돌아다볼 정도로 호들갑을 떨었다. 버들은 떨어뜨린 모자를 주워 홍주에게 건네며 말했다.

"가시나야, 정신 단디 차리고 신랑 만나그레이. 이따 보자."

다음 차례는 명옥이었다. 고베에서는 그렇게 친하지 않았는데 한배를 타고 오며 정이 들었다.

"느그들도 신랑 잘 만나고 난중에 보자."

명옥이 남은 사람들에게 말하고 방을 나갔다. 다음으로 이름이 불린 버들은 태완이 데리러 왔다는 안도감에 가슴을 쓸어내렸다.

드문드문 불린 탓에 어느덧 저녁나절이었다. 버들은 날을 넘기지 않고 방에서 나갈 수 있어 기뻤고 곧 태완을 만난다는 생각에 심장이 뛰었다. 버들은 배에 넋을 빼놓고 내린 듯 멍한 송화와, 부러운 눈빛의 막선에게 인사도 제대로 하지 못한 채 가방을 들고 안내인을 따라갔다. 퉁퉁한 몸에 장신구를 주렁주렁 단 여인은 인상이 좋았다.

복도를 걸어가는데 창밖으로 일본인 사진 신부가 울고 있는 모습이 보였다. 그 옆에 신랑이라고 하기엔 너무 늙은 남자가 담배를 피우며 하늘을 보고 있었다. 안내인이 버들에게 뭐라고 했다. 말은 알아듣지 못했지만 안됐다는 표정은 읽을 수 있었다.

"하모, 저런 신랑캉은 몬 살지."

중얼거리며 복도를 돌아서는데 명옥이 쭈그리고 앉아 울고 있었다. 그 옆에 검게 그을린 얼굴에 주름이 쭈글쭈글한 중늙은이가 모자를 쥔 채 어쩔 줄 몰라 하며 서 있었다. 버들은 자기도 모르게 탄식이 터져 나와 입을 틀어막았다.

고베에서 사진 신부끼리 신랑감 사진을 돌려 본 적이 있었다. 명옥의 신랑 얼굴은 또렷이 기억나지 않았지만 눈앞에 서 있는 남자처럼 늙은 사람은 분명 아니었다. 아들에게 무슨 일이 생겨서 아버지나 삼촌이 대신 나온 걸까? 버들을 보자 더 큰 소리로 우는 명옥의 얼굴은 절망으로 가득했다. 사진과 너무 다른 저 남자가 남편인 것이다. 신랑이 다른 젊은 남자 사진을 보낸 게 틀림없다. 가슴이 내려앉았다. 버들도 다른 여자 사진은 아니지만 다른 여자 옷을 입고 찍은 사진을 보냈다. 자기도 그렇게 속였으면서 신랑은 그러지 않으리라는 보장이 없었다. 버들은 자신도 곧 사진하고 다른 신랑과 대면하게 될 것 같아 다리가 후들거렸다.

문 앞에 선 안내인이 버들에게 빨리 오라고 손짓했다. 버들은 명옥에게 아무 말도 건네지 못한 채 안내인 쪽으로 갔다. 열린 문으로 방 안 광경이 보였다. 문을 등지고 앉은 남자와 문 쪽을 향하고 선 또 한 명의 남자와 조선 사람으로 보이는 여자가 이야기를 나누고 있었다. 서 있는 남자는 여기 사람이니 양복 등판만 보이는 남자가 태완일 것이다. 심장이 멎는 것 같았다. 다행히 머리가 허옇지는 않았다. 버들을 본 여자가 조선말로 들어오라고 했다. 통역인 모양이었다.

남자가 천천히 돌아다보았다. 낯익었다. 생각보다 까맸지만 하도 많이 들여다봐 외워 버린 사진 속 얼굴과 크게 다르지 않았다. 버들은 그 사실만으로도 너무 기쁜 나머지 태완의 표정이 신부를 맞이하는 사람치곤 너무 무뚝뚝한 것을 알아차리지 못했다. 조사실로 오는 동안 일본인 사진 신부나 명옥의 신랑을 보지 않았더라면 그 사실에 상처받았을지 몰랐다. 하지만 지금은 아무것도 문제되지 않았다. 그저 사진 속 남자 옆에 무사히 당도했다는 사실에 눈시울이 뜨거워졌다.

버들은 통역이 시키는 대로 태완 옆의 나무 의자에 앉았다. 조사

관이 여권과 서류를 보며 버들에게 뭐라고 하자 옆에 있던 통역이
이름을 물었다.

"강버들입니다."

"나이는?"

"열여덟 살이라예."

문득 일본이나 서양에서는 배 속 나이를 치지 않는다고 들었던
게 기억나 조선의 나이라고 덧붙였다. 학교를 다닌 적 있느냐는 질
문에 보통학교를 다니다 말았다고 대답했다. 버들은 실망했으면
어쩌나 싶어 태완의 눈치를 슬쩍 보았지만 그는 고개를 숙인 채
손톱 거스러미를 뜯고 있었다. 두툼한 손이 믿음직스러웠다. 조사
관이 버들에게 신랑 이름을 물었다. 버들은 "서태완입니다."라고
또박또박 대꾸했다. 마지막으로 조사관이 태완에게 버들이 자신
의 처가 맞느냐고 물었다.

"맞소."

버들은 처음으로 태완의 목소리를 들었다. 너무 짧아 아쉬웠지
만 이제 계속 듣게 될 것이다.

태완을 따라 사무실을 나가던 버들은 문 앞에서 허리가 구부정
하고 머리카락이 허연 노인네와 마주쳤다. 중늙은이 같은 명옥 신
랑보다 훨씬 더 나이 들어 보였다. 버들은 가슴이 철렁했다. 송화
나 막선의 남편일 것이다. 그런데 노인이 태완을 보곤 반색하며 말
을 걸었다.

"아이고, 이게 누구여? 서 반장 아녀? 서 반장도 사진결혼하는 거여?"

노인의 눈이 버들에게 향했다. 버들은 그 얼굴에서 송화 신랑 박석보의 모습을 찾아냈다. 우야꼬, 이를 우짜노. 탄식이 저절로 새어 나왔다. 사진 뒤엔 분명히 삼십육 세라고 쓰여 있었는데 눈앞의 사람은 환갑도 더 돼 보였다. 태완은 석보의 반색을 묵살한 채 몸만 비켜섰을 뿐 대꾸도 하지 않았다. 버들은 아버지뻘도 더 돼 보이는 노인에게 무례하게 구는 태완이 실망스러웠지만 송화가 할 실망에 비하면 아무것도 아니었다. 석보와 조금 떨어졌을 때 버들은 태완에게 확인했다.

"지금 저 양반 박석보 씨지예?"

버들이 태완에게 처음 건넨 말이었다.

"어드렇게 아오?"

"지 친구 신랑입니더. 저런 노인네가 우찌 서른여섯 살이라꼬 속일 수가 있어예?"

버들은 자기도 모르게 항의하듯 말했다. 태완은 대답 대신 피식 웃었다.

복도를 빠져나오는 동안에도 버들은 늙은 신랑 때문에 우는 일본 여자를 두 명이나 더 보았다. 신랑감에 대해 속인 건 일본도 마찬가지인 모양이었다. 버들은 사진 속 모습과 같은 신랑을 만난 게 얼마나 큰 행운인지 이민국을 나가기 전 알게 됐다. 사진보다 부산 아지매 보증이 더 믿을 만하다고 했던 어머니의 혜안에 새삼 감탄했다. 이민국을 나선 태완이 힐끗 보더니 팔을 뻗어 버들이 든 가방을 가져갔다.

"괘, 괘않십니더."

버들은 태완이 신부의 짐이 너무 적고 가벼운 것에 실망할까 봐 걱정했다. 신랑에 비해 자신이 너무 부족한 것 같아 답장 한 번 못 받은 서운함도 사라졌다. 태완은 가방을 대신 들어 주는 것처럼, 말이나 글이 아닌 행동으로 진심을 보여 주는 사람이다. 버들은 벅차오르는 마음으로 태완을 따라갔다. 발에 익지 않은 당혜가 자꾸 벗겨지려고 했다.

서양인 한 쌍이 팔짱 끼고 걸어가는 모습이 보였다. 고베항에서는 남들 다 있는데 끌어안고 입 맞추는 것도 보았다. 심지어 모르는 사람끼리도 볼에 입을 맞추는 게 서양 인사법이라고 했다. 버들은 거리낌 없이 표현하는 모습이 망측하면서도 좋아 보였다. 태완도 자기에게 그렇게 하면 좋겠다고 생각하다 혼자 얼굴을 붉혔다. 버들의 바람과 달리 태완은 조선에 있는 남자들처럼 신부와 거리를 둔 채 앞서가고 있었다. 버들은 가방 들어 준 것만으로도 충분히 좋았다.

부두는 상점들이 늘어서고 말과 달구지, 자동차가 오가는 거리와 이어져 있었다. 시끌벅적한 거리로 들어서자 바람이 조금 잦아들었다. 버들은 부지런히 태완을 따라가는 와중에 상점 유리창에 비친 모습을 보며 매무새를 가다듬었다. 채소 가게, 양복점, 구두 가게, 식당 같은 상점들에는 영어와 한자가 함께 적힌 간판이 달려 있었고 거리엔 서양인보다 동양인이 더 많았다.

고베의 언덕에서 보았던 서양인 동네처럼 근사한 집들과 잘 차려입은 사람들이 오가는 풍경을 상상했던 버들은 장터처럼 소란스럽고 지저분한 모습에 놀랐다. 사람들 옷차림도 대부분 후줄근해 보였다. 부산 아지매가 말한 낙원은 아닐 거라는 생각이 고개를 쳐들고 있었다. 돈을 쓰레받기로 쓸어 담는다더니 길바닥엔 말똥과 쓰레기들이 굴러다녔다. 버들은 나무에 옷과 신발이 주렁주렁 달려 있다는 말을 믿었던 게 오히려 어이없게 여겨졌다. 하지만 덕삼의 사진 속에 있던 나무들이 여기저기 서 있는 모습에 한 가닥 기대를 놓지 않았다. 포와에서 가장 흔해 보이는 나무들 꼭대기마다 박처럼 둥근 것들이 다복다복 달려 있었다.

"저 나무 이름이 뭐라예?"

버들이 종종걸음으로 태완을 따라잡아 물었다.

"야자수라고 하외다."

태완이 나무를 힐끗 보더니 대꾸했다.

"혹시 저 박맨키로 둥근 기 안에 옷이랑 신발이 들어 있습니꺼?"

태완이 버들을 한심하다는 눈길로 보았다.

"중매쟁이레 기캅디까? 포와 가믄 옷과 음식이 나무에 주렁주렁 달려 있다고? 돈을 쓰레받기로 쓸어 담는다는 말은 아니 들었소?"

쥐어박는 것처럼 퉁명스러운 말씨였지만 버들은 반가워 소리 쳤다.

"드, 들었십니더. 그기 참말인 기라예?"

태완은 대답 대신 피우던 담배꽁초를 바닥에 내던지곤 발로 밟았다.

*

태완이 버들을 데려간 곳은 개천 옆에 있는 여관이었다. 2층짜리 목조 건물 입구에 한글로 해성여관이라는 간판이 붙어 있었다. 버들은 문 앞에서 멈춰 섰다. 서류상 부부라고 해도 아직 혼례도 안 치렀는데 아무렇지 않게 따라 들어가는 게 낯 뜨거웠다.

"여, 여는 왜 드갑니꺼? 집에 안 갑니꺼?"

버들이 태완의 옷소매를 잡으며 말했다.

"집엔 내일 결혼식하고 갈 거외다. 길바닥에서 잘 생각 아니믄 따라오시라요."

태완은 명령하듯 말하곤 안으로 들어가 버렸다. 버들은 어쩔 수 없이 주위를 한 번 둘러보곤 따라 들어갔다. 늙수그레한 주인 부부가 태완을 반갑게 맞이했다.

"아이고, 드디어 장가가는 거야? 색시가 참해 보이네. 아버지가 좋아하시겠어."

주인아주머니 입에서 시아버지 말이 나오자 버들은 더 조신한 태도로 인사했다. 버들에겐 태완을 아는 모든 사람이 시집 식구 같았다. 태완은 버들을 대할 때와 달리 여관 주인과 웃으며 이야기를 했다. 마치 자기를 보고 웃는 것처럼 여겨져 흐뭇한 얼굴로 태완을 훔쳐보던 버들은 주인아주머니와 눈이 마주쳤다.

"아이고, 내가 새신랑 붙잡고 웬 수다야. 색시도 배 타고 오느라 힘들었을 텐데 얼른 쉬어야지."

장에서 수건을 꺼내 든 아주머니가 먼저 1층에 있는 식당과 변소, 공동욕실 등을 알려 주곤 2층으로 올라갔다. 두 달 남짓 고베에서 지냈던 버들은 건물 외양이 달라도 여관이 낯설지 않았다. 태완이 한발 물러서 버들을 앞세웠다. 버들은 곧 방에 태완과 둘만 들어앉는다고 생각하니 심장이 펄떡거리고 다리까지 후들거렸다. 좁고 가파른 나무 계단을 올라가자 복도를 끼고 방문들이 늘어서 있었다. 버들은 문득 배를 타고 오는 동안 제대로 씻지 못한 게 생각났다.

'우짜노, 냄새날 긴데……. 망측시러버라. 시방 무신 생각을 하는 기고?'

버들은 낯이 화끈거리고 머릿속이 어지러워 정신이 하나도 없었다. 주인아주머니가 복도 끝에 있는 방문을 열고 버들과 태완에게 말했다.

"조용하고 전망 좋은 방이라우."

버들은 고베 대신여관의 다다미방에는 없던 침대를 보고 당황했다. 꽤 높고 좁아 보여 그 위에서 꼭 붙어 자지 않으면 바닥에 떨어질 것 같았다. 태완과 붙어 자는 것도, 자다 바닥에 떨어지는 것도 모두 부끄러운 일이었다.

"침대 처음 보지? 지난달에 새로 들여놓았다우. 딱딱한 바닥에서만 자다 침대에 누우면 구름 탄 것처럼 푹신할 거유. 특별히 내주는 거니 좋은 시간 보내."

아주머니의 침대 자랑에 버들 얼굴은 창밖 노을보다 더 붉어졌다.

"그, 그기 본 기 아입니더. 이불 색이 이뻐가 본 깁니더."

"이불도 새로 장만한 거라우. 색시가 첫 개시니까 좋은 꿈 꿔요. 늙은 신랑 때문에 우는 새댁들만 보다 젊은 신랑 보니까 내 맘이 다 좋네. 쉬다가 이따 종 치면 저녁 먹으러 내려오우."

아주머니가 방 안에 수건을 들여놓고 돌아섰다.

아주머니가 아래층으로 내려가고 둘만 남자 두세 걸음 떨어져 있던 태완이 방문 앞으로 다가왔다. 버들은 심장 뛰는 소리가 복도 가득 울리는 것 같았다. 태완이 가방을 안에 들여놓더니 말했다.

"볼일이레 있어 나갔다 오갔시다. 저녁 시간까지 안 돌아오믄 먼저 식사하시라요."

태완은 버들이 대꾸할 틈도 주지 않고 성큼성큼 아래층으로 내려가 버렸다. 태완이 주인과 무어라 이야기하던 소리까지 사라지고 난 뒤에야 버들은 숨을 자유롭게 쉬었다. 막상 혼자 남으니 영 나쁘지만은 않았다. 몸에서 냄새가 나는 것 같아 신경 쓰였던 데다 방 안에 단둘이 있기엔 아직 너무 어색했다.

방으로 들어간 버들은 창가로 가서 홍주 옷소매보다 더 하늘하늘한 레이스 천을 들추고 밖을 내다보았다. 도로 쪽이 아니어서 태완을 볼 순 없었지만 빨래 널린 뒷마당과 주변 풍경, 그리고 산이 보였다. 오면서 보았던 모습과 크게 다르지 않았다. 버들은 침대에 걸터앉다가 매트리스가 출렁거리자 다시 멀미가 도지는 것 같아 얼른 일어났다.

버들은 수건을 들고 아래층으로 내려갔다. 공동욕실은 탕만 없을 뿐 고베의 대신여관과 비슷했다. 목욕을 하던 버들은 밖에서 들려오는 여자 우는 소리에 물을 잠그고 귀를 기울였다. 홍주였다. 버들은 허겁지겁 옷을 꿰입고 뛰어나갔다. 홍주가 소리쳐 울며 여관 밖으로 나가려는 걸 주인아주머니가 붙잡고 있었다.

"홍주야. 와 이라노? 무신 일이고?"

버들을 본 홍주가 철퍼덕 주저앉더니 바닥을 치며 더 큰 소리로 울었다. 얼마나 울었는지 그새 눈이 퉁퉁 부어 있었고 머리와 옷도 엉망이었다.

"친구야? 색시가 데리고 올라가서 좀 달래 봐."

아주머니가 버들에게 작은 소리로 말했다.

"신랑은 어데 갔습니꺼?"

"방에 있어. 신랑이 가까이 오면 더 울고 난리라 내가 들여보냈어."

물어보지 않아도 이유를 알 수 있었다. 버들은 홍주를 일으켜 세워 자기네 방으로 데려갔다. 홍주가 눈물범벅인 얼굴로 방 안을 둘러보며 말했다.

"와 니는 침대 있는 방이고?"

침대에 걸터앉은 홍주는 통통 몸을 튕겨 보기까지 했다.

"하이고, 가시나야. 그기 울고불고하다 할 소리가? 무신 일이고?"

버들은 알면서도 물었다. 잠시 침대에 관심이 쏠렸던 홍주는 다시 울음을 터뜨렸다. 그리고 옆에 선 버들을 잡고 흔들며 하소연을 했다.

"버들아, 우짜면 좋노. 조덕삼이 할배다. 서른아홉이 아이라 마흔아홉이라 칸다. 삼 년 절은 오이지맨키로 쪼글쪼글한 할밴 기라."

마흔아홉이면 홍주보다 서른한 살이나 더 많았다. 그런 사람과 부부로 살아야 하다니. 아무리 과부라고 해도 끔찍한 일이었다. 덕삼보다 더 나이 들어 보이는 박석보를 떠올리자 버들은 한숨이 나왔다.

"보내 준 사진은 뭐꼬?"

버들이 물었다.

"순 사기다. 그전에 찍은 사진이라. 도로 간다 카니까 나 델꼬 오느라 돈 마이 썼다 카면서 다 갚고 가라는 기라. 우짜면 좋노. 내는 저런 사람하고 몬 산다. 저런 할배캉 우째 잠을 자나 말이다."

자기 같아도 못 살 것 같았다. 버들은 침대 위에서 어린아이처럼 두 다리를 뻗고 우는 홍주의 등을 말없이 다독였다.

"느그 신랑은? 느그 신랑은 괜않나?"

한참 울고 난 홍주가 버들에게 물었다. 버들은 표정을 관리하며 고개를 끄덕였다.

"서태완이는 나이 안 속였다 말이가?"

홍주가 눈을 둥그렇게 떴다.

"정확한 건 내도 잘 모른다. 여 데려다주고 볼일 있다꼬 가가 지대로 이바구할 틈도 없었다."

버들은 얼버무렸다.

"송화 신랑은 봤나?"

홍주는 버들이 고개를 끄덕이자 어떻더냐고 물었다. 버들은 한숨을 내쉰 뒤 말했다.

"환갑도 넘어 보인다."

"우짜꼬."

홍주가 다시 울음을 터뜨렸다. 버들은 홍주가 포와에서 펼쳐질 새 삶에 어떤 기대를 걸고 있었는지 잘 알았다. 처참하게 박살 난 꿈 앞에서 절망하는 홍주를 보자 버들은 태완의 실물이 사진 속 모습과 같은 게 미안할 지경이었다.

"내 도로 갈 기다."

홍주가 결연한 어조로 말했다. 버들은 가슴이 덜컥 내려앉았다.

"어데로? 조선으로 말이가?"

버들은 홍주의 말만으로도 포와에 혼자 남겨진 것처럼 무서웠다. 아무리 사진과 실물이 다르지 않은 태완이라 해도 아직은 친구가 더 좋았다. 송화는 돌봐 주어야 할 사람이지 기댈 친구는 못 되었다. 하지만 가지 말라고 붙잡을 수도 없고 위로할 말도 떠오르지 않았다.

"돌아갈 뱃삯 있나?"

버들은 겨우 물었다.

"고베서 탈탈 털어 써가 한 푼도 없다."

홍주는 집에서 챙겨 온 돈도 다 썼다. 여기까지 오는 데 든 돈도 갚으라고 하는 마당에 덕삼이 돌아갈 뱃삯을 줄 리 없었다. 버들은 홍주 몰래 가슴을 쓸어내렸다.

"그라모 우예 갈라꼬? 집에다 돈 보내 달랄 기가?"

버들의 물음에 홍주 얼굴이 일그러졌다.

"안 한다. 아부지가 내보고 뭐라 캤는지 아나? 서방 죽은 지 삼 년도 안 돼가 새 시집 간다꼬 남사시럽다 카면서 다시는 집에 오지 말라 캤다. 그기 아부지란 사람이 할 소리가? 자기는 노다지 첩 살림하면서 말이다. 내가 누구 때민에 과부가 됐나 말이다. 아부지 양반 병 때문에 죽을병 든 사나한테 시집갔다 과부 됐다 아이가."

버들은 그동안 홍주의 사진결혼을 안 부자도 좋게 허락한 줄 알

고 있었다. 남자가 첩을 두는 건 흉이 아니지만 과부의 재가는 흉
이 되는 곳이 조선이었다. 버들은 그런 조선을 떠나온 홍주가 맞닥
뜨린 불행에 마음이 아팠다.

"니 돈 좀 있나? 송화도 돈 쪼매 있겠제?"

홍주가 물었다. 버들에겐 5달러 정도가 남아 있었다. 송화에게
도 얼마 있겠지만 돌아가는 여비로는 턱없이 부족했다. 아니, 돈이
있다고 해도 홍주가 돌아가게 놔두고 싶지 않았다. 버들이 대답을
얼버무리고 있는데 아래층에서 종소리가 들려왔다. 저녁 먹으라
는 신호였다. 친구가 곤경에 빠져 있는데 버들은 배에서 꼬르륵 소
리가 났다.

"하도 울어 쌓더이 허기진다. 밥 묵으러 가자. 수를 생각할라 카
면 묵어야 한다."

홍주가 자기 배에서 난 소린 줄 알고 침대를 내려왔다. 버들은
남편이 죽어 집에 돌아왔을 때도 씩씩했던 홍주가 이번 어려움도
잘 넘기고 포와에서 함께 살 수 있기를 간절히 바랐다.

*

조개껍데기를 엮어 만든 주렴 너머로 신랑 네 명과 명옥, 막선
이 보였다. 남자들 중에는 태완, 여자들 중에는 송화만 없었다. 명
옥과 막선은 신랑들과 다른 식탁에 앉아 있었고 신랑들 상엔 술병

이 놓여 있었다. 홍주는 남자들 쪽으로는 눈길도 주지 않은 채 명옥 옆에 가 앉았다. 버들은 막선 옆에 앉으며 송화를 봤는지 물었다. 태완이 없다는 아쉬움보다 송화가 더 궁금하고 걱정됐다. 눈두덩이 벌겋게 부은 막선과 명옥은 힘없이 고개를 저었다. 버들은 이민국 사무실 앞에서 태완에게 알은척했던 남자를 보았다. 신랑들 중 제일 늙은 석보는 벌써 취해 있었다. 송화가 궁금했지만 석보에게 말 걸고 싶지 않았다.

버들은 홍주를 힐끔거리는 남자가 덕삼임을 알아차렸다. 검게 그을고 삐쩍 마른 그에게서 달콤한 편지를 보내 주고 흔쾌히 돈을 더 부쳐 주던 사람의 모습을 찾기 어려웠다. 볼품없고 궁색해 보이는 게 사진 속 모습과는 영 딴판이었고 발을 올려놓고 찍었던 자동차는커녕 달구지도 없을 것 같았다. 홍주가 돌아가겠다고 할 만했다. 버들은 그 와중에도 상에 놓인 생선구이와 고기볶음, 상추, 풋고추와 된장에 자꾸 눈이 갔다. 부산을 떠나온 뒤 먹은 것은 주로 일본 음식이었다. 밍밍하고 들큼한 음식에 질린 터라 푸짐한 조선식 반찬을 보자 입에 침이 고였다.

주인아주머니와 딸로 보이는 처녀가 음식이 담긴 쟁반을 들고 왔다. 주인아주머니가 된장찌개를 식탁 가운데 놓고, 딸이 밥을 앞앞이 놓아 주었다. 흰 쌀밥이었다. 조선에서도 구경하기 힘들었던 쌀밥을 포와에서 보다니. 버들은 밥에서 눈을 뗄 수 없었다. 그때 석보가 여자들 쪽을 향해 말했다.

"103호에 가서 밥 먹으라고 좀 해 주시우."

버들과 홍주는 말이 끝나기도 전에 식당을 뛰어나가 103호로 갔다. 방문을 벌컥 열자 송화가 구석에 웅크린 채 앉아 있었다. 버들네 방과 달리 마루로 된 바닥이었고 한옆에 개켜 놓은 이부자리가 있었다. 버들과 홍주는 신발을 벗어 던지고 안으로 뛰어 들어갔다. 홍주가 송화를 끌어안고 다시 울음을 터뜨렸다.

"무신 팔자가 이렇노. 니 저레 늙은 신랑캉 우예 사노? 내도 조덕삼하고 사느니 과부로 늙어 죽는 기 낫다. 송화야, 니캉 내캉 고마 바다에 빠져 죽어 삐릴까?"

홍주가 송화를 붙잡고 울부짖었다. 송화는 남의 이야기인 양 멍한 얼굴로 홍주가 잡고 흔드는 대로 있었다.

"우짜면 좋노."

버들은 둘을 그러안고 눈물지었다. 그동안 무당 할머니와 실성한 엄마에다 아버지가 누군지도 모르는 까막눈 송화를 데려가는 신랑이 안됐다고 생각했다. 하지만 지금은 송화가 몇 배는 더 안쓰러웠다. 버들은 그 와중에도 배가 고픈 게 원망스러웠다.

"송화야, 밥 묵으러 가자. 묵고 생각하자."

홍주가 눈물을 닦으며 말했다.

"그래, 언니들 기다릴 기다."

버들이 반가움에 맞장구쳤다. 버들과 홍주는 송화를 이끌고 식당으로 갔다. 버들 말대로 명옥과 막선은 세 사람을 기다리고 있었다. 그사이 술을 마신 남자들 목소리가 커졌다. 버들은 송화를 앉히고 그 옆에 앉다 헤벌쭉 웃으며 바라보는 석보와 눈이 마주쳤다. 버들은 자기도 모르게 석보를 흘겨보았다.

여자들은 낙담한 표정으로 말없이 밥을 먹기 시작했다. 고베의 여관에서도, 포와로 오는 배에서도 모이기만 하면 수다가 끊이지 않던 그들이었다. 그런데 지금은 사기를 친 신랑 앞에서 목구멍으로 밥을 넘기는 게 치욕스럽다는 얼굴이었다. 버들도 그들 옆에서 맛나게 먹는 게 미안했다. 하지만 곧 누구랄 것 없이 내가 고기를 몇 점이나 먹었는지, 생선 대가리를 집어 와도 되는지, 생선 눈알은 누구 차지일지 눈치 보기에 집중했다. 모두 쌀 한 톨, 상추 한 잎 남기지 않고 싹싹 비웠다. 여자들이 밥을 다 먹은 뒤에도 남자들의 술판은 끝나지 않았다. 신랑들이 술기운을 빌려 말을 건넸지만 신부들 마음은 벌레 피하듯 더 멀어졌다.

버들은 홍주, 송화와 함께 방으로 갔다. 막선과 명옥도 쫓아왔다. 다섯 명이 들어앉으니 방이 꽉 찼다. 저녁 먹는 동안 잠시 멈췄던 울음보가 다시 터졌다. 버들은 태완이 올까 봐 걱정됐지만 절망하고 있는 사람들 앞에서 내색할 수 없었다. 배부른 사람의 선심 같아서 위로하는 말도 건네기 어려웠다.

잠시 뒤 주인아주머니가 파인애플이라는 과일을 갖고 와선 침대에 흘릴 수 있으니 바닥에 앉아서 먹으라고 했다. 좁은 바닥에 모여 앉은 신부들은 울면서도 새콤달콤한 과즙이 뚝뚝 떨어지는 파인애플을 손가락까지 빨아 가며 먹었다.

"색시들이 늙은 신랑 보고 얼마나 실망했을지 나도 잘 알아. 바닷물에 뛰어들고 싶은 마음이겠지. 신랑들이 나이가 많기도 하지만 땡볕에서 고생해서 더 늙어 보이는 거야. 맨몸뚱이로 와서 얼마나 고생했겠어. 서류에 이미 부부라고 못 박았으니 불쌍하게 생각하고 살아야지 어쩌겠어."

"아주머니는 고향이 어디예요? 아주머니도 사진 신부로 왔어요?"

막선이 침울한 얼굴로 고향 말씨와 같은 주인아주머니에게 물었다.

"나는 인천 살다 애들 아버지하고 애들하고 같이 왔어. 색시들도 포와가 낙원이라고, 여기 오면 배곯을 걱정 없다는 말 듣고 온 거지?"

아주머니 물음에 모두 고개를 끄덕이며 절망감을 조금이라도 덜어 줄 다음 말을 기다렸다. 마지막 기대였다.

"공부도 시켜 준다꼬 했습니더."

버들이 얼른 덧붙였다. 주인아주머니가 혀를 찼다.

"못 배우고 어둑해서 속았던 거지. 세상천지 그런 데가 어디 있겠어? 나도 그런 말에 혹해 어린애 셋을 끌고 왔지만……. 태완이 총각네하고 같은 배를 타고 와서 같은 농장에서 살았어. 아이고, 그 무서운 세월 생각하기도 싫다."

아주머니가 고개를 절레절레 저었다. 신부들은 마지막 보루로 삼았던 기대가 물거품이 되자 허탈한 기색을 감추지 못했다. 버들만이 기쁜 마음을 숨기느라 애썼다. 같은 농장에서 일했던 사람이 번듯한 여관 주인이 된 것을 보자 태완네가 지주라는 말에 더 믿음이 갔다. 조선에 사는 사람들의 삶이 천차만별이듯 여기 사는 조선 사람들의 삶도 제각각일 것이다.

"그래도 아지매는 이런 여관도 하고 성공하셨네예."

명옥이 부러운 듯 말했다.

"성공은 뭐. 처음 와서 고생한 거 어떻게 일일이 말하겠어. 가슴에 묻고 지금이 좋다 하면서 사는 거지. 사진 신부가 들어오기 시작한 게 구 년째야. 대부분 우리 여관에서 묵었어. 다들 처음엔 초상난 것처럼 울고, 돌아간다고 난리를 쳐도 결국은 그 신랑하고 살아. 돌아갈 여비도 없고 결혼 안 하면 여기서 쫓겨나는데 어쩌겠어. 색시들도 여기까지 왔으니 신랑이 성에 안 차도 마음 붙이고 열심히 살아. 그럼 좋은 날 있을 거야."

그 말에 잠시 그쳤던 신부들이 다시 울기 시작했다. 자신들에겐 영원히 오지 않을 미래 같았기 때문이다. 그 옆에서 버들도 함께 울었다.

5월의 신부들

밤늦도록 사진 신부들은 버들의 방을 떠나지 않았다. 아직 혼례를 치르지 않았기 때문에 신랑이 있는 방으로 가지 않을 명분이 있었다. 버들 역시 태완과 한방을 쓰는 건 남부끄러웠다. 버들은 상황을 살피러 올라온 주인아주머니에게 말했다.

"아직 식도 안 올렸으이 오늘 밤 지 방에서 다 같이 잘랍니더. 아지매가 신랑들한테 말 좀 해 주이소."

"그래. 방으로 가 봤자 곡소리만 날 텐데 여기서들 자. 내가 신랑들한테 얘기 잘 할게. 이 방 신랑도 오면 다른 방에서 자라고 하고. 내일 결혼식 하고 뿔뿔이 흩어지면 언제 볼지 모르니까 실컷 정들 나눠."

"뿔뿔이 흩어진다꼬예? 어데로 말입니꺼?"

명옥이 놀라 물었다. 낯선 포와에서 가장 필요한 사람은 친구들이었다. 서로에게 기대며 간신히 견디고 있는 것이다. 버들도 마찬가지였다. 아직까지는 태완보다 친구들이 더 좋고 의지가 됐다.

"신랑 둘은 이 섬에 살고 세 사람은 마우이, 카우아이, 빅아일랜드에서 왔다던데."

발음을 따라 하기도 어려운 낯선 곳이었다. 질문이 이어지자 주인아주머니는 아예 자리 잡고 앉아 포와에 대해 설명했다. 사진 신부들이 올 때마다 반복되는 일이어서인지 줄줄 외다시피 했다. 우선 포와는 한자식 표현이며 진짜 이름은 하와이라고 했다. 원래는 하와이 왕국이었는데 이십여 년 전 서양인들이 여왕을 쫓아내고 미국 땅으로 만들었다. 낙원으로 알고 온 곳이 일본에 나라를 빼앗긴 조선과 같은 처지라니. 모두 놀란 눈이 됐다.

"궁에 갇혀 지내던 여왕은 작년에 죽었어. 하와이 사람들이 장례식 때 우는 걸 보니 남 일 같지 않아 눈물이 나더라고. 거무스름하고 통통한 사람들 봤지? 그 사람들이 여기에 살던 원주민들이야. 사람들이 순하고 인심이 넉넉해 하올레보다 상대하기 훨씬 나아."

"하올레가 뭐예요?"

막선이 물었다.

"백인을 여기 말로 하올레라고 해. 사탕수수 농장이니 파인애플 농장이니 모두 하올레 거지. 원래 원주민 땅인데 다 뺏어서 하올레들이 나눠 가진 거라대. 하여간 힘없는 나라 백성들만 불쌍하지.”

농장주들은 대규모로 농사지어 설탕과 파인애플을 수출했다. 하와이가 미국령이 된 것도 그들이 수출할 때 높은 관세를 물지 않기 위해서였다. 농장주들은 처음엔 원주민을 노동자로 썼는데 수가 턱없이 부족했다. 그래서 유럽 사람들을 고용했지만 그들은 뜨거운 날씨와 힘든 노동을 견디지 못했다. 농장주들의 눈길은 아시아로 향했다. 처음 불러들인 중국인들은 계약 기간이 끝나자 대부분 농장을 떠나 미국 본토로 갔다. 그다음에 온 노동자들은 일본인들이었다. 그들 또한 계약 종료 후 본토로 가거나 임금 인상과 처우 개선을 요구하며 파업을 자주 벌였다. 조선인 노동자는 1903년에 첫발을 디뎠다. 그 뒤 이민이 금지된 1905년까지 칠천 명 넘게 왔지만 이십만 명이 넘는 일본인 노동자에 비하면 적은 수였다.

“아지매는 언제 오셨습니꺼?”

버들이 물었다. 태완이 언제 왔는지 알고 싶은 거였다.

“1905년에 왔어. 올해로 열네 해째네.”

주인아주머니가 하와이에서는 양력을 쓴다고 했다. 사진 신부들이 하와이에 도착한 날은 양력으로 1918년 5월 12일이었다. 버들은 오늘 날짜보다 태완이 언제 왔는지에 더 관심이 가서 몰래 손가락셈을 해 보았다. 열네 살, 태완은 동생 규식만 한 나이 때 이곳에 온 것이다. 이 낯선 곳에 식구들과 함께 와서 다행이었다. 아주머니의 설명이 이어지고 있었다.

하와이는 여러 개의 섬으로 이루어졌는데 그중 오아후섬에 전체 인구의 반 이상이 살았다. 오아후섬 중에서도 여관이 있는 호놀룰루가 가장 번화한 곳이었다.

"우리는 호놀룰루를 호항이라고 부르는데 조선으로 치면 한성 같은 곳이야. 참, 색시들은 경성이라고 해야 알겠네."

나라를 빼앗은 일본은 임금이 사는 한성의 이름을 경성으로 바꾸었다. 모여 앉은 사진 신부들 중 경성에 가 본 사람은 막선뿐이었다.

"여 사는 둘은 누굽니꺼?"

늘 번화한 곳을 동경해 온 홍주가 물었다. 주인아주머니의 시선이 버들과 송화를 가리켰다. 나머지 세 명의 얼굴엔 실망과 부러움이 교차했다.

"색시들 신랑은 북쪽에 있는 카후쿠 농장에서 살아. 다른 섬은 배 타고 가야 하는데 카후쿠는 기차로 갈 수 있지."

송화는 버들과 같은 곳에 산다는 말에 희미하게 웃었다. 하와이에 도착한 뒤 처음으로 감정을 드러냈다. 버들은 송화하고만이라도 헤어지지 않는 게 좋았고 무엇보다 배를 타지 않는다는 사실이 반가웠다. 뱃멀미를 떠올리면 끔찍했고 멀미하는 꼴을 태완에게 보이는 건 더 끔찍했다. 너무 기쁜 나머지 자기도 모르게 송화 손을 잡고 흔들던 버들은 홍주가 다시 눈물을 쏟자 슬며시 손을 놓았다. 송화의 표정에서도 웃음기가 사라졌다. 어딘지 모를 곳으로 배를 타고 더 가야 한다는 말에 명옥과 막선도 눈물을 찍어 냈다.

"내일 결혼식인데 얼굴 부으면 흉하니까 그만 울고들 자."

이부자리를 더 가져온 주인아주머니가 말했다.

"식은 어데서 합니꺼?"

버들이 물었다. 벌써부터 궁금했지만 결혼식에 관심도 기대도 없는 친구들 앞에서 내색하기 어려워 참고 있었다.

"태완이 총각 말로는 릴리하스트리트에 있는 감리교회에서 합동결혼식을 올릴 거라던데. 오늘은 일요일이고, 저녁이라 내일 식을 올리는 거야."

"와 거서 식을 합니꺼? 우리 셋은 교인도 아인데예? 신랑들이 말캉 교회 다닙니꺼?"

홍주가 퉁명스레 물었다.

"꼭 신자만 교회에서 결혼식을 올리는 건 아니야. 교회 아니면 식을 올릴 만한 데도 없고 주례 구하기도 어려우니까 거기서 하는 거지. 그리고 교회에 가면 세상 돌아가는 일도 듣고, 조선 소식도 알고, 또 사람들하고 어울릴 수 있으니까 다니는 사람들도 많아."

주인아주머니의 대답에 명옥이 울다 말고 하느님을 믿으라고 권했다. 그러곤 막선과 함께 손을 맞잡고 기도를 했다.

홍주와 송화에게 침대를 내준 버들은 명옥, 막선과 함께 바닥에 누웠다. 친구들이 신세 한탄하며 울다 잠들었다 다시 깨어 훌쩍이는 속에서 버들 또한 잠들 수 없었다. 하와이에 도착하면서부터 이어지고 있는 행운이 꿈일까 봐 두려웠다. 어진말에 살 때 버들은 비록 가난한 과부의 딸이었지만 스스로 괜찮은 사람이라는 자신감이 있었다. 비교 대상이 형편 비슷한 마을 처녀들이나 한번 시집갔다 온 홍주밖에 없어서 그랬는지 몰라도 그들에 뒤지지 않는 신붓감이라고 생각했다.

하와이로 오는 동안 많은 경험을 하고 여러 사람을 만날수록 버들은 자신감이 줄어들었다. 한글도 모르는 송화 앞에서나 우쭐할 뿐 자기보다 못난 사람은 그리 많지 않았다. 명옥과 막선은 교회에서 운영하는 여학교까지 다녔다. 명옥은 간단한 영어도 할 줄 알았다. 버들의 유일한 배경이었던 양반이라는 신분도 조선 밖에서는 끈 떨어진 갓만큼이나 쓸모없었다. 조선에서의 신분이 어떠했는지 궁금해하는 사람 자체가 없었다.

지금 상황에서는 학식이나 신분보다 용모나 나이가 우선이었다. 따지고 보면 친구들이 낙담하고 절망하는 것도 결국 그 때문이다. 사진과 다르더라도 더 젊고 잘생겼다면 속았다고 생각하지 않을 것이다. 자기 신랑의 됨됨이를 아는 사람은 아직 아무도 없다. 버들을 비롯해 모두 사람의 거죽만 보고 행운이다, 망했다 하고 있는 것이다. 남자들도 다를 리 없다.

생각이 얼굴에 이르자 버들의 자신감은 더 떨어졌다. 홍주는 늘 자기 얼굴에 자신 있어 했지만 버들도 그보다 처진다고 생각한 적은 없었다. 하지만 홍주는 단점은 가리고 장점은 돋보이게 하는 화장술이 뛰어났다. 평소엔 자그맣고 아담한 자신이 더 보기 좋은 것 같았는데 하와이에 오자 외국 여자한테도 뒤지지 않는 홍주의 키와 화려함에 밀리는 느낌이었다. 게다가 뱃멀미를 하며 전보다 못한 꼴이 돼 버렸다. 어진말과 비교할 수 없을 만큼 큰 동네인 진주와 수원에서 나고 자라 여학교까지 다닌 명옥과 막선에겐 도회 물을 먹은 세련된 분위기가 있었다. 남은 사람은 송화뿐인데 얼굴로만 치면 다섯 명 중 가장 예뻤다. 뾰족한 턱과 큼직한 이목구비는 조선에서와 다름없는데 이상하게 점점 더 예뻐 보였다.

버들은 생각할수록 다른 네 명은 신랑에게 문제가 있고 자신만 스스로에게 문제가 있는 것 같았다. 더구나 태완은 지주라고 하지 않았던가. 다른 신랑들은 몰라도 태완은 중매쟁이가 말한 대로일 것 같았다. 신부들이 신랑에게 실망해서 자기 방을 버리고 버들 방에 누워 있는 것처럼, 태완도 신부에게 실망해서 무뚝뚝하게 굴고 나가 버린 게 아닐까. 그도 결혼을 무르고 싶은 건지 모른다. 버들은 밤새 허방 같은 생각 속에서 허우적거렸다.

*

날이 밝았다. 새벽녘에야 지쳐 잠든 신부들은 여관집 딸이 밥 먹으라고 깨워서야 일어났다. 신부들은 달라진 것 없는 현실에 우울한 심정으로 식당에 갔다. 하나같이 눈이 퉁퉁 부어 있었다. 그들

과는 다른 이유로 역시 잠을 이룰 수 없었던 버들의 얼굴도 푸석
푸석했다.

무심코 들어간 식당에서 태완을 본 버들은 깜짝 놀랐다. 태완이
와 있으리라고 생각지 못했던 것이다. 신랑들 틈에 앉아 있는 태완
은 그들의 아들이나 손주 같았다. 버들과 눈이 마주친 태완이 목례
를 했다. 버들은 태완이 여관에 돌아왔다는 사실에 안심했고 자신
의 엉망인 얼굴이 신경 쓰였다. 지난 저녁처럼 신부들은 신랑들과
다른 식탁에 앉았다. 태완을 처음 본 홍주 표정이 눈에 띄게 싸늘
해졌다.

"느그 신랑은 사진 그대로네. 니는 좋겠다."

명옥이 소리를 낮추기는 했지만 신랑들이 다 들리게 말했다. 버
들은 태완도 들으리라 생각하니 민망했고 또 지난밤에 했던 생각
이 떠올라 걱정됐다.

밥과 고깃국, 김치와 달걀부침이 나왔다. 달걀부침은 한 사람당
한 개였다. 조선에선 생일에도 받지 못했던 진수성찬이었다. 밤새
뒤척이느라 허기졌던 신부들은 입맛이 깔깔해도 부지런히 먹기
시작했고 어젯밤 술기운에 떠들었던 신랑들은 조용했다.

신부들은 어쩔 수 없이 현실을 받아들이고 있었다. 결혼하지 않
으면 조선으로 돌아가야 한다. 뱃삯이 있다고 해도 조선으로 돌아
가고 싶어 하는 사람은 없었다. 돌아가면 포와로 시집갔다 왔다는
낙인이 찍힌 채 살아야 한다. 그건 늙은 남자와 사는 것보다 더 지

독한 나락으로 떨어지는 일이었다. 하와이로 오는 동안 새로운 세상을 경험하고 자유를 맛보았던 기억을 되새기면서 신부들은 어려움을 참고 견디었다. 어떻게든 여기서 살아야 한다.

신부들은 각자 방에서 짐을 챙겨 다시 버들 방으로 모였다. 결혼식에 갈 채비를 차리기 위해서였다. 홍주는 결혼식 때 입겠다고 산 서양식 옷 대신 어머니가 챙겨 준 초록 저고리에 다홍치마를 입었다. 서양식 옷은 어제 땅바닥에 앉아 우는 바람에 더러워져 입을 수 없게 됐다. 버들도 분홍색 치마저고리로 갈아입었다. 머리를 빗은 다음 화장을 하려고 분첩에 손을 뻗는 순간 홍주가 채뜨려 갔다. 당황한 버들은 민망해진 손을 어쩔 줄 몰라 했다. 홍주는 그동안 화장품이 없는 버들과 송화에게 제 것을 아낌없이 나눠 주었다. 화장하지 않겠다고 해도 나서서 그려 주고 칠해 주는 걸 큰 재미로 삼았다.

"부산 아지매, 사람이 우째 그러노? 와 니한테는 좋은 자리 중신 서고 내캉 송화는 저런 할배를 소개해 준 기가? 우리 어매한테 웃돈도 받아묵고 말이다."

분첩을 그러쥔 홍주가 버들에게 쏘아붙였다. 버들은 무안함과 억울함에 얼굴이 빨개졌다. 홍주 말은 억지였다. 송화는 몰라도 홍주는 신랑감을 직접 골랐다. 조덕삼을 신랑으로 고른 사람은 홍주 자신이라고 따져 주고 싶었지만 말 대신 눈물이 나왔다. 신랑보다 한참 부족한 자신에게 느끼는 비참함은 신랑 때문에 절망하고 있는 그들과 다르지 않았다. 하지만 버들은 그마저도 배부른 투정 같아서 자신을 위해서는 한 번도 울지 않았다. 자기 설움이 섞이긴 했어도 버들이 눈물을 흘린 것은 다른 신부들을 걱정해서였다. 그런데 가장 친한 친구한테 비난을 당하자 누르고 있던 감정이 북받친 것이다. 버들이 손바닥에 얼굴을 묻고 흐느껴 울자 방 안은 다시 한바탕 눈물바다가 됐다. 홍주가 사과하며 분첩을 내밀었지만 버들은 끝까지 마다했다.

교회까지는 삼십여 분 거리라고 했다. 주인 부부의 배웅을 받으며 여관을 나선 신랑과 신부들은 뚝 떨어져 걸었다. 새벽에 비가 왔는지 길바닥이 젖어 있었다. 쿰쿰한 냄새가 나는 거무죽죽한 개천을 따라 걷는 신부들은 결혼식이 아니라 장례식에 가는 사람처럼 어두운 얼굴이었다. 한바탕 함께 운 것으로 무마된 것 같았지만 버들은 신부들에게 미묘한 거리감을 느꼈다. 태완을 본 뒤 홍주는 명옥과 막선에게 더 친근하게 굴었다. 넋이 나가 팔푼이처럼 된 송화는 아무 위안도 되지 못했다. 신랑들과도 조금 떨어져 뒤 한 번 돌아보지 않고 걷는 태완 역시 버들의 소외감이나 서운함을 덜어주지 못했다.

건물 그늘을 벗어나자 불침처럼 따가운 햇살이 쏟아졌다. 바다에서 불어오는 바람은 더위는 식히지 못하고 머리카락을 흩날리고 치맛자락을 펄럭였다. 신부들은 통통 부은 눈을 잔뜩 찡그린 채 치맛자락을 붙잡고 터벅터벅 걸었다. 색이 각기 다른 한복을 차려

입은 여자들이 떼로 걸어가자 지나가던 사람들이 힐끔거렸다. 길에서 과일을 팔던 하와이 여인이 "알로하." 하고 인사했지만 아무도 응대하지 않았다.

개천에 놓인 작은 다리를 건너자 여관 거리처럼 나무로 지어진 1, 2층짜리 건물들이 죽 이어져 있었다. 피부색과 생김새와 말씨가 제각각인 사람들로 가득한 거리는 지저분하고 어수선했다. 젖은 길바닥은 말똥과 과일 껍질 같은 오물로 질퍽거렸다. 여관 주인아주머니가 하와이의 경성 같은 곳이라고 자랑했던 동네가 이 정도면 자기들이 살 곳은 도대체 어떨지 사진 신부들은 한숨만 나왔다.

신랑들이 큰길가의 교회 앞에서 멈춰 섰다. 작은 마당이 딸린 2층짜리 건물이었다. 신부들은 신랑들을 따라 건물 안으로 들어갔다. 버들은 교회가 처음이었다. 무당 할머니 아래서 자란 송화는 더 얼빠진 기색으로 두릿댔다. 목사 부인과 집사라는 부인 두 명이 신랑 신부를 맞았다.

면사포와 꽃다발은 돈을 주고 빌리는 거였다. 꽃다발은 가져도 되지만 면사포는 결혼식 끝나고 되돌려 주어야 했다. 막선은 신랑이 비싸다고 투덜거리는 바람에 또 눈물지었다. 홍주는 신랑을 벌레 보듯 하면서도 면사포나 꽃다발은 가장 예쁜 걸로 골랐다. 김 집사라는 부인이 민낯인 버들에게 분을 발라 주고 눈썹과 입술연지를 칠해 주었다.

"서 간사 색신데 신경 써 줘야지. 총각 귀신으로 늙을 줄 알았더니 이렇게 장가를 가네. 결혼하면 신랑 구슬려서 다시 교회에 다니게 해. 새댁도 같이 나오고."

박석보는 태완을 서 반장이라고 불렀는데 이번엔 간사였다. 그게 뭔지, 신랑을 어떻게 구슬리라는 건지 모르겠지만 태완을 안다고 하자 버들은 김 집사가 화장도 안 하고 결혼식에 온 자신을 성의 없다고 여길까 봐 걱정됐다. 화장을 하고 하늘하늘한 천이 바닥까지 드리운 면사포를 쓰자 결혼한다는 게 실감 났다. 다른 신부들도 면사포와 꽃다발이 주는 분위기에 휩싸여 신랑 생각을 잠시 잊은 듯했다. 버들은 태완을 훔쳐보았다. 태완은 입고 있던 양복에 나비넥타이를 새로 매고 영 어색한 듯한 얼굴로 서 있었다. 결혼에 대한 기대나 설렘은 좁쌀만큼도 없는 모습이었다.

"어쩌면 이렇게 고울까."

목사 부인이 단장을 마친 송화를 보며 말했다. 기름 발라 빗어 넘긴 머리 때문에 얼굴 주름이 더 도드라지는 박석보가 이 빠진 입안이 다 보이게 헤벌쭉 웃으며 송화를 보았다. 다른 신부들이 고르고 남은 면사포를 쓰고 꽃다발을 든 송화는 남의 잔치에 온 사람처럼 멀뚱한 모습이었다. 여염집 여자와 같은 삶을 살게 해 주려고 손녀를 하와이로 떼어 보낸 금화가 박석보를 본다면 얼마나 억장이 무너질까. 버들은 울고불고하는 홍주보다 송화가 더 신경 쓰였다.

준비를 마치자 목사가 부부끼리 서라고 했다. 버들은 정신을 차렸다. 남 걱정할 때가 아니었다. 신랑들 중 자기 신부를 소 닭 보듯 하는 사람은 태완뿐이었다. 조덕삼은 노골적으로 무시당하면서도 홍주 주위를 맴돌았고, 명옥과 막선의 신랑도 벙싯대며 단장한 색시를 훔쳐보았다. 태완만이 송화 버금가는 표정으로 멀뚱히 서 있었다.

명옥과 막선 부부가 앞줄에, 나머지 세 쌍이 뒷줄에 섰다. 버들은 처음 보는 꽃들이 섞인 꽃다발을 든 채 태완과 조금 떨어져 서 있었다. 김 집사가 다가오더니 버들을 태완 옆으로 붙어 서게 했다. 목사가 주례를 서고 목사 부인과 집사 두 명이 하객의 전부였다. 하객은 둘째치고 어머니와 가족도 없이 결혼식을 치르다니. 버들은 목이 메었다.

목사가 결혼 의사를 묻자 홍주는 울음을 터뜨렸다. 앞줄의 명옥과 막선도 울기 시작했다. 그들의 울음소리가 신랑들의 대답 소리보다 더 컸다. 목사는 이런 상황에 이골이 났는지 당황하는 기색이 없이 식을 이끌어 나갔다. 명옥과 막선은 울다가도 사람들과 함께 찬송가를 불렀다. 성경 한 줄 본 적 없고, 찬송가 한 소절 들어 본 적 없는 버들은 남의 결혼식에 들러리 서 있는 느낌이었다. 태완의 감정과 같을 테니 다행이었다.

신부들의 울음소리는 목사가 부부간의 사랑과 화목한 가정, 그 사이에 태어날 자식 등 희망찬 미래에 대한 이야기를 할수록 더 커졌다. 명옥과 막선은 울면서도 "아멘." 하며 목사의 말을 받들었지만 홍주는 마치 초상집인 양 "아이고, 아이고." 하고 곡소리까지

내며 울었다. 언제 다시 볼지 모를 어머니와 동생들 생각에 버들의
눈에서도 눈물이 흘렀다.

결혼 서약을 하고 신랑이 신부 손에 반지를 끼워 줄 차례였다.
목사의 지시에 따라 신랑들이 주머니에서 반지를 꺼냈다. 태완의
손에도 은가락지가 들려 있었다. 버들은 몇 달 동안 일을 안 해 그
나마 부드러워진 손을 내밀었다. 가슴이 뛰었다.

'가락지가 이뻐서 그런 기다.'

버들은 자신에게 말했다. 태완이 손을 잡자 버들의 심장은 더 세
게 뛰었다. 태완은 은가락지를 버들의 약지에 끼웠다. 그런데 마디
에 걸려 들어가지 않았다. 당황한 태완의 얼굴이 벌게졌고 버들은
더 빨개졌다.

"다음에 늘려다 주갔소."

태완이 반지를 도로 빼려고 했다. 결혼을 무르자는 말로 들렸다.

"아, 아입니더."

버들은 태완의 손을 밀친 뒤 반지를 억지로 밀어 넣었다. 반지
는 살갗에 상처를 내고서야 제 자리를 찾았다. 버들은 비로소 안도
의 숨을 내쉬었다. 면사포는 되돌려 줘야 하고 꽃은 시들겠지만 반
지는 영원히 손가락에 남아 있을 것이다. 공부를 하고 친정을 도울
수 있다는 증표 같았다.

신랑 신부들은 목사 내외와 집사들과 함께 교회 근처 중국 식당
에서 피로연을 겸해서 점심을 먹었다. 여관에서와 달리 신부들은

제대로 먹지 못했다. 음식이 너무 기름져 입에 맞지 않았고 곧 헤어져야 한다는 생각이 식욕을 떨어뜨렸다.

"마우이가 어딘지 몰라도 조덕삼이한테 빚진 거 갚는 대로 도망칠 기다. 니 주소 알려 도고."

함께 변소에 갔을 때 홍주가 버들에게 말했다. 버들은 분첩 때문에 홍주에게 서운했던 감정은 어느새 사라지고 그저 헤어질 일이 가슴 아프기만 했다.

"친구들한테 주소 좀 갈쳐 주이소."

버들의 청에 태완이 가지고 있던 신문 가장자리를 찢어 주소를 적었다. 그것을 시작으로 주소 교환이 이어졌다. 다른 신랑들은 영어 주소를 쓸 줄 몰랐다. 홍주 얼굴이 의심스러워하는 표정으로 변해 갔다. 그럼 사탕발림 같은 편지도 남이 써 준 걸까? 설마, 글은 쓸 줄 알겠지. 하지만 지금 저 꼴하고 지난날의 푸른 파도가 어쩌고 하는 편지하고 어울린다고? 버들은 홍주 표정에서 자신과 같은 생각을 읽었지만 곧 거짓 편지라도 받은 홍주가 자기보다 낫다는 생각이 들었다. 적어도 덕삼은 홍주 마음을 사려고 노력한 것이다.

*

버들 일행이 카후쿠로 떠날 시간이었다. 명옥과 막선네는 신혼여행 삼아 호놀룰루에 하루 이틀 더 머물 거라고 했고, 마우이로 가는 홍주네는 밤배를 탄다고 했다.

"버들아, 송화야, 건강하게 잘 지내그레이. 펜지하꾸마."

홍주가 또다시 눈물이 그렁그렁한 얼굴로 버들과 송화를 끌어 안았다. 홍주는 과부가 되고서도 화를 내면 냈지 울지 않았다. 그런 홍주가 하와이에 와서 눈이 짓무르게 울고 있었다. 버들은 홍주를 힘껏 안아 주었다.

"홍주 니도 잘 지내그라. 내도 안정되는 대로 펜지하꾸마."

항구 근처에 있는 호놀룰루역은 사람과 짐, 말과 달구지들로 복잡하고 소란스러웠다. 하와이에 사는 하올레들은 대부분 지위가 높은 사람이거나 부자라던 여관 주인아주머니 말대로 차림새와 짐에서 차이가 났다. 버들은 그들 틈에서 지주가 된 태완이 대단해 보였다. 그리고 그런 사람이 어째서 자신을 신부로 골랐는지 궁금해졌다. 혹시 부산 아지매나 중매쟁이가 자기에 대해 거짓말을 했으면 어쩌나 걱정됐다. 태완에게 사랑받지 못하는 것보다 거짓말쟁이로 비치는 게 더 싫었다.

태완이 기차표를 끊으러 간 뒤 버들과 송화, 석보는 땡볕 아래에 서 있었다. 좁은 대합실 안이나 건물 그늘, 나무 그늘 같은 데는 이미 사람들이 다 차지했다. 긴 치마저고리에 속치마, 고쟁이까지 챙겨 입은 버들과 송화는 땀을 줄줄 흘렸다. 버선과 당혜를 신은 발도 화끈거렸다. 처음엔 팔뚝이나 다리를 내놓은 여자들 옷차림이 망측했는데 지금은 부러웠다. 버들도 버선을 벗어 버리고 맨발에 짚신을 신고 싶었다.

홍시처럼 빨갛게 익은 송화 얼굴을 보며 안절부절못하던 석보가 양복저고리를 벗어 들더니 차양처럼 드리워 주었다. 송화가 살 것 같은 얼굴로 버들을 잡아끌었다. 버들은 타 죽을 것 같다가도 그늘에 들어서면 단박에 서늘해지는 게 새삼 신기했다. 송화와 버들이 시원해하자 석보가 싱글거렸다. 버들은 문득 늦게 본 손주에게 뭐라도 해 주려고 애쓰던 어진말의 장수네 할아버지가 생각났다. 새신랑 석보는 장수 할아버지보다 더 나이 들어 보였다.

태완이 돌아와 기차표를 나눠 주었다. 버들은 표를 들여다보았다. 네모나고 기다란 표에 영어가 쓰여 있었다. 고베에서 에스더에게 배운 영어 알파벳 중 첫 글자인 A만 알아볼 수 있을 뿐 나머지는 가물가물했다. 가운데 조금 큰 글자로 MAY 13/18이라고 찍혀 있었다.

검표원이 개찰을 시작했다. 기차를 탄 네 사람은 빈자리가 없어서 가야 했다. 짐과 사람이 뒤섞인 기차 안은 혼잡했다. 버들은 품에 안은 꽃다발이 상할까 봐 신경 쓰였다. 벌써 처지는 꽃송이가 있었다. 송화는 꽃다발을 가는 곳마다 놓고 와 그때마다 석보가 찾아다 줬는데 결국 기차 타기 전 들른 화장실에 놓고 왔다. 석보가 알아차렸을 때는 이미 기차가 출발한 뒤였다.

"아이고, 아까버서 우짜노?"

버들이 안타까워했지만 송화는 꽃도 귀찮다는 얼굴이었다.

버들 일행과 같은 칸에 탄 사람들은 모두 동양인들이었다. 기차
는 많이 덜컹거렸다. 심하게 흔들렸을 때 태완은 넘어지려는 버들
을 슬쩍 잡았다. 태완의 가슴팍에 코를 박았던 버들은 얼른 자세를
바로 하고 빨개진 얼굴을 감추기 위해 창밖을 보았다. 기차가 역에
설 때마다 사람들이 내렸고, 그보다 적게 탔다. 건널목을 지날 때
면 그 앞에 서 있던 사람들이 손을 흔들었다. 마주 흔들던 버들은
태완의 눈길에 얼른 손을 내렸다.

빈자리가 나자 석보는 송화를 먼저 앉힌 다음 버들을 불렀다. 할
아버지 같은 사람을 세워 놓고 자기가 앉는 것도 그렇고 신랑 곁
을 떠나기도 싫어 마다했던 버들은 태완이 가서 앉으라고 하자 어
쩔 수 없이 송화 옆으로 갔다.

"괜않나?"

버들의 물음에 송화가 배시시 웃으며 고개를 끄덕였다. 송화는
아까보다 훨씬 생기가 도는 얼굴을 창에 박다시피 하고 밖을 내다
보았다. 복작대는 도회지를 벗어나니 좋은 모양이었다. 버들은 송
화와 할 말이 없었다. 홍주하고였다면 쉴 틈 없이 이야기가 이어졌
을 것이다. 버들은 벌써 홍주가 그리웠다.

기차는 바다를 끼고 달리기 시작했다. 기차가 서는 역마다 높이
솟은 굴뚝과 건물들이 보였다.

"저 굴뚝은 무신 굴뚝입니꺼?"

버들이 앞자리에 앉은 석보에게 물었다. 나이 차이가 워낙 많이

지니 내외해야 하는 외간 남자 같은 생각이 들지 않았다.

"설탕 만드는 공장이여."

석보도 마찬가지인 듯 반말로 대답했다. 그리고 몸을 돌린 채 묻지도 않은 것까지 이야기했다. 오아후섬 동남쪽에 있는 호놀룰루에서 출발해 서쪽 해안선을 따라 북동쪽 카후쿠까지 이어진 철도는 사탕수수를 운반하기 위해 생겼다. 사람들을 태운 기차가 서는 곳은 주로 큰 농장과 제당 공장이 있는 데였다. 공장에서 만들어진 설탕은 배에 실려 미국 본토나 유럽으로 갔다. 버들은 석보가 듣지도 않는 송화에게 눈을 떼지 않고 이야기하는 것을 보았다. 그의 얼굴엔 흐뭇한 미소가 가득했다.

버들은 몇 자리 뒤에 앉아 신문을 읽는 태완을 돌아다보았다. 그는 신문이 없더라도 버들을 볼 것 같지 않았다. 결혼식을 올리고 나자 어젯밤 같은 불안함은 사라졌지만 여전히 남처럼 구는 태완을 향한 서운함은 더 커졌다. 버들은 마음을 달랬다. 자신이 태완을 선택한 것처럼 태완도 버들을 선택한 것이다. 버들이 마음에 들지 않았다면 얼마든지 다른 여자를 고를 수 있었다. 자신이 싫었다면 왜 150달러라는 돈을 들여 하와이에 오게 하고, 결혼식을 올리고, 집에까지 데려간단 말인가. 결혼하기로 결정이 난 건 몇 달 전이지만 실제로 만나기는 어제가 처음이다. 결혼했다고 금세 다정하고 친절하게 대하기는 쉽지 않은 일이다. 점잖은 성격에는 더더욱 그렇다. 아직은 서먹하고 어색한 게 정상이다. 버들은 태완의 행동 하나하나에 널뛰듯 움직이는 마음을 다잡았다.

'이레 맘이 가벼워가 우짤라 카노. 평생 살 사람 아이가. 느긋하게 맘묵자.'

버들은 한결 편해진 마음으로 창밖을 내다보았다. 왼쪽 가까이엔 바다가, 오른쪽 멀리엔 병풍처럼 이어진 산이 보였다. 치마폭 주름처럼 골 진 산자락에 이어진 들판은 온통 사탕수수밭이었다. 밭에서 일하는 사람들과 베어 낸 사탕수수 더미가 곳곳에 보였다.

'공장에 보낼라꼬 모다 났나 보네. 우찌 저런 수숫대에서 사탕가루가 나온다 말이고. 참말 신기하다.'

버들은 이렇게 너른 땅이 끝없이 펼쳐진 것도, 그 밭에 한 가지 작물만 심은 것도 처음 보았다. 고추 한 고랑, 깨 한 고랑, 목화 한 고랑 심는 어진말의 작은 밭뙈기는 밭이라고 하는 것조차 민망할 지경이었다. 태완의 땅은 얼마나 클까? 일꾼은 몇 명이나 될까? 여기서도 일밥을 밭으로 내가는 걸까? 이런저런 생각을 하던 버들은 규칙적인 흔들림에 잠이 쏟아졌다.

"다 왔수다."

옆에 다가와 선 태완이 버들의 어깨를 가볍게 건드렸다. 눈을 뜬 버들은 침 흘린 것을 깨닫곤 얼른 닦으며 일어섰다. 무릎 위에 올려놓았던 꽃다발이 바닥으로 떨어졌다. 버들은 많이 시들었지만 아직 향기가 짙은 꽃다발을 얼른 주워 안았다.

카후쿠는 종착역이었다. 저무는 햇살이 풍경을 부드럽게 만들

고 있었다. 기차에서 내린 사람들은 대부분 사탕수수밭 노동자인
듯 하나같이 허름한 차림새였다. 태완이 버들의 가방을 들고 앞장
섰다. 버들은 송화의 손을 잡고 그 뒤를 따랐다. 석보는 송화 옆에
서서 걸었다. 카후쿠역 주변에도 그동안 지나친 역들처럼 우체국
과 식료품점, 술집들이 있었다. 굴뚝이 우뚝 솟은 제당 공장 마당
에 사탕수숫단이 산더미처럼 쌓여 있고 일꾼들이 분주하게 일하
는 게 보였다. 버들은 공장과 상점 거리보다 어진말의 매봉산처럼
우뚝 솟은 채 이어진 산이 더 눈에 들어왔다. 석보가 코올라우산이
라고 알려 주었다. 버들은 그 이름을 입속으로 되뇌어 보았다. 달
리는 기차에서 보았던 산은 먼 풍경으로만 여겨졌는데 코올라우
산은 바로 곁에서 싱그러운 기운을 뿜어냈다. 버들은 든든하게 버
티고 선 산이 마음에 들었다.

*

맥고모자를 쓴 남자가 태완을 반겼다. 남자 옆에는 말 두 마리가
끄는 달구지가 서 있었다. 버들은 눈이 휘둥그레졌다. 귀한 말이
두 마리나 있다니. 자동차가 아니어도 좋았다. 맥고모자 남자는 석
보를 보고 놀라 물었다.

"박씨 아재 아니우? 아재도 장가들었소?"

맥고모자 남자는 도대체 어떤 여자가 석보 같은 사내와 결혼했

는지 궁금하다는 눈빛으로 버들과 송화를 번갈아 가며 보았다. 버들은 슬며시 태완 쪽으로 다가섰다.

"그렇게 됐네. 신세 좀 져야겠구먼."

석보가 싱글벙글 웃으며 송화 가방을 달구지에 실었다. 맥고모자 남자가 나무 발판을 달구지 밑에 놓아 주었다. 버들과 송화는 발판을 밟고 달구지에 올라 양쪽 가장자리에 놓인 긴 나무 의자에 앉았다. 석보가 탄 다음 마지막으로 태완이 남자에게 무슨 말인가 이르고 달구지에 올랐다.

맥고모자 남자는 사탕수수밭 사잇길로 말을 몰았다. 붉은 흙길이었다. 밭 사잇길로 들어서자 키가 큰 사탕수수에 가려 하늘밖에 안 보였다. 노을이 대지를 물들이고 있었다. 덜컹거리는 길에서 버들은 멀미하기 시작했다. 버들은 태완 앞에서 토하는 꼴을 보이기전에 어서 집에 닿기를 바랐다.

한참을 달린 끝에 집들이 나타났다. 작은 동네처럼 무리 지은 곳을 지날 때마다 피부색과 생김새가 다른 사람들이 보였지만 오두막처럼 작고 허름한 집 모양새는 같았다. 아주 가끔 고베에서 본 저택이 나타나면 버들은 멀미하는 와중에도 태완의 집인가 싶어 두근거렸다. 하지만 달구지는 그 집들을 지나쳐 계속 달렸다.

울렁거림이 극에 다다른 순간 맥고모자 남자가 달구지를 세웠다. 버들은 고꾸라지듯 달구지에서 뛰어내려 수수밭가로 달려갔다. 태완으로부터 더 멀리 가고 싶었지만 그게 최선이었다. 송화가

쫓아와 쭈그리고 앉은 버들의 등을 두드려 주었다. 쓴 물까지 게우
자 그제야 속이 가라앉았다. 남자들이 모여 서서 담배를 피우며 버
들 쪽을 바라보고 있었다.

"송화야, 내 꼴 괜않나?"

버들이 매무새를 다듬으며 물었다. 태완을 만난 뒤 좋은 모습을
보여 준 적이 없는 것 같았다. 송화가 고개를 끄덕였다. 버들과 송
화가 달구지로 돌아가자 태완이 담배꽁초를 비벼 끄며 물었다.

"괜찮습네까?"

"야, 인자 괜않십니더. 괜히 지 때문에⋯⋯. 이제 가입시더."

버들이 말하며 송화와 함께 달구지를 타려는데 석보가 송화 가
방을 내렸다. 어리둥절해하는 송화에게 석보가 말했다.

"우리 집은 여기서 걸어가야 혀. 얼마 안 멀어."

석보가 수수밭 어느 쪽인가를 가리켰다.

"한동네 사는 기 아닙니꺼?"

버들이 놀라 묻자 맥고모자 남자가 대답했다.

"우리 농장은 여기서 삼 마일쯤 더 가요."

"사, 삼 마일요?"

태완이 십 리 남짓이라고 했다. 십 리면 그렇게 먼 거리는 아니
지만 한동네라고 할 수 없었다. 송화는 곧 울 것 같은 얼굴이 됐다.
버들은 홍주만큼 친한 사이가 아니어도 그동안 정든 송화와 헤어
지는 게 한없이 서운하고 허전했다. 버들도 울고 싶은 마음을 다잡

으며 송화를 붙잡고 작은 소리로 말했다.

"송화야, 틈 봐서 찾아갈 기니까네 잘 지내고 있그레이. 그리고 느그 신랑 그레 나쁜 사람은 아인 것 같다. 우짜겠노. 할배라 생각하고 살아야제."

송화가 입을 꾹 다문 채 고개를 끄덕였다. 버들은 동생을 떼어 놓는 것처럼 걱정스러웠다.

"박씨 아재, 장가도 드셨으니 이젠 딴짓하지 말고 잘 사시우."

맥고모자 남자가 출발하기 전에 석보에게 한 말이었다.

버들은 달구지에 올랐다. 멀미 때문에 뛰어내리며 내팽개친 꽃다발이 바닥에 떨어져 있었다. 버들은 꽃을 주워 들고 자리에 앉았다. 송화가 손을 흔들었다. 눈물이 솟았다. 버들은 간신히 울음을 참으며 가라고 손짓했다. 송화와 함께 앉았던 자리에 혼자 앉으니 세상에 홀로 남겨진 기분이었다. 버들은 뒤이어 탄 태완이 옆에 앉아 주길 기대했지만 그는 아까처럼 맞은편에 앉았다. 단둘이 마주하고 있자 버들은 이민국에서 처음 만났을 때보다 더 어색했다.

말이 달리기 시작했다. 버들은 송화 쪽을 보았다. 송화는 버들과 헤어진 자리에 선 채 점이 될 때까지 움직이지 않았다. 그사이 태완은 맥고모자 남자 가까이 옮겨 앉아 대화를 나누기 시작했다. 급한 것 같지 않은 농장 일에 관해서였다.

삶의 터전

맥고모자 남자가 사람들이 모여 있는 마당 앞에 달구지를 세웠다. 오두막 몇 채와 공회당처럼 큰 건물이 두어 채 있는 곳이었다. 사람들이 달구지를 향해 환호성을 질렀다. 그들 앞에 놓인 긴 상엔 술과 음식이 차려져 있었다. 신랑 신부를 위한 잔치가 분명했다. 태완이 펄쩍 뛰어내린 뒤에도 버들은 눈앞의 풍경에 눈이 휘둥그레진 채 꼼짝하지 않았다. 마당 화톳불 위에서 돼지가 통째로 구워지고 있었다. 어진말에서 잔치 때 돼지를 잡을 수 있는 집은 홍주네뿐이었다. 지주 집안에 시집왔다는 게 실감 났다. 태완이 달구지 옆에 서 있는 것을 본 버들은 엉거주춤 일어섰다.

"색시 손 안 잡아 주고 뭐 해."

한 여자의 목소리가 들려왔다. 버들은 태완이 멋쩍은 얼굴로 내민 손을 잡고 달구지에서 내렸다.

자매로 보이는 두 아이가 태완과 버들에게 꽃목걸이를 걸어 주었다. 항구에서 팔던 것 같은 목걸이였다. 교회에서 올린 식과 중국 식당에서 점심 먹은 것으로 결혼식 행사가 끝난 줄 알았던 버들은 기대하지 않았던 환영에 마음이 따뜻해졌다. 사람들이 박수를 쳤고 버들은 그들을 향해 허리를 숙였다.

"고맙다."

태완이 아이들에게 말했다. 버들은 자기에게 꽃목걸이를 걸어 준 아이 머리를 쓰다듬어 주었다. 임무를 무사히 마쳤다는 듯 자매가 "아버지." 하며 맥고모자 남자 옆에 붙어 섰다. 남자가 딸들 어깨에 팔을 두르며 태완에게 말했다.

"제수씨 가방은 내가 들여놓을 테니 아버지께 인사부터 드려."

아버지라는 말에 버들은 긴장이 됐다. 처음 시어른을 만나는 거였다.

"갑세다."

태완 말에 버들은 매무새를 다듬었다.

버들은 태완을 따라 등받이 없는 긴 걸상에 앉아 있는 사람들 사이를 지났다. 홍주나 명옥, 막선의 신랑들처럼 검게 그을고 주름진 남자들이었다. 여기서도 태완은 젊은 축이었다.

버들은 긴 상 끝의 팔걸이의자에 앉아 함박웃음을 짓고 있는 노인이 태완의 아버지이자 자신의 시아버지임을 알아차렸다. 한눈에도 몸이 불편해 보였다. 사람들이 깔아 준 자리 위로 올라간 버들은 태완과 함께 시아버지에게 큰절을 올렸다. 덜덜 떨며 내뻗었던 노인의 팔은 버들에게 닿지 못하고 무릎 위로 떨어졌다. 거동이 불편한 모습이 중풍 맞은 어진말의 용복이 할매와 비슷했다. 절을 하고 일어선 버들은 노인에게 다가가 손을 잡았다.

"……어서 오라우. ……먼 길 오느라 고생했다."

말투는 어눌했지만 다정했고, 진심이 느껴졌다. 버들은 눈시울이 뜨거워졌다. 시아버지의 따뜻한 말에 그동안의 몸고생 맘고생의 서러움이 모두 풀리는 것 같았다. 서 노인에 이어 이 사람 저 사람이 한마디씩 했다. 조선 팔도 말씨가 다 섞여 있었다.

"영감님 인자 며느리 봤으니 소원 풀었는 게라."

"안즉 아님메. 떡두꺼비 같은 손자를 안아야지."

"태완아, 오늘 밤부터 부지런히 힘써서 얼른 아들 봐라."

"어젯밤부터 힘썼는지 누가 아노."

"그러게. 신랑 신부 꼴이 핼쑥하네."

누군가 한 말에 왁자하게 웃었다. 버들은 붉어진 얼굴을 감추느라 치마를 터는 체했다.

"인사가 늦었소. 황재성이라고 하오."

맥고모자 남자가 버들에게 정식으로 인사했다. 모자를 벗자 생각했던 것보다 나이가 더 들어 보였다. 버들도 마주 허리를 굽혔다.

태완과 버들이 주인공 자리에 앉은 뒤 잔치가 시작됐다. 상 위에는 김치와 젓갈, 무장아찌, 전 같은 조선 음식이 차려져 있었다. 남자들이 잘 구워진 통돼지를 탁자에 올려 썰기 시작했다. 여자들은 마당에 걸린 커다란 솥 가에서 국수를 삶는 중이었다. 버들은 사람들의 대화에서 시아버지가 이 잔치를 준비했음을 알았다.

해가 코올라우산 너머로 사라지자 눈썹 같은 초승달이 모습을 드러냈다. 여기저기 남포등이 내걸렸고 아이들은 개와 함께 경중거리며 뛰어다녔다. 닭들은 상 밑을 돌아다니다 사람들에게 쫓겨났고 날벌레들도 남포등 주위에서 춤을 추었다. 버들의 시선은 앞으로 자신이 어울려야 할 여자들을 찾았다. 대여섯 명밖에 되지 않는 여자들은 버들보다 나이가 훨씬 많아 보였다. 어린아이를 등에 업고 있는 사람이 그나마 가장 젊었다.

"니보다 나이 많은 사람한테는 그저, 내는 잘 모릅니더, 잘 갈쳐주이소, 하면서 앵기라. 니는 날 닮아가 뚝뚝한 기 걱정이다."

떠나오기 전 어머니가 당부한 말이었다.

아이를 업은 아주머니가 국수 쟁반을 들고 다가왔다. 버들이 얼른 일어나 받으려고 하자 그가 마다했다.

"새색시는 가만 앉아 있으라. 대접받는 날은 오늘 하루뿐이다. 줄리 아배요, 토니 좀 받으이소."

그 말에 재성이 여자 등에서 사내아이를 빼 갔다. 조선 부모에 조선 아이들인데 이름이 이상했다. 버들은 낯익은 말씨가 반가웠고 태완과 친한 듯한 재성의 처라는 사실도 기뻤다. 줄리 엄마가 달걀과 호박 고명을 얹은 국수를 태완과 버들 앞에 내려놓으며 말했다.

"국수 드이소. 잔칫날은 국수를 먹어야 국수 가닥처럼 길게 잘 산다 안 카나."

"고맙습니더. 아지매는 고향이 어데라예? 지는 김햄니더."

버들은 줄리 엄마에게 말을 붙였다.

"신랑들끼리 형 동생 하는데 아지매가 뭐꼬? 성님이라 캐라. 내는 마산이다."

버들은 줄리 엄마의 타박조차 정겹게 들렸다.

국수와 고기가 앞앞이 고루 놓이자 토니를 한 팔에 안은 재성이 건배 제의를 했다. 사람들의 참견에 버들과 태완은 서로의 잔에 술을 따랐다. 오늘을 위해 직접 담근 야자열매 발효주라고 했다. 술이라곤 술지게미밖에 먹어 본 적 없는 버들은 난처한 얼굴로 남편을 보았다. 태완이 아까보다 풀어진 얼굴로 고개를 끄덕였다. 서노인도 어줍은 손짓으로 마시라고 했다. 고개를 외로 하고 한 모금마신 버들은 기침을 해 댔다. 목이 타는 것 같았다. 가슴을 훑고 내려간 술기운에 아랫배까지 찌르르했다. 첫 잔은 비우는 거라는 사람들 성화에 버들은 남은 술을 들이켰다. 술기운이 온몸에 퍼지자모든 걱정이 사라지면서 자꾸 웃음이 나왔다.

조선에서라면 갓 결혼한 신부가 남정네들과 한 상에 앉아 술잔을 나누는 일은 생각조차 못 했을 것이다. 버들은 여기저기 끼어

앉은 다른 여자들도 스스럼없이 남자들과 어울리는 모습을 보며
새로운 세상에 온 것을 실감했다. 점심 먹은 것을 다 토하고 빈속
이었던 버들은 국수와 돼지고기를 맛있게 먹었다. 시아버지 음식
시중을 들려고 했으나 그것마저 줄리 엄마가 말렸다.

"앞으로 주야장천 할 일이다. 오늘까지 내가 하꾸마."

버들은 줄리 엄마가 돼지고기를 잘게 찢어 시아버지 앞의 접시
에 놓아 주는 것을 눈여겨보았다.

"고향 사람 만나니까네 반갑고 좋네. 동상이라고 불러도 되제?"

"하모요. 앞으로 잘 갈쳐 주이소."

맏딸인 버들은 언니가 생긴 것처럼 든든했다. 조선에 살 때는 김
해, 마산, 진주, 부산이 다 다른 곳이라고 여겼고 말씨도 다르다고
생각했다. 하지만 타국 땅에서 만나니 같은 경상도라는 사실만으
로도 일가처럼 여겨졌다. 버들은 제일 궁금했던 아이들 이름에 대
해서 물었다.

"여서 살 긴데 미국식으로 지어야제. 조선식으로 지으면 여 사
람들 지대로 부르지도 몬한다. 줄리 아배가 반대하는 기를 내가 우
겨서 그리 지었다. 동상도 얼라 놓으면 미국 이름으로 지라."

배에서 보았던 검사관이나 이민국 조사관들도 버들 이름을 제
대로 발음하지 못했다. 태완과 함께 아이 이름 짓는 모습을 상상하
니 귓불이 달아올랐다. 버들은 다른 여자들과도 인사를 나누었다.
나이대와 말씨가 다 다른 여자들은 앞다투어 버들에게 앞으로 살

아가는 데 도움이 될 만한 이야기를 들려주었다.

사탕수수 농장 노동자들이 모여 사는 마을을 캠프라고 했다. 캠프는 숫자를 붙여 구분하는데 같은 민족끼리만 사는 곳도 있고 여러 민족이 함께 지내는 곳도 있었다. 버들이 살게 될 캠프 세븐은 조선인들로만 이루어져 있었다. 버들은 눈앞에 보이는 밭이 태완네 거냐고 묻고 싶은 걸 참았다.

"조선은 요새 어떤 게라?"

누군가 버들을 향해 물었다. 무슨 말을 해야 할지 몰라 버들은 두리번거렸다.

"동척이 농민들 땅을 다 뺏는다고 하던데 참말입네까?"

어진말 아저씨들이 동구나무 아래 앉아 핏대 올리며 이야기하는 것을 얼핏 들은 적은 있지만 뺏길 땅도 없는 가난한 집 딸인 버들은 관심 밖인 일이었다.

"지, 지는 잘……."

버들은 치맛자락에 땀 찬 손바닥을 문질렀다.

"조선에서도 왜놈 돈을 써야 한다는 게 사실인교?"

"임금이 일본에 끌려가서 수모를 당하고 왔다던디 조선 동포들은 가만히 있는단 말이여?"

"지, 지는 나라 돌아가는 꼴은 잘 모릅니더."

버들이 기어들어 가는 목소리로 대답했다. 사실이었다. 어머니는 자식들이 주워들은 일본 이야기를 하면 불호령을 내렸다.

"시골 면장도 왜놈들이 차지했다 안 허요."

확실하게 아는 이야기였다.

"여서 그기를 우찌 압니까? 우리 주천면도 나카무라 상이 면장이 됐습니더."

버들은 놀라 대꾸했다. 멀리 떨어진 조선의 소식을 어떻게 자기보다 더 잘 아는지 신기했다.

"조선을 아주 틀어쥐려는 수작인 게야."

누군가 흥분해 소리를 높였다.

"왜놈 세상 떠나서 잘 왔소."

재성이 술 한 잔을 따라 주었다. 버들은 어진말을 벗어나서야 그곳이 작은 우물 같았음을 안 것처럼 조선을 떠난 뒤에야 거기가 어떤 곳인지 제대로 알게 된 것 같았다. 사람들은 목청을 돋워 조선이 못 살 곳이라고 말하고 있었다. 어머니와 동생들을 불구덩이에 남겨 둔 채 혼자만 빠져나온 셈이었다. 버들은 재성이 따라 준 술을 한입에 꿀꺽 마셨다. 가슴 속이 불구덩이인 것처럼 뜨거웠다.

술이 거나하게 오르자 사람들은 노래를 불렀다.

우뚝우뚝 날칼진 코올라우 산상 위로
비바람 건불 불어와 젖은 등을 말리고
만경창파 물결이 해변에 뎅그르르르
사탕밭 수숫대는 살풀이춤으로 흐느적거린다

저녁놀 붉게 피고 청천 하늘에 잔별 돋으니
　　담배 붙여 입에 물고 북녘 바다 쳐다본다

　하와이에 노동자로 와서 살고 있는 사람들의 심정이 담긴 노래였다. 서너 사람이 일어나 노랫가락에 따라 덩실덩실 춤을 추었다. 음식과 흥이 넘쳐흘렀다. 굶주림과 일본 등쌀에 시달리던 조선에선 볼 수 없던 광경이었다. 버들은 어머니에게 이 모습을 보여 주지 못해서 아쉬웠다. 동생들에게 맛난 음식을 먹이지 못하는 게 너무 안타까워 목이 멨다.

　사람들이 새신랑에게 노래를 거듭 청하자 태완이 마지못한 듯 일어섰다. 술기운에 배포가 커진 버들은 태완을 뚫어져라 쳐다보았다. 곧 배에서 나오는 듯한 우렁우렁한 목소리가 울려 퍼졌다. 달빛 아래서 보니 태완은 더 늠름하고 멋있어 보였다. 저런 사람이 자신의 신랑인 것이다. 버들은 다른 신부들과 함께 있을 때는 내색하지 못했던 자랑스러움과 뿌듯함을 마음껏 드러낸 채 태완을 보았다.

　　어여쁘고 아름답다 산 높고 물 고운 우리나라
　　산마다 독립기상 물마다 자유사상
　　자유 독립 거룩한 흙 오 나의 사랑

동반도 대조선 그 이름 억만 년 변치 마라
땅덩이 다 닳도록 햇빛이 다 늙도록
해동반도 조선국 그 이름 항상

이어지는 노랫말 중 조선과 자유와 독립이란 단어가 버들의 귀에 박혔다. 조선 자유 독립. 버들은 깜짝 놀라 주위를 둘러보았다. 어디선가 일본 순사가 튀어나와 태완을 잡아갈 것 같았다. 태완의 목청은 점점 커졌지만 일본 순사는 나타나지 않았다. 그래도 버들의 뛰는 가슴은 가라앉지 않았다.

"내는 조선이 웬수다. 힘없는 나라 때민에 남편도 잃고 자식도 잃은 기라. 포와는 조선이 아이니까네 지킬 나라도 없을 기 아이가. 거 가서는 오로지 느그 생각만 하면서 아 놓고 알콩달콩 재미지게 살그라. 그기 오직 내 소원이다."

어머니 목소리가 갓 놓은 자수처럼 선연했다. 그런데 남편 태완이 조선의 자유 독립을 노래하고 있었다. 버들은 조마조마한 심정으로 사람들을 살폈다. 다들 태평스러운 표정으로 여흥을 즐기고 있었다. 여기는 미국 땅 포와, 아니 하와이였다. 마음껏 조선 독립을 외쳐도 잡아갈 일본 순사 따윈 없는 것이다. 그래서 하와이를 낙원이라고 하는 건가. 그뿐 아니라 여자들도 남편과 한 상에서 당당하게 음식을 먹고 술을 마시는 곳이다. 버들은 마음이 가라앉았다. 이제 이 낙원에서 지주인 남편과 알콩달콩 재미지게 살며 공부

할 일만 남아 있었다. 길 건너에 빽빽하게 버티고 선, 태완의 것일
사탕수수밭이 행복을 지켜 줄 견고한 울타리처럼 보였다.

*

버들은 목이 타 잠에서 깨어 보니 모기장을 둘러친 바닥에 혼
자 누워 있었다. 사람들이 주는 술을 서너 잔 더 받아 마신 뒤 여자
들이 방으로 데려다 눕혀 준 것이 기억났다. 결혼 첫날 고주망태
가 된 걸 어머니가 알면 뭐라고 할까. 등줄기로 땀이 흘렀다. 밖에
선 여전히 사람들 떠드는 소리가 들려왔다. 한두 사람 목소리만 들
리는 걸로 봐서는 어지간히 끝나 가는 모양이었다. 창밖의 빛에 방
안이 어슴푸레 보였다.

버들은 모기장 너머로 방 안을 둘러보았다. 그동안 상상했던 것
과 비교하기 민망할 만큼 작고 초라했지만 반닫이 같은 세간과 유
리 창문이 있어 어진말 집보다 훨씬 좋아 보였다. 바닥이 침대가
아니라 돗자리인 것도 마음에 들었다. 반닫이 위 작은 항아리에 결
혼식 꽃다발이 꽂혀 있는 게 보였다. 술에 취해 이끌려 오면서도
꽃을 가져가야 한다고 고집부렸던 게 떠올랐다. 아이들이 걸어 주
었던 꽃목걸이는 머리맡에 놓여 있었다. 첫날부터 흉잡힐 일만 골
고루 한 것이다.

창밖에서 여자들 목소리가 들려왔다. 샘가에서 뒷정리를 하는 모

양이었다. 버들은 이제라도 일을 도우며 실수를 만회해야겠다는 생각으로 자리에서 일어났다. 모기장을 걷고 나가 방문을 열려던 버들은 새신랑이란 단어에 주춤했다. 자기도 모르게 창가로 바짝 다가서 귀를 기울였다. 새신랑 이야기에는 반드시 새색시가 딸려 나올 것이다. 여자들이 자기를 어떻게 생각하는지 몹시 궁금했다.

"새신랑이 인사불성이 됐어. 첫날밤이나 제대로 치를지 모르 갔다."

캠프의 부인네들 중 가장 나이 많은 개성 아주머니 목소리였다. 개성에서 살다 와서 그렇게 불리지만 고향은 황해도 황주라고 했 다. 버들은 첫날밤이란 말에 혼자인데도 얼굴이 달아올랐다.

"그래도 태완이가 이렇게 고분고분하게 결혼할 줄 몰랐어. 사진 결혼은 절대 안 한다고 했었잖아."

버들은 줄리 엄마와 비슷한 또래인 제임스 엄마 말에 가슴이 내 려앉았다.

"중풍 든 아배가 성사시킨 결혼을 우찌 마다하겠나? 내사 마 중 간에 신랑 귀에 들어갈까 봐서 줄리 아배한테도 말 안 했다 아이가."

태완이 모르게 진행된 결혼이라니. 버들은 줄리 엄마 말에 다리 가 풀렸다.

"그럼 신랑은 언제 안 겨?"

개성 아주머니 다음으로 나이 많은 두순 엄마가 물었다.

"색시 오기 사흘 전에 알렸다 아입니꺼. 안 한다고 펄펄 뛰는 기를 영감님이 울면서 빌었어예. 죽기 전 손주 보는 기 소원이라꼬 요. 줄리 아배가 달래고, 내도 중신 선 내 체면이 뭐가 되냐고 퍼붓 고, 말도 마이소."

버들은 바닥에 주저앉았다. 모기장 자락이 엉덩이에 깔린 것도 느껴지지 않았다. 조선에서는 부모가 시키는 대로 결혼하는 게 보통이었다. 자기주장 강하고 하고 싶은 대로 다 하던 홍주도 신랑 얼굴 한 번 못 보고 아버지가 정한 혼처로 시집갔었다. 그런 조선에서도 자기 결혼을 사흘 전에 아는 경우는 없을 것이다. 버들이 태완을 남편으로 생각하며 마음을 키워 가고 있는 동안 태완은 버들이 있다는 사실조차 알지 못했다는 이야기다. 태완이 버들에게 데면데면하고 무뚝뚝했던 것은 만난 지 얼마 안 되거나 성격 때문이 아니라 코뚜레에 꿰인 소처럼 억지로 끌려 나온 탓이었다. 버들은 그런 사람을 놓고 온갖 감정의 널뛰기를 했던 것이다.

"줄리 어마이가 애 많이 썼다. 참한 색시로 잘 골랐다."

개성 아주머니의 말이 칭찬으로 들리지 않았다.

"좋은 색시 소개해 달라꼬 중매쟁이한테 웃돈도 없어 줬다 아 입니꺼. 중매쟁이가 즈그 오래비한테 특별히 부탁해가 구한 색십니더."

줄리 엄마의 말투에서 자랑스러움이 느껴졌다. 버들은 자신이 웃돈을 얹어 주고 뽑은 색싯감이라는 말에 난전의 물건처럼 흥정 대상이 된 기분이었다.

"그래도 인물은 달이보다 많이 빠지지?"

두순 엄마 또래인 원산댁 목소리였다. 달이가 누구지? 버들의 관심이 온통 다음 대화로 쏠렸다.

"누가 그 인물을 따라가겄어. 달이 잃고 산송장 같던 태완이 생각하면 지금 저렇게 멀쩡한 게 신기혀."

버들은 바닥에 주저앉은 채 멍하니 그들의 이야기를 들었다.

"그러니까네 세월 앞에선 장사 없다고 하지 않습니꺼."

"속은 모르지. 첫정 잊기가 그렇게 쉬울라고. 지금도 그림같이 이쁘던 두 사람 모습이 선해."

"다 지나간 일이다. 새색시 앞에선 입도 뻥긋 마라."

개성 아주머니가 주의를 주었다. 버들은 귓속 가득 벌이 잉잉거리는 것 같았다. 첫정, 그림같이 이쁘던 두 사람, 정인을 잃고 산송장 같던 태완……. 홍주 방에서 읽었던 연애소설 속 이야기 같았다. 하지만 주인공이 자기 남편이라고 생각하자 벼린 칼날이 가슴 복판을 사정없이 베고 지나갔다. 태완이 자신을 남 대하듯 한 것은 억지로 한 결혼이어서가 아니라 이미 다른 사람이 가슴에 들어차 있어서였다. 그게 더 암담했다. 버들은 그런 사람과 살기 위해 어머니와 동생들을 버리고 머나먼 길을 왔다. 소풍 가서 고생 끝에 찾은 보물이 꽝이었던 기억이 떠올랐다. 지금은 인생의 꽝을 잡은 것 같았다.

버들은 약지의 반지를 내려다보았다. 반지가 안 맞자 태완은 너무 쉽게 포기했다. 반지를 억지로 끼운 사람은 자신이었고 그때 벗어진 살갗의 상처가 아직 뚜렷했다. 반지는 영원히 남는 것이라 생각했는데 이제 보니 억지 결혼의 증표였다. 태완의 눈에 그런 자신이 얼마나 미워해 보였을까. 그 시간 그 자리로 다시 돌아가, 나중에 늘려다 주겠다는 태완 앞에서 보란 듯이 반지를 던져 버리고 싶었다. 버들은 이제라도 반지를 빼려고 했지만 툭 불거진 마디가 태산처럼 가로막았다. 그 여자 손은 예뻤을까? 버들은 자신도 모르게 떠오른 생각을 부숴 버리려는 듯 가슴을 탕탕 쳤다.

버들은 왜 그렇게 꽃다발에 집착하며 끝까지 가져왔는지 알 것 같았다. 자신이 태완의 신부임을 꽃으로 일깨워 주기 위해서였다. 태완의 감정을 감지한 본능이 그렇게 하게 한 것이다. 그 꽃다발은 버들인 양 그들의 결혼인 양, 상처 나고 시든 채 항아리에 꽂혀 있었다. 이제 어떻게 살아야 하나. 누굴 보고, 무얼 잡고 살아야 하나. 아득한 절망감이 밀려왔다. 결혼 첫날 새색시 버들은 세상천지 혼자인 것처럼 웅크린 채 앉아 있었다. 그때 문이 열리고 태완이 휘청대며 들어섰다.

*

닭이 울었다. 어진말에서 가장 부지런한 장수네 닭이 새벽을 열면 동네 닭들이 차례로 울었다. 마지막 닭이 울기 전 일어나야 하는데 버들은 몸이 천근만근 무거워 꼼짝할 수 없었다. 오늘은 어머니가 먼저 부엌에 나갔으면 좋겠다고 생각하다 버들은 퍼뜩 정신을 차렸다. 잠이 싹 달아났다.

이곳은 어진말이 아니라 하와이 카후쿠다. 태완과 첫날밤을 치르고 처음 맞이하는 새벽인 것이다. 버들은 살며시 눈을 떴다. 나무 벽과 나뭇가지로 받쳐 열어 놓은 창문이 보였다. 그 창으로 샛별이 보였다. 별은 어진말에서 보던 것과 다르지 않았지만 버들은 한 사람의 배우자로 바뀌어 있었다. 등 뒤에서 태완의 숨소리가 들렸다.

버들은 조심스레 돌아누웠다. 다행히 침대가 아니라 떨어질 일은 없었다. 꼭 붙어 잘 일도 없다는 듯 멀찌감치 누운 태완은 이불 대신 모기장을 둘둘 만 채 버들의 반대편 벽을 보고 잠들어 있었다. 마치 버들과 치른 첫날밤을, 아니 결혼을 후회하는 것처럼 느껴졌다.

버들은 어머니가 만들어 준 원앙 수 놓인 베갯잇을 그제야 떠올렸다. 들숨 날숨에 따라 태완의 모로 세운 어깨가 오르내렸다. 어깻죽지에 지렁이가 기어가는 것 같은 흉터가 있었다. 그만한 흉터면 꽤 큰 상처였을 것이다.

또다시 닭이 울었다. 목청껏 울어 대는 닭이 새날이 밝았다고 외치는 것 같았다. 버들은 벌떡 일어났다. 개성 아주머니 말처럼 다 지나간 일이고, 줄리 엄마 말처럼 세월 앞에선 장사가 없다. 맞다.

어떤 상처도 세월을 이기지 못한다. 아버지와 오빠를 잃어 본 버들은 그 사실을 알았다. 태완의 첫정도 세월을 이기지 못할 것이다. 언젠간 어깻죽지의 흉터처럼 희미한 자국이 돼 버릴 것이다.

버들은 바닥에 허물처럼 널브러져 있는 분홍색 치마저고리를 접어 가방에 넣고 무명옷을 꺼내 입었다. 잔치는 지난밤으로 막을 내렸다.

'내는 인자 농장 주인이다. 중풍 든 시아부지캉 첫정을 가슴에 품은 신랑을 거두고 마당을 얼라들 웃음소리로 채울 사람은 내뿐인 기라.'

어머니가 새벽마다 하는 것처럼 머리의 쪽을 새로 찌려던 순간 버들은 세상이 찢어져라 울리는 날카로운 소리에 놀라 비녀를 떨어뜨렸다. 줄리 엄마가 알려 준 기상 사이렌 소리였다.

기상 사이렌은 새벽 4시 반에 울렸다. 밭일은 오전 6시에 시작해 오후 4시 반에 끝났다. 사탕수수 농장이라면 어디든 같다고 했다. 버들은 벌써 일어나 있던 서 노인에게 물어 가며 첫 밥을 지었다. 아침뿐 아니라 태완이 농장에 가져갈 도시락도 싸야 했다. 낯선 부엌이었지만 다행히 잔치 음식이 있어서 반찬 걱정은 하지 않아도 됐다.

"아바지한테 잘해 주시라요. 내레 바라는 거이 기거뿐이외다."

버들이 처음 차려 준 밥상을 받고 태완이 한 말이었다. 버들을 이 집의 며느리로만 여기겠다고 선을 긋는 것 같았다. 버들은 서운하고 야속한 마음에 입을 꾹 다물었다.

"이거이 일주일치 생활비라요. 여기 생활 익숙해지믄 한 달치씩 주갔소. 형수한테 물어보믄 알려 줄 겁네다."

태완이 5달러를 주었다. 날마다 다음 끼니 걱정을 하는 어머니 곁에서 함께 마음 졸이며 살아온 버들은 생활비를 받자 서운함이 조금 가셨다. 십 분도 안 걸려 아침을 먹은 태완은 작업복을 입고 집을 나섰다. 울타리 문까지 배웅 나간 버들에게 태완이 말했다.

"아바지 밥 잘 챙겨 주시라요."

"야, 걱정 말고 댕겨오이소."

버들의 목소리가 다시 퉁명스러워졌다. 집 안으로 돌아온 버들은 방문을 열고 앉아 있는 서 노인에게 물었다.

"일은 6시부터 한다면서 와 이레 일찍 갑니꺼? 밭이 멀어예?"

농장까지 삼십 분 넘게 걸리거니와 먼저 나가 일꾼들 상황과 작업을 점검해야 한다고 했다. 안 부자는 머슴을 두고 일을 시키는데 태완은 자신이 직접 하는 모양이었다. 젊은 사람이 지주라고 뒷짐 지고 젠체하는 것보다 나았다.

캠프 세븐에서 오 리쯤 떨어진 일본인 캠프에 식료품과 생필품을 파는 가게가 있었다. 또 며칠에 한 번씩 중국인 부부가 차에 물건을 싣고 다니며 팔았다. 버들은 처음 일주일은 태완이 준 돈을 쓰기가 겁났다. 물가도 잘 몰랐고 주는 대로 홀랑 쓰다 헤프다는 소리를 들을까 봐, 텃밭에서 키운 채소와 집닭이 낳는 달걀로만 반찬을 만들었다. 사실 음식을 해 먹기는커녕 구경조차 제대로 못 해 보고 시집온 버들은 할 줄 아는 요리가 별로 없었다.

"동상, 집에 있는 노인네야 그렇다 치고 맨날 밭에 가 힘든 일 하는 사람을 그레 풀떼기만 멕이면 우짜노? 서방 쓰러지는 꼴 볼라 카나?"

줄리 엄마의 핀잔 섞인 말을 듣고서야 버들은 처음으로 장을 보았다. 돼지고기볶음을 저녁상에 올리자 태완은 순식간에 밥그릇을 비우고 더 달라고 했다. 시아버지도 평소보다 두어 숟갈 더 들었다. 그동안 입맛을 제대로 맞추지 못했던 것이다. 버들은 줄리 엄마에게 식구들이 좋아하는 음식이 무엇인지 물어보고 틈날 때마다 요리법을 배웠다. 태완은 아버지한테 잘해 주는 것 외엔 바라는 게 없다는 말대로 무엇을 요구하거나 타박하는 법 없이 버들이 주는 대로 먹고 입었다.

'생활비 따박따박 주는 가장한테 이만큼은 해야 한다 아이가.'

태완이 좋아한다는 소리에 돼지 뼈를 사다 하루 종일 끓이면서 버들은 누가 뭐라는 사람도 없는데 변명처럼 말했다. 태완이 월요일마다 주는 생활비는 버들이 이 주일 동안 어깨 빠지고 허리 끊어지게 빨래를 해서 받는 액수와 같았다.

캠프엔 공동 식당과 공동 세탁장이 있었다. 대부분 독신자인 일꾼들은 합숙소에서 생활하며 캠프의 부인네에게 돈을 내고 식사와 빨래를 해결했다. 식당 일은 개성 아주머니와 제임스 엄마가 맡아서 하고 빨래는 두순 엄마와 원산댁, 줄리 엄마가 하고 있었다. 원산댁 부부는 버들이 온 지 며칠 안 돼 캠프를 떠났다. 일꾼들이 들고 나는 건 다반사라고 했다. 버들은 원산댁이 하던 일을 하겠다고 나섰다.

버들은 시집오면 학교가 앞에 기다리고 있다 문을 열어 줄 줄 알았다. 나무에 옷이며 신발이 주렁주렁 달려 있다는 이야기를 믿었던 것만큼이나 허황된 기대였다. 줄리나 제임스도 근처에 학교가 없어 어린 나이에 부모와 떨어져 호놀룰루 기숙학교에서 공부하고 있었다. 카후쿠 한인 교회에서 일요일마다 한글 학교가 열린다고 했지만 어린아이들 대상이었다. 버들이 갈 만한 학교는 없었고 중매쟁이 말과 다른 상황을 따질 상대도 없었다. 캠프의 부인네들이 왜 멀리 시집왔느냐고 물었을 때도 차마 그 이야기를 할 수 없었다. 신랑과 재미나게 살지도 못하고, 공부도 하지 못하게 된 버들은 친정을 도와주겠다는 꿈만은 지키고 싶었다.

"일손이 필요하긴 하다만서도 힘든 일인디 할 수 있겠어?"

두순 엄마가 주먹으로 자기 어깨를 두드리며 말했다. 버들에게는 농장의 여자 주인이 이런 일을 할 수 있느냐는 말로 들렸다.

"하모요. 할 수 있어예. 갈쳐 주는 대로 잘 하겠습니더."

버들은 혹시라도 새댁이 농장 주인이라고 거만하게 군다고 할까 봐 더 싹싹하게 말했다.

"잘 생각했다. 얼라 없을 때 한 푼이라도 벌어야제. 빨래 일이 몸은 힘들어도 시간 쓰기는 낫다. 식당은 아침, 저녁을 지어야 하는데다 도시락까지 싸야 하지만 빨래는 오전에 빨아 널고 저녁 짓기 전에 걷어서 개키면 된다 아이가. 한 달에 총 30달러 남짓 들어오는 데서 우수리는 공동 경비로 떼고 서이서 똑같이 10달러씩 노누는 기다. 우리는 고참이라꼬 더 가져가고 신참이라꼬 들 주는 거 없다."

줄리 엄마가 설명했다. 사람들은 미국 돈을 조선식으로 바꾸어 불렀다. 달러는 원, 센트는 전이고, 100전은 1원이었다. 남자들이 농장에서 하루 열 시간 꼬박 일하고 받는 돈은 1달러 20센트이고 일주일에 육 일씩 일한 한 달 월급은 30달러 정도였다. 이민 초기에 비하면 많이 오른 금액이라고 했다. 버들은 시아버지가 보내 주었던 150달러가 아무리 지주라고 해도 얼마나 큰돈인지 그제야 알았다.

버들은 며느리를 얻기 위해 이미 큰돈을 쓴 시아버지에게 친정을 도와 달라고 청하기 미안했고 태완에게 말하기는 자존심 상했다. 버들은 자기 힘으로 벌어서 친정에 보내 주고자 마음먹었다. 버들이 세탁장 일을 하겠다고 하자 시아버지나 태완은 말리지 않았다. 캠프에서 노는 사람은 토니 같은 아기밖에 없었다. 줄리와 제임스의 동생들도 저보다 어린 동생을 보거나 집안일을 했다.

세탁일은 정말 힘들었다. 특히 시뻘건 황토물이 든 작업복 바지는 젖으면 뻣뻣하고 무거워졌다. 애벌빨래만 해도 솔로 문지르고 방망이로 한참을 두드려야 했다. 그런 다음 비누칠을 해서 비벼 빤 뒤 여러 번 헹구고 나면 팔이 덜덜 떨리고 허리가 끊어질 듯 아팠다. 어진말에서 삯바느질하던 일은 고생도 아니었다. 빨래를 처음한 날 밤 버들은 끙끙 앓았다. 그 소리에 잠에서 깬 태완이 어딘가를 뒤져 바르는 약을 주며 힘들면 하지 말라고 했다. 불퉁스러운 말투에 버들은 이를 악물고 앓는 소리를 삼켰다.

세탁장 일이 힘들기만 한 것은 아니었다. 빨래하는 중간에 개성 아주머니와 제임스 엄마가 간식거리를 내오곤 했다. 잠시 쉬면서 아주머니들이 하는 이야기를 듣는 재미가 컸다. 버들은 자기보다 일찍 하와이에 온 그들의 경험담을 귀담아들었다. 그들은 점심도 함께 먹었다. 시아버지 때문에 혼자 집으로 오는 버들에게 개성 아주머니는 반찬을 자주 챙겨 주었다. 개성 아저씨와 시아버지는 형, 동생 하는 사이였다.

하루는 방망이질을 하는데 작업복 위로 뻘건 물이 툭툭 떨어졌다. 황토물보다 더 빨갰다. 자기 코에서 흘러나온 코피임을 안 버들은 방망이를 놓고 고개를 젖혔다. 뭉게구름이 피어오르는 하늘이 보였다. 고향 집 마루에 앉아서 보던 구름과 같았다. 목구멍으로 비린내 나는 피가 넘어갔다.

"코피 나나? 우야꼬, 일이 고된갑다. 여 앉아 쪼매 쉬그라."

줄리 엄마가 버들을 한옆에 앉혔다. 두순 엄마는 솜뭉치를 찾아 와 건네주었다.

"인자 괜않습니더. 걱정 마이소."

버들은 솜뭉치로 코를 틀어막으며 부러 더 밝은 소리로 말했다.

"처음이라 그려. 차차 나아질겨. 그래도 수수밭 일에 비하면 빨래는 아무것도 아녀."

"그기는 이 성님 말이 맞다. 수수밭에서 일할 때는 픽픽 쓰러지는 사람이 한둘이 아이었는 기라."

줄리 엄마 말에 두순 엄마가 지난 기억을 들추었다.

"나는 여기 와서 막내 두순이를 낳았는디, 봐 줄 사람이 없어서 밭에 데리고 다녔어. 바구니에 담아서 그늘에 눕혀 놓고 일을 하는디 점심때가 되면 젖이 퉁퉁 불어 앞자락이 다 젖는겨. 애가 아퍼두 십장 채찍이 무서워 들여다보지도 못했다니께. 애 우는 소리에 나두 철철 울어 가메 일했지. 조선서 똥구멍이 찢어지게 가난하게 살다 왔지만 그런 고생은 여기 와서 첨 한 겨."

버들은 비눗물에 퉁퉁 불은 두순 엄마의 손을 보았다. 함께 온 남편은 오 년 전 세상을 떠났다고 했다. 그 뒤 혼자 육 남매를 키운 두순 엄마의 가장 큰 자랑은 호놀룰루 큰딸 집에서 중학교에 다니는 막내아들 두순이었다. 안 아픈데 없다는 두순 엄마는 입버릇처럼 아들이 대학 졸업할 때까지는 일을 해야 한다고 했다. 버들은 남편 없이 고생하는 두순 엄마가 고향의 어머니 같았다.

"내는 첨에 와서 집이 없어가 스페인 사람들 틈에 살았다 아이가. 줄리 아배가 장가들면서 집 하나도 몬 마련해 놓은 기라. 낯설지, 말도 안 통하지 조선 캠프로 옮겨 갈 때까지 밤마다 울었다. 동상은 신랑 잘 만난 줄 알그라. 그만한 사람 없다. 농장 운영도 잘 해가 주인이 다음 계약도 하잔다 카드라."

줄리 엄마가 말했다.

"주인예? 무신 주인 말이라예?"

버들이 어리둥절한 얼굴로 물었다.

"농장 주인이지, 무신 주인이겠노."

"노, 농장 주인이 따로 있습니꺼? 부산 아지매는 태완 씨가 지주라 캤는데예?"

"뭐라꼬? 부산 아지매가 누구고? 내사 마 중매쟁이한테 이짝저짝 사정 더하지도 빼지도 말라고 단단히 일렀구로. 우떤 년이 그래 거짓부렁을 쳤노?"

줄리 엄마가 펄쩍 뛰었다. 버들은 일가 같은 부산 아지매를 욕먹이는 것 같아 더 말하지 않았지만 몸에서 힘이 다 빠져나가는 것 같았다.

"그라모 태완 씨도 일꾼입니꺼?"

온몸이 붉은 흙과 땀으로 범벅이 된 채 돌아오는 태완은 홍주네 머슴보다 볼품없어 보였다. 버들이 그 모습에 실망하지 않았던 건 태완이 지주였기 때문이다.

"말하자면 소작인 기라. 줄리 아배캉 태완 아재캉 농장 주인하고 직접 계약해가 운영하는 기다. 수확한 만큼 돈 받아가 일꾼들 월급 주고, 경비 제하고 남는 기를 둘이서 노누는 기라. 주인한테 간섭도 안 받고 일꾼보다 벌이가 낫다."

줄리 엄마가 설명했다. 얼마나 나은지 몰라도 버들은 앉은 자리가 꺼진 것 같은 기분에서 헤어나기 어려웠다. 버들이 말이 없어지자 줄리 엄마가 눈치를 보며 덧붙였다.

"암만해도 중매쟁이한테 신랑이 농사짓는 땅이 20에이커라 캤더이 지주라고 오해했는갑다."

"그기 몇 마지긴데예?"

버들은 한숨 섞인 말투로 물었다. 어진말에선 1마지기가 논은 200평, 밭은 300평이었다.

"밭으로 쳐서 80마지기 나우 될 기다."

순간 버들은 입이 딱 벌어졌다. 어진말에서 가장 부자인 홍주네도 논밭 다 합쳐서 30마지기밖에 안 됐다. 자작농이라고 해도 대부분 서너 마지기 수준이었다. 재성과 둘이 운영하는 거라니 반으로 나누어도 40마지기였다. 소작도 그 정도면 대농이었다.

"동상, 남의 땅에 농사짓는 기라고 쉽게 보믄 안 된다. 일꾼들은 그냥 시키는 일만 하면 되지만 태완 아재나 줄리 아배는 그기 아이다. 시상에 사람 부리는 기맨키로 어러븐 일 없다. 벨벨 사람 다 모인 게 여 일꾼들이다. 걸핏하면 술병 나가 드러눕는 사람, 노름하느라 가불하고 도망가는 사람, 다치는 사람. 하올레 십장한테는 꼼짝 몬 하면서 태완 아재나 줄리 아배는 만만히 보고 뺀질거리는 사람도 많다. 아마 밭에서 태완 아재나 줄리 아배가 일 젤로 마이 할 기다. 인자 동상이 각시 됐으이 태완 아재한테 잘해 주그라. 서방은 각시 하기 달린 기다."

줄리 엄마가 은근한 목소리로 말했다. 마지막 말이 버들의 마음을 짓눌렀다. 어떻게 해야 태완의 마음을 열 수 있는지 묻고 싶었다. 태완은 아버지한테만 잘해 주면 된다고 금을 긋던 때와 달라진 게 없었다. 그 부탁처럼 쉬운 일은 없었다. 하와이로 오기 전 어머니가 말했었다.

"홀시아부지 모실래, 바람벽을 기어 올라갈래 카면 바람벽을 간다 카는 말이 있제. 그만큼 홀시아부지가 힘들다는 기다. 시집가면 아부지가 살아 돌아왔거니 하고 모시그라. 즈그 부모한테 잘하는 각시를 홀대하는 사나는 없다."

어머니나 태완의 말이 아니더라도 버들은 처음 보는 순간부터 시아버지에게 친아버지의 정을 느꼈다. 서 노인 또한 버들을 조선에 두고 온 딸인 양 아꼈다. 시아버지의 사랑을 받으면서도 버들은 마음 한구석이 횅했다. 하지만 캠프의 부인네들에겐 부부간의 일을 속속들이 말하기 어려웠다. 버들은 속을 털어놓을 수 있는 또래 친구 사이인 줄리 엄마와 제임스 엄마가 부러웠다. 둘은 걸핏하면 싸우면서도 가장 가깝게 지냈다. 스페인 사람들 틈에 끼어 살았던 줄리 엄마만큼은 아니겠지만 버들도 말이 통하지 않는 곳에 사는 것처럼 갑갑함과 외로움을 느꼈다.

버들은 홍주가 그리웠다. 어진말에 살 때처럼 홍주와 마주 앉아 할 소리 못 할 소리 쏟아 놓으면 속이 시원할 것 같았다. 자기보다 경험이 더 많은 홍주에게 남편과의 관계도 솔직하게 털어놓고, 어떻게 하면 좋을지 조언도 구하고 싶었다. 또 홍주는 그렇게 싫은 신랑과 어떻게 사는지 궁금했다. 홍주 남편에게 사진 속의 집과 차가 없으리란 건 뻔한 일이었다. 홍주 역시 버들보다 고생이 더하면 더했지 덜하진 않을 것이다. 서 노인보다 한 살 적은 신랑과 사는 송화는 궁금하기보다 걱정됐다.

"줄리 아배가 동상 친구캉 석보 할배캉 혼인했다 카든데 참말이가?"

세탁장에 나간 지 얼마 안 됐을 때 줄리 엄마가 물었다.

"야, 맞습니더. 성님도 그 할배를 아십니꺼?"

"알다마다. 우짜꼬 그 인간, 여 있다 쫓겨난 종자다."

줄리 엄마는 석보 영감이 게으른 것으로 모자라 노름하고 술 마시고 행패까지 부리다 쫓겨났다고 했다. 태완이 무시하듯 대하고 재성이 헤어질 때 정신 차리고 살라는 말까지 했던 건 그의 그런 전력 때문이었다. 신경이 쓰이면서도 버들은 송화를 찾아가지 못했다. 멀지 않은 곳에 살고 있지만 평일엔 세탁장에 가야 했고 일요일엔 태완이 집에 있어 시간 내기 어려웠다. 어쩌면 시간이 아니라 마음이 없는 건지 몰랐다. 버들은 자기 살기에도 벅찼다.

떠나온 사람들

하와이에 온 지 세 달이 넘었다. 버들은 텃밭에서 저녁거리 상추를 뜯었다. 상추 말고도 배추, 고추, 가지, 파……. 조선에서 먹던 푸성귀가 사시사철 자란다는 게 볼 때마다 신기했다. 버들은 따가운 햇살에 고개를 들어 하늘을 보았다. 코올라우 산맥 등성이에 구름이 드리워져 있었다. 소나기라도 한줄기 쏟아지면 시원하련만 구름은 산등성이를 벗어날 생각이 없는 모양이었다. 살아 보니 농장 남자들이 왜 그렇게 제 나이보다 늙고 초라해 보이는지 알 것 같았다. 사탕수수밭에 내리쬐는 땡볕 때문이었다.

"아가, 그늘로 들어와서 하라우."

파파야나무 그늘 아래에 앉아 있던 서 노인이 말했다. 나무 아래에 놓인 의자는 서 노인의 지정석이었다. 버들은 파를 몇 뿌리 더 뽑아 바구니에 담은 다음 서 노인 곁으로 갔다. 단박에 서늘해졌다. 버들은 세탁장에서 일하기 시작했을 때 서 노인에게 어렵게 이야기를 꺼냈다.

"빨래하고 돈 받으면 지 친정에 보내 주고 싶은데예. 그래도 되겠습니꺼?"

시아버지는 선선하게, 딸도 자식이라면서 그렇게 하라고 했다. 첫 월급을 받자 버들은 처음만큼은 시아버지에게 자기가 번 돈으로 상을 차려 대접하고 싶었다. 말은 시아버지에게 대접한다면서 버들은 매운 걸 좋아하는 태완의 입맛에 맞춰 돼지고기를 얼큰하게 볶았다. 그리고 남편이 땀을 뻘뻘 흘리며 맛나게 먹는 걸 보며 뿌듯해했다. 그 뒤로도 버들은 월급을 받으면 조금 떼어 장을 보았다. 누가 시킨 것도, 알아주는 것도 아니었지만 버들에겐 작은 기쁨이었다.

버들은 캠프 세븐에서의 삶에 익숙해져 갔다. 날씨에도 적응이 됐고 빨래 일도 길이 들었다. 하지만 태완과의 거리에는 익숙해지지 않았다. 태완은 여전했다. 존댓말을 예사말로 바꾼 것은 아직도 내외하느냐는 주위 사람들 타박 때문이지 가까워져서는 아니었다. 이민국에서 처음 만났을 때는 옷깃만 스쳐도 그만큼 더 가까워진 것 같았는데 지금은 살을 섞고 말을 놓아도 거리가 느껴졌다.

버들도 태완과 같은 감정이면 상관없었다. 버들이 기억하기에 아버지와 어머니도 다정한 부부는 아니었다. 오히려 부부간에도 내외하는 양반의 법도를 따라 서로를 손님처럼 대했었다. 버들이 자라면서 본 어진말의 부부들도 크게 다르지 않았다. 하지만 버들은 다정한 눈빛을 주고받고 사랑하는 마음을 표현하며 사는 부부가 되고 싶었다.

'도대체 태완 씨가 와 좋은 기고? 공부를 시키 주나, 친정을 도와주나, 지주도 아이고, 딴 여자 맘에 품고 있는 사나를 와 좋아하는 긴데?'

버들은 자신에게 물었지만 뚜렷한 이유를 대기 어려웠다. 조선에서부터 사진 속 얼굴이 마음에 들었다. 하와이에 와서는 사진과 다르지 않아서 더 좋았다. 태완에게 첫정이 있었다는 걸 알게 되자 더 애끓게 좋아졌다.

"벨두 없다 아이가. 고마 걷어차 삐리라."

홍주 목소리가 들려오는 듯했다. 버들은 태완의 마음을 구걸하지 않겠다고 다짐도 하고 오기도 품어 봤지만 오래가지 않았다. 달이란 존재가 들어앉아 버들의 가슴을 뒤흔들었다. 달이가 어떤 사람인지, 태완과는 어떻게 만나고 헤어졌는지 알고 싶었다. 하지만 태완에게 물을 순 없었다. 그 이름이 등장하는 순간 둘 사이의 거리는 영원히 좁혀지지 않을 것 같았다. 서 노인에게도 차마 그 이름을 꺼낼 수 없었다. 대신 그에게 서씨 가족의 지난날을 물었다.

몸이 불편해진 뒤 옛날 일을 떠올리는 날이 더 많아진 서 노인으로서는 자신의 지난 이야기를 하는 것만큼 기운 나는 일도 없었다. 이야기에 몰입된 서 노인은 풍을 맞아 말과 행동이 어줍어진 채 죽을 날만 기다리는 사람이 아니라 새로운 땅을 향해 가족을 이끌고 이민선에 오른 용감한 사내였다.

*

1905년 3월 중순, 서기춘은 마흔여섯 살이라는 적지 않은 나이에 하와이로 향하는 증기선에 올랐다. 아내와 두 아들을 데리고서였다. 부부는 자식을 여덟 명 낳았지만 열네 살, 열두 살인 태완과 태석만 곁에 남았다. 셋은 어려서 돌림병으로 죽고, 커서 여기저기로 시집보낸 딸 셋은 소식이 끊겼다.

평안도 용강에서 태어난 기춘은 평생 남의 집 머슴이나 소작농으로 살았다. 나라 이름은 조선에서 대한제국으로 바뀌었지만 가난한 백성들의 팍팍하고 고단한 삶은 달라진 게 없었다. 기춘은 손바닥이 발바닥이 되게 일했어도 식구들을 제대로 먹이기는커녕 장리쌀만 늘었다. 소작지마저 뺏기게 됐을 때 기춘은 일자리를 찾아 인천 제물포항까지 갔다. 그곳에서 하와이 이민자 모집 소식을 접했다. 살길이 막막하던 차에 하늘에서 동아줄이 내려온 것 같았다.

모집 광고에 따르면 미국 땅인 하와이 군도는 사철 온화하며, 일주일에 육 일 동안 하루 열 시간만 일하면 17달러를 주는데 조선 돈으로 70원가량이라고 했다. 70전도 제대로 못 만져 본 기춘에게 70원은 엄청나게 큰돈이었다. 기춘은 소작지를 빼앗길 염려 없이 마음껏 농사짓는 게 꿈이었다. 벼농사가 아닌 게 아쉬웠지만 그깟 사탕수수밭 농사가 벼농사보다 어려우랴 싶었다. 또 가기만 하면 집과 땔감에다, 아프면 치료비까지 모두 농장 주인이 대 준다니 금방 부자가 될 것 같았다. 조선에선 다시 태어나도 꿈도 못 꿀 일이었다. 무엇보다 섬마다 학교가 있어 무료로 영어를 가르쳐 준다고 했다. 자식들에게 공부를 시킬 수 있다는 말이었다.

"먹고살 길에다 자식 공부시킬 수 있다는 데 어드렇게 혹하지 않았갔어. 내레 평생 까막눈으로 살았어도 자식들은 다른 세상 살게 할 생각으루다 떠날 결심을 한 거이지."

서 노인의 어조는 어눌했지만 힘이 들어가 있었고 눈빛도 살아났다. 버들은 시아버지의 마음을 헤아릴 수 있었다. 공부할 수 있다는 희망이 사라진 버들은 아직 생기지도 않은 자식을 두고 미래를 꿈꾸며 아쉬움을 달랬다. 자식을 낳으면 내가 못다 한 공부까지 시켜야지. 설령 딸을 낳는다고 해도 대학까지 보내리라 결심했다.

제물포를 떠난 몽골리아호는 일본 고베항을 거쳐 호놀룰루에 도착했다. 배에는 이백 명 넘는 조선인 이민자가 타고 있었다. 나이가 많든 적든 독신 남자가 대다수였고 가족이 함께 온 집은 그리 많지 않았다. 아주 드물게 남편 없이 부인이 자식만 데리고 오는 경우도 있었다.

먼저 온 이민자들이 부두에 나와 미국 국기와 태극기를 흔들며 맞아 주었다. 이민자들은 버들이 오던 때와 달리 항구 앞 작은 섬에 있는 이민국에서 검역을 마쳤다. 기춘 가족은 호놀룰루에서 멀지 않은 에와 농장에 배정되었다. 독신자는 합숙소에서 살아야 했지만 가족과 함께 온 노동자에겐 작은 마당이 딸린 독채가 주어졌다. 기춘네 집은 방 한 칸 부엌 한 칸이 다인 허름한 나무 집이었다. 기대했던 것보단 못했지만 더 나은 집에서 살아 본 적도 없는 기춘 가족은 만족했다. 버들은 시아버지 말이 무슨 뜻인지 이해됐다. 버들 역시 중매쟁이 말과 많이 다른 것에 실망하면서도 견딜 수 있었던 것은 그래도 조선보다 나았기 때문이었다.

"처음엔 네 식구 모두 농장 일을 했댔어. 여기 사정을 아무것도 모르니까니 어쩔 수 없었지. 아침 6시부터 오후 4시 반까지 허리 한 번 못 피고 일했댔어. 점심은 딱 삼십 분, 도시락 먹는 시간뿐이었지. 장정은 여기 돈으로 하루 65센트고 여자들하고 애들은 50센트였지. 내레 태생이 농사꾼이니 그럭저럭 견뎠지만 도시 출신이나 책상물림들은 힘들어했댔어."

사람보다 키가 큰 사탕수수는 잎이 얼마나 억세고 날카로운지 손이나 얼굴은 물론 두꺼운 옷도 베기 일쑤였다. 연장 잡은 손에 물집이 잡히고 뙤약볕에 쓰러지는 사람도 부지기수였다. 하와이 원주민 말로 '위'를 뜻하는 루나라고 부르는 십장들은 냉혹했다. 이름대로 말 위에서 노동자들을 지켜보고 있다 조금이라도 일손을 놓으면 달려와 채찍을 휘둘렀다. 여자고 아이고 상관하지 않았다.

"일꾼들을 개돼지 취급했드랬어. 남의 땅까지 와서 기런 꼴을 당하니 더 분하고 서러웠지만 별수 있간. 태완이레 한번은 참지 못하고 대들었다 채찍에 호되게 맞았댔어. 기거이 덧나는 바람에 엄청시리 고생했지. 지금도 흉터가 남았을 거이야."

버들도 당연히 그 흉터를 알았다. 버들이 어쩌다 생긴 거냐고 물었을 때 태완은 기냥, 이라고 했었다. 조선에 살 때 산에 나무하러 갔던 동생들이 일본 순사에게 흠씬 맞고 지게도 뺏긴 채 돌아온 적이 있었다. 버들은 피눈물을 흘리는 어머니와 함께 울었다. 그런데 이상하게 그때보다 십삼 년 전 태완이 맞은 게 더 마음 아팠다.

사탕수수밭 작업은 김매기, 베기, 나르기, 물 대기로 나뉘는데 여자들은 대부분 김매기를 했다. 찬물이 허리까지 차는 데서 오랫동안 있어야 하는 물 대기가 가장 힘든 만큼 보수도 높았다. 기춘은 에와 농장을 떠날 때까지 그 일을 했다. 서 노인은 풍이 온 게 그 때문인 것 같다고 했다.

"일요일마다 농장 교회에 가서 예배드리고, 이 말 저 말 들어 가메 차츰 깨우쳐 나갔댔지. 애들도 교회 학교에 댕기믄서 글을 배우고."

시어머니 언년은 얼마 뒤 같은 배를 타고 온 부인네 둘과 독신자들에게 밥해 주는 일을 시작했다. 언년은 기춘이 머슴으로 있던 집의 종이었다. 성은 물론 이름도 없이 그저 어린 여자애라는 뜻인 언년이로 불렸다. 하와이에 오기 위해 여권을 만들 때 언년이가 이름이 됐고, 결혼하면 남편 성을 따르는 미국식으로 서언년이 됐다.

버들은 어머니 윤 씨의 이름을 떠올려 보았지만 생각나지 않았다. 한 번도 들어 본 적이 없고 어머니에게 이름이 있다는 생각도 해 본 적이 없었다. 어머니는 양반이었는데도 그저 윤 씨거나 남실 부인이었다. 버들은 마음에 들지 않더라도 자신을 위해 지은 이름이 있지만 어머니는 그조차도 없는 것이다. 어머니 생각을 더 하다 간 눈물이 쏟아질 것 같아 버들은 화제를 바꿨다.

"해성여관 아지매도 같은 배를 타고 왔다 카던데예."

"기래. 해성여관 아주마이하고 달이 오마니하고 서이서 밥해 주는 일을 했댔지."

버들은 느닷없이 나온 이름에 움찔했다. 달이에 대해 알고 싶어서 노인에게 이야기를 청한 것이지만 그 이름이 이렇게 빨리 나올 줄 몰랐다. 한편으론 알고 싶지 않은 마음도 컸다. 달이 이야기를 듣더라도 좀 더 나중에, 태완이 더 나이 먹었을 때일 거라고 생각했던 버들은 떨리는 목소리로 물었다.

"다, 달이 어무이는 누구라예?"

서 노인의 대답이 늦어졌다. 이번만큼은 몸이 불편해서가 아니라 말하기 곤란해서인 것 같았다. 버들은 두려운 마음으로 시아버지의 말을 기다렸다.

"같은 배를 타고 온 사람이야. 젊은 부인네레 딸 하나 데리고 타서 배에서부터 가찹게 지냈댔어."

서 노인이 지팡이를 짚으며 일어섰다.

"오래간만에 말을 많이 했더니 힘드누만. 그만 들어가서 쉬어야 갔다."

태완과 같은 배를 타고 온 것을 알자 버들 가슴속에 달이란 이름이 더 선명하게 새겨졌다. 태완과 있을 때도, 달이한테는 어떻게 했을까 달이하고는 무슨 이야기를 했을까, 하는 생각이 불쑥불쑥 치솟았다. 온갖 추측과 상상은 물론 밤마다 뜨는 달까지 버들을 괴롭혔다. 날마다 바다 쪽에서 떠올라 사탕수수밭을 비추다 코올라우산 너머로 지는 달이 사라지지 않는 한 태완은 영원히 달이를 잊지 못할 것 같았다.

*

며칠 뒤 서 노인은 다시 이야기를 시작했다. 하와이에 온 이듬해 9월 한인기숙학교가 호놀룰루에 문을 열었다. 한인들의 요청에 감리교회 재단에서 세운 학교로, 노동자들도 2천 달러라는 성금을 모아서 냈다. 기춘처럼 자식이 있는 사람은 물론 없는 사람도 한마음으로 기부했다.

"2천 달라나예?"

너무 큰돈에 버들이 놀라 물었다.

"사람들은 나라가 힘이 없는 거이 백성들이 못 배우고 무식해서
라고 생각했댔어. 기래서 남의 자식이라도 공부시킨다는 데는 너
나 할 것 없이 힘을 보탠 거이지. 그때는 애들도 벨루 없었을 때라
내 자식 남 자식이 따로 없었댔어. 학교에서 구두 만들고 사진 찍
는 기술도 가르챴는데 학생들이 농장에 구두 팔러 오믄 앞다퉈 사
줬지."

태완은 열다섯 살 나이에 입학했다. 한인학교와 한인감리교회
가 있는 그곳은 한인 기지라고 불렸다. 학교에선 오전에 영어로 정
규 수업을 하고 오후에는 조선어로 조선 역사와 성경을 가르쳤다.
학교 이야기가 나오자 서 노인의 어줍은 동작이 커졌다. 달이는 그
때 몇 살이었을까? 둘은 언제부터 그런 사이가 된 걸까? 학교 가기
전부터일까, 그 뒤부터일까? 아니면 배에서부터였을까? 생각 하
나하나가 쟁기 날처럼 버들의 가슴을 긁었다.

태완의 동생이 사고로 죽었다는 이야기에서 버들은 정신을 차
렸다. 자식을 잃은 부모 마음은 버들도 잘 알았다. 오빠가 세상을
뜬 뒤 죽은 목숨이나 다름없던 어머니가 생생하게 기억났다. 버들
은 시아버지 손을 잡았다. 꺼끌꺼끌하고 검버섯 핀 노인의 손이
떨리고 있었다. 태완도 동생을 잃고 얼마나 슬펐을까. 달이가 위로
해 주었을까? 힘든 태완 곁에 있었던 사람은 자기가 아니라 달이
었다.

한두 해가 지나자 많은 노동자들이 다른 일자리를 찾아 사탕수수 농장을 떠났지만 기춘은 계속 같은 일을 했다. 고돼도 일이 몸에 익은 데다 언년의 수입도 괜찮았기 때문이다.

1910년부터 미국은 조선인 노동자들의 사진결혼을 승낙했다. 혼자 온 수많은 사내들이 여자가 없어 결혼을 못 하고 있었기 때문이다. 그도 그럴 것이 여자라고는 가족과 함께 온 부인이나 아이들뿐 결혼할 나이의 독신 여자는 거의 없었다. 아주 가끔 다른 민족 여자와 결혼하는 경우가 있지만 국제결혼을 꺼리는 대부분의 남자들은 고단하고 외로운 삶 속에서 속절없이 늙어 가고 있었다. 독신 생활이 길어지다 보니 술이나 도박에 빠지는 등 일에 지장을 주자 정부에서 사진결혼을 허락한 것이다. 늙은 남자들은 신부를 얻기 위해 젊어 보이는 옛날 사진이나, 남의 자동차 옆에서 찍은 사진을 중매쟁이에게 주었다. 버들은 조덕삼의 사진을 생각했다.

"기쁜인가, 글 한 줄 못 읽는 무식쟁이들이레 은행원이네, 사업가네, 한인 협회에서 일하네 하믄서 직업도 속였지. 오죽했으믄 신문에서까지 큰 문제라고 했갔어. 줄리 오마니도 처음 시집와서 날마다 울었댔어."

버들도 줄리 엄마에게 그때 이야기를 들어 알고 있었다.

"내는 열아홉 살인데 신랑은 서른다섯 살인 기라. 무슨 단체에서 사무 보는 일을 한다 카더이 새카만 노동자 아이가. 상머슴이 따로 없는 기라. 정도 안 붙는 신랑캉 사는 기 힘들어 죽겠는데 스페인 사람들 틈에 끼어 살았으이 우땠겠노. 조선 캠프로 가서도 신랑은 싫지, 일은 힘들지, 날마다 찔찔 울어 쌓는 기를 느그 시어매가 딸맨키로 보듬어 줬다. 내사 마 그 냥반 덕분에 살았다."

줄리 엄마는 그랬던 신랑이랑 자식을 넷이나 낳아 잘 살고 있다. 버들은 태완과 자기도 그런 날이 올까, 하고 생각하다 씁쓸한 미소를 지었다.

"태완이레 속인 거이 벨루 없어. 사진도 산 너머 병학교 들어갈 때 찍은 거이지 오래된 거이 아니야."

버들의 미소를 오해한 서 노인이 떨리는 손을 저었다.

"야, 압니더. 그란데 산 너머 병학교가 무신 학굡니꺼?"

어쩌면 속아서라도 집을, 조선을 떠나고 싶었는지 몰랐다. 버들은 화제를 돌렸다.

"박용만 단장이레 세운 대조선국민군단의 군사학교야. 왜놈한테 뺏긴 나라를 되찾으려믄 힘을 길러야 하지 않간."

"야? 그라모 여 있는 일본 사람들하고 싸우는 깁니꺼? 태완 씨가 그런 핵교를 다녔다는 말이라예?"

버들이 놀란 얼굴로 물었다.

"여기 온 일본 사람들이레 우리처럼 힘없고 가난한 노동자들이야. 윤치호 선생도 에와 농장에 와서리 일본 사람들하고 잘 지내라고 했지. 산 너머 병학교 학생들이 싸우려는 거이 왜놈 웃대가리들이야."

서 노인의 말은 버들의 불안감을 더 키웠다. 의병 나갔다 죽은 아버지가 떠올라 달이 생각 따윈 사라져 버렸고 이야기가 몇 년 건너뛰었다는 것도 알아차리지 못했다.

"생도들을 모집하는데 한인기숙학교 선생이 태완이를 추천해 줬지. 박용만 단장도 태완이를 아주 맘에 들어 했댔어."

서 노인의 얼굴에 자랑스러움이 가득했다.

기춘은 스물세 살 나이에 군사학교에 입학하는 아들을 위해 그동안 모아 두었던 돈을 거의 다 기부했다. 생도들은 농장에서 숙식하며 낮에는 파인애플 농사를 짓고 저녁엔 군사 훈련을 받았다.

"카할루 너머에 있어서 산 너머 병학교라 부른 거이지. 생도들을 산 너머 아이들이라 했고. 8월 30일에 관병식하고 개학식을 했는데 가족하고 축하객들이 전날 미리 갔댔어. 호놀룰루에서 오십 리나 되니 박 단장이 트럭하고 버스를 열두 대나 전세 냈어. 가겠다는 사람이레 몇백 명이 됐으니까니. 국민회 총회관 앞에서리 출발했는데 지나가던 사람들이 무슨 일인가 하고 눈이 둥그레져 구경했드랬지. 차가 줄지어 달려가는데 얼마나 장관이던지, 벌써 독립이 된 거이 같았어. 산길을 굽이굽이 돌아 학교에 도착하니 단원수십 명이 줄 서서 박수 치메 환영한다고 소리쳤지. 북소리도 요란했댔어. 내 눈엔 기중에 태완이만 보였드랬어. 기런 아들 모습도 못 보고 고생만 하다 죽은 니 오마니 생각이 어찌나 나든지."

방금 전 일인 양 생생하게 전하던 서 노인이 눈물지었다. 시어머니는 태완이 군사학교에 입학하기 두 해 전에 세상을 떠났다. 버들은 아직 에와 농장 근처에 있다는 시어머니 묘소에 가 보지 못했다. 버들이 한번 조심스레 이야기를 꺼냈지만 태완은 다음에, 라며 대화를 끊어 버렸다. 서 노인은 말을 이어 갔다.

"그날 저녁 낙성식에서 애국가를 부를 때는 모두 울컥했댔지. 다음 날 개학식은 또 어드랬고."

목총을 든 훈련생들은 연병장을 행진하며 박용만이 작사한 「국민군가」를 카할루산이 울릴 만큼 목청껏 불렀다. 그리고 굳은 결의로 선서했다.

"대조선국민군단 군단원들은 조선 민족이 독립을 이룰 때까지 힘을 다해 군사훈련을 받겠습니다. 대동단결하여 개인의 모든 희생을 견딜 것을 하느님 앞에 맹세합니다."

"이승만 박사가 연설도 했지. 애초에 미국 본토에 있던 이 박사를 여기로 불러온 사람이 박 단장이었댔어. 처음엔 한마음으로 일을 도모하던 사람들이 왜 지금은 저래 갈라져 다투는지 참 속상하누만."

서 노인이 한숨을 쉬었다.

버들은 박용만이 세운 군사학교를 다닌 태완이 누구 쪽이라는 것은 묻지 않아도 알 수 있었다. 결혼식 날 밤 태완이 부른 노래도 국민군단에서 부르던 「조선국가」로 박용만이 작사한 것이었다. 태완은 일꾼들 앞에서는 크게 주장을 내세우지 않았지만 재성과

술자리를 할 때는 달랐다. 국민군단이 해산된 건 이승만과 그 추종자들이 동포 사회를 분열시켰기 때문이라며 다시 군사훈련을 해야 한다고 목청을 높였다. 버들은 목숨을 잃을 수도 있는 무장투쟁보다 교육과 외교를 통해 독립을 이뤄야 한다는 이승만의 노선에 마음이 기울었다. 더 솔직하자면 재성의 주장이 가장 마음에 들었다.

"젠장, 조선이 우리한테 해 준 게 뭐 있다고. 나라도 나 있고 가족 있는 다음이야. 박용만이고 이승만이고 지도자라는 사람들이 동포 앞에서 좋은 본은 고사하고 헐뜯고 싸워 대는 꼬락서니하고는. 그 종자가 그 종자지. 나는 둘 다 싫고 열심히 돈 벌어서 내 자식들 공부시키고 출세시킬 거다."

국민군단이 해산한 데는 여러 이유가 있었다. 전 세계는 편을 나눠 전쟁을 했고 미국과 동맹 관계였던 일본이 미국에 압력을 넣어 하와이에서 벌어지고 있는 조선의 군사훈련을 중지시켰다. 설상가상 파인애플 농장의 수입이 불경기와 흉작으로 크게 줄어 군단을 유지하기 어려웠다. 태완의 주장대로 동포 사회가 분열돼 국민군단에 대한 동포들의 지지와 후원이 줄어든 것도 해산 이유 중 하나였다.

카할루의 국민군단은 해산됐지만 생도가 남은 군단학교는 와이알루아 사탕수수 농장으로 옮겨 명맥을 유지하다 일 년여 전 카후쿠 농장에서 폐교를 맞이했다. 누구보다 열렬한 생도였던 태완은 군단학교와 마지막까지 함께했다. 서 노인이 풍을 맞은 것은 그 무렵이었고 태완은 평생 농사꾼이었던 아버지를 위해 카후쿠에 남았다. 태완은 군단학교와 계약했던 농장주와 계속 농사를 짓기로 합의했다. 그리고 호놀룰루에서 잡화점을 하고 있던 재성을 찾아가 함께 일할 것을 제안했다. 조선인 이민자들 중 농장 일을 그만둔 뒤 기술이나 자본 없이 사업에 뛰어들었다 실패하는 경우가 많았다. 얼마 안 되는 자본금을 까먹고 있던 재성은 가게를 접고 캠프에 합류하기로 결정했다.

"일꾼들 밥하고 세탁해 줄 사람이 필요하니까니 형수는 아주마이들이레 좀 알아봐 주지 않갔시요?"

태완의 부탁에 줄리 엄마는 에와 농장에서부터 알고 지냈던 여자들을 모았다. 지금 캠프에 있는 사람들이었다.

"느그 신랑 뼈 빠지게 일했어도 박 단장 후원한다꼬 돈도 몬 모았을 기다. 인자 니가 틀어쥐고 돈 모아라. 아도 놓고 할 긴데 언제까지 여서 살 수는 없다 아이가. 우리도 고민이 많다. 계속 여 살면 아들을 다 기숙학교에 보내야 하는데 학비를 우예 감당하노."

버들은 살림을 틀어쥐기는커녕 태완이 얼마 버는지조차 몰랐다. 생활비 받는 것으로 만족하고 있던 버들은 태완이 후원금을 내느라 돈도 못 모았을 거란 말에 걱정이 밀려왔다. 하지만 하루에 몇 마디도 안 나누는 태완에게 무슨 말을 어떻게 해야 할지 모르겠고, 살림을 틀어쥘 방법은 더더욱 알 수 없었다.

*

"아바지, 이번 일요일에 오마니 산소에 댕겨오갔시다."

추석을 며칠 앞둔 날 태완이 저녁을 먹으며 말했다. 아버지와 대화할 때면 태완의 고향 말씨는 평소보다 더 강해졌다. 시아버지 밥 위에 생선살을 발라 놓아 주던 버들은 깜짝 놀라 남편을 보았다. 시집온 지 넉 달이 되도록 아직 시어머니 묘소에 가지 못한 게 계속 찜찜했다. 추석은 목요일이지만 독신자가 대부분인 농장 사람들은 일요일에 교회에서 추석 예배를 드리는 것으로 대신한다고 했다. 식구가 함께 사는 집도 비슷했다.

"기래, 잘 생각했다. 메느리 보믄 니 오마니가 얼마나 좋아하갔네. 태석이는 또 얼마나 좋아할 거이고. 하늘에서도 반길 거다."

서 노인은 눈물이 그렁그렁할 정도로 좋아했다. 태석의 무덤도 같이 있는 줄 몰랐던 버들은 시동생을 달이만큼도 생각하지 않았던 게 미안해졌다.

저녁을 먹은 뒤 태완은 언제나처럼 남포등 불빛 아래서 신문을 보고 있었다. 태완은 대한인국민회 하와이지방총회 기관지인 『국민보』와 하와이에서 발행하는 영자 신문을 구독했다. 버들은 남편이 꼬부랑글씨가 가득한 신문을 읽는 게 대단해 보였고 부러웠다. 자신도 그럴 거라고 꿈꾸었던 게 아득한 옛날 같았다. 버들은 반짇고리를 열어 태완의 작업복을 깁기 시작했다. 날마다 여기저기 베어 오는 옷을 볼 때마다 태완이 다친 듯 속상했다. 잠자리에 들기 전 태완과 함께하는 두어 시간은 버들이 하루 중 가장 좋아하고 기다리는 시간이었다.

버들은 시아버지의 예전 작업복들에서 오려 낸 천들을 잘 해지는 곳 안쪽에 덧대 감쪽같이 수선했다. 단추 달고 해진 곳 꿰매는 정도가 아니라 제대로 솜씨 있게 수선을 하자 그 일거리도 간간이 들어왔다. 태완이 박용만 단장을 후원하느라 돈도 못 모았을 거란 말에 걱정하던 버들은 새로 들어오는 삯바느질 거리가 반가웠다.

신혼부부가 있는 방에선 신문 버스럭거리는 소리만 들렸다. 태완은 일요일에 어머니 산소에 간다는 말만 통고하듯 뱉어 놓고 더이상 말이 없었다. 버들은 가장 좋아하고 기다리는 시간에 가장 많이 실망하고 상처받았다. 버들은 함께하는 그 시간에 도란도란 낮에 있었던 일을 이야기하고 싶었다. 하지만 태완은 바깥일을 말하는 법이 없었다. 아니, 말 자체를 안 했다. 버들은 농장에서 있었던 일을 뒤늦게 줄리 엄마를 통해서 알곤 했다.

"느그들은 도대체 밤에 무신 이바구 하노?"

줄리 엄마가 물었을 때 버들은 태완과의 덤덤한 사이를 들킨 것같아 창피했다.

"몰라서 물어? 신혼부부가 이야기할 새가 어디 있겠어?"

두순 엄마의 말은 버들을 더 화끈거리게 만들었다.

태완과 대화하려고 버들이 먼저 세탁장이나 여자들 사이에서 있었던 이야기를 하기도 했다.

"오늘 줄리 성님캉 제임스 성님캉 싸웠어예. 첨엔 줄리가 더 공부 잘하니, 제임스가 더 잘하니 장난처럼 그카다 제임스 성님이 가시나가 똑똑해서 어데 쓰냐고 해가 진짜 싸움이 됐습니더."

태완이 "큼." 하고 신문을 뒤집으면 버들은 그게 자기 이야기에 대한 반응인지, 신문 기사에 대한 반응인지 알 수 없었다. 그리고 수다스럽거나 남의 뒷말을 한다고 핀잔주는 것 같아 무안해졌다. 하지만 오늘은 태완이 먼저 말을 꺼낸 성묘라는 공통의 화제가 있었다. 버들은 태완이 다른 신문으로 바꿔 보려고 할 때 입을 열었다.

"어무이 산소에 갈 때 제수를 우찌합니꺼? 조선식으로 하면 됩니꺼?"

추석이 다가오면 버들의 어머니는 간단한 제수를 만들어 자식들과 함께 아버지 산소에 갔다. 벌초를 위해서였다. 어머니는 벌초를 안 하면 귀신이 머리에 잡초를 쓰고 제사에 온다는 말을 믿었다. 버들은 그 생각이 나 며칠 전 서 노인에게 벌초 이야기를 꺼냈었다. 시아버지는 미국 무덤은 조선과 달라 풀 깎을 일이 없다고 했다.

"알아서 하라."

태완이 신문에서 눈을 떼지 않은 채 대답했다. 부부의 대화는 이번에도 태완의 무뚝뚝한 대꾸에 가로막혔다. 방엔 다시 침묵만이 가득했다. 버들은 할 말이 없으면 신문 내용이라도 화제 삼아 이야기를 나누고 싶었지만 태완의 침묵은 어떤 문보다 열기 어려웠다.

버들은 처음부터 태완이 보는 신문이 궁금했다. 도대체 무슨 내용이기에 밤마다 끼고 사는지 알고 싶었다. 영자 신문은 몰라도 『국민보』기사는 제목만 한자일 뿐 내용은 거의 한글이었다. 버들은 한자도 알고 한글도 알았지만 내용은 이해하기 어려웠다. 어느 날 서 노인이 줄리 동생 낸시에게 글자를 많이 배웠느냐면서 『국민보』를 읽어 달라고 했다. 교회 한글 학교에 다니는 낸시는 신문까진 못 읽는다며 내뺐다. 버들은 아는 게 많은 시아버지가 글자를 모른다는 사실에 깜짝 놀랐다.

"아부지, 지가 읽어 드릴까예?"

서 노인은 며느리가 신문을 읽을 수 있다는 사실에 놀랐다. 버들은 시아버지에게 신문을 읽어 주면서 시아버지와 함께 그게 무슨 내용인지 알아 가는 게 좋았다. 신문이 앉아서 천리를 보게 해 준다는 서 노인 말대로 소반만 한 종이 몇 장에 온갖 소식이 다 들어 있었다. 일주일에 한 번씩 오는 신문으로 호놀룰루에 사는 아무개들의 대소사부터 세계 곳곳에서 활동하는 독립운동가들 소식까지 알 수 있었다. 또 신문은 사는 데 필요한 지식이나 상식을 가르쳐 주기도 하고, 세상이 어떻게 돌아가고 있는지도 알려 주었다.

버들은 그동안 유럽 땅에서 벌어지고 있다는 전쟁에 아무 관심이 없었다. 자기와 상관없는 일로 여겼기 때문이었다. 하지만 신문을 읽다 보니 그게 아니었다. 미국은 전쟁하는 나라에 군수물자를 만들어 팔아 많은 이윤을 남긴 덕에 강대국으로 발전했다. 그런데 지난해 영국 상선이 독일 잠수함에 공격당해 배에 타고 있던 미국 사람이 백 명 넘게 죽는 일이 일어났다. 그 일을 계기로 미국 정부가 참전을 하자 미군 기지가 있는 하와이의 경제가 좋아져 일꾼들 품삯이 오르고 조선인들도 덕을 보았다. 신문엔 동포들의 상점 개업 소식이나 사업에 성공해 성금을 많이 낸 사람들에 대한 기사가 실렸다. 전쟁으로 사람들이 죽어 나가는데 또 한편에선 전쟁 덕분에 잘 먹고 잘사는 것이다. 그에 비해 조선 소식은 안 좋은 것뿐이었다.

"기래서 힘없는 나라 백성이 불쌍한 거이지. 미국 봐라. 제 나라 사람이 죽었다고 대번 전쟁한다고 나서는 거이. 기런 나라가 뒤에 떡 버티고 있으니 얼마나 든든하갔나."

서 노인 말대로 조선 백성들은 일본의 탄압에 더욱 살기 어려워졌고 그것만으로도 모자라 흉년에 돌림병까지 돌았다. 지난번 규식이 보내온 답장에선 별 탈 없었지만 그사이 가족에게 무슨 일이 생겼을지 알 수 없는 노릇이었다. 버들은 조선 소식을 알고 나면 며칠 동안 가슴이 아렸다. 아는 게 병이라는 생각에 멀리하기도 했지만 신문은 약도 주었다. 미국을 비롯해 중국, 러시아 같은 해외에서 벌이고 있는 독립운동 소식이었다. 성금을 아낌없이 내는 태완 또한 독립운동을 돕는 일에 동참하고 있는 것이다. 친정을 돕는 듯한 일이어서 뿌듯하다가도 남편이 추종하는 사람이 무장투쟁하는 박용만이란 사실에 가슴이 내려앉곤 했다.

버들은 남편과 낮에 있었던 일이나 생활에 필요한 이야기뿐 아니라 생각도 나누고 싶었다. 신문에서 읽은 전쟁이나 독립운동 기사, 어린 시절의 추억, 상처……. 나란히 누워 이 얘기, 저 얘기 주고받다 잠들고 싶었다. 하지만 입을 꾹 닫은 채 신문이나 장부를 들여다보는 태완을 보면 먼저 말 걸 힘이 사라졌다. 그러다 잘 시간이 되면 태완은 불 끄자마자 성급하게 버들의 앞가슴을 헤친 다음 곯아떨어졌다.

버들은 태완이 다정하고 따뜻하고 달콤한 마음은 첫정인 달이에게 모두 주고 자신은 욕구 풀이 대상으로만 여기는 것 같아 야속하고 분했다. 다른 부부들은 어떻게 사는지 궁금했지만 줄리 엄마에게도 차마 물을 수 없었다. 부인들이 새댁 얼굴이 나날이 핀다면서 신랑이 밤에 잘해 주나 보다고 농을 할 때면 더 쓸쓸해졌다.

"한창 젊은 사람들이니까네 아가 금방 들어설 기다."

버들도 빨리 아이를 갖고 싶었다. 둘 사이에 아이가 생겨야 조금이라도 거리가 줄어들 것 같았다. 간절하게 손주를 바라는 시아버지 품에도 얼른 아기를 안겨 주고 싶었지만 임신 기미는 보이지 않았다.

에와 묘지

　일요일이 다가올수록 버들은 성묘보다 태완과 외출한다는 사실에 더 들뜨기 시작했다. 버들이 시집와서 나들이를 해 본 것은 줄리네와 카후쿠 비치에 갔을 때뿐이었다. 줄리가 방학을 맞아 집에 오자 줄리네는 가족 나들이를 계획했다. 하지만 그날 농장에 일이 생겨 재성이 가지 못하게 돼 버들이 대신 애들을 봐 줄 겸 해서 따라갔다. 버들은 해변에 놀러 온 사람들 중에서도 다정해 보이는 젊은 부부들만 눈에 들어왔다.

　태완은 호놀룰루에 가끔 나가지만 버들은 세탁장과 가게에 가는 것 말곤 외출할 일이 없었다. 줄리 엄마가 교회에 나오라고 여러 차례 말했지만 버들은 시아버지와 남편이 다니지 않는데 혼자 가기 어려웠다. 어머니가 부처님께 자식들이 잘되기를 비는 걸 알기 때문이기도 했다. 서 노인이 교회를 그만둔 까닭을 말해 주었다.

"그때나 지금이나 교인들이 많아서리 모든 거이 교회 중심으로 돌아갔지. 우리 식구도 처음엔 열심히 다녔댔어. 애들도 교회 한글학교서 글을 뗐으니까니. 기런데 니 시동생하고 시오마니가 죽고 나니까 무스거 하나님 뜻이 기런지 원망만 드는 거이 교회에 가고 싶지 않았댔어. 첨부터 믿음이 있어서 다닌 거이 아니라 기런지 더는 갈 마음이 안 생기는 거이야. 태완이도 같았지."

비록 성묫길이지만 남편과 단둘이 하루를 보내게 된 버들은 소풍 가는 듯 들떴다. 일본인 가게와 중국인 장수의 차에서 미리 장을 봐 놓았다 일요일 첫닭 울 때 일어나 성묘 음식을 만들었다. 날이 더워 미리 해 둘 수 없었다. 버들은 어머니와 제사 음식 만들던 걸 떠올리며 묽게 갠 밀가루 위에 쪽파와 어린 배춧잎을 얹어 부쳤다. 또 포 뜬 생선에 밀가루와 달걀옷을 입혀서 부치고, 간장에 조린 쇠고기 적도 만들었다. 기름에 부치거나 간장에 조린 음식은 좀 더 오래 보관할 수 있었다.

버들은 시아버지에게 드릴 것을 따로 빼놓고 줄리 엄마한테 빌린 소풍 바구니에 음식을 담았다. 제수를 차릴 보자기와 접시, 젓가락 그리고 중국 술 한 병과 삶은 달걀도 넣었다. 마지막으로 태완이 농장에 갈 때 들고 다니는 도시락에 밥을 싸고 물통에는 물을 담아 넣었다. 바구니를 가득 채우자 성묘를 마치고 태완과 함께 나무 그늘에 앉아 점심 먹을 생각에 설렜다.

아침상을 치운 다음 버들은 분홍색 치마저고리를 꺼냈다. 덥겠지만 처음 인사하는 시어머니와 시동생에게 무명옷 차림으로 갈 순 없었다. 서 노인이 지팡이를 짚고 문 앞까지 배웅을 나왔다. 그가 그나마 발짝을 뗄 수 있게 된 건 버들이 날마다 부축해서 걷는 운동을 시켜 준 덕분이었다.

"아부지, 댕겨오겠습니더. 얼른 나아가 담에는 꼭 같이 가입시더. 점심 차려 놓은 거 드이소."

서 노인 손을 잡고 말하던 버들은 태완의 시선이 느껴져 고개를 돌렸다. 눈이 마주친 태완은 얼른 딴 데를 보았다. 버들은 시아버지와 함께할 때 종종 태완의 눈길을 느끼곤 했다. 며느리 노릇을 잘하는지 지켜보는 것 같았다.

버들 부부는 재성네 식구를 비롯해 교회 가는 사람들이 빼곡하게 탄 달구지에 올랐다. 이른 아침부터 강렬한 햇볕이 쏟아졌다.

"더버서 우짜노? 신랑한테 양산 하나 사 달라 캐라."

줄리 엄마가 버들에게 자기 양산을 기울여 주며 맞은편에 앉은 태완이 들리게 큰 소리로 말했다.

"지가 양산 쓸 일이 어데 있다꼬예."

버들이 황급히 대꾸했다.

달구지는 버들이 결혼해서 처음 왔던 길을 거슬러 갔다. 그 길에서 헤어진 뒤 한 번도 보지 못한 송화 생각이 절로 났다. 줄리 엄마에게 부탁하면 소식을 알 수 있었을 것이다. 송화에게 문제가 생겼어도 도와줄 형편이 못 되는 버들은 알려고 하지 않았다. 송화가 생각날 때마다 빚진 것 같은 마음으로 그저 석보 영감이 정신 차렸기만을 빌었다.

버들은 태완을 따라 교회로 접어드는 길목에서 내렸다. 역까지 이삼십 분 걸어가야 했다. 달구지가 사라진 뒤 태완이 버들의 손에서 바구니를 가져갔다.

"무스거 이레 많이……."

바구니 무게를 처음 안 태완이 혼잣말을 했다. 버들은 빈 몸으로도 힘겹게 따라갔다. 비단 치마저고리가 척척 감겼고 버선 신은 발에서 불이 나는 것 같았다. 역에 도착한 태완은 바구니를 버들 옆에 내려놓고 기차표를 사러 갔다. 버들은 바구니 옆에 서서 넉 달 만에 다시 온 카후쿠역을 감회 어린 시선으로 둘러보았다. 넉 달이 아주 긴 것도 같고, 짧은 것도 같았고 그사이 자신이 아주 다른 사람이 된 것 같기도 하고, 또 그때 그대로인 것도 같았다.

역은 기차에서 내린 사람들, 기차를 타려는 사람들, 마중 나오고 배웅 나온 사람들로 시끄럽고 복잡했다. 한눈에도 대부분 사탕수수밭 노동자와 가족임을 알 수 있었다. 적은 수의 백인들은 농장 관리인과 그 가족이거나 풍광 좋은 비치에 놀러 온 여행객들로 일등칸 손님이었다. 일등칸 요금은 노동자가 사흘을 일해야 하는 액수였다. 버들이 열흘 동안 어깨 빠지고 허리 끊어지게 빨래해야 받을 수 있는 돈이기도 했다.

'저 사람들은 돈이 얼마나 많길래 그 돈을 내고 탄다 말이고.'

일등칸 쪽을 바라보고 서 있던 버들은 뒤에서 외치는 소리에 놀라 돌아다보았다. 가방을 가득 실은 수레였다. 버들은 황급히 바구니를 집어 들고 옆으로 비켜섰다. 원주민이 수레를 밀고 있었고, 주인인 듯한 하올레 남자가 옆에서 계속 무언가를 지시하며 걸었다. 그 뒤를 여자아이 손을 잡은 부인과 아기를 안은 유모가 따랐다. 그들은 사람들에 막혀 버들 옆에서 멈춰 섰다. 부인이 아기를 들여다보며 유모와 이야기를 주고받았다.

버들의 눈은 바로 옆에 선 여자아이에게 머물렀다. 버들은 하올레 아이를 그렇게 가까이에서 보는 게 처음이었다. 곱슬곱슬한 금빛 머리의 아이가 초록빛 눈으로 버들을 빤히 바라보았다. 살아 있는 사람 같지 않았다. 버들과 눈이 마주치자 아이가 혀를 쏙 내밀었다. 장난을 치자 비로소 사람 같고 아이 같아 보였다. 버들도 장난스레 마주 혀를 내밀었다. 아이가 이번엔 손으로 양쪽 눈꼬리를 잡고 올리며 혀를 내밀었다. 그 모습이 귀여웠던 버들은 바구니에서 삶은 달걀을 꺼내 아이에게 내밀었다. 아이가 받지 않고 쳐다만 보자 버들은 달걀을 손에 쥐어 주었다. 아이는 제 엄마의 치마를 잡아당겨 달걀을 보여 주며 버들을 가리켰다. 버들을 힐끗 본 부인이 얼굴을 찌푸리며 달걀을 빼앗아 바닥에 버렸다. 버들은 깜짝 놀랐다.

"우, 우짜꼬. 아까버라."

버들이 허겁지겁 땅에 떨어진 달걀을 주우려는데 낯익은 구둣발이 꾹 밟아 으깨 버렸다. 태완은 잔뜩 화난 표정이었다.

"와 아까븐……."

바구니를 집어 든 태완은 울상을 짓는 버들을 두고 성큼성큼 기차 쪽으로 갔다. 버들은 이 생각 저 생각 할 겨를 없이 태완을 따라갔다. 사람과 화물이 뒤섞여 타는 삼등칸의 요금도 1달러가 넘었다. 종점이라 빈자리가 있었다. 태완은 버들이 안쪽 창가에 앉은 다음 그 옆에 앉았다. 태완이 바구니를 발아래 내려놓으려고 하는 걸 버들이 빼앗아 무릎 위에 올려놓았다. 자칫 음식이 쏟아질까 봐 걱정됐다.

"아까 그 하올레 부인이 와 달걀을 버린 깁니꺼? 그 사람들은 달걀 안 묵습니꺼?"

버들은 태완이 달걀을 밟아 버린 일을 따지고 싶었지만 그렇게 물었다. 태완이 버들을 잠시 보다 대꾸했다.

"당신이 준 거라 버린 거이야."

"야? 그기 무신 말이라예? 지가 뭐 독이라도 넣었을까 봐서예?"

태완이 냉소 어린 얼굴로 버들의 말을 잘랐다.

"저 사람들이레 우리를 같은 사람이라고 생각 안 해. 그러니까니 쓸데없는 짓 하지 말라."

버들의 머릿속에 태완의 흉터가 떠올랐다. 하올레 루나가 휘두른 채찍에 맞아 생긴 흉터였다.

"하이고마, 지들이 그레 대단하면 지도 조선서 양반이었어예. 훈장 아부지 아래서 버들 애기씨 소리 들어 가메 살았다꼬요."

태완이 입을 꾹 다물었다. 버들은 아차 싶었다. 시아버지는 몰라도 시어머니는 종이었다고 했다. 조선 같았으면 태완은 버들과 결혼도 못 했을 처지였다.

기차가 출발했다. 열어 놓은 창으로 바닷바람이 불어와 땀을 식혀 주었다. 버들은 처음 오던 날 잠이 들어 그냥 지나쳤던 바깥 경치를 보았다. 끝이 안 보이게 너른 바다 위엔 배가 떠 있었고 조선의 소나무 같은 아이언우드가 늘어선 해변엔 아침부터 수영하는 사람들이 보였다. 아스라한 수평선을 보자 줄리가 한 말이 생각났다. 그때 버들은 카후쿠 비치에서 보이는 바다가 자기가 건너온 바다인 줄 알았다.

"여서 쭉 가면 조선이 나오겠지예. 물고기라도 돼서 헤엄쳐 가고 싶네예."

버들이 한숨 쉬며 말했다.

"야가 무신 소릴 하노. 바다가 다 같은 바단 줄 아나? 그 바다는 서쪽에 가야 있다. 저 바다는 본토로 가는 바다인 기라."

비록 보이지 않더라도 수평선 너머에 조선이 있다고 생각했던 버들은 줄리 엄마 말에 허전해졌다. 그런데 줄리가 엄마 말을 반박했다.

"엄마, 아니에요. 지구는 둥글기 때문에 저기로 계속 가도 조선이 나와요. 그리고 버들 언니, 헤엄쳐서 가려면 물고기보다 고래같이 큰 동물이 돼야 해요. 고래는 물고기가 아니라 새끼에게 젖을 먹이는 포유류인 건 알죠?"

방학이 끝나면 초등학교 2학년이 되는 줄리가 또박또박 말했다. 줄리 엄마는 반박을 당했어도 똑똑한 딸 모습에 흐뭇한 얼굴을 했다.

"성님, 학비가 안 아깝겠네예."

버들은 학교에 다니고 영어를 조선말보다 잘하는 어린 줄리가 진정으로 부러웠다. 버들도 딸을 낳으면 줄리처럼 똑똑하고 야무진 아이로 키우고 싶었다. 하지만 여전히 아이 소식은 없었다. 아이까지 없으면 버들은 태완 곁에 있을 힘을 잃을 것 같았다. 울적해지려는데 태완의 몸이 버들 쪽으로 기울어졌다. 버들은 태완이 편히 기대 잘 수 있도록 가만히 있었다. 하지만 태완은 곧 자세를 바로 하고 팔짱을 꼈다. 비슷한 풍경이 계속 이어지자 버들도 얼마 안 가 꾸벅꾸벅 졸기 시작했다. 음식을 만드느라 평소보다 일찍 일어난 터였다. 그나마도 늦잠 잘까 봐 자는 둥 마는 둥 한지라 바닷바람이 솔솔 불어오니 잠이 쏟아졌다.

이번에도 버들은 태완이 깨워서야 일어났다. 에와역이었다. 제당 공장의 높은 굴뚝이 보이는 건 카후쿠역과 다를 바 없었지만 버들에겐 특별하게 여겨졌다. 태완이 처음 와서 살았던 곳이며 시어머니와 시동생 묘소가 있는 곳이다. 결혼하고 카후쿠로 갈 때도 지나친 곳이지만 그때는 이런 사정을 몰랐었다. 역 밖으로 나가니 카후쿠역 주변보다 더 번화해 보였다. 잠시 무얼 생각하던 태완이 버들에게 말했다.

"여기서 잠깐 기다리라."

버들이 대꾸할 새도 없이 태완은 사람들 틈으로 사라졌다. 버들은 가슴이 내려앉았다. 이곳은 달이가 살았던 곳이기도 하다. 혹시 지금도 여기 살고 있는 것 아닐까? 달이를 만나러 간 건가? 그동안 한 달에 한 번 정도 태완은 호놀룰루에 다녀오곤 했다. 어쩌면 호놀룰루가 아니라 에와에서 내려 달이를 만났는지도 모른다. 추측만으로도 발밑이 꺼지는 것 같았다. 그 아래는 끝없는 나락이었다. 땅바닥에 주저앉은 버들의 가슴 밑바닥에서부터 질투와 분노의 불길이 솟구쳐 올랐다.

'그런 기면 안 참는다. 더는 안 봐줄 기라.'

입을 앙다무는데 땅에 그림자가 드리웠다. 고개를 드니 태완이 뛰어온 듯 숨을 몰아쉬며 양산을 내밀었다. 버들은 엉거주춤 일어섰다. 꽃무늬가 새겨지고 가장자리에 레이스가 둘러진 하늘색 양산이었다. 줄리 엄마가 양산 이야기를 했지만 태완이 사 줄 거라고 상상조차 못 했던 버들은 얼결에 받아 들었다. 양산 사러 간 사람을 두고 애먼 상상을 했던 버들의 얼굴이 빨개졌다.

역에서 공동묘지까지 삼십 분 정도 걸어가야 했다. 번화가와 반대쪽인 그 길에는 눈을 제대로 뜨기 힘들 만큼 강한 햇살이 쏟아지고 있었다. 햇빛을 가려 줄 만한 나무나 건물도 없었다. 버들은 의기양양하게 양산을 펼쳤다. 해를 가리자 나무 그늘에 있는 것처럼 시원했다. 태완은 버들이 양산을 기울여 주는 것을 마다한 채 앞장서 걸어갔다. 버들은 양산이 날개인 양 가붓해진 몸짓으로 나풀나풀 걸어갔다.

공동묘지 앞에 다다른 태완이 멈춰 섰다. 활짝 웃던 버들의 표정이 태완을 따라 가라앉았다. 시어머니와 시동생에게 처음 인사 오면서 양산에만 정신이 팔려 있었던 것이다. 버들은 조심스레 양산을 접었다. 공동묘지 안엔 봉분 대신 평평한 땅 위 여기저기에 묘비가 세워져 있었다. 시아버지 말대로 벌초할 일이 없었다. 군데군데 서 있는 나무들이 그늘을 만들었다. 태완은 둘러보는 법 없이 묘지 중간쯤에 있는 묘소 앞에 가 멈췄다. 옆에 선 버들은 묘비에 영어와 함께 한글로 새겨진 이름을 보았다.

서언년 (1861~1912)

시어머니를 마주한 듯 묘비를 보고 서 있던 버들은 태완의 헛기침 소리에 정신을 가다듬고 보자기 위에 제수를 차렸다. 태완이 술잔에 술을 따랐다. 버들은 태완이 먼저 절한 다음에 하려고 서 있었다. 그런데 태완이 그대로 선 채 버들을 보았다.

"지, 지도 같이 해예?"

버들은 태완과 함께 절을 했다.

'어무이요, 지 어무이 메누리라예. 늦게 찾아와가 민구시럽습니
더. 비록 태완 씨 맘에 안 차는 사람이지만 지가 더 잘 하겠습니다.
아들딸 놓고 잘 살게끔 어무이가 보살펴 주이소.'

버들은 친정어머니가 부처님께 기도할 때처럼 진심을 다해 저
세상의 시어머니에게 빌었다. 시어머니 묘소에 예를 올리고 나자
진짜 서씨 일가의 사람이 된 것 같았다. 어머니 묘소 앞에 놓았던
술을 입에 털어 넣은 태완은 한 잔 더 따라 마셨다. 그리고 버들이
건넨 생선전을 받아 입에 넣었다. 평가가 궁금했지만 태완은 아무
말도 하지 않았다. 버들이 무안함을 감춘 채 물었다.

"데련님 산소는 어디라예?"

태석의 묘는 어머니 산소와 조금 떨어져 있었다.

서태석 (1894~1910)

시동생은 시어머니보다 이 년 먼저 세상을 떠났다. 태석도 버들
의 오빠처럼 제대로 살아 보지도 못한 채 죽었다. 버들은 오빠에게
성묘하는 마음으로 절을 했다. 거기서도 술을 두어 잔 마신 태완
은 버들이 제수를 거두기도 전에 술이 남은 병을 들고 묘소를 떠
났다. 점심을 먹으려고 나무 그늘을 찾는 모양이었다. 염불보다 잿

밥에 관심 있는 중처럼 마음이 급해진 버들은 태석의 묘비를 보며 말했다.

'데런님, 한 번도 몬 봐가 서운합니더. 일찍 시상 떠나신 기 참말로 안타깝습니더. 이승에 남은 한 다 털어 삐리고 편안하게 지내이소. 또 찾아올게예.'

서둘러 바구니를 챙겨 들고 태완 쪽으로 가던 버들은 우뚝 멈춰 섰다. 태완은 나무 그늘이 아니라 구석에 있는 어떤 묘소 앞에 앉아 있었다. 그 모습밖에 없는 것처럼 한결같던 굳은 표정 대신 망연한 얼굴이었다. 버들은 이유 없이 떨리는 가슴으로 걸음을 옮겼다. 태완은 버들이 가까이 간 것도 모른 채 멍하니 묘비를 보고 있었다. 묘비의 이름을 본 버들은 잠시 굳은 듯 서 있다가 태완 옆에 무너지듯 주저앉았다.

최달희 (1890~1911)

달이가 아니고 달희였다. 그리고 이미 죽은 사람이었다. 버들을 본 태완은 말없이 술병을 입으로 가져갔다. 달희가 살아 있는 줄 알았을 때보다 더 암담했다. 죽어서 남자의 가슴에 묻힌 여자는 남자가 죽어야 잊힐 것이다. 태완은 영원히 달희를 잊지 못할 것이다. 날마다 뜨고 지는 달을 볼 때보다 더 아득했다. 버들의 눈에서 눈물이 흘러내렸다.

"무슨 일이간?"

버들의 눈물을 본 태완이 놀란 얼굴로 물었다. 그 말에 둑이 무너지듯 울음이 터져 나왔다.

"내, 이 사람 누군지 압니더. 다 압니더."

버들이 울음 섞인 목소리로 말하며 묘비를 가리켰다. 태완의 눈빛이 흔들렸다.

"그만 가자우."

태완이 빈 술병을 풀숲으로 던지며 벌떡 일어섰다. 하지만 버들은 태완의 말을 따르는 대신 그동안 눌러두었던 속마음을 쏟아냈다.

"이 사람을 맘에 품고 있어가 내캉 결혼 안 할라 캤던 기 압니더. 결혼해서도 내를 소 닭 보듯 하는 기 다 이 여자 때문 아입니꺼. 그래도 세월 가면 나아질 기라고 믿고 기다릴라 캤습니더. 그란데 이제 보이 헛꿈 꾸고 있었던 기라예. 당신 맘속엔 그저 이 사람뿐이지예? 내는 우짭니꺼? 지가 우짜면 좋겠습니꺼?"

"뉘가 어드렇게 했다고……."

당황한 표정이 역력한 태완은 주춤거리며 다시 앉았다.

"중매쟁이가 첨에 당신이 지주라 캤습니더. 여 오마 공부도 할 수 있다 캤습니더. 그캐서 혹한 기만은 아이라예. 그짝이 싫었으면 안 왔을 깁니더. 핵교 그만두고는 동네 밖도 안 나갔던 지가 어무이, 동생들 버리고 바다를 멫 개씩이나 건너가 여까지 왔어예. 공

174 ●

부 몬 해도, 호강 몬 해도, 당신이 지주가 아니라 캐도 괜않았습니더. 기왕지사 부부가 됐으니까네 서로 아껴 주메 도와 가메 살고 싶었는 기라예. 그란데 당신은 이레 죽은 여자를 맘에 품고 내한테는 손톱만치도 틈을 안 주니 내는 어쩝니꺼? 말해 보이소. 지를 한 번이라도 각시라꼬 생각한 적 있습니꺼?"

말을 할수록 설움이 커진 버들은 아예 두 다리를 뻗은 채 엉엉 울었다. 손에 잡히는 대로 풀을 뜯어 던지며 어린아이처럼 울었다. 태완은 점점 더 뻘게지는 얼굴을 숙인 채 아무 말이 없었다. 버들은 딸꾹질이 나올 때까지 울며 가슴속의 말들을 쏟아 놓고 나니 속이 시원했고 태완이 더 싫어해도 하는 수 없다는 배짱까지 생겼다. 치맛자락을 걷어 코를 팽 풀곤 태완에게 따졌다.

"그레 딴맘 있으면 고마 이민국에서 결혼 안 한다 카고 돌려보내 삐리지 와 식은 올리고 집에는 데려다 났습니꺼? 밥 시켜 묵고 잠 잘라 칸 깁니꺼?"

버들은 씩씩거리며 물었다. 헤어지자고 하면 보란 듯이 떠날 참이었다. 태완의 얼굴이 잔뜩 굳어졌다. 잠시 뒤 담배를 꺼내 성냥불을 붙인 태완이 결심한 듯 입을 열었다. 무언가 말하려는 순간 가슴이 철렁한 버들이 말했다.

"밥 묵고 들을랍니더. 날이 뜨거버가 음식 쉽니더."

벌떡 일어난 버들은 바구니를 들고 나무 그늘로 갔다. 보자기를 펼쳐 놓고 음식을 꺼내 놓는 버들을 보던 태완이 어이없다는 듯

피식 웃으며 자리에서 일어났다. 도시락을 꺼내 뚜껑을 열었던 버들은 울상이 됐다. 개미가 새까맣게 꾀어 있었다.

"우야꼬, 이를 우짜꼬."

가까이 온 태완이 털썩 앉더니 버들에게서 도시락을 빼앗아 옆에 있던 물통의 물을 부었다. 물이 흘러넘치자 둥둥 뜬 개미도 밖으로 쓸려 나갔다. 태완은 한쪽 밥을 떠서 뚜껑에 담아 버들에게 건네주었다. 그리고 도시락에 아직 남은 개미들을 후후 불어 날린 뒤 밥을 입에 떠 넣고 우적우적 씹었다. 늘 그래 왔다는 듯 아무렇지 않은 모습이었다. 뜨겁고 고요한 묘지에 앉아 개미가 꾀었던 밥을 먹는 태완을 보자 버들은 무언가 울컥 치밀었고 눈시울이 뜨거워졌다. 속내를 쏟아부었던 조금 전과 다른 감정이었다. 태완이 남의 땅에 와 살아 낸 시간을 한순간에 다 본 것 같았다. 버들이 살아 봤기에 이해할 수 있는 시간들이었다.

버들은 서둘러 떠 넣은 밥과 함께 눈물을 삼켰다. 둘은 말없이 꾸역꾸역 밥을 먹었다. 버들은 결심했다. 태완의 말을 듣기 전 자기 이야기부터 하기로. 바구니를 정리한 뒤 버들이 입을 열었다.

"지 이바구부터 들어 주이소."

태완이 무릎을 세우고 앉아 담배를 피워 물었다.

"지는 우에 언니들이 둘이나 죽어가 오 남매 중 고명딸로 자랐습니다. 아부지는 마을 훈장님이었는데 딸인 지를 학동 뒤에 앉혀가 천자문을 갈쳐 주싰습니다. 보통학교에 보내가 신식 공부도 시켜 주시고예. 부자는 아니지만서도 부러울 기 없이 살았습니다.”

버들은 잊고 지냈던 그 시절에 대한 그리움에 목이 멨다. 태완은 잠자코 버들의 이야기를 듣고 있었다.

“그란데 아홉 살 때 아부지가 의병 나가 생목숨을 잃으신 깁니더. 이 년 있다 오래비도 왜놈 순사 말발굽에 채어가 죽었고예. 그 뒤로 배부르게 묵어 본 기억이 없습니다. 굶지 않으면 다행이었지예. 어무이는 산 자식들 목구멍에 풀칠하는 기 사는 목적이었습니다. 지도 줄리만 할 때부터 핵교도 그만두고 밥하고 동생들을 돌봤고예. 커서는 어무이 도와가 손가락이 부르트게 삯바느질을 했지예. 어무이가 지랑 동생들 두고 도망갈까 봐, 뒷산 용소에 빠져 죽을까 봐 밤마다 무서벘습니다. 그캐서 어무이 말이라면 죽는 시늉하는 효녀로 살았습니다. 우짜믄 어무이한테서 도망치고 싶어가, 그런 집 떠나가 지 행복 찾을라꼬 여를 선택한 긴지 모릅니다. 당신이 아니라 포와 말입니다.”

태완은 아무 말이 없었다. 한동안 둘 사이엔 침묵과 바람에 일렁거리는 나뭇잎 그림자만 가득했다.

“당신은 와 내캉 혼인했습니꺼?”

버들이 태완을 똑바로 보았다.

“그레 싫으면 사흘 전이 아이라 당일 날 알았다 캐도 하지 말았어야지예. 그라고 결혼했으면 사나답게 책임을 져야지예. 밥 멕여주는 기 남편 노릇은 아입니다.”

태완이 무거운 한숨을 내쉬며 고개를 수그렸다. 잠시 침묵했던 태완이 드디어 입을 열었다.

"저기, 저 바다에서 죽었어, 그 에미나이."

여러 장애물을 헤치고 나온 양 태완의 목소리는 갈라져 있었다. 버들은 숨이 멎는 것 같은 기분으로 태완이 바라보는 곳으로 시선을 돌렸다. 사탕수수밭밖에 보이지 않았지만 그 너머 구름이 피어오르는 곳에 바다도 있을 것이다.

"나 때문에 생때같은 목숨을 끊은 거이야."

스스로 죽었다고? 버들은 무릎을 세워 두 손으로 감싸 안았다. 태완은 목소리를 돋워 이야기를 이어 나갔다.

"포와 오는 배에서 처음 만났댔어. 그 에미나이는 열여섯 살이고 나는 열네 살이었지. 우리는 같은 농장에 배정받았고 이웃에 살았댔어. 기런데 오마니는 처음부터 달희를 못마땅해하셨어. 달희 오마니가 기생 출신이라 싫었던 거이지. 우리는 내세울 것 있간."

버들은 아까 자기가 양반이라고 큰소리쳤던 게 생각나 얼굴이 뜨거워졌다.

"내 등에 흉터가 어드렇게 생겼냐고 물었댔지?"

버들은 루나의 채찍에 맞아 생긴 것을 알고 있었지만 잠자코 있었다.

"달희를 희롱하는 루나한테 대들었다 기케 된 거이야. 그때부터 오마니는 달희가 스나이 인생을 망칠 상이라고 더 싫어하셨댔어.

눈에 흙이 들어가기 전엔 받아들일 수 없으니 마음을 접으라고 하셨지. 나는 오마니를 설득하는 대신 학교로 도망쳤댔고 농장에 남아 괴로움을 겪는 거이 모두 달희 차지였지. 기러다 농장에서 사고가 있었는데 태석이가 달희를 구하고 크게 다친 거이야."

버들은 하루 두어 마디 하는 게 고작인 남편의 입에서 흘러나오는 이야기가 태완이라는 소설 주인공이 겪은 일인 것처럼 여겨졌다.

"그 사고가 빌미가 돼서리 태석이가 세상을 떠난 뒤론 더더욱 달희를 미워하셨댔지. 에미나이 때문에 막뒤아들을 잃었다고 생각하셨으니까. 기때도 내레 어느 한쪽 손도 잡아 주지 못했고, 또 뉘기 손을 놓는 결단도 내리지 못했댔어. 오마니와 그 에미나이 사이에서 갈팡질팡하다 도망친 거이야. 결국 달희가 제 목숨을 끊는 걸로 결정했지. 다음 해 오마니도 돌아가셨어. 삼 년 사이 세 사람을 떠나보낸 거이야. 내레 어드렇게 날 용서할 수 있었간."

태완의 입을 통해 그의 이야기를 듣는 것도 처음이었다. 사랑하는 사람들을 잃은 상처가 어떤 것인지 버들도 잘 알았다. 그 모든 게 자신 때문이라고 생각한다면 더 견디기 힘들 것이다. 태완이 그동안 닫아 두었던 문은 새 사람 쪽으로 향한 문이 아니라 자기 과거의 문이었을지 몰랐다. 버들은 태완에게 연민을 느꼈다.

버들이 그동안 태완에게 갈구했던 건 이런 거였다. 좋은 것 나쁜 것 슬픈 것 모두 터놓고 이야기하며 서로의 상처를 보듬어 주는 것. 버들이 벌떡 일어나며 말했다.

"지는 가 볼랍니더."

태완이 고개를 번쩍 들어 버들을 보았다.

"딴 가시나한테 마음 다 준 사나라 캐도 지는 당신하고 계속 가 볼랍니더. 가다 보면 당신 맘도 돌아오는 날이 있겠지예. 당신도 노력하겠다고 어무이 앞에서 약속하이소."

태완의 얼굴에 희미한 미소가 번졌다.

"고마, 퍼뜩 일나소. 지 손도 놓칠 깁니꺼?"

버들이 태완에게 손을 내밀었다.

소식

11월이 되자 우기가 시작됐다. 일 년 내내 따뜻한 하와이 날씨
는 사계절이 아니라 건기와 우기로 나뉘었다. 우기라고 해서 조선
의 장마처럼 비가 오래 이어지는 건 아니었다. 스콜이라고 하는 소
나기가 세차게 쏟아진 다음 다시 눈부신 햇살이 온 세상을 비췄다.
그러면 하늘로 향하는 구름다리 같은 무지개가 섰다. 버들은 그 광
경을 볼 때마다 가슴이 뛰었다.

유난히 크고 선명한 무지개가 뜬 날 홍주로부터 편지가 왔다. 버
들은 사람이 온 양 반갑고 가슴이 벅찼다. 버들은 그동안 몇 번이
나 홍주에게 편지를 쓰다 포기했다. 집에 보내는 편지는 어머니와
동생들이 걱정 안 하게끔 좋은 말만 쓰면 됐지만 친구에겐 그러고

싶지 않았다. 세상의 단 한 사람에게만 비밀이 없어야 한다면 그 사람은 당연히 홍주였다. 하지만 태완에 대해 무슨 말을 하든 신랑이 마음에 안 들어 울고불고했던 홍주에겐 자랑으로 비칠 것 같아 차일피일 미루다 먼저 편지를 받은 것이다.

방으로 뛰어 들어간 버들은 서둘러 편지 봉투를 열었다. 편지지 세 장을 가득 채운 들쭉날쭉한 글자가 홍주 목소리 같았다.

'버들아 보아라'로 시작하는 편지는 목소리로도 들려왔다.

'내는 마우이섬 카훌루이 농장 식당에서 일한다. 밭에 나가 일하는 여자들보다 낫다고 하지만 니는 내가 여 사는 기 자체가 고생이란 걸 잘 알 기다. 조선에 갈 날 있으면 중매쟁이부터 요절낼 기다. 암만 과부라 캐도 우찌 이런 자리에다 중신을 섰나 말이다. 참, 조덕삼이 펜지 대신 써 준 사람한테 한 소리 했다. 같은 캠프에 있는 사람인데 까막눈 노동자들 대신 펜지 써 주는 기로 용돈벌이하는 사람이다. 조덕삼이는 얼매나 자린고빈지 모린다. 오렌지 한 개 사 달라 캐도 벌벌 떤다. 그레 돈 아까버가 내 뎄꼬 오는 데 든 돈은 우찌 냈는지 모르겠다. 그캐도 사람은 성실하고 착하다. 캠프에는 노름하고 지 마누라 패는 사나도 있다 칸다. 하긴 그런 종자면 올타쿠나 헤어질 긴데…….'

버들은 마주 앉아 이야기하는 것 같은 홍주 편지를 읽으며 웃다, 눈물짓다 했다. 홍주는 신세 한탄을 두 장 반이나 쏟아 놓은 다음에야 버들과 송화 안부를 물었다. 홍주는 버들과 송화가 같은 캠프에 사는 줄 알고 있었다.

'버들아, 송화야. 느그들이 보고 싶어 죽겄다. 느그들은 맨날 보고 서로 의지하이 얼매나 좋노. 내도 느그들 옆에 있어가 신랑 흉이라도 실컷 보면 시원할 긴데 여는 그레 터놓고 말할 사람도 없다.'

버들은 송화에게 가 보지 않은 게 부끄러워졌다. 송화 신랑이 어떤 사람이라는 걸 알면서도 골치 아픈 일 생길까 봐 피했던 거였다. 어떤 변명을 앞세워도 잘한 일이 아니었다. 조만간 꼭 찾아가야지 다짐하던 버들의 눈이 편지 한 부분에 붙박였다.

'그라고 버들아 나 애 뱄다. 넉 달 됐다. 입덧이 심해가 암 것도 못 묵는다. 니 뱃멀미할 때맨키로 묵기만 하면 게운다 아이가. 얼라도 여가 미국 땅인 걸 아는가 오렌지만 받는데 자린고비 서방이 그기를 눈치 주는 기다. 그캐도 지 자식 걱정되는가 일은 쉬라 캐서 지금 놀면서 펜지 쓰는 기다. 버들아 우짜면 좋노. 얼라가 생겼으이 인자 빼도 박도 몬하게 됐다. 이 촌구석에서 조덕삼이 같은 촌놈 마누라 노릇 하면서 평생 늙을 기를 생각하면 코가 맥히고 기가 맥혀가 한숨밖에 안 나온다. 신랑을 구워삶든 우짜든 한번 보러 갈 테이 그때까지 잘 지내고 있그라.'

버들은 편지를 치마폭에 떨군 채 한동안 멍하니 앉아 있었다. 임신한 홍주가 어떤 불평을 해도 버들에겐 자랑처럼 들렸다.

시어머니 묘소에 다녀온 뒤 버들과 태완은 한동안 처음 만났을 때보다 더 서먹했다. 그러다 먼저 달라진 사람은 버들이었다. 태완의 눈치를 보며 어려워하던 버들이 자꾸 말도 걸고 때로는 장난도 치며 살갑게 굴었다. 태완도 차차 둘만 있을 때는 말도 많아지고 웃기도 했다. 그들은 여느 신혼부부처럼 싱거운 장난을 치다 사랑을 나누곤 이야기하다 잠들었다. 이제 아기만 생기면 더 이상 부러울 게 없는데 소식이 없었다. 버들은 달거리가 일정치 않은 자신 탓인 것 같아 속을 끓였다.

어린 시절 어머니가 무지개 설 때 소원을 빌면 이루어진다고 했다. 하지만 버들은 제대로 빌어 본 적이 없었다. 무지개가 뜨는 일이 드문 데다 그마저도 예고 없이 섰다. 게다가 어린 버들은 소원이 너무 많아 무얼 빌지 고르는 사이 무지개는 사라져 버렸다. 아버지와 오빠가 세상을 떠난 뒤 버들은 무지개가 뜨면 빌 소원을 정해 두었다. 아버지와 오빠가 살아 돌아오기를 간절히 빌었지만 기적은 일어나지 않았다. 버들은 자라면서 금방 사라지고 마는 허망한 무지개에 소원을 비는 일을 그만두었다.

홍주의 편지를 받은 뒤 버들은 다시 무지개에 소원을 빌기 시작했다. 새 생명이 무지개 다리를 건너 자신의 품에 깃들이기를 간절히 바랐다. 아기 생각과 더불어 송화 걱정도 머릿속을 떠나지 않았다. 버들은 홍주에게 임신을 축하하고, 송화를 꼭 찾아가겠다는 답장을 썼다. 그리고 바로 줄리 엄마에게 석보 영감네 소식을 알아봐 달라고 부탁했다.

일요일엔 태완도 집에서 점심을 먹었다. 버들은 고기가 붙은 잡

뼈를 사다 한참을 곤 국에 송송 썬 파를 넣어 상에 올렸다. 맛난 음식을 보면 여전히 어머니와 동생들 생각이 났다. 버들은 세탁장에서 받는 돈을 착실하게 모으고 있었다. 푼돈을 부치면 보내는 비용만 들고 흐지부지 흩어지고 말 터라 100달러가 될 때까지 기다리는 중이었다.

곰국을 한 대접 비운 태완은 신문을 보다 낮잠이 들었다. 버들은 파파야나무 아래 앉아 있는 시아버지 곁에서 바느질을 하며 교회에 간 줄리네가 돌아오기만을 기다렸다. 줄리네 집 앞에 달구지가 서기도 전에 버들은 벌떡 일어나 쫓아갔다. 줄리 엄마만 토니를 안고 내리고 낸시와 앨리스는 재성을 따라 사무실 옆에 있는 마구간으로 갔다. 아이들은 말에게 먹이 주는 것을 좋아했다.

버들은 줄리 엄마가 나들이 한복을 갈아입는 동안 칭얼거리는 토니를 안고 얼렀다. 지금까지 어떻게 지냈는지 그 잠깐의 시간도 애가 탔다. 옷을 다 갈아입은 줄리 엄마가 토니를 받아 안아 젖을 물렸다.

"송화 소식 들었습니꺼?"

버들이 물었다.

"석보 영감 색시가 캠프 사람들하고 안 어울려가 아는 사람 찾기 어려벗다 아이가. 다행시럽게 옆에 옆에 집 사람을 만나가 이바구 들었는 기라. 석보 영감네 사는 꼴이 말이 아니라 카데. 그란데 석보 영감보다 느그 친구 욕하는 사람이 더 많다 카드라."

"야? 송화 욕은 와예?"

버들이 깜짝 놀라 물었다.

"색시가 집안일을 아예 안 한다 카는 기라. 방구신맨키로 방에만 있어가 석보 영감이 색시 수발까지 들어 가메 일한다 카드라. 사람들 말이 영감이 낙이 없어가 다시 노름하고 술 마신다꼬."

버들은 부산 아지매 집에서 부엌일을 도맡아 했던 송화를 떠올렸다. 사람 많은 데선 얼빠진 것 같더니 카후쿠 오는 길에 생기를 찾던 모습도 생각났다. 수리재 산골에서 바로 여기로 왔다면 모를까 부산과 고베를 거쳐 오는 동안 어느 정도 눈과 귀가 트인 아이가 방에만 있다니 무슨 일일까. 버들은 송화를 만나 보지 않고선 다리 뻗고 잘 수 없을 것 같았다. 진즉 가 보지 않은 자신이 원망스러웠다. 집으로 돌아온 버들은 서 노인에게 대강 설명하고 허락을 구했다.

"태완이 깨워서 같이 갔다 오라우."

서 노인이 말했다.

"아입니더. 쉬게 두고 지 혼자 후딱 댕겨오겠습니더. 저녁 하기 전에 올게예."

버들이 옷을 갈아입으러 방으로 들어가자 자는 줄 알았던 태완이 물었다.

"어드메를 간?"

밖에서 하는 소리를 들은 모양이었다.

"깼습니꺼? 당신도 석보 영감하고 결혼한 지 친구 송화 알지예? 그 가시나한테 무신 사달이 난 모양입니더. 거 좀 댕겨와야겠습니더."

버들의 말에 태완이 일어섰다.

"이 땡볕에 길도 잘 모르믄서 어드메를 혼자 간다고 나선? 나랑 같이 가자우."

태완이 벽에 걸린 셔츠를 걷어 입으며 말했다.

"준비하고 나오라. 마구간 가서 말 끌고 오갔으니."

태완은 버들이 만류할 새도 없이 밖으로 나갔다. 사양할 계제가 아닌 버들은 저고리만 갈아입고 밖으로 나갔다. 집에서 태완을 기다리는 게 조급증이 나서 마구간으로 갔다. 달구지를 끌고 갈 줄 알았는데 태완은 한 마리에 안장을 얹고 있었다.

"달구지로 가는 기 아니고예?"

말을 타 본 적이 없는 버들이 놀라 물었다.

"둘이 갈 때는 이거이 빨라. 내레 같이 탈 거이니 걱정 말라."

태완은 버들이 등자를 밟고 말 잔등에 오를 수 있도록 도와주었다. 버들은 말 위가 생각보다 높아 잔뜩 겁먹었다. 뒤에 탄 태완이 고삐를 잡자 버들은 태완의 품에 쏙 안긴 모양이 됐다. 말이 처음 움직일 때는 너무 무서워 비명을 질렀지만 자신을 감싸 안은 남편 덕분에 차츰 편안해졌다. 코우나무 아래서 장기를 두던 사람들이 함께 말을 탄 두 사람을 보고 휘파람을 불었다.

부부를 태운 말은 사탕수수밭 길을 달렸다. 바람결에 옷자락이 날리는 게 기분 좋은 노랫소리 같았다. 버들은 송화네 집이 아니라 나들이라도 가는 것 같았다.

*

송화네 집 나무 울타리는 여기저기 부서져 있었고 작은 마당은 잡풀로 무성했다. 나팔꽃 덩굴이 집 앞 계단까지 타고 올라간 게 빈집 같았다.

"안에 누구 있습니꺼? 송화야, 송화야."

말에서 내린 버들은 불안한 마음으로 문을 두드렸다. 잠시 후 창문으로 얼굴 하나가 나타났다. 반쪽이 된 낯은 귀신인 양 파리했다.

"송화야."

버들은 허둥지둥 문짝을 열어 젖혔다. 부엌과 방 사이에 벽이 없이 한 칸으로 이루어진 집이었다. 버들이 부엌으로 들어서자 바닥에 놓인 밥상에서 쉬파리 떼가 날아올랐다. 버들은 치미는 구역질을 참으며 방 쪽으로 갔다. 부엌보다 한 단 높은 방엔 할라나무 잎으로 엮은 자리가 깔려 있었고 송화는 그 위에 우두커니 서 있었다. 버들을 보고도 멍한 표정엔 변화가 없었다.

"아이고, 송화야."

방으로 올라간 버들은 송화를 와락 끌어안았다. 꼬챙이처럼 마른 송화가 휘청거렸다.

"와 이레 말랐노?"

송화를 떼어 내 얼굴을 보던 버들은 깜짝 놀랐다. 얼굴에 멍 자국이 있었다. 버들은 송화를 세워 둔 채 저고리 소매를 걷어 보고 치맛자락을 들춰 보았다. 살갗 곳곳이 푸른빛과 보랏빛으로 얼룩져 있었다.

"시상에 이기 무신 꼴이고? 박석보가 이런 기가? 니 그동안 이레 살았나? 미안타, 미안타. 니 이레 사는 줄도 모르고. 우짜면 좋노."

버들이 송화를 끌어안고 목 놓아 울었다. 그동안 혼자 이 고통을 겪었을 송화를 생각하니 가슴이 찢어지는 것 같았다. 비죽거리던 송화도 울음을 터뜨렸다. 송화는 뒤따라 들어온 태완을 보더니 두려움 가득한 얼굴로 덜덜 떨며 버들을 움켜잡았다. 남편에게 맞다 보니 남자가 다 무서운 모양이었다.

"와 이라노? 니 태완 씨 모르나? 결혼식 날 봤다 아이가. 내 신랑이다."

버들이 송화를 끌어안고 진정시켰다. 잠시 둘을 보던 태완이 송화에게 물었다.

"석보 영감 어드메 갔시요?"

송화가 하얗게 질린 얼굴로 고개를 저었다. 버들은 억장이 무너지고 분노가 치밀어 올랐다.

"얼른 가서 잡아 오이소. 박석보 보면 내 찢어 죽일 기라예. 지

색시를 이 꼬라지로 만들어 놓은 기 사람입니꺼?"

버들이 소리쳤다.

태완이 밖으로 나가자 그제야 버들을 움켜잡았던 송화 손에서 힘이 빠져나갔다. 스콜이 쏟아져 빗줄기가 창문 안으로 튀어 들었다.

버들은 송화를 바닥에 앉힌 다음 힘껏 감싸 안았다. 송화가 떠는 게 온몸으로 느껴졌다. 어린 시절 송화에게 했던 돌팔매질이 생각났다. 얼굴 가득하던 상처와 겁먹은 송화의 표정도 함께 떠올랐다. 그때는 옥화 모녀가 나타나면 돌 던지는 것을 당연하게 여겼다. 때리고서도 미안한 생각조차 품지 않았다. 그래서는 안 되는 거였다. 누구에게도 그들을 때릴 권리는 없었다. 버들은 송화 몸에 난 상처가 자신이 던진 돌팔매질 때문인 것 같았다.

부엌에 매단 시렁에 얹힌 송화의 가방이 버들 눈에 들어왔다. 고베항에서 자기를 따라 산 가방이었다. 홍주가 시키는 대로 가방을 들고 걷는 시늉을 하며 배시시 웃던 송화가 떠올랐다. 버들이 벌떡 일어서며 말했다.

"짐 챙기라. 내캉 우리 집에 가자."

버들 말에 송화 얼굴에 안도의 빛이 퍼졌다. 개성 아주머니가 일손이 달린다고 했으니 식당 일을 시켜 달라고 하면 될 것이다. 잠은 혼자 지내는 두순 엄마 방에서 재우면 된다. 그게 안 되면 방도가 마련될 때까지 태완을 시아버지 방으로 보낼 생각이었다. 버들은 시렁에서 가방을 내려 열었다. 가방 속엔 송화가 결혼식 때 입었던 옷이 들어 있었다. 버들은 신부들 중 가장 아름다웠던 송화 모습이 떠올라 다시 눈물이 솟구쳤다. 버들이 우는 동안 송화가 여기저기서 제 옷을 가져다 가방에 넣었다.

짐을 싼 버들은 송화를 이끌고 밖으로 나갔다. 그사이 스콜이 그치고 눈부신 햇살이 비쳤다. 버들은 눈이 부셔 비칠거리는 송화를 감싸 안았다. 나뭇잎에서 물방울이 뚝뚝 떨어졌다. 코올라우 산등성이에 무지개가 섰다.

*

버들이 임신한 것을 안 건 해가 바뀐 지 두 달 됐을 때였다. 달거리가 불규칙한 데다 입덧이 일찍 시작된 바람에 임신인 줄 몰랐다. 구역질이 계속돼 속병이 크게 난 줄 알았던 버들은 태완이나 서노인이 걱정할까 봐 몰래 일본인 캠프에 있는 진료소에 갔다. 의사가 한자로 임신이라고 써 준 글을 본 순간 버들은 무지개 수십 개가 한꺼번에 눈앞에 펼쳐지는 것 같았다.

의사는 그림판을 꺼내 태아가 삼 개월 됐음을 알려 주었다. 자궁 속에 들어 있는 태아의 그림을 보는 순간 버들의 머릿속에 태완, 시아버지, 어머니 얼굴이 누가 먼저랄 것 없이 한꺼번에 떠올랐다. 한시바삐 소식을 알리고 싶은 마음과 잠시만이라도 혼자 이 기쁨을 누리고 싶은 마음이 동시에 들었다. 버들은 노란색 프리마베라가 눈부시게 피어난 길을 배 속의 아이와 함께 천천히 걸어서 집으로 돌아왔다. 버들은 그날 저녁상을 치운 뒤에야 태완과 서 노인에게 임신한 사실을 알렸다. 서 노인의 주름진 얼굴로 눈물이 흘러내렸다.

"고맙다, 고맙다. 메느리레 우리 집 복덩이라."

서 노인의 목멘 소리에 버들도 눈물이 나왔다. 아버지 앞에서는 덤덤한 척하던 태완이 자기들 방에 들어서자마자 버들을 힘껏 껴안았다.

"와 이라예. 숨 막힙니더."

버들은 벙실벙실 넘치는 웃음을 감추지 못하고 말했다. 태완은 버들의 얼굴을 감싸고 여기저기 입맞춤을 퍼부어 댔다. 태완이 얼마나 좋아하는지 온몸으로 느껴졌다. 버들도 더할 수 없이 행복했다.

"와 이랍니꺼? 남 안 가진 아를 가……."

쑥스러운 듯 말하던 버들은 태완을 밀쳐 내며 구역질을 했다.

송화는 끼니마다 색다른 걸 만들어 버들에게 먹이려고 애썼다. 이번에는 잣을 넣고 쑨 죽이었다. 버들은 음식 냄새만 맡아도 속이 뒤집혔지만 배 속의 아이를 생각해 한 숟갈 입에 넣은 다음 약인 양 꿀꺽 삼켰다. 송화가 걱정스러운 눈길로 지켜보았다. 세 숟가락을 겨우 먹은 버들이 죽 그릇을 물리자 송화가 가만히 한숨을 내쉬었다.

"이제 보이 나 살라꼬 니를 델꼬 온 기다. 내, 요새 니 덕에 산다 아이가."

버들이 꺼칠한 얼굴로 말했다. 송화가 아니면 입덧에 시달리는 자신을 누가 이렇게 챙겨 줄까 싶었다. 태완은 말할 것도 없고 줄리 엄마도 송화만큼 편하지는 않을 것이다. 송화가 배시시 웃었다.

송화를 데려온 사흘 뒤 석보 영감이 찾아왔다. 송화 대신 버들 부부와 재성 부부가 석보 영감을 만났다. 송화는 맹수에게 쫓기는 들짐승처럼 떨며 버들의 방에서 나오려 들지 않았다.

"나도 첨에는 나쁜 버릇 끊고 잘 살려고 했어. 그런데 암만 잘해 줘도 곁을 주지 않는 거여. 살림은 내팽개치고 밤만 되면 밖으로 나돌고……."

석보 영감의 변명에 버들은 분이 치밀었다.

"할배 같은 사람한테 우예 금방 정이 생깁니꺼. 그럴수록 더 잘 해 주고 해야지 손찌검을 합니꺼? 아 꼴이 산송장이지 사람이라예?"

버들이 태완과 재성 앞인 것도 잊고 목소리를 높여 따졌다.

"죽어도 집으로는 아니 가겠다는데 어쩌갔소?"

버들의 소매를 슬며시 잡아당기며 태완이 물었다. 석보 영감은 눈치를 보며 송화가 여기 있겠다면 자기도 이 캠프에서 일하고 싶다고 했다. 태완과 재성은 송화에게 손찌검을 하지 않고, 술과 노름을 끊고, 농장 일을 열심히 하겠다는 각서를 받은 다음 석보를 받아 주었다. 둘이 살 집도 마련해 주었다.

"송화는 내 고향 동상이라예. 앞으로 한 번만 더 야한테 손대면 고마 딱 이혼시킬 깁니더."

줄리 엄마가 으름장을 놓았다.

버들이 곁에 있고 캠프의 부인네들이 한마음으로 나서 보살펴 준 덕에 송화는 차츰 안정을 찾아 갔다. 체하거나 머리 아플 때 송화가 침을 놓아 주자 부인네들은 진료소 의사보다 낫다면서 좋아했다. 송화는 개성 아주머니와 제임스 엄마가 시키는 대로 식당 일을 곧잘 했다. 또 버들이 석보보다 한 살 많은 서 노인을 극진하게 모시는 것을 보고 남편을 대하는 태도가 달라졌다. 석보를 남편이라기보다 한 사람의 노인으로 불쌍히 여기게 된 것이다. 석보도 큰 탈 없이 농장 일을 했다.

1919년

3월 중순 하와이 한인 사회가 술렁이기 시작했다. 조선의 독립
만세 운동 소식이 전해졌기 때문이다. 경성을 비롯한 큰 도시에서
시작된 만세 운동이 전국 방방곡곡으로 퍼져 나가고 있었다. 남
자, 여자, 노인, 아이, 학생, 농민, 노동자, 기생까지 한마음으로 만
세를 외쳤다. 조선 팔도에 메아리치던 함성이 바다 건너 하와이까
지 들려온 것이다. 미국 신문들도 조선의 독립선언을 비중 있게 다
루었다.

호놀룰루에서 열린 집회에 다녀온 캠프 사람들은 모이기만 하
면 만세 운동 이야기였다. 일본 경찰의 총칼에 맞아 죽거나 다친
사람이 수천 명이고 시위하다 잡힌 사람이 감옥에 가득한데도 만

세 운동은 더 불타오르고 있다고 했다. 일본 경찰의 칼에 팔이 잘린 여학생이 다른 한쪽 팔로 태극기를 주워 들고 독립 만세를 외쳤다는 이야기엔 모두 주먹을 불끈 쥐었다.

입덧이 끝나 좀 편해졌던 버들은 만세 시위 하는 사람들 중에 동생들이 있을 것 같아 애가 탔다. 어진말에 있는 광식과 춘식은 몰라도 김해 읍내에 있는 규식이 걱정스러웠다. 그곳에서도 만세 시위가 벌어졌을 게 분명했다. 아버지와 형이 왜 죽었는지 알고 있을 규식은 누구보다 일본에 대한 원한이 깊을 것이다. 버들은 오빠를 묻고 온 날 밤, 어머니가 홍주 어머니에게 했던 말이 무슨 뜻인지 이해됐다.

"나라님도 몬 이기는 왜놈을 우찌 이긴단 말입니꺼. 애들 아부지 그레 죽고, 내 아들마저 죽인 놈들이지만서도 내는 왜놈들 미워도, 원망도 안 할 깁니더. 남은 아들한테 원수 갚으라고도 안 할 깁니더."

남의 나라 황후를 죽이고, 나라를 빼앗고, 황제도 독살할 수 있는 일본은 세계대전이 끝난 뒤 더욱 강해졌다. 버들은 동생뿐 아니라 함께 사는 태완도 걱정스러웠다.

3월 1일 독립선언 계획을 미리 전해 들었던 박용만은 3월 3일, 하와이의 각 섬에서 모인 350여 명을 놓고 대조선독립단 발단식을 열었다. 오아후 북부 지역 대표가 된 태완은 일요일은 물론 일을 해야 하는 평일에도 농장을 비울 때가 많았다. 중국 상해에 대한민국임시정부가 수립되었고 이승만은 국무총리, 박용만은 외무총장으로 추대되었다. 이제 사람들은 왕의 신하나 나라 없는 민족이 아니라 새로 선 대한민국의 국민인 것이다. 사람들은 앞다투어 임시정부를 위한 성금을 냈다.

하지만 박용만과 이승만, 두 지도자의 노선 차이는 여전했다. 추종하는 지도자를 따라 하와이 한인들은 파가 나뉜 지 오래였고 감정의 골도 나날이 깊어 가고 있었다. 태완은 윌슨 미국 대통령에게 조선을 위임 통치해 달라고 청원했던 이승만이 임시정부 최고 수반이 된 것에 분개했다. 그 바람에 이승만 지지파였던 일꾼 몇 명이 태완과 언쟁을 벌이다 농장을 떠났다. 그 일로 태완은 재성과도 언성을 높였다. 버들은 일손을 놓다시피 한 태완 때문에 애가 달았다.

"조선 독립도 중요하지만 당장 먹고사는 일도 중요하다 아입니꺼. 농장 일을 이레 밀쳐 놓고 다니면 우짭니꺼? 곧 얼라도 나올 긴데예. 재성 아주버이 보기 미안타 아입니꺼."

농장 일에 여간해서 참견하지 않는 버들이 보다 못해 말했다.

"조국의 독립을 이루는 거이 자식을 위한 일 아니갔어. 내레 나 위해서 이러간? 자식한테 당당한 아바지 될라고 이러는 거이야."

태완이 이글거리는 눈으로 말했다. 버들은 태완이 당장 박용만이 있다는 중국으로 떠날까 봐 잠도 오지 않았다.

"고래 싸움에 힘없는 새우 등만 터진다 아입니꺼. 태완 씨는 무조건 박용만 편만 드는데 손뼉이 마주쳐야 소리가 난다꼬 양쪽 다 잘몬 아닙니꺼? 지도자라 카는 기는 부모나 마찬가진데 자식들한테 좋은 본을 뵈야 안 켔습니꺼?"

이승만 지지자 세 명이 또 농장을 떠나 줄리 엄마까지 발을 동동 구르자 버들은 서 노인을 잡고 하소연했다.

"허허, 기러게 지도자라는 양반들이레 우리 메느리만도 못핸. 기런데 먼저 교민들 사이를 갈라놓은 거이 이 박사다. 신문 주필 자리 주믄서 하와이에 자리 잡게 해 준 거이 박 단장인데 이 박사가 기러믄 안 되지."

서 노인까지 박용만 편을 들자 버들은 더 애가 탔다. 그런데 여자들도 뒷전에 물러나 있지 않았다. 전부터 있던 대한부인회 회원들이 조선의 3·1운동을 계기로 대한부인구제회를 새로 설립했다. 독립운동을 적극 지원하고, 만세 운동에 가담했다 다치거나 감옥에 가 어려움을 겪는 사람들을 도와주기 위해서였다.

신문에서 각 지역 대표단 이름을 보던 버들의 눈이 커다래졌다. 빅아일랜드 지방회 임원 이름에 장명옥이 있었다. 빅아일랜드에 동명이인이 있는 게 아니라면 고베 대신여관에서부터 함께한 그 장명옥이 맞을 것이다. 버들은 이민국 복도에서 사진과 다른 늙은 남편에 절망하며 울던 명옥을 떠올렸다. 그랬던 사람이 조국을 위하는 일에 나선 걸 보자 마음이 이상했다. 카후쿠에서는 줄리 엄마가, 단체 활동에 소극적인 남편과 달리 적극적으로 나섰다.

"내사 마 조선에 돌아갈 맘 없다. 여서 내 딸들 맘껏 핵교 보내고 자유껏 살 기다. 조선한테 쥐뿔 받은 기 없지만서도 내가 와 발 벗고 나서는가 하면 고향 떠난 우리한테는 조선이 친정인 기라. 친정이 든든해야 남이 깔보지 몬한다 아이가. 일본인 노동자들이 툭하면 파업하는 기 우째서겠노. 힘센 즈그 나라가 뒤에 떡 버티고 있어가 노동자들이 하올레하고 맞짱 뜰 수 있는 기다."

줄리 엄마 말대로 일본인 노동자들은 임금인상과 처우개선을 요구하며 동맹파업을 벌이는 일이 잦았다. 그럴 때마다 백인 농장주들은 일본인 노동자의 요구를 들어주는 대신 조선인이나 필리핀인 노동자들을 끌어들여 파업을 분쇄했다. 일시적이나마 임금이 높고, 일본에 대한 감정이 좋지 않은 터라 조선인 노동자들은 파업을 분쇄하는 데 기꺼이 참여했다.

조선이 친정이라는 줄리 엄마 말이.버들의 마음에 와 박혔다. 홍주가 어디서나 제 성질대로 거침없이 사는 것은 과부가 된 딸도 시댁에서 빼내 왔을 만큼 든든한 친정 덕분일지 몰랐다. 어머니가 조선 생각은 하지 말고 재미나게 살라고 했지만 떠나왔다고 해서, 눈에 안 보인다고 해서 친정을 잊을 수 있는 게 아닌 것처럼 조국도 마찬가지였다.

버들은 누구보다 조선의 독립을 바랐다. 조국이 독립하면 동생들이 다칠까 봐, 남편에게 무슨 일이 생길까 봐 걱정할 필요도 없어진다. 하지만 버들의 의식 한편엔 아버지와 오빠를 잃은 경험과 어머니의 당부가 뿌리 깊게 박혀 있었다. 나라를 위해 더 이상 가족도 자신도 희생하고 싶지 않았다. 부인구제회에 가입하면 태완을 더 부추기게 될 것 같았다. 남편이 하는 일을 모르는 척 거리를 두는 것만이 속내를 표현할 수 있는 유일한 방법이었다.

버들은 줄리 엄마에게 구제회에 가입하지 않더라도 도울 일이 있으면 하겠다고 했다. 줄리 엄마가 베갯잇이며 손수건에 태극기를 수놓아 호놀룰루 본부로 보낼 거라고 했다.

"그라모 호항 회원들이 팔아가 후원금 마련할 기다."

여자들은 일과가 마무리되면 두순 엄마 방에 모여 수를 놓았다. 버들은 다른 사람이 두 개 만들 때 세 개를 완성했다. 수는 처음 놔본다는 송화도 차츰 솜씨가 좋아졌다. 바느질하는 시간은 수다를 풀어놓는 시간이기도 했다. 처음 와서 고생한 이야기에 눈물바람하고, 황당한 실수담에 웃다 보면 시간 가는 줄 몰랐다.

"여태 뭐 하고 있네. 아바지 걱정하시잖."

태완이 아버지 핑계를 대며 찾아오면 여자들은 그제야 시간이 늦었음을 깨닫고 자리를 파했다.

"아이고 서방 없는 년은 서럽네. 그려, 다들 서방한티 가. 나는 오늘도 바늘로 허벅지 찌르면서 독수공방할 테니께."

두순 엄마 너스레에 제임스 엄마가 장단을 맞췄다.

"주위에 남자가 수두룩 빽빽인데 왜 허벅지는 찌른대요. 내가 하나 들여보내 줘요?"

버들과 송화 얼굴이 빨개질 때 개성 아주머니가 마무리했다.

"참말 못 하는 소리가 없다. 두순 오마니, 문단속 잘 하고 자라우."

버들은 사탕수수 잎이 바람에 서걱대는 소리를 들으며 밤길을 걷는 게 좋았다. 어두운 발밑을 핑계 삼아 태완의 팔짱을 꼭 끼고 걷다 보면 행복하다는 생각이 저절로 들었다. 하지만 어딘가에 숨어 있는 불행이 호시탐탐 기회를 엿보고 있을 것 같아 주위를 둘러보곤 했다.

*

7월이 됐다. 홍주에게서 5월에 아들을 낳았다는 편지가 왔다. 진료소에서 말해 준 버들의 출산 예정일은 9월 하순이었다.

'오렌지 하나 사 줄 때도 벌벌 떨던 인간이 아들 봤다꼬 캠프 사람들한테 한턱냈다 아이가. 고생은 내가 했는데 지가 와 기분을 내는지 모르겠다. 얼라 이름은 성길이라. 이룰 성 자에 길할 길. 난중에 핵교 가서 부를 미국 이름은 도날드라고 지었다. 아가 지 아배 안 닮아서 훤하다. 니도 알다시피 내가 한 인물 안 하나. 인물값 하느라 요레 팔자가 꼬였지만서도 얼라가 날 닮아가 얼매나 다행인지 모른다. 말은 이레 해도 내 요새 조덕삼이한테 잘한다. 참말로 이상한 기 전이나 시방이나 똑같은 사람인데 성길 아부지, 하고 부르니까네 정이 쪼매 생기는 기라. 인자 걱정은 하나다. 성길이

클 때까지 아배가 건강해야 할 긴데 벌써 쪼그랑 바가지니 우짜면 좋노.'

홍주 성격은 아이를 낳고서도 여전했다. 버들은 송화에게 키득대며 편지를 읽어 주다 문득 미안해졌다. 만약 자기가 아직까지 임신하지 않았다면 이렇게 웃으며 홍주 편지를 읽지 못했을 것이다. 버들이 웃음기를 거두고 송화에게 물었다.

"송화야, 니도 얼른 얼라 갖고 싶제?"

송화가 고개를 저었다. 그것으로 부족했는지 말까지 했다.

"싫다."

"와?"

"어매 노릇 할 자신 없다."

버들은 옥화를 떠올렸다. 버들이 기억할 때부터 미친 여자였던 옥화는 늘 송화를 끌고 다녔다. 돌팔매질을 당하면서도 헤실헤실 웃던 엄마를 송화도 기억할 것이다. 제 엄마의 삶과 죽음을 다 기억할 것이다. 버들의 가슴이 먹먹해졌다.

"이레 살다 할배 죽으면 내도 훨훨 떠날 기다."

송화가 나직한 목소리로 말했다.

"가시나야, 가긴 어딜 가노? 지금맨키로 같이 살자. 난중에 홍주도 오아후로 온다 캤다. 옛말 해 가메 살면 얼마나 좋겠노. 그라고 영감 죽고 나면 그때는 니 맘에 드는 사나 만나가 새 인생 살그라. 포와에 널린 게 신랑감 아이가. 내 중신 설 기다."

버들이 목소리를 높였다. 진심이었다.

캠프의 부인네들이 버들의 입덧이나 배 모양을 보고 아들, 딸을 점쳤는데 같은 이유로 아들이 됐다, 딸이 됐다 했다. 버들은 산달이 다가올수록 아들이든 딸이든 상관없다는 생각이 들었지만 시아버지나 태완이 아들을 고대할까 봐 은근히 걱정되었다.

"아들은 아들이라서 좋고, 딸은 딸이라서 좋은 거이 자식이다. 아무 걱정 말고 순산만 하라우."

서 노인이 말했다. 태완도 같은 마음이라고 했다.

버들은 캠프의 부인네들에게 물어 가며 출산 준비를 했다. 호놀룰루에서 천을 끊어다 기저귀와 이불을 만들고 배냇저고리도 어머니가 만들어 준 것을 본떠 두 개 더 만들었다. 아기 손수건을 만들 때 천 가장자리를 감칠 실을 무슨 색으로 할까 고민할 때 송화가 파란색 실을 집어 주었다.

"이기로 해라. 아들이다."

말하는 송화 눈이 번쩍였다.

"참말이가? 니, 뭐 보이나?"

버들이 깜짝 놀라 물었다. 버들이 진짜냐고 재우쳐 묻자 송화는 언제 그런 말을 했느냐는 듯 딴청을 피웠다. 버들뿐 아니라 태완과 시아버지도 아기 맞을 준비를 했다. 태완은 마른 코아나무를 구해다 틈틈이 아기 침대를 만들었고 서 노인은 손주 봐 주려면 힘이 있어야 한다며 지팡이를 짚고 마당을 돌았다. 손자면 정호, 손녀면 정화라고 이름도 지어 놓았다.

"여서 살라 카면 영어 이름도 있어야 안 켔어예? 딸 이름은 지가 짓고 아들 이름은 당신이 지으이소."

잠자리에 든 버들이 태완에게 말했다.

"생각이레 안 해 봤지만…… 리처드나 데이비드가 좋갔구만."

"지는 데이비드가 좋네예."

"당신은 딸 이름 생각해 둔 거이 있네?"

"야, 지는 딸 낳으면 펄이라고 할 깁니더."

"펄? 진주 말이간?"

"야."

"기런 이름은 못 들어 봤는데……. 메리나 엘리자베스 같은 이름이 좋지 않네? 펄이라 했다 진주만이라고 놀림받으믄 어드렇게 하간?"

태완이 탐탁지 않아 했다. 호놀룰루 서쪽에 있는 진주만의 원래 이름은 하와이말로 '와이모미'인데 '진주의 물'이란 뜻이다. 그만큼 진주가 많이 나오던 곳이지만 지금은 미군 해군기지와 배를 만드는 조선소로 더 유명했다.

"아한테 어려서부터 이름 뜻을 알려 주면 괘않을 기라예."

버들은 고베에서 김에스더를 만난 뒤로 가끔 자기 이름을 지은 아버지의 뜻을 헤아려 보곤 했다. 봄이 오는 것을 제일 먼저 알리는 버들개지, 아무 데서나 뿌리 내리고 잘 사는 버드나무……. 주변 사람에게 반가운 사람이 되고, 어디서든 잘 살라는 뜻인가? 스스로 짐작해 낸 이름의 뜻도 나쁘지 않았지만 아버지로부터 직접 들었다면 더 힘이 됐을 것 같았다. 임신을 하니 자식이 다 자랄 때까지, 그들이 크면서 하는 질문에 답을 해 줄 수 있을 때까지 살아 있는 것도 부모의 역할이라는 생각이 들었다. 버들은 한 생명을 품은 스스로가 소중하게 여겨졌다.

"왜 그 이름으로 하고 싶간?"

태완이 불룩 솟은 버들의 배에 손을 얹은 채 말했다.

"호항 갔을 때 당신은 일 보러 가고 지는 기저귀감 끊으러 안 갔습니꺼? 그때 보석 가게 지나다 진주를 봤어예. 은은하면서도 고귀해 보이는 기 금보담도 다이아보담도 이뻐 보였어예. 우리 딸도 그렇게 자라라꼬 펄이라 짓고 싶은 깁니더."

버들은 배 위에 있는 태완의 손에 자기 손을 겹쳤다. 에스더처럼 스스로 지을 수 있다면 자기 것으로 하고 싶은 이름이었다. 그 이름을 첫딸에게 주고 싶었다.

"듣고 보니 좋은 이름이구만. 딸 낳으면 기렇게 짓자우. 이크, 발길질이 센 거이 보니 아들 같누만. 데이비드야, 오마니 배 속에서 잘 지내다 건강하게 나온나."

태완이 말끝을 맺으면서 버들의 말씨를 흉내 내는 바람에 이름 이야기는 웃음으로 끝났다.

이름을 지어 놓고, 미리 빨아 넌 아기 옷과 기저귀를 보며 눈물

지으면서 한 발 한 발 힘겹게 마당을 돌던 서 노인은 손주가 태어
나는 것을 보지 못했다. 새벽에 부엌에 나간 버들은 평소와 달리
기척이 없는 게 이상해 시아버지를 불러 보았다. 대꾸가 없어 조
심스레 방문을 열어 보니 서 노인은 아직 자고 있었다. 가만히 문
을 닫던 버들은 문득 든 생각에 다리 힘이 풀려 주저앉았다. 그릇
이 왈그랑거리는 소리에 방문을 열었던 태완이, 넘어진 버들을 보
고 깜짝 놀라 쫓아 나왔다. 버들은 와들와들 떨며 서 노인 방을 가
리켰다.

"아, 아부지, 아부지가……."

방으로 뛰어 들어간 태완이 아버지를 불러 댔고 곧 짐승 울부짖
음 같은 소리가 들려왔다. 서 노인은 환갑을 일 년 앞두고 세상을
떠났다. 8월 초순이었다.

"영감님도 메누리 끔찍하게 애낀다 아이가. 자식 키워 가메 시아
부지 수발들기 어려울까 봐서 아 놓기 전에 명줄 놓으신 기라."

평소 서 노인을 숙부처럼 여기던 줄리 엄마가 울면서 말했다.

"며느리 호강 받고, 손주 가진 것도 보고, 자는 듯이 돌아가셨으
니 복이다. 마음 추스르고 잘 보내 드리자."

농장 문제로 다투는 날이 많았던 재성도 예전의 형으로 돌아가
태완을 위로했다. 서 노인은 카후쿠 농장 공동묘지에 묻혔다. 아내
와 자식이 있는 에와로 가기에는 더운 날씨와 거리, 차편 모두 어려
움이 많았다. 캠프 사람들의 도움으로 입관한 뒤 묘비가 세워졌다.

서기춘(1860~1919)

"아부지, 난중에 꼭 어무이캉, 데련님캉 한데로 모시겠습니더. 이제 편히 쉬시라예."

버들이 서 노인의 묘비 앞에서 울며 말했다. 시아버지는 버들이 못다 받은 아버지의 정을 느끼게 해 준 분이었다. 시아버지가 반갑게 맞아 주고 따뜻하게 대해 주지 않았으면 힘든 시간을 견뎌 내기 어려웠을 것이다. 고향 어귀의 동구나무처럼 마음속에 든든하게 자리 잡고 있던 존재가 송두리째 뽑혀 나간 것 같았다. 버들은 상실감과 애통함에 몸을 가누지 못했다. 하와이에 함께 온 가족을 모두 앞서 보낸 태완 또한 깊은 슬픔에 빠졌다. 송화가 그림자처럼 붙어 버들을 돌봐 주었다.

버들은 서 노인이 앉아 있던 파파야나무 아래 의자만 봐도 눈물이 솟구쳤다. 아기 옷을 봐도, 방에 들여놓은 아기 침대를 봐도 눈물이 앞을 가렸다. 더는 쓸 일 없는 시아버지 밥그릇과 수저에도 울음이 터졌다. 버들은 눈에 띄는 것마다 시아버지의 빈자리가 느껴져 밖으로 나가기가 싫었다. 기력이 없어 세탁장 일도 가지 못했다.

태완은 일을 마치고 돌아와 송화가 차려 놓은 저녁상을 가져다 버들과 마주 앉았다. 버들은 숟가락을 쥐여 주고 구운 생선살을 발라 밥 위에 놓아 주는 태완을 생각해서 몇 숟가락 뜨곤 했다. 밥을 먹던 태완이 말했다.

"이번 토요일 저녁에 푸에르토리코 캠프에서 자기네 잔치에 우리를 초대핸. 같이 가자우."

푸에르토리코 캠프는 캠프 세븐에서 가장 가까운 곳에 있었지만 농장주가 달라 거의 교류가 없었다. 푸에르토리코인 노동자들과 같은 캠프에 산 적이 있는 두순 엄마 말에 따르면 흥이 많은 사람들이었다.

"우리라 카면 캠프 사람들 다 초대한 깁니꺼?"

"기런 거이 아니고, 내 생각에는 우리하고 재성이 형네, 제임스네하고 젊은 사람들 몇이 갔으면 하는데. 기분 전환도 할 겸 같이 가자우."

버들은, 걱정하는 태완은 물론 자기 존재를 일깨워 주려는 듯 활발하게 움직이는 배 속의 아이를 느낄 때마다 이제 기운 차리고 일상생활로 돌아와야 한다고 생각했다. 하지만 시아버지 상을 당한 지 얼마 안 돼 잔치에 가는 건 마음에 걸렸다. 조선 같았으면 못해도 일 년 상은 치러야 할 것이다.

"조선식으로 하면 좋갔지. 여기선 부모 형제 자식 묻은 다음 날도 바로 일을 했댔어. 아바지도 당신이 날래 기운 차려서 건강한 아이 낳는 거를 더 바라지 않갔어?"

버들은 푸에르토리코 캠프에 가기로 했다. 태완이 개성 아주머니에게 음식을 부탁했다. 공동 식당에 나타난 버들을 모두 반겼다.

"그래, 잘 왔다. 죽은 사람은 죽은 사람이고, 산 사람은 또 살아야겠지."

개성 아주머니가 버들 등을 토닥였다.

"핼쑥해졌네. 서 영감님이 며느리 복이 많아. 친정아버지가 돌아가셨대도 그렇게 애통하게 울지 못할 거여. 보는 사람이 다 슬프더구먼."

두순 엄마가 말했다.

"덕분에 내도 친정아부지 생각하면서 철철 울었다 아입니꺼. 영감님 장례식에서 내는 우리 아부지 초상 치렀어예."

친정아버지가 세상을 떠난 사실을 뒤늦게 알았던 줄리 엄마가 말했다.

"그래서 남의 초상집 가서 눈물 한 방울 흘리려 해도 내 설움이 앞서야 한다는 말이 있잖아. 나도 친정엄마 생각하면서 울었어."

제임스 엄마가 맞장구쳤다.

"송화도 버들이 챙기느라 애썼다. 기래서 동무가 좋다는 거이야. 인자 음식 만들어 보자."

개성 아주머니가 음식 재료를 내놓았다. 각종 채소와 돼지고기 썬 것을 볶은 다음 양념장을 끼얹은 잡채, 부추와 호박을 썰어 넣고 기름 판에 부친 밀가루 전을 만들었다. 푸에르토리코 캠프에 가지 않는 사람들에게도 줄 거라 양이 많았다. 캠프 사람들의 도움을 받아 아버지 장례식을 치른 태완이 내는 거였다.

푸에르토리코 캠프에 가는 사람은 버들 부부, 송화, 재성 부부, 제임스 아버지, 두순 엄마 해서 모두 일곱 명이었다. 개성 아주머니와 제임스 엄마는 남아서 캠프 사람들에게 먹을 것을 챙겨 주기로 했다. 사람들은 말도 안 통하는 데 가서 앉아 있는 것보다 캠프에서 마음 편히 먹고 마시는 것을 더 좋아했다.

*

코올라우산 언저리가 붉게 물들었다. 땅거미가 지면서 더위도 수그러들었다. 남자 셋이 앞서 걷고 여자 넷이 뒤따랐다. 줄리 엄마가 푸에르토리코 사람들의 인사말을 알려 주었다.

"올라. 쉽제? 함 따라 해 봐라."

버들과 송화는 멋쩍어하며 따라 했다. 두순 엄마가 뺨과 뺨을 맞대는 그들의 인사법을 알려 주었다. 길에 서서 과장스러운 동작으로 시범을 보이는 두순 엄마 모습에 버들은 자기도 모르게 웃음을 터뜨리다 깜짝 놀라 입을 가렸다. 시아버지 돌아가신 지 며칠이나 됐다고 소리 내 웃다니. 남들이 흉보지 않을까 걱정됐다. 하지만 태완도 두순 엄마를 보며 웃고 있었다.

버들은 하올레 루나가 있는 농장에서 일하면 저절로 영어를 배우게 되는 줄 알았다. 그런데 버들보다 한참 전에 온 캠프 사람들도 영어를 할 줄 몰랐다.

"영어 쓸 일이 있어야 알제. 암만 여 오래 살았다 캐도 느그 신랑 맨키로 핵교 가서 정식으로 배운 사람 아니면 잘 몬한다. 농장에서는 영어가 아이라 피진말을 쓴다 아이가."

피진어는 농장주, 루나와 노동자 사이에, 또는 각기 다른 나라에서 온 노동자들끼리 소통하느라 만들어진 말이었다. 영어, 일본어, 하와이어, 유럽어 들로 작업하는 데 문제가 없었다. 농장에서는 피진어를 쓰고 캠프에선 조선 사람끼리 지내니 영어를 하지 못해도 불편함이 없었다.

푸에르토리코 캠프에 들어서자 집집마다 축일을 기념하는 꽃 장식이 보였고 마을 마당에 긴 테이블이 놓여 있었다. 가장 좋은 옷을 꺼내 입은 듯한 어른들은 잔치 준비를 하느라 바빴고 아이들은 뛰어다니며 노느라 바빴다. 버들네가 마당으로 들어서자 아이들이 먼저 몰려들었다. 어른 몇 명이 다가와 버들네를 환영했다. 태완과 악수를 한 남자가 버들 뺨에 자기 뺨을 갖다 대었다. 미리 알지 않았으면 비명을 지를 뻔했다.

영어를 할 줄 아는 태완이 대표로 말했다. 그쪽도 영어를 할 줄 아는 사람은 드문 것 같았다. 푸에르토리코 캠프의 대표는 호세라는 남자였고 그 부인은 디에나라고 했다. 나이는 가늠하기 어려웠지만 둘 다 인상이 푸근했다.

"올라."

줄리 엄마가 인사를 하며 가져간 음식을 디에나에게 건네주었다. 그 뒤부터 피진어와 자기 나라 말을 섞어 가며 대화를 나누었는데 그런대로 뜻이 통했다.

버들네는 중앙에 꽃병이 놓인 식탁으로 안내됐다. 테이블 두 개를 길게 이어 붙인 식탁 위에는 빈 접시와 유리잔, 포크, 나이프만 있을 뿐 음식은 없었다. 상석에 호세와 태완이 나란히 앉고 기역 자로 꺾인 옆자리에 버들, 송화, 재성 부부, 두순 엄마와 제임스 아버지가 앉고 건너편엔 호세네 가족과 친구들이 앉았다. 다른 사람들도 작은 테이블 여기저기 앉았다. 버들 바로 맞은편 자리의 주인인 디에나는 부엌을 오가느라 앉을 틈이 없었다.

모든 음식을 한꺼번에 차려 놓고 먹는 조선과 달리 푸에르토리코에서는 순서에 따라 음식을 먹는 것이 예법이었다. 평소엔 바쁘고 힘들어서 예법을 따르지 못하지만 휴일이나 특별한 날에는 지키는 편이라고 했다. 몇몇 여자와 남자가 포도주와 빵이 담긴 바구니를 가져다 군데군데 놓았다. 버들은 구수한 빵 냄새에 군침이 넘어갔다. 한 남자가 버들네 테이블 위에 놓인 잔마다 포도주를 따랐다. 호세가 무슨 말인가 했고 태완이 조선말로 옮겨 주었다.

"이 사람들도 우리나라에서 벌어진 독립선언과 3·1운동을 알고 있시요. 호항에서 아이 업은 한인 부인들이레 직접 만든 음식과 손수건을 파는 거를 봤댔는데 그거이 조국을 돕기 위해서인 거를 알고 감명받았답네다."

버들은 여자들끼리 눈을 맞추며 미소 지었다. 수공예품 중에는 자신들이 수놓은 것도 있을 것이다. 남에게 보이기 위해 한 일은 아니었지만 감명받았다는 말에 뿌듯했다. 두순 엄마도 같은 생각이었는지 자기 가슴을 탕탕 치며 말했다.

"우리도 수놓았다고 혀 줘."

그 모습에 조선 사람, 호세네 가족과 친구들 할 것 없이 모두 웃었다. 태완도 웃으며 다음 말을 통역했다.

"푸에르토리코도 사백 년이나 스페인 식민지였다누만요. 기런데 스페인이레 미국하고 전쟁을 해서리 지는 바람에 미국 자치령이 된 지 이십 년 된답네다."

사백 년이란 말에 다들 눈이 휘둥그레졌다. 게다가 또다시 나라를 빼앗기다니 남의 일 같지 않았다.

"푸에르토리코에도 독립운동을 하는 사람들이 있지만 미국에 편입되길 바라는 목소리가 더 높아서리 이 년 전에 시민권을 받았답네다. 하지만 그거이 본토 선거에 참여할 수 없는 반쪽짜리 시민권이라누만요. 호세는 전 국민이 단결해서리 만세 운동을 벌이고 있는 우리레 부럽고 존경스럽답네다. 기래서 자기네가 기리는 성인의 축일에 우리를 초대한 거랍네다."

태완은 통역 끝에 영어로 무슨 말인가 덧붙였다. 초대해 줘서 고맙다는 말인 것 같았다. 호세가 건배를 제의했고 모두 앞에 놓인 술잔을 높이 들었다. 임신 중이기에 입만 댔다 술잔을 내려놓던 버들은 깜짝 놀라 송화를 보았다. 단숨에 마신 듯 잔이 비었기 때문이다. 버들과 눈이 마주친 송화가 배시시 웃었다. 캠프 세븐으로 옮겨 온 뒤에도 종이꽃처럼 생기 없던 송화의 얼굴이 발그레 피어났다. 석보 영감이 없자 제 기를 펴는 것 같아 버들은 마음이 아팠다.

본 음식이 나왔다. 푸에르토리코에서도 쌀을 먹는다고 했다. 기름과 토마토소스와 고기를 넣고 지은 밥이었다. 그와 함께 채소와 토마토소스를 넣고 요리한 돼지고기도 나왔다. 튀긴 바나나도 있었다. 앞앞이 주는 게 아니라 큰 그릇에 담긴 것을 덜어 먹는 방식이었다.

"야들한텐 토마토소스가 우리 된장, 고추장 같은 기다. 이기 안 들어가는 음식이 없다 카데. 함 묵어 봐라. 괜않을 기다."

줄리 엄마가 밥을 뜨며 버들에게 말해 주었다. 버들은 낯선 모양새와 익숙지 않은 향신료 냄새가 나는 음식에 선뜻 손이 가지 않았다. 입덧이 끝나 사람들 앞에서 구역질을 하지 않아도 되는 게 천만다행이었다. 송화는 튀긴 바나나를 포크로 찍었다. 그동안 버들은 바나나를 딱 한 번 먹어 보았다. 향기도 좋았고 입에서 사르르 녹아 없어지는 게 꿀맛이었지만 돈 주고 사 먹을 엄두를 내지 못했다. 두순 엄마가 바나나에도 종류가 많으며 튀긴 바나나는 다른 종류라고 알려 주었다. 호세네가 차린 음식을 맛있게 먹던 태완이 버들에게 입에 맞지 않느냐고 물었다. 디에나도 손짓으로 먹기를 권했다. 임신 중이라 시선을 끄는 것도 부끄러운데 너무 많은 관심이 쏟아지자 부담스러워진 버들은 얼른 포크를 집어 들었다.

캠프 사람들을 보니 모두 조선을 떠난 지 오래돼서인지 잘 먹었다.

건너편 사람들도 잡채와 부침개를 앞다퉈 갖다 먹으며 연신 엄지손가락을 치켜세웠다. 버들은 자기가 깨작거리면 초대해 준 사람들에 대한 예의도 아니고 태완의 체면을 깎는 일이라는 생각이 들었다.

"이기 맛있다. 묵어 봐라."

송화가 튀긴 바나나 몇 쪽을 접시에 놓아 주었다. 생바나나보다 더 달고 맛이 색달랐다. 바나나가 입맛에 맞자 다른 음식을 시도해 볼 용기가 생겼다. 시아버지 장례식 뒤 배 속 아기를 생각해 겨우 음식을 넘겼던 버들은 처음으로 맛을 느끼며 먹었다.

밥 먹을 때 말하면 복이 달아난다고 조용히 먹기만 하는 조선 사람들과 달리 푸에르토리코 사람들은 떠들어 대며 만찬을 즐겼다. 시간이 지나자 만월에 가까운 달이 사탕수수밭 위로 둥실 떠올랐다. 달빛에 물든 사탕수수밭은 힘겨운 노동의 현장이 아니라 신비한 숲처럼 보였다. 사람들은 달빛과 포도주에 취해 갔다.

잔치는 이제부터라는 듯 누군가 북을 두드렸다. 또 누군가는 북소리에 맞춰 노래를 불렀다. 호세네 일행 중 제일 흥이 많아 보이던 남자가 기다렸다는 듯이 일어나 춤을 추기 시작했다. 남자 여자, 아이들이 섞여서 신나게 몸을 흔들었다. 디에나가 줄리 엄마 손을 이끌었다. 줄리 엄마가 두순 엄마와 함께 나가 흥을 냈다. 캠프 사람들은 발을 구르고 손뼉을 치며 즐겼다. 버들도 시아버지를 까맣게 잊은 채 박수를 쳤다.

산달이 가까워질수록 오줌이 더 자주 마려워진 버들이 변소에
가려고 일어섰다. 입을 헤벌린 채 사람들 춤추는 걸 보고 있던 송
화가 허둥지둥 따라 일어섰다.

"아이다, 불이 환해가 혼자 가도 괘않으이까네 그냥 있그라."

버들은 송화 어깨를 눌러 앉히고 변소에 갔다. 송화의 얼굴이 환
한 게 좋았다.

변소의 작은 창으로 달이 보였다. 고향의 어머니와 동생들도 볼
달이었다. 마우이섬의 홍주도 보겠지. 언제쯤이나 함께 모여 앉아
달을 볼 수 있을지 몰랐다. 그럴 날이 오기나 할까. 버들은 문득 떠
오른 시아버지 생각에 울컥해져 변소를 나왔다. 춤판의 흥이 더 고
조됐는지 휘파람 소리와 환호성이 들려왔다.

춤추는 무리를 보며 다가가던 버들은 깜짝 놀라 멈춰 섰다. 가운
데 서서 신들린 듯 몸을 움직이는 사람은 분명히 송화였다. 북소리
는 송화의 격렬한 몸짓에 맞추어졌고 다른 사람들은 들러리였다.
푸에르토리코 사람들은 물론이고 캠프 사람들도 송화의 춤에 박
수치며 호응하고 있었다. 무아지경에 빠진 듯한 송화는 다른 세계
에 있는 것 같았다.

'저 가시나 지 어매맨키로 미친 기 아이가?'

옥화가 미친 게 무병 때문이라는 소문이 있었다. 그다음 떠오른
생각에 가슴이 덜컥 내려앉았다. 금화가 굿하는 모습이었다. 굿을

할 때 금화도 송화처럼 무아지경이 돼 펄쩍펄쩍 뛰었다. 버들은 그동안 교회에 다니는 사람은 물론 태완에게조차 송화가 무당의 손녀라는 사실을 말하지 않았다. 혹시라도 사람들이 멀리하거나 무시할까 봐서였다. 버들은 춤판으로 쫓아가 송화를 붙잡았다.

"가시나야, 니 시방 뭐 하는 기고?"

땀에 젖은 송화가 번들거리는 눈빛으로 버들을 쏘아보았다.

*

버들은 배를 안고 부엌 바닥에 주저앉았다.

"꼭 똥 매려운 것 같고, 아랫배가 비틀어 짜드키 아팠다 풀렸다 칸다. 그기 시간 맞춰가 계속되면 진통이 시작된 기라."

줄리 엄마 말대로였다. 첫닭 울 때부터 그렇게 아프기 시작했다. 농장에 온 어린 사진 신부들의 출산을 도우며 경험이 쌓인 개성 아주머니가 산파를 해 주기로 했다. 초기 사진 신부들은 어린 데다 돌봐 줄 어른이 없어 아기를 낳다 잘못되는 경우가 많았다고 했다. 다들 말도 안 통하는 농장 진료소 의사보다 개성 아주머니가 낫다고 했다.

"초산은 산도가 천천히 열리기 때문에 진통을 한다고 해서 데까닥 애가 나오는 거이 아니야."

산달이 되자 개성 아주머니가 말해 주었다.

"하늘이 노랗고 신랑 욕이 저절로 나올 때쯤에야 애가 나오는 거여."

옆에서 두순 엄마가 덧붙였다.

"맞아. 애 낳을 때 서방이 옆에 있으면 머리털 하나 안 남아날 거야."

제임스 엄마도 웃으며 거들었다.

버들은 경험자들 말을 떠올리며 고통을 참았다. 태완이 깰까 봐 신음을 삼키며 밤을 새우고 나서 간신히 도시락을 싸고 아침을 차리는 중이었다. 그런데 비명이 저절로 터져 나올 만큼 참을 수 없었다. 세수하고 오던 태완이 바닥에 주저앉아 배를 움켜쥔 버들을 보고 당황해 어쩔 줄 몰라 했다.

"아 나올라나 봅니더. 개성 아지매 좀……."

"아, 알았어. 날래 댕겨오갔어."

태완이 우당탕 쿵쾅 뛰쳐나갔다. 버들은 기다시피 해서 방으로 들어갔다.

개성 아주머니는 태완을 일터로 떠밀어 보냈다.

"애 나올라믄 아직 멀었다. 아바지가 있다고 애가 쉽게 나오는 거이 아니니까니 가서 일하라우."

태완은 버들의 손을 한 번 꼭 쥐었다 놓곤 농장으로 갔다. 남자들을 보내 놓고 줄리 엄마와 송화도 왔다. 줄리 엄마는 개성 아주머니와 함께 아이를 받을 준비를 하고, 송화는 잔심부름을 하며 대기했다.

태완이 일을 마치고 돌아왔을 때도 아이는 나오지 않았다. 버들은 하루 종일 계속된 산통에 초주검이 돼 태완에게 알은체할 기력도 없었다. 그저 이런 고통을 겪으며 자신과 형제들을 낳았을 어머니 생각만 간절했다. 버들에겐 커서 죽은 오빠 외에도, 태어나자마자 목숨을 놓은 언니와 돌도 안 돼 돌림병에 생명을 잃은 언니 두 명이 더 있었다. 자식을 셋이나 잃은 어머니의 슬픔과 아픔이 온몸과 마음에 스머드는 것 같았다. 버들은 울부짖으며 어머니를 부르다 맥을 놓았다.

"정신 놓으면 아니 된다. 더 힘주라, 힘."

개성 아주머니 말에 버들은 울부짖으며 마지막 힘을 주었다. 뜨거운 무엇인가가 아랫도리로 쑤욱 빠져나가는 것 같았다.

"아이고, 됐다 됐어. 다 나왔다. 아들이다. 가위 달라."

아주머니 말을 듣는 순간 버들은 마음을 쓸어내리며 천지신명께 감사를 드렸다.

"가위 여깄어예. 아이고 마, 얼라가 머리숱 많은 기 봐라."

탯줄을 자른 개성 아주머니가 아이를 거꾸로 들고 엉덩이를 때렸다. 아기가 첫울음을 터뜨렸다. 버들은 팔다리를 버둥거리며 우는 아이를 보았다. 머리숱이 새까맣고 몸이 빨겠다. 자신의 아기였다.

"우리 얼라, 손구락 발구락 다 있십니꺼?"

지옥에라도 끌려갔다 온 듯 만신창이가 된 버들이 개성 아주머니에게 간신히 물었다.

"다 있누만. 튼실하다."

개성 아주머니가 무명천에 싼 아기를 버들 품에 안겨 주었다. 버들은 세상을 다 가진 것 같았다.

"고맙습니더, 고맙습니더."

버들의 눈가로 눈물이 흘러내렸다.

버들은 사력을 다해 좁은 산도를 통과하여 세상에 나온 아기처럼 자신도 삶의 한 장을 넘어선 것 같았다. 버들은 그 시간을 함께 견딘 새 생명에게 말할 수 없이 깊은 동지애를 느꼈다.

"태완 아재, 아들이요, 아들!"

줄리 엄마가 방문을 열고 소리쳤다.

*

그해 12월로 농장 계약 기간이 끝났다. 재성네는 아이들 교육을 위해 호놀룰루로 나가기로 했다. 태완도 결정을 내려야 했다.

"박 단장님이레 독립단 일을 보라고 하시누만. 기러자면 호항으로 나가는 거이 좋갔어."

기관지인 『태평양시사』 일도 겸해서 하는데 적은 액수지만 월급도 있다고 했다. 버들은 태완이 흙먼지 뒤집어쓰고 농사를 짓는 것보다 시내에서 펜대 잡고 일하는 게 정호에게 더 좋다고 생각했다. 버들도 어렸을 때 아버지가 훈장인 것이 얼마나 자랑스러웠는지 몰랐다. 또 독립운동을 하더라도 직접 무장투쟁에 나서는 것보다 뒤에서 일하는 게 훨씬 좋았다.

농장은 제임스 아버지가 이어받았다. 개성 아주머니 부부는 와히아와에서 세탁소를 하는 딸네 집으로 간다고 했다. 혼자인 두순 엄마와 독신 노동자들 대부분, 그리고 모아 놓은 돈도 다른 일을 할 기술도 없는 석보 영감은 캠프에 남았다. 카후쿠를 떠나는 버들의 유일한 걱정은 송화와의 이별이었다. 송화를 위한다며 캠프로 데려와선 내내 신세만 지다 떠나려니 버리고 가는 것 같아 미안했다. 푸에르토리코 캠프에 다녀온 뒤 송화는 다시 넋이 나간 것 같았다.

"송화야, 내 호항 가서 석보 영감이고 니고 할 일 있으면 꼭 연락하꾸마. 그동안 잘 지내그라."

버들은 제임스 엄마와 두순 엄마에게 송화를 부탁하고 또 부탁했다.

1919년 12월 말 버들 부부는 백일 지난 정호와 함께 카후쿠를 떠났다.

호놀룰루의 바람

독립단 사무실에만 출근할 줄 알았는데 태완은 호놀룰루 릴리하스트리트에 방과 작은 부엌이 딸린 가게 터를 얻었다. 일본인이 하는 재봉소와 포르투갈인이 하는 빵집 사이에 있는 작은 가게였다. 태완은 구두 가게를 차릴 계획이었다. 한인기숙학교 시절 배운 제화 기술을 살리기로 한 것이다.

"내레 솜씨 좋다고 선생한테 칭찬 많이 받았댔어. 농장에 팔러 가믄 내 구두가 제일 먼저 팔렸댔시니까."

버들은 자신만만해하는 태완을 보자 마음이 놓였다.

"호항에서는 혼자 벌어가 몬 산다."

줄리 엄마 말에 태완이 출근하면 재봉 일이라도 알아보겠다고 마음먹고 있던 버들로선 오히려 반가운 일이었다. 태완은 맞춤 구두 제작은 자기가 할 테니 기성 신발도 함께 파는 가게 운영은 버들더러 맡아서 하라고 했다. 버들은 구두 본 뜨는 법을 배우고 태완이 떼 온 신발 진열도 알아서 했다. 태완이 신발에 가격표를 붙여 놓고 영어로 숫자 세는 법을 알려 주었다. 버들은 손님을 맞이하고 물건을 파는 기본적인 영어도 익혔다.

버들은 태완과 하루 종일 함께 머리를 맞대고 가게 열 준비를 하는 순간순간이 너무 행복했다. 사탕수수밭뿐인 카후쿠를 떠나 하와이의 경성이라는 호놀룰루로 나온 것만으로도 절반은 성공한 것 같았다. 태완이 중고 자전거까지 사자 버들은 마치 자동차라도 되는 양 자랑스러웠고 곧 부자가 될 것 같은 희망에 부풀었다. 이제 내일 초대한 몇몇 사람들 앞에서 서씨제화라는 간판만 걸면 됐다. SEO'S SHOES라고 영문도 함께 써넣은 간판이었다. 저녁을 먹고 난 뒤 태완이 버들에게 자전거를 태워 주겠다고 했다.

"정호는 우짜고예?"

방 한옆에 누워 있는 정호는 제 주먹을 보고 옹알이를 하며 놀고 있었다.

"재우고 갔다 오면 되지. 한번 잠들면 오래 자지 않간."

태완 말대로 정호는 순한 편이어서 잘 먹고 잘 잤다. 아직 눕혀 놓은 대로 가만히 있어 사고 날 일도 없었다. 버들은 정호를 혼자 두고 나가는 게 걸렸지만 태완과 단둘이 자전거를 타고 싶은 마음도 컸다. 가게를 열고, 태완이 본격적으로 독립단 사무실에 나가면 둘만의 시간도 많지 않을 것이다. 버들은 설거지도 미룬 채 정호부터 재웠다. 젖을 배부르게 먹은 정호는 흔들어도 깨지 않았다. 이제 몇 시간은 걱정 없었다.

가게 문을 밖에서 잠근 태완이 자전거 안장에 올라 균형을 잡았다. 버들이 짐받이에 앉자 태완이 달리기 시작했다. 버들은 태완의 허리를 꼭 끌어안고 그의 등에 얼굴을 댔다. 남편의 숨소리, 페달을 밟는 움직임이 버들에게 고스란히 전해졌다. 시간이 지나자 태완의 숨소리가 거칠어졌고 등이 축축하게 젖었다.

"힘들지 않아예?"

버들이 물었다.

"이깟 거이 무스거 힘들간. 정호 크믄 둘도 같이 태울 수 있어."

태완이 보란 듯이 엉덩이를 들고 속력을 높였지만 힘들지 않을 리 없었다. 버들은 가족의 무게를 기쁘게 감당하며 달리는 남편이 미덥고 자랑스러웠다. 그들은 해변을 달려 와이키키 비치에 자전거를 세우고 잠시 쉬었다. 버들은 저녁 바람을 즐기기 위해 바닷가에 놀러 나온 사람들이 하나도 부럽지 않았다.

그날 밤 버들은 잠든 태완 곁에서 어머니에게 편지를 썼다. 정호가 태어난 것과 시아버지가 돌아가신 것을 알렸다. 호놀룰루로 이사 나와 태완이 사무실에 출근하고, 구두 가게 차린 것과 자전거를 산 사실도 썼다. 버들은 카후쿠를 떠나기 전 그동안 세탁장에서 일해 모아 둔 돈 중 50달러를 고향집에 부쳤다. 일 년 동안 중간중간 쓰기도 한데다 비상금으로 약간 남겨 두었다.

이제 버들에게 남은 부모는 친정어머니뿐이었다. 지금처럼 미루다가 어머니에게 버선 한 짝 못 사 드리고 영이별을 할지도 몰랐다. 그때의 후회와 슬픔은 시아버지를 떠나보낼 때와 비교도 되지 않을 것이다. 버들은 편지에 좀 더 자주 돈을 보내 주겠다고 썼다. 태완이 달마다 수입에서 무조건 얼마를 떼 후원금으로 내는 것처럼 버들도 다달이 일정한 금액을 떼어 놓았다가 친정에 보내기로 마음먹었다.

버들은 태완이 받아 오는 월급으로 생활을 하고 구두 가게 수입은 운영비와 친정에 보내 줄 돈을 제외하곤 모두 저축할 계획이었다. 돈을 모아서 가게를 넓히면 그만큼 수입도 늘 것이다. 호놀룰루 사람들이 모두 서씨제화의 신발을 신는 날을 꿈꾸었던 버들은 얼마 지나지 않아 어머니에게 편지 쓴 것을 후회했다. 구두 가게는 기대한 만큼 손님이 많지 않았다. 주문은커녕 기성 신발도 하루 한두 켤레 팔기 어려웠다. 태완은 가게보다 독립단 일에 더 관심이 많았고 월급도 모두 후원금으로 내놓았다. 가게를 차린 것도 독립운동 자금을 더 많이 내기 위해서였다. 기다리고 기다리던 독립단 사무실의 월급마저 후원금으로 다 냈다고 하자 버들은 실망하다 못해 화가 났다.

"월급을 후원금으로 내는 기는 가게가 자리 잡을 때까지 미루면 안 되겠습니꺼?"

저녁 밥상머리에서 버들이 말했다. 목소리가 저절로 불퉁스러워졌다.

"그거이 나 살 만해질 때꺼정 조국 독립을 미루자는 말하고 뭐이 다르간. 정호 크기 전에 독립을 이뤄야 하지 않갔어? 당신이 에와에서 밥만 먹게 해 준다고 남편 노릇 다하는 거이 아니라고 말했던 일 기억난? 내레 그때 크게 각성했어. 아바지 노릇도 마찬가지야. 당신 말대로 고저 밥 굶기지 않는 아바지가 아니라 독립된 조국을 물려주는 아바지가 되고 싶누만."

태완의 신념에 찬 말에 버들은 자기 발등을 찍은 기분이 됐다.

"그렇지만서도 우선 내가 살아야 독립이고 뭐고 있는 기 아닙니꺼?"

버들은 한풀 꺾인 목소리로 항변했다.

"기런 마음으론 천년만년 가도 나라를 되찾을 수 없어. 지금 처가 식구들은 왜놈들 아래서 숨도 못 쉬고 살고 있지 않간. 내 누부들도 마찬가지갔지. 중국에서 총칼 들고 싸우는 동지들에 비하믄 내가 하는 일이레 아무것도 아니야. 내 재산을 다 내놓은들 목숨 내놓은 사람들만 하갔어."

태완은 단호했다. 하와이에서도 많은 사람들이 독립운동을 위해 상해나 북경으로 갔다. 태완의 눈에 그 길을 가고 싶어 하는 열망이 가득했다. 그 눈은 또 버들과 정호가 발목을 잡고 있다고 말하는 것 같았다. 버들은 더 이상 아무 말도 하지 않았다. 태완이 곁에 있는 것만으로도 감사할 일이었다. 하지만 기기 시작한 정호가 좁은 방을 돌아다니다 여기저기 부딪히거나 가게 바닥으로 떨어질 때마다 버들은 속이 타들어 갔다. 태완과 둘뿐이면 모르지만 이제 먹이고 입히고 가르쳐야 할 정호가 있었다. 어려서부터 끼니 걱정을 하며 살아온 버들은 아들에겐 결코 그런 일을 겪게 하고 싶지 않았다. 텃밭에서 나는 채소와 집닭이 낳는 달걀이 풍족했던 카후쿠와 달리 호놀룰루는 모든 게 돈이었다. 그들의 삶은 카후쿠보다 궁핍해졌고 상대적 박탈감도 더 커졌다.

경제적 어려움만 있는 게 아니었다. 태완은 휴일도 없이 사무실에 나갔고 저녁에도 사람들을 만나느라 늦게 들어와 버들 혼자 가게를 닫기 일쑤였다. 버들은 태완이 저녁 5시면 반드시 집에 돌아오던 카후쿠 시절이 그리웠다. 또 그때는 태완이 아니더라도 송화와 아주머니들이 있어 외로운 줄 몰랐다. 줄리네가 멀지 않은 곳에 살았지만 서로 바빠 자주 보기 힘들었다. 사실 바빠서라기보다 버들은 얼마 전 일로 줄리 엄마를 대하기 껄끄러워졌다.

버들은 지지난 일요일 저녁, 모처럼 누우아누에 있는 줄리네 집에 놀러 갔다. 호놀룰루는 그렇게 큰 도시가 아니어서 시내 중심가는 다 걸어서 다닐 수 있었다. 거리가 멀다고 해도 차비가 아까워 걸어 다녔을 것이다. 태완도 저녁때 줄리네 집으로 오기로 했다. 호놀룰루로 이사한 뒤 재성은 공사장에 나갔고 줄리 엄마는 알라

모아나 해변에 있는 하올레 저택으로 청소와 빨래를 하러 다녔다. 시간당 45센트씩 받는 재성에 비하면 줄리 엄마 일은 받는 돈은 적지만 파티가 자주 열려 음식을 싸 오는 날이 많다고 했다.

"토니는 델꼬 다닙니꺼?"

버들은 줄리 엄마가 저녁 준비하는 걸 도와 감자를 벗기며 물었다. 버들도 장사 안 되는 가게를 지키고 있느니 차라리 그런 일을 다니고 싶었다.

"첨엔 델꼬 다니다 지난주부터 앨리스캉 유치원에 넣었다."

"그라모 줄리캉 낸시캉 핵교 댕기고, 앨리스캉 토니캉 유치원 댕기는 기네예. 돈 마이 들겠십니더."

"자식 갈칠라꼬 이레 고생하는 기 아니겠나. 공립핵교로 옮기가 넷을 보내도 전에 줄리 혼자 기숙핵교 댕기던 기서 쪼매 더 든다. 만날 아 달고 댕기다 떼 놓고 댕기니 날아갈 기 같다. 정호도 일찍 유치원 보내라. 혼자 있으면 뭐든지 더디다."

버들은 씁쓸한 얼굴로 정호를 보았다. 늘 엄마와 둘이만 있어 낯을 가리는 정호도 아이들이 좋은지 버들에게서 떨어졌다. 가구를 잡고 일어서기 시작한 정호가 아이들과 어울려 노는 모습이 흐뭇하면서도 안쓰러웠다.

"정호야, 호항에서 장사하메 살라 카면 인맥을 쌓아야 한다. 부인구제회도 들고 교회에도 나온나."

카후쿠 살 땐 특별히 어느 쪽 편을 들지 않았던 줄리 엄마는 호놀룰루로 이사한 뒤 열성적인 이승만 지지파가 됐다. 교회도 감리교회에서 이승만이 세운 기독교회로 옮겼다.

"정호 아배가 박용만 단장 밑에서 일하는데 지가 우찌 이 박사 교회를 댕깁니꺼."

그때까지만 해도 버들은 줄리 엄마와 정치적인 문제로 다투게 되리라곤 꿈에도 생각지 않았다.

"동상, 니도 생각해 봐라. 중늙은이들이 나무 총 갖고 훈련한다 꼬 일본을 이기겠나? 힘을 한데 모아도 어려븐 일인데 그레 쪼개 져 갖고 우예 독립을 이루겠나? 니도 이 박사가 임정 대통령 된 기 알제? 그라모 어데로 힘을 모아야겠나? 니가 정호 아배 잘 구슬러 가 맘 돌리게 해라. 이 박사가 세운 중앙학원 댕긴 사람이 그카면 안 되는 기라."

줄리 엄마가 간을 보던 국자를 허공에 흔들며 말했다. 벽엔 이승만의 초상화가 걸려 있었다. 이승만이 임시정부 대통령이 되자 하와이 교민 가정 전체에 초상화가 돌려졌다. 태완은 그 종이를 접어 기우뚱거리는 반닫이 발에 괴었다.

"대통령 초상화를 이레 해도 됩니꺼?"

버들의 말에 태완은 코웃음을 쳤다.

"기런 인간이 대통령은 무슨……."

박용만은 상해 임정 외무총장 자리를 마다하고 북경으로 갔다. 조선과 육로로 연결되는 중국과 러시아 땅에서 항일 무장투쟁이

활발하게 벌어지고 있었다. 박용만은 이승만의 외교독립노선에 반대하는 신채호 등과 함께 군사통일촉성회를 결성했다. 여기저기 흩어져 일본과 싸우는 독립군을 통합하려는 계획이었다. 박용만이 중국으로 간 뒤 하와이 대조선독립단의 주요 임무는 동아시아 지역에서 벌이는 조선 독립운동을 지원하는 일이었다. 버들도 내심 이승만의 노선을 지지하고 있었지만 줄리 엄마가 태완을 마치 배은망덕한 사람인 양 말하자 울컥했다.

"그기는 난중에 이 박사가 교장으로 와가 이름을 바꾼 기제 정호 아부지 다닐 때는 이 박사캉 상관없는 핵교였다 캅니더."

전에도 줄리 엄마가 같은 이야기를 한 적 있어 태완에게 확인해 보았던 버들이 분명히 했다.

"지는 그라고 뭐, 누구 편도 아입니다. 밥 지을 때마다 쌀 한 줌씩 떼 놓았다 구제회에 내는 기는 두 사람을 위해서가 아니고 조선을 위해서라예. 그란데 이 박사는 동포들을 갈라서게 만들고, 피 같은 동포들 후원금을 맘대로 썼다 안 캅니꺼. 지도자가 맨날 돈 문제로 그레 시끄러버도 되는 깁니꺼?"

"정호 아배가 그카드나? 박용만 사람이라꼬 훌륭하신 이 박사를 그레 모함하면 쓰나? 이제 보이 사람 몬쓰겄네."

말씨름은 더 이어졌고 버들은 태완이 오기 전에 정호를 들쳐 업고 줄리네를 나왔다. 태완과 버들을 이어 주고 친언니처럼 보듬어 주었던 줄리 엄마와 이렇게 갈라진다고 생각하니 눈물이 나왔다.

*

　한 차례 비가 쏟아졌다. 정호를 재우고 나온 버들은 가게 앞을 쓸었다. 바람에 날린 나뭇잎이며 말 먹이인 지푸라기 같은 쓰레기가 가게 앞에 뒹굴고 있었다.

　"집 앞이 깨끗해야 지나가던 복도 들여다보는 법이다."

　어머니는 남동생들에게 일어나는 즉시 안마당과 집 앞을 청소하라고 시켰다. 버들은 어머니 말을 되새기며 늘 가게 안팎을 깨끗하게 했다. 자기 가게 앞만 치우기 야박해서 양옆에 있는 포르투갈인 빵 가게와 일본인 재봉소 앞까지 빗자루질을 하곤 했다. 바라고 한 것은 아닌데 빵 가게에서 가끔 팔고 남은 빵을 주었다. 일본인 재봉소 할머니도 정호를 업고 나가면 화과자 같은 것을 주었다. 재봉소 며느리는 버들을 무시하는 빛이 역력했지만 할머니는 언제나 상냥한 미소로 대해 주었다.

　버들은 청소하다 말고 재봉소의 유리장 안을 들여다보곤 했다. 재봉소에서는 기모노, 유카타 같은 일본 옷 외에도 일본식 문양을 수놓은 손수건, 게다, 부채 같은 소품들을 팔았다. 가게엔 일본인 손님 못지않게 여행객으로 보이는 서양인들이 많이 드나들었다. 바느질이 자신 있는 버들은 구두 가게가 아니라 차라리 재봉소를 차릴 걸 그랬다고 후회했다.

　허리를 굽히고 바닥을 쓸던 버들은 여자 구둣발 앞에서 멈추었

다. 흰 양말 위에 신은 갈색 구두가 어디서 본 듯했다. 구두 가게를
차린 뒤 사람을 보면 신발부터 눈이 갔다. 고개도 들기 전 구두보
다 더 낯익은 목소리가 들려왔다.

"버들아, 니 버들이 맞제?"

홍주였다. 고베에서 산 구두를 신은 홍주가 아기를 업고 부산에
서 산 가방을 든 채 서 있었다. 결혼식을 하고 헤어진 뒤 꼭 이 년
만이었다. 홍주는 이 년 사이 살이 많이 불어 애 엄마 티가 났다.
버들은 눈앞에 친구가 있다는 게 믿기지 않아 눈만 끔뻑끔뻑했다.
이사 온 뒤 한 차례 편지를 주고받았지만 호놀룰루에 온다는 말은
없었다.

"가시나야, 구신 아이고 내다, 홍주다."

홍주가 지나가던 사람이 돌아볼 정도로 크게 소리쳤다.

"홍주 맞네. 아이고 가시나야. 우짠 일이고?"

빗자루를 내던진 버들은 가방을 내팽개친 홍주와 손을 맞잡고
펄쩍펄쩍 뛰었다. 그때마다 잠든 아이가 홍주 등에서 흔들거렸다.

"아이고 얼라 깨겠다. 어데 보자. 성길이라 캤제. 마이 컸네. 더
분데 어서 드가자."

버들은 홍주 가방과 빗자루를 집어 들고 서둘러 가게로 갔다.

"우선 아부터 내려놓그라."

"그라까. 잠들어가 무거버 죽겄다."

홍주가 포대기를 풀자 버들이 아이를 받아 안았다. 정호보다 사

개월 빠른 성길은 큰 아이처럼 묵직했다. 홍주가 자기 닮았다고 자랑한 것과 달리 아버지 모습이 더 많이 보이는 얼굴이었다. 버들은 슬며시 웃으며 성길을 정호 옆에 눕혔다. 홍주가 옆에 와 정호를 들여다보았다.

"정호는 누구 닮은 기고? 니 하나도 안 닮았네."

"태완 씨 빼다 박았다."

버들은 뿌듯한 심정으로 말했다. 두 아이가 네 활개를 펼친 채 누워 있자 방이 꽉 찼다.

아이를 업고 오느라 땀에 전 홍주는 가게 의자에 앉아 부채질을 해 댔다. 버들은 부엌으로 가 물을 한 컵 떠 왔다. 그 물을 벌컥벌컥 마신 홍주는 와이파후 농장에 가는 덕삼을 따라온 거라고 했다. 와이파후는 에와 근처에 있는 농장으로 호놀룰루에서도 멀지 않았다.

"그라모 거로 이사 오는 기가?"

버들이 반색하며 물었다.

"아주 오는 기는 아이다. 일본 노동자들 파업 분쇄하러 온 기다."

버들도 알고 있는 이야기였다.

"그란데 내는 호항에 와서 좋지만서도 한편으로는 다른 생각도 든다. 같은 노동잔데 파업하는 데 동참해야지, 돈 더 준다꼬 분쇄하는 데 앞장서는 기 쪼매 안 그렇나?"

사실 버들도 태완에게 같은 질문을 한 적 있었다. 함께 파업에 동참해서 더 좋은 결과를 얻어 내야지, 파업을 분쇄하고 일시적으로 높은 임금을 받는 것은 길게 보면 조선인 노동자에게도 이로운 일이 아니었다. 버들은 그때 태완에게 들은 대답을 홍주에게 그대로 전해 주었다.

"파업 분쇄를 꼭 돈만 보고 하겠나. 우리나라를 뺏은 일본 사람들 방해할라꼬 적극 나서는 기제. 독립운동하는 맘으로 말이다."

홍주가 공감한다는 듯 주억거리며 말했다.

"하긴 우리 자린고비 조덕삼이도 월급 타면 몇 푼씩이라도 꼬박꼬박 성금 낸다 아이가. 참, 버들아, 내도 부인구제회 들었다."

"참말이가? 우째 그런 생각을 했노?"

세상 돌아가는 일에는 아무 관심이 없을뿐더러 신식이라고 일본 것을 오히려 좋아하던 홍주였다.

"내사 마 여 올 때는 내한테 해 준 기도 없는 그깟 조선 망해 삐리든 말든 상관없었는 기라. 그란데 아를 놓고 보이 그기 아이데. 나라가 일본한테 멕혀가 있으면 내 자식도 곁방살이하는 집 얼라맨키로 평생 주눅 들어가 살 기 아이가. 당장 밥 한 숟갈 들 묵어도 독립하는 데 힘을 보태야 않겠나. 까막눈 무지랭이도 조선 사람이면 다 그레 생각한다 아이가."

홍주 말대로 조선인 노동자들은 돈을 벌어도 자신보다 조국을 위해서 쓰기 바빴다. 돈을 모아 학교를 세우고 독립운동 단체에 후원금을 내기 위해 더 악착같이 일했다. 제아무리 잘 살아도 나라 없는 조선 민족이 받는 설움을 벗어날 수는 없었다.

"암튼 살다 살다 일본 덕을 다 본다. 성길 아배는 곧바로 농장으로 가고, 내는 니도 보고, 콧구멍에 도시 바람 쐴라꼬 떨어졌다. 요번 일요일에 성길 아배가 데리러 올 때까지 재워 줄 수 있겠나?"

홍주가 슬쩍 방을 돌아다보며 말했다. 수요일이니 고작 네 밤이었다. 버들은 좁고 살림살이도 변변찮은 방이 민망해 더 큰소리쳤다.

"말이라꼬 하나. 정호 아배는 독립단 사무실에 가서 자면 되니까네 얼매든지 있그라."

"참, 정호 아배는 단체에서 사무 본다 캤지. 니도 이 박사 가차이서 만나 봤나?"

버들은 기대에 찬 홍주 표정을 보자 불안감이 밀려왔다. 대답을 머뭇거리는 사이 홍주가 말했다.

"작년에 이 박사가 마우이에 오셨었는 기라. 내사 마 이 박사 강연 듣고 감화받아가 교회도 다니고 부인회에도 들었다 아이가. 그레 똑똑하고 훌륭한 분은 시상에 또 없을 기다. 니는 신랑이 그런 분을 모시니 얼매나 좋노."

홍주한테서 그런 이야기가 나올 줄 몰랐던 버들은 비탈길을 구르며 점점 커지는 눈덩이가 앞에 있는 느낌이었다. 사실을 말했다가 줄리 엄마하고처럼 갈등이 생길까 봐 겁났다. 호놀룰루에 와서 보니 박용만과 이승만 지지파 사이는 거의 원수지간이었다. 홍주와는 그렇게 되고 싶지 않았다.

"니, 교회도 다니나?"

버들이 홍주의 시선을 피하며 물었다.

"뭐 그레 착실한 신자는 아이지만 교회 나가서 사람도 사귀고 좋은 이바구도 듣고, 안 나가는 기보다 낫다. 버들아, 정호 아배한테 부탁해가 이 박사한테 우리 성길 아배 소개 좀 시켜 주면 안 되겠나?"

굴러오는 눈덩이의 속도가 빨라졌다.

"그, 그기……."

"가시나야, 느그 신랑은 학식이 있어가 단체 일 보니까 모르겠지만 내는 성길이가 난중에 커서 일자무식 아부지 때문에 기죽을까 봐 걱정이다. 이 박사 만나가 성길 아배한테 마우이 지부 임원자리 하나 달라 캐 볼란다. 그런 감투라도 쓰면 쪼매 안 나아 보이겠나."

집채만 해진 눈덩이가 버들을 향해 돌진해 왔다.

"그, 그기 정호 아배는 바, 박 단장, 박용만 파다."

버들은 눈을 질끈 감고 말했다. 홍주가 눈을 둥그렇게 뜨고 무슨 말인가 하려는 순간 정호가 울었다. 버들은 한숨을 내쉬었다. 방으로 뛰어 들어간 버들은 기저귀를 간 다음 정호를 안고 가게로 나왔다. 무슨 생각엔가 잠겨 있던 홍주가 표정을 수습하곤 정호에게 손을 벌렸다.

"정호야, 여 와 봐라. 내가 느그 이모다, 이모."

낯가림이 심한 정호는 칭얼거리며 버들 품을 파고들었다. 버들은 홍주 입에서 나온 이모라는 단어에 가슴이 뜨거워졌다. 부모 외에는 아무 혈육도 없는 정호가 안돼 보였는데 이모가 생긴 것이다. 태완과의 사이가 아이로 인해 더 단단해진 것처럼 친구와도 아이 덕분에 더 끈끈해진 것 같았다. 버들은 그런 친구를 잃고 싶지 않았다.

"오야, 우리 정호 배고프제."

버들이 치맛말기를 내려 아이에게 젖을 물렸다. 그 모습을 보던 홍주가 말했다.

"아이고, 니나 내나 아지매 다 됐다. 아무 데서나 아 젖 물리고 말이다. 그나저나 송화는 얼라 소식 없제?"

버들이 그늘 서린 얼굴로 고개를 끄덕였다. 송화 또한 정호의 이모인 것이다. 버들은 송화가 푸에르토리코 캠프에서 춤추던 것이나 그 뒤 툭툭 내뱉는 말들이 종종 들어맞았던 것을 이야기할까 하다 참았다.

"사람은 늘 입을 조심해야 한다. 말이 씨가 되고 화를 불러오는 기라."

어려서부터 들어 뇌리에 박힌 어머니 말이었다. 버들은 입 밖으로 낸 말이 씨가 돼 화를 불러올까 봐, 안 좋은 일은 더더욱 가슴 깊이 묻어 두었다. 송화 일도 마찬가지였다.

"하긴 할배가 무신 아를 놓겠노."

홍주가 웃으며 말했다. 버들은 태완이 박용만 측근임을 안 뒤 이 박사 이야기는 아예 없었던 것처럼 구는 홍주가 고마웠다.

"그란 소리 말그라. 어진말 장수가 즈그 아배 몇 살에 태어났는 줄 아나? 환갑 진갑 다 지나가 놓았다."

한결 마음이 가벼워진 버들이 웃으며 말했다. 둘의 대화는 어진 말로 옮겨 갔다. 고향을 떠난 지 삼 년도 안 됐는데 삼십 년은 된 것 같았다. 둘은 각기 집과의 편지를 통해 아는 이야기를 주고받 았다. 홍주 작은오빠네 막내딸이 스페인 감기로 세상을 떠났다고 했다.

"조선서 스페인 감기를 다 걸리고. 개명천지가 된 기는 맞다."

홍주가 덤덤한 얼굴로 말했다.

버들과 홍주는 돌아오는 일요일에 송화를 만나러 카후쿠에 가 기로 했다. 버들은 송화가 아니더라도 가 보고 싶었다. 카후쿠는 태완과 처음 살았으며 정호를 임신하고 출산한 곳이었다. 그리고 많은 추억과 함께 시아버지의 묘소가 있었다.

*

토요일, 이른 점심을 먹고 집을 나선 버들과 홍주는 호놀룰루역 에서 기차를 탔다. 송화가 있는 카후쿠에 가서 하룻밤 자고 올 예정이었다. 버들은 마치 고향에라도 가는 것처럼 들떴다.

자리를 잡은 버들과 홍주는 포대기를 풀어 아이들을 앞으로 안았다. 한시도 가만히 있지 않는 성길에겐 미리 준비해 온 과자를 쥐여 주었고 정호는 젖을 물려 재웠다. 버들과 홍주의 이야기는 끊이지 않았다. 사흘째 밤낮으로 붙어 수다를 떨었는데도 아직 할 이야기가 남아 있었다.

"버들아, 내 파업 분쇄 끝나도 마우이로 안 돌아갈 기다. 성길 아배 뽑아가 니 가차운 데서 살 기다. 금실 좋은 느그 부부 볼 때마다 배 아플 긴데 우짜노?"

홍주가 질투심이나 시기심이 느껴지지 않는 부러움을 표하자 버들도 묻어 두었던 이야기를 풀어놓았다.

"내도 첨부터 좋기만 했던 기는 아이다. 결혼 첫날밤 캠프 아지매들끼리 하는 말이 정호 아배한테 죽고 몬 살던 첫정이 있었다는 기라. 결혼도 신랑이 원해서가 아이라 시아부지가 억지로 시킨 기고."

"아이고, 그런 일이 있었드나. 맘고생 마이 했겠네."

홍주가 놀란 얼굴을 했다.

"하모. 정호 아배가 맘 연 건 결혼하고 넉 달이나 지나서다. 속 썩느라 니한테 펜지도 몬 하고 송화도 몬 찾아간 기다."

"그래, 신랑 맘은 우째 돌렸노? 니사 밤 기술이 좋은 것도 아닐 긴데."

홍주가 웃으며 말했다.

"가시나가 몬 하는 소리도 없다."

누가 들었을까 봐 얼굴이 빨개져 주위를 둘러본 버들은 시어머니 묘소에서의 일을 이야기했다. 홍주는 소설 이야기인 양 재미있어했다.

"그란데 난중에 보이 첫정보다 더 강적이 버티고 있는 기라."

버들이 한숨을 쉬었다.

"그기 뭐꼬?"

"조선 독립이다. 정호 아부지, 내캉 결혼하기 전에 군사핵교에서 독립을 위해 맘이고 몸이고 다 바친다고 선서했다 카드라."

"아이고, 내 신랑이면 싫달 긴데 남의 신랑이니 그기도 멋지다."

버들과 홍주는 어진말 홍주의 방에서처럼 수다를 떨며 깔깔 웃어 댔다. 통로 옆자리의 일본 여자가 인상을 찌푸리며 힐끗거렸지만 둘은 아랑곳하지 않았다.

카후쿠역에서 내린 버들은 홍주와 함께 교회 근처에 있는 공동묘지부터 갔다. 그토록 기다리던 손주도 못 보고 세상 떠난 시아버지를 생각하자 새삼 코가 시큰했다.

"아부지, 야가 정홉니더. 아부지 첫 손자라예. 정호야, 하부지한테 절해야제."

버들은 정호를 시아버지 묘비 앞에 내려놓았다. 포대기를 풀자 옷을 다 벗은 것처럼 가볍고 시원했다. 묘비를 잡고 일어선 정호는 뒤뚱거리며 주위를 빙빙 돌았다. 엉덩이춤을 추며 까딱거리는 모습이 마치 할아버지와 노는 것 같았다. 시아버지가 살아 있다면 얼마나 정호를 예뻐해 주었을까. 버들은 눈물을 훔쳤다.

묘지를 나온 버들과 홍주는 운 좋게 지나가던 달구지를 얻어 타고 송화가 처음 살았던 동네까지 갔다. 그리고 십 리 길을 걸어 캠프 세븐에 다다랐다. 사람들이 밭일을 마치고 집으로 돌아오는 시간이었다. 버들은 길에서 두순 엄마를 만났다. 두순 엄마는 친정 조카를 만난 듯 버들을 반겼고 정호가 큰 것을 보고 놀라워했다. 두순 엄마와 안부를 주고받은 버들은 송화 소식부터 물었다.

"석보 영감이 손질은 안 합니꺼?"

가장 걱정되는 일이었다.

"그 영감 이제 그럴 기운도 없어. 새댁이 노인네 수발들랴, 빨래 일 하랴 고생이여."

"우리 집엔 누가 살아예?"

버들은 그다음 궁금했던 것을 물었다.

"장씨라고, 얼마 전 사진혼인해서 색시하고 살아. 색시가 을매나 억척인지 오자마자 밭일을 나가. 식당 일이나 빨래는 돈이 적어서 싫댜."

송화네 집에 가려면 버들이 살던 집을 지나가야 했다. 버들은 잠시 서서 울타리 너머로 바라보았다. 집도 파파야나무도 그대로였다. 집주인 성격을 말하듯 마당엔 허튼 풀 한 포기 없었고 닭도 닭

장에 들어 있었다. 버들은 시집와서 시아버지와 태완이 해 놓은 대로 가꾸며 살았다. 마당가엔 들꽃이 다복다복 피어 있었고, 닭이 마당이며 채소밭을 헤집고 다녔다. 하지만 지금은 파파야나무 아래조차 풀 한 포기 없었다. 버들은 자신이 살던 집을 살뜰하게 가꾸며 사는 게 보기 좋으면서도 추억마저 깨끗하게 사라진 것 같아 서운했다.

송화네 집에 다다르니 송화는 마당에 있었고, 일터에서 돌아온 석보 영감은 막 씻고 난 후였다. 송화는 버들과 홍주를 멀뚱히 바라보았다. 지난번 헤어질 때보다 더 나빠 보이지는 않았다.

"송화야, 내다. 아이고 그 곱던 얼굴은 다 어데로 갔노?"

홍주가 송화를 끌어안고 눈물바람을 했다.

"송화야, 잘 지냈나? 홍주가 우리 집에 와가 니 만나러 온 기다. 우리 여서 니랑 하룻밤 잘 기다. 괘않제?"

버들의 말에 송화가 친구들을 안으로 들였다. 송화는 기어 다니는 정호와 여기저기 돌아다니는 성길에게 정신이 팔려 친구들에게는 관심도 없었다.

"가시나야, 밥 안 주나. 점심 일찍 먹어가 허기져 죽겠다."

홍주 말에야 부엌으로 나간 송화는 상을 차렸다. 저녁 먹으려던 참이라 밥도 반찬도 다 돼 있었다. 몇 달 새 더 늙은 석보 영감은 친구끼리 재밌게 놀라며 저녁도 먹지 않고 사라졌다. 저녁을 배불리 먹은 다음 다리를 쭉 펴고 앉은 홍주가 말했다.

"친정에 온 기 같다. 송화야, 니가 젤로 큰 이모다."

셋 중 송화 생일이 가장 빨랐다. 그다음은 홍주, 그리고 버들이 었다. 송화는 말할 것도 없고 홍주마저 동생 같았던 버들은 이제 제자리를 찾은 듯 편한 마음이 됐다.

"우리 난중에 호항에 모여 살자. 사람 죽는 순서는 모른다 카지만서도 나이로 치면 송화 신랑이 제일 먼저 갈 기 아니가. 그라모 그때는 젊은 신랑 얻어가 재미지게 살그라."

홍주가 진심 어린 얼굴로 말했다. 버들도 함께 모여 살고 싶은 마음이 간절했다.

"그라모 다음은 성길 아배 차렌데 니도 새 시집 갈 기가?"

버들이 웃으며 물었다.

"하모, 인생사 삼세판이라 카는데 가야제."

호기롭게 외치던 홍주가 성길을 보며 말했다.

"아이고메, 성길아, 미안타. 몬 들은 기로 해라."

세 사람의 웃음소리가 휑하니 비어 있던 집 안을 가득 채웠다.

*

카후쿠에서 돌아온 날 저녁 홍주는 데리러 온 남편과 와이파후 농장으로 갔다. 홍주를 보내는 버들은 결혼식하고 헤어질 때보다 더 허전하고 슬펐다.

홍주는 자기가 한 말을 지켰다. 일본인 노동자들의 파업이 끝난 뒤 마우이로 돌아가는 대신 와이파후 북쪽에 있는 와히아와 파인 애플 농장으로 간 것이다. 호놀룰루에서 기차로 두 시간이면 갈 수 있는 곳이었다.

떠도는 삶

해가 바뀌었지만 가게 사정은 좋아지지 않았다. 맞춤 구두 주문도 없었고 개업할 때 사 놓은 기성 신발 위에도 먼지만 쌓여 가고 있었다. 새 물건으로 바꿔 줘야 하는데 그럴 형편이 못 됐다. 게다가 태완이 독립단에서 일을 하니 이승만 지지자들은 아예 걸음을 하지 않았다. 처음엔 박용만 지지자들이 더러 왔지만 한 켤레로 사시사철 신을 수 있는 하와이에서 신발은 자주 바꾸는 물건이 아니었다.

쌀독이 바닥을 드러내기 시작하면서 버들의 속도 타들어 갔다. 태완은 사무실에 앉아 독립단 기관지 만드는 일보다 밖에 나가 후원금 모금하러 다니는 것을 더 좋아했다.

"내레 책상 앞에 앉아 펜대 굴리믄서 입으로 하는 거이 성미에 맞지 않아."

오아후 곳곳뿐 아니라 이웃 섬들까지 다니느라 바쁜 태완은 어쩌다 주문 온 구두도 만들지 못했다. 버들이 참다못해 가게 상황을 말하자 집세는 마련해 주었지만 어렵기는 마찬가지였다. 정호가 빵 가게나 일본인 재봉소 앞으로 가서 기웃거리는 것을 보면 버들은 가슴이 가뭄 든 논바닥처럼 쩍쩍 갈라지는 것 같았다. 친정어머니와 다를 바 없이 끼니 걱정을 하고 있는 처지가 된 것이다. 버들은 정호가 아버지를 보면 낯선 사람인 양 엄마 뒤에 숨는 게 가장 속상했다.

"동상이 애초에 신랑 길을 잘못 들인 기다. 가장 노릇 제대로 하라꼬 바가지를 팍팍 긁어야제."

줄리 엄마가 버들을 타박했다.

홍주가 놀러 왔을 때 버들은 줄리 엄마와의 일을 모르는 태완 때문에 어쩔 수 없이 줄리네 집에 갔었다. 버들은 줄리 엄마가 동생같이 여기고 한 말에 발끈해 아이를 들쳐 업고 나온 게 속 좁은 짓이었다고 후회하고 있었다. 줄리 엄마와 두어 번의 눈 맞춤으로 그간 쌓인 감정이 사라지는 것을 느꼈다. 시집가서 잠시나마 마산에서 살았던 홍주와 줄리 엄마는 금방 죽이 맞아 십년지기처럼 수다를 떨었다.

버들은 줄리 엄마 말대로 바가지를 긁으려고 다짐했다가도 막상 수염이 거뭇거뭇하고 눈이 퀭해져 돌아온 태완을 보면 말이 쏙 들어갔다.

'나쁜 짓 하니라 바쁜 기 아이라 큰일 하니라 바쁜 사람 아이가.'

태완이 중국이나 러시아로 간다고 하지 않는 것만 해도 고맙고 다행이었다. 버들은 조선이 독립을 이룰 때까지 알아서 생활을 꾸려 나가기로 마음을 고쳐먹었다. 그러자면 구두 가게만 믿고 있을 수 없었다. 버들은 궁리만 하던 일을 실행에 옮기기로 하고 옷감 가게에 가서 린넨 천 1야드와 여러 색의 수실을 샀다. 그리고 일본인 재봉소를 찾는 서양인 여행객들을 떠올리며 학이나 매화, 모란, 소나무 같은 조선 전통 문양을 수놓은 손수건과 테이블 매트를 만들었다.

정호가 혼자 놀거나 잘 때 틈틈이 바느질을 하고 있노라면 어머니와 함께 삯바느질하던 때가 생각났다. 그때는 손끝에 굳은살이 박일 정도로 바느질을 하는 게 지겨웠는데 지금은 그럴 만큼 팔리면 좋겠다는 생각이 간절했다. 수놓는 일에 집중하고 있으면 잡생각이 사라져 좋았다. 또 어머니가 시키는 대로 하던 것과 달리 스스로 색과 문양을 결정해서 수를 놓으니 색다른 재미가 있었다. 한 마와 크기가 같은 1야드의 천에서 손수건 다섯 장과 테이블 매트 네 장이 나왔다. 색과 문양이 제각각인 손수건과 테두리 색은 같되 각기 다른 꽃문양으로 수놓은 테이블 매트를 구두 진열장 한편에 놓았다.

정호를 업고 가게 앞에 나와 서 있던 버들은 하올레 노부부가 진열장의 손수건과 매트에 관심을 보이자 심장이 뛰기 시작했다. 버들과 눈이 마주친 부인이 미소를 지었다. 버들은 얼른 안으로 들어가 그들에게 들어오라고 손짓했다. 그것만으로도 큰 용기가 필요했다. 안으로 들어온 부인이 손수건과 매트를 가리키며 무슨 말인가 했지만 한 마디도 알아들을 수 없었다. 버들은 부인에게 손수건과 매트 한 장씩을 건네며 서툰 영어로 금액을 말했다.

"서티 센트. 포티 센트. 올 쓰리 달라."

손수건과 매트를 합하면 3달러 10센트였지만 장사엔 에누리가 있어야 하는 법이다. 부인이 자수 부분을 꼼꼼히 살폈다. 버들은 작은 테이블 위의 반짇고리와 자신을 번갈아 가리키며 수놓는 시늉을 했다. 부부의 대화 속에서 재팬이라는 말이 들려오자 버들이 손사래를 치며 말했다.

"노 재팬. 코렙니더, 코레."

부인이 남편과 무슨 이야기를 주고받더니 손수건과 매트 모두 달라고 했다.

"다, 다 말입니꺼?"

버들은 자기도 모르게 조선말로 물었다. 부인이 눈치로 알아듣고 고개를 끄덕였다. 노신사가 원더풀을 연발하자 버들은 심장이 폭발할 것 같았다. 손수건과 테이블 매트를 건네주고 3달러를 받는 손이 달달 떨렸다. 천과 실 값으로 1달러 조금 넘게 들어갔으니 첫 장사에서 배 이상 남은 것이다. 버들은 노부부가 나가자 그길로 가게 문을 닫고 다시 천을 끊으러 뛰어갔다.

"정호야, 어매가 돈 마이 벌어가 맛난 것도 사 주고 장난감도 사 주꾸마. 쪼매만 기다리그레이."

버들이 뛰자 등에 업힌 정호가 덩달아 들썩이며 꺅꺅댔다.

버들이 만든 물건들은 신발보다 많이 팔렸다. 가끔 손수건이나 매트를 사러 왔다 신발을 사는 사람도 있었다. 또 더러는 식탁보를 주문하거나 손수건에 이름을 새겨 달라고 하기도 했다. 버들은 더 열심히 수를 놓았다. 아기용 턱받이, 앞치마 등으로 품목도 늘렸다. 진열장엔 구두 대신 자수품이 놓였다. 낮에는 정호 때문에 진득하게 앉아 수를 놓기 어려워 밤잠을 줄이는 수밖에 없었다. 태완은 버들의 건강을 걱정하면서도 일본인 재봉소 옆에서 조선 문양의 자수품을 파는 것에 의미를 부여했다.

"장하누만. 기왕지사 하는 거이 일본놈들 코를 납작하게 해 주라우."

"그라지 마이소. 그 사람들 우리 정호도 이뻐해 주고, 과자도 주고 하는 좋은 사람들입니더. 그라고 거 왔다가 우리 가게 물건도 보는 깁니더."

호놀룰루에 아는 사람이 많지 않은 버들은 정겹게 인사를 나눌 수 있는 이웃이 너무 소중했다. 하지만 버들의 자수품이 잘 팔리면서부터 재봉소 할머니의 태도가 눈에 띄게 쌀쌀맞아졌다. 버들이 인사해도 받지 않거나 정호를 보고도 알은체하지 않았다. 버들은 손님을 뺏은 게 미안해 재봉소 앞을 더 열심히 쓸었다.

일본인 재봉소는 얼마 뒤 최신 재봉틀을 들이고 더 다양한 품목을 만들어 내기 시작했다. 서양 사람들에게는 일본이나 조선이나 구별되지 않았기에 허름하고 볼품없는 구두 가게보다 잘 꾸며 놓은 일본인 재봉소 물건이 당연히 더 인기가 좋았다. 버들이 만든 자수품을 찾는 사람은 눈에 띄게 줄었고 정호마저 눈만 뜨면 나가자고 떼를 써 수놓을 시간도 넉넉지 않았다. 밤에 졸면서 수를 놓다 바늘에 찔려 피가 묻으면 안 하느니만 못했다.

그날도 버들은 집에 있으려 들지 않는 정호를 따라 밖으로 나갔다. 정호는 재봉소 쪽으로 아장아장 걸어갔다. 버들이 정호를 뒤따라가는데 그 며느리가 나와 대야의 물을 바닥에 쫙 뿌렸다. 물벼락을 맞은 정호가 울음을 터뜨렸다. 우야꼬, 버들은 황급히 달려들어 정호를 안아 올렸다. 그는 거기 서 있었던 정호가 잘못이라는 얼굴로 사과 한마디 없이 들어가 버렸다.

"우리 호야, 놀랬제?"

정호를 어르며 집으로 들어가는 버들은 분해서 눈물이 나려고 했다. 하지만 말도 안 통하고 날마다 얼굴 보고 살아야 할 사람들과 싸울 자신이 없었다. 정호에게 새 옷을 갈아입히는 버들의 입에서 저절로 가시 돋친 말이 쏟아져 나왔다.

"천지삐까리가 재봉손데, 같이 먹고살면 좀 어때가 그레 야박하게 구나. 그레 안 봤는데 참말 몬됐다. 남의 나라 뺏은 즈그 나라캉 다른 기 뭐꼬."

정호를 들쳐 업고 나온 버들은 가게 문을 잠갔다. 손님 없는 가게에 앉아 분함과 서러움을 삭히기 어려워 나섰지만 갈 곳이 없었다. 줄리 엄마는 아직 일할 시간이었고, 태완은 사무실에 있겠지만 사사로운 일로 찾아갈 순 없었다. 버들은 정호를 업고 정처 없이 걷기 시작했다.

버들네가 사는 릴리하스트리트엔 여러 나라에서 온 다양한 민족의 사람들이 갖가지 밥벌이를 하며 살아가고 있었다. 조선인들도 심심찮게 살았지만 교회에도 다니지 않고 부인회 단체에도 가입하지 않은 버들은 가까이 지내는 사람이 없었다. 사실, 양분된 교민 사회에서 버들은 어느 쪽을 만나도 불편했다. 묵은 정을 생각해 서로 조심하고 있지만 줄리 엄마와의 관계도 늘 아슬아슬한 상황이었다.

버들은 마음 편히 찾아갈 수 있고 속을 털어놓을 수 있는 친구들 생각이 간절했다. 가까운 곳에 살게 됐으니 좀 더 자주 만날 줄 알았던 홍주와는 그 뒤 편지를 한 번 주고받았을 뿐이었다. 둘째를 자연 유산한 홍주는 파인애플 통조림 공장에 다녔다. 명옥과 막선도 와히아와에 산다며 버들에게 이사 오라고 했다. 줄리 엄마를 통해 전해 들은 소식에 따르면 송화는 아직도 아이가 없었다.

버들은 홍주와 송화뿐 아니라 명옥과 막선도 그리웠다. 고베에서 같은 여관에 묵으며 새로운 삶에 대한 기대로 부풀어 웃고 떠들던 때가 꿈속의 일 같았다. 신랑을 보고 절망에 빠진 그들과 한 방에서 울던 때조차 그리웠다. 버들은 차와 말과 수레가 번잡하게 오가고 사람들이 복닥대는 거리에서 혼자인 듯 외로웠다.

걷다 보니 노스킹스트리트를 거쳐 이올라니 궁전이 있는 곳까지 갔다. 왕위에서 쫓겨나 오랫동안 궁전에 갇혀 지냈다는 하와이의 마지막 여왕이 생각났다. 버들은 여왕이 방에 갇힌 채 느꼈을 감정이 자기 것인 양 온몸으로 덮쳐 와 코가 시큰했다. 여왕의 눈물인 듯 갑자기 스콜이 쏟아졌다. 우기의 날씨에 익숙한 사람들은 허둥대는 법 없이 하던 일을 계속 하거나 처마 밑으로 들어섰다.

정호를 업은 버들은 뻗어 내린 가지들로 작은 숲을 이룬 반얀트리 아래로 들어섰다. 무성한 잎이 우산처럼 펼쳐져 굵은 빗줄기는 피할 수 있었다. 비 맞은 나무는 싱그러운 기운을 뿜어냈다. 버들은 뿌리 내린 가지들이 서로 기대듯 옹기종기 붙어 있는 나무가 부러웠다. 엄마의 마음을 알 리 없는 정호는 잎 사이로 떨어지는 빗방울을 맞는 게 재미있는지 출썩거렸다. 여느 때처럼 비가 그치고 무지개가 뜨자 버들은 습관적으로 좋은 일이 생기길 빌었다.

버들은 줄리네 집으로 갔다. 줄리 엄마든 아이들이든 집에 왔을 시간이었다. 포대기에 싸인 버들과 정호의 옷은 비와 땀으로 축축했다. 집을 나온 뒤 몇 시간 동안 아이를 업고 계속 걷거나 서 있었던 버들의 다리는 쇳덩이를 매단 것 같았다.

줄리네 집은 중국인 채소 가게 위층이었다. 마지막 힘을 짜내 계단을 올라 줄리네 집에 도착했지만 문이 잠긴 채 아무도 없었다. 버들은 울고 싶은 심정이 됐다. 중간에 젖 한 번 먹은 게 다인 정호가 배고파하며 칭얼댔다. 버들은 정호를 내린 뒤 줄리네 집 문 앞에 앉아 젖을 물렸다. 먹은 것도 없이 아이에게 두 번이나 젖을 먹인 버들도 허기지고 목이 말랐다. 배가 안 차 칭얼거리던 정호가 고개를 반짝 들었다. 계단을 올라오는 아이들 소리였다. 버들의 얼굴에도 화색이 돌았다.

"정호야."

토니 손을 잡고 오던 줄리가 소리쳤다. 뒤이어 낸시와 앨리스, 그리고 줄리 엄마가 나타났다. 버들이 정호를 내려놓으며 일어섰다. 정호가 아이들을 보고 신나 들썩거렸다.

"이 시간에 우짠 일이고?"

줄리 엄마가 놀란 얼굴로 물었다.

"근처에 왔다가 들렀습니더. 어데 갔다 오십니꺼?"

"더분데 어서 드가자. 동상한테 이바구할 기 있다."

집으로 들어가자 정호는 아이들과 노느라 버들 근처에 얼씬도 하지 않았다.

"아들 핵교하고 유치원에 가가 전학 신청하고 오는 길이다."

줄리 엄마가 버들에게 물을 한 컵 주고 자신도 벌컥벌컥 마시더니 말했다.

"전학요? 와예?"

버들이 놀라 물었다.

"우리 와히아와로 이사 갈 기다."

버들은 물컵을 놓칠 정도로 힘이 쭉 빠졌다. 줄리 엄마마저 떠나면 어떻게 살지 막막했다.

"성님도 파인애플 농장에 갈라꼬예?"

버들은 벌써 호놀룰루가 텅 빈 것 같았다.

"아이다. 세탁소 할 기다. 개성 아지매가 군부대 쪽에 괘않은 자리가 났다 카면서 연락 준 기라. 줄리 아배가 댕겨오더이 공립핵교도 가차운 데 있다꼬 해가 가기로 결정했다."

버들은 그리운 사람들이 있는 곳으로 가는 줄리 엄마가 부러웠다.

버들은 어진말에서 태어나 열일곱 살이 될 때까지 같은 곳에서 살았다. 조선에서는 옮겨 다니는 사람들을 뜨내기라 여기며 좋게 보지 않았다. 누군가 외지에서 이사 와도 텃세를 부리며 거리를 두었다. 하지만 하와이에 노동자로 온 사람들의 고단하고 불안정한 삶은 한곳에 뿌리박고 살 수 있게 놔두지 않았다. 배움이나 특별한 기술이 없는 대부분의 사람들은 먹고살 거리와 더 나은 일거리를 찾아 이 섬에서 저 섬으로, 이 동네에서 저 동네로 옮겨 다니며 살았다. 지금은 군인만 해도 사만 명이나 되는 스코필드 부대와 대규모 파인애플 농장이 있는 와히아와가 대세였다. 버들도 그곳으로 가고 싶었다. 서로에게 기댄 채 어우러져 자라는 반얀트리의 가지처럼 좋아하는 사람들과 모여 살고 싶었다.

"잘됐네예. 지도 장사도 안되는 가게 문 닫아 삐리고 싶습니더. 우리도 거 가서 할 일 없을까예?"

버들은 태완이 독립단 사무실 일을 두고 갈 리 없다는 것을 알면서도 답답한 마음에 물었다.

"아이고, 정호 아배가 가겠나. 그라고 니도 정호 아배 떨어져가 살 수 있겠나?"

태완은 사무실에서 기거하고 자신만 정호와 함께 가면 어떨까 잠시 생각했지만 아이를 위해서라도 남편과 떨어져 살고 싶지 않았다. 비록 날마다 못 보더라도 아버지의 존재가 곁에 있는 것과 아예 떨어져 지내는 것은 큰 차이였다. 버들은 아버지 없이 자란다는 게 어떤 의미인지 누구보다 잘 알았다. 버들은 대답 대신 무거운 한숨을 내뱉었다.

"그캐서 말인데 정호야, 니 내 일하던 데 안 다닐라나?"

버들은 귀가 번쩍 뜨였다. 하지만 정호를 맡길 데가 없었고, 유치원에 보내기도 너무 어렸다.

"아는 우짜고예."

버들의 표정이 다시 시무룩해졌다.

"내, 벌써 니 이바구 했다. 정호 델꼬 댕겨도 된다 캤다. 거 마당 넓으이까네 아는 놀게 두고 일하면 된다. 바느질 잘한다 캤더이 잘됐다 카면서 일단 보자꼬 하더라."

월요일부터 토요일까지 아침 9시부터 5시까지 일하고 주급 6달러였다. 한 달이면 24달러인 것이다. 사탕수수 농장 남자 노동자 월급이 30달러이니 시간이나 하는 일로 볼 때 결코 적은 액수가 아니었다.

"고맙습니더, 성님. 참말 고맙습니더."

버들은 벌써 취직이 된 것처럼 좋아하며 인사했다.

"인사는 확실해지면 그때 해라. 내 니를 소개시켜 주는 기는 뭣보담도 인심이 괜찮아서다. 그 집 얼라들이 넷인데 가끔 입던 옷도 주고 파티 다음 날은 음식도 싸 준다."

"야, 고맙습니더. 되기만 하면 소개시켜 준 성님 체면 안 깎이구로 열심히 할게예."

다음 날 당장 그 집에 가기로 하고 정호와 함께 돌아오는 버들의 발걸음은 가붓했다. 24달러가 이미 수중에 들어온 것 같은 버들은 오래간만에 푸줏간에 들러 돼지고기를 샀다. 주인이 덤이라며 비곗덩어리를 한 토막 더 주었다. 벌써부터 행운이 몰려오는 것 같았다.

*

태완이 출근한 다음 버들은 준비를 마치고 정호와 함께 집을 나섰다. 구두 가게를 정리하고 펀치볼스트리트로 이사한 뒤 집세도 덜 나갔고 일터도 가까워졌다. 이십 개월이 된 정호는 곧잘 걸었지만 시간이 너무 걸려 출근길에는 업고 갔다.

알라모아나 해변에 있는 저택은 정원이 공원처럼 넓었다. 저택의 주인인 미스터 롭슨은 커다란 어선을 몇 척이나 가지고 있는 부자였다. 원래 본토 포틀랜드에 살았는데 사업차 들렀던 하와이의 풍광에 반해 온 식구가 이사 온 거라고 했다. 롭슨 씨 부부에겐 초등학생 자매와 다섯 살짜리 쌍둥이 형제가 있었다. 저택과 떨어진 곳에서 일하는 버들은 아이들이 자동차를 타고 학교와 유치원에서 돌아오는 모습을 먼발치에서 보았을 뿐이었다. 미스터 롭슨은 물론 집주인 롭슨 부인조차 거의 만날 일이 없었다.

방과 욕실이 스무 개 가까이 되고 파티가 자주 열리는 저택엔 요리사와 정원사, 유모 외에도 많은 붙박이 일꾼들과 출퇴근하는 일꾼들이 있었다. 일꾼들을 관리하는 사람은 메리카라고 하는 하와이 원주민 여자였다. 줄리 엄마가 인심 좋다고 했던 건 그 사람이었다.

수많은 일꾼들 중 조선 사람은 버들뿐이었다. 하와이에 와서도 거의 조선인들 틈에 섞여 살았던 버들은 말도 안 통하는 사람들 속에서 일해야 한다는 사실에 더럭 겁이 났다. 하지만 메리카가 푸근하게 웃으며 대해 주고, 줄리 엄마도 해낸 일이라고 생각하자 용기가 생겼다. 한편으론 박용만 파니 이승만 파니 신경 쓸 것 없이 일만 하면 되는 게 좋았다.

버들에겐 세탁 일이 주어졌다. 줄리 엄마는 필리핀 여자 둘하고 저택 청소와 빨래를 했었다. 하지만 아이가 딸린 버들은 하인들 숙소 옆에 있는 세탁실에서 혼자 모든 빨래를 했다. 대신 뒷마당에서 노는 정호를 지켜보며 할 수 있었다. 여섯 식구 빨랫거리쯤이야 하고 만만하게 생각했던 버들은 여섯 명이 하루에 몇 번씩 옷을 갈아입는 것을 알고 깜짝 놀랐다.

조선에서는 옷 한 벌로 한 계절을 나는 경우가 허다했다. 더운 하와이에서도 흙투성이가 된 작업복이나 날마다 빨까, 다른 옷들은 며칠씩 입었다. 그런데 부자 하올레들은 식사, 파티, 운동 등을 할 때마다 옷을 갈아입었다. 옷뿐 아니라 침대보나 이불, 커튼도 하루가 멀다 하고 다른 것으로 갈았다. 롭슨가에서 나오는 빨랫거리만으로도 조선 사람 모두 입고 덮을 수 있을 것 같았다. 버들은 카후쿠역에서 하올레 아이한테 주었던 삶은 계란이 그들에게 얼마나 하찮은 것이었는지 뒤늦게 깨달았다.

버들이 빨래를 하고, 다림질을 하고, 떨어진 단추를 달거나 찢어진 곳을 수선하는 동안 정호는 숙소 뒤에 딸린 작은 마당에서 놀았다. 플루메리아 흰색 꽃이 달콤한 향기를 풍기는 곳이었다. 버들은 정호가 조개껍데기나 흙, 또는 나무에서 떨어진 꽃이나 열매를 가지고 혼자서도 잘 노는 모습을 보면 흐뭇하면서도 짠했다. 정호가 크기 전에 어서 돈을 모아 유치원에 보내 주리라 다짐했다.

하루는 메리카가 주인집 아이들이 타던 흔들목마를 가져다주었다. 손잡이 한쪽과 발판이 망가진 목마였지만 정호는 흥분해서 올라탄 뒤 내려오려고 하지 않았다. 퇴근할 때 집에 가져가겠다고 떼를 써서 달래느라고 애를 먹었다. 정호는 하인들이 장난을 걸고 가끔 먹을 것도 주자 낯가림이 덜해졌다. 버들은 일에 만족했다. 부피가 큰 빨래를 하고 나면 몸살이 날만큼 힘들었지만 정호를 데리고 이만큼 마음 편하게 일할 수 있는 곳은 없었다. 줄리 엄마 말대로 가끔 쌍둥이들이 입던 옷이나 장난감을 얻을 수 있고, 파티하고 남은 음식도 생기는 일터를 놓치고 싶지 않았다.

*

버들이 롭슨 저택으로 일을 다니기 시작한 지 어느덧 육 개월이 됐다. 일꾼들은 숙소 뒷마당에서 밥을 해 먹었다. 삶은 토란을 으깨고 물을 부어 죽처럼 끓인 포이와, 티라고 하는 넓적한 나뭇잎에 담은 생선튀김을 먹었다. 메리카가 함께 점심을 먹어도 좋다고 했지만 버들은 입에 안 맞아 도시락을 싸 가지고 다녔다.

하와이 음식에 먼저 맛을 들인 건 정호였다. 돼지고기를 티 잎에 싸서 찐 라우라우를 맛본 다음부터 그들이 만든 음식은 무엇이든 잘 먹었다. 점심때가 돼 버들이 밥과 무짠지가 전부인 도시락을 꺼내 놓으면 정호는 슬그머니 도망가서 일꾼들 식탁을 기웃거렸다. 도시락 싸는 횟수가 차차 줄던 버들은 이제 거의 일꾼들과 함께 점심을 먹었다.

버들은 세탁 외에 새로운 일을 맡았다. 일한 지 얼마 안 됐을 때 버들은 롭슨 딸의 원피스 자락에 묻은 얼룩이 지워지지 않자 메리카에게 수를 놓아 감춰도 되느냐고 물었다. 꽃문양의 수를 놓은 원피스를 본 롭슨 부인이 버들을 집으로 불렀다. 버들은 메리카를 따라 처음으로 저택 정원에 들어섰다. 하와이에서 볼 수 있는 나무와 꽃은 다 모인 듯한 정원엔 새까지 날아다녔다. 궁전보다 더 멋져 보이는 정원 한옆에 그네와 미끄럼틀, 자전거, 작은 통나무집과 모래밭이 있는 놀이터가 있었다. 버들은 침이 넘어갈 만큼 부러웠다. 부서진 목마도 감지덕지인 정호를 한 번만이라도 데려와 놀게 해주고 싶었다.

버들이 맨발로 거실에 들어서자 메리카가 웃으며 신을 신으라고 했다. 버들은 바닥에 찍힌 땀 찬 발자국이 부끄러워 얼굴이 화끈거렸다. 저택 내부는 버들이 고베의 서양식 주택을 보며 상상했던 것보다 백배는 넓었고 구경조차 못 해 본 고급 가구들로 가득했다. 천장엔 커다란 선풍기 날개가 돌아가며 바람을 일으키고 있었고 거실 유리문으론 흰 파도가 넘실대는 바다가 보였다. 그 바다는 버들이 아는 바다가 아닌 것 같았다.

버들은 소파에 엉덩이만 걸치고 앉아 롭슨 부인을 기다렸다. 잠시 뒤 롭슨 부인이 드레스 자락을 끌며 나타났다. 롭슨 부인은 버들에게 종이에 그려진 꽃문양을 보여 주며 테이블과 식탁 매트에

수를 놓아 달라고 했다. 롭슨가의 문장(紋章)이라고 했다. 롭슨 부인의 영어를 메리카가 하와이말로 옮기는 상황이었지만 버들은 눈치 빠르게 알아들었다. 버들이 견본으로 수놓은 매트를 보고 롭슨 부인은 흡족해했다. 버들은 부인이 수놓은 품값은 따로 쳐주자 예상치 않았던 수입에 신이 났다.

1921년 6월 하순. 상해 임시정부에 갔던 이승만이 돌아왔다. 임시정부 대통령의 귀환으로 한인 동포 사회가 술렁거렸지만 버들은 관심을 두지 않았다. 어울리는 조선인이 없어 듣는 것도 없었는데 오히려 그게 편했다. 태완은 여전히 바빴다. 하루가 너무 고된 버들은 태완을 기다리지 못하고 잠들었다. 태완 역시 밖에서 이미 너무 많은 기운을 쏟고 돌아온 터라 말 한마디 나눌 새 없이 쓰러져 자기 일쑤였다. 버들은 가끔 이제 겨우 삼 년 살았는데 삼십 년 산 부부처럼 된 게 서운했지만 오래 생각할 기력도 없었다. 둘째가 생기지 않는 게 걱정스럽기보다 고마울 정도였다.

버들은 큰 것을 바라지 않았다. 요행도 바라지 않았다. 손이 부르트고 삭신이 녹아나더라도 자기 힘으로 벌어 살림을 꾸려 나갈 수 있는 것에 만족했다. 정호를 위한 미래를 꿈꿀 수 있는 현실이 행복했다. 버들은 안정된 일자리를 준 롭슨 부부에게 늘 감사하는 마음을 가졌다. 그 일이 생기기 전까지 그랬다.

버들은 일하는 틈틈이 뒷마당의 정호를 확인했다. 두 돌이 가까워진 정호는 익숙해진 뒷마당을 벗어나고 싶어 했다. 줄어든 낮가

림만큼 더 커진 호기심을 주체하지 못했다. 버들은 정호가 돌아다니다 혹시 정원의 꽃이나 나무를 건드릴까 봐 걱정이었다. 정원사를 세 명이나 두고 가꾸는 정원은 롭슨 씨의 자랑이었다.

다림질을 하다 뒷마당을 본 버들은 가슴이 덜컥 내려앉았다. 정호가 보이지 않았다. 버들은 다리미를 세워 놓고 뛰어나갔다. 정원 쪽에서 정호 우는 소리가 들려왔다. 정신없이 뛰어간 버들은 놀이터에서 씩씩거리며 서 있는 롭슨 쌍둥이와 바닥에 넘어진 채 우는 정호, 그리고 나뒹굴고 있는 아이용 자전거를 보았다. 안마당까지 간 정호가 자전거를 타려다가 쌍둥이와 실랑이를 벌인 것 같았다. 버들은 우는 정호보다 자전거가 더 걱정됐다. 자동차보다 비쌀 것 같은 자전거가 망가지기라도 했으면 큰일이었다.

"호야."

엄마 목소리에 뒤를 돌아다본 정호가 더 서럽게 울었다. 관자놀이에서 피가 흐르고 있었다.

"우야꼬."

버들이 달려들어 정호를 안았다. 눈꼬리 바로 옆에 상처가 나 있었다. 정호가 울며 쌍둥이 쪽을 가리켰다. 쌍둥이 중 하나의 손에서 팽이가 떨어졌다. 정호가 떠듬거리는 말로 팽이로 자기를 때렸다고 했다. 까딱했으면 눈을 다칠 뻔했다고 생각하자 아찔하고 화가 났다.

"니 참말 그기로 우리 아 때린 기가? 말로 해야지, 눈 찔릴 뻔했다 아이가?"

버들은 자기도 모르게 쌍둥이에게 소리쳤다. 쌍둥이 한 명이 울자 다른 한 명도 따라 울었다.

소동에 롭슨 부인과 메리카가 나왔다. 버들은 부인이 정호를 다치게 한 쌍둥이를 야단칠 줄 알았다. 피를 흘리며 우는 정호를 보았으니 사과하는 시늉이라도 할 줄 알았다. 롭슨 부인은 사과 대신 정호가 울타리를 넘어 정원에 들어온 것을 나무랐다. 버들이 수놓은 것을 만족해하며 상냥하게 미소 짓던 모습은 온데간데없이 싸늘한 얼굴이었다. 쌍둥이가 자기 엄마 옆에 가 정호에게 혀를 날름거렸다. 그 모습을 보자 분통이 치민 버들은 정호를 끌어다 롭슨 부인 앞에 들이대며 말했다.

"이 아 얼굴에 피 흘리는 기 안 보입니꺼? 얼라가 안마당에 들어온 기 잘못이라 캐도 사람보다 마당이 더 중합니꺼?"

엄마에게 떠밀려 하올레 부인 앞에 선 정호는 더 크게 울었다. 버들을 경멸 어린 시선으로 바라보던 롭슨 부인은 메리카에게 무슨 말인가 한 다음 돌아서서 쌍둥이를 데리고 가 버렸다. 메리카가 복잡한 표정으로 버들을 바라보았다. 버들은 씩씩거리며 정호를 안고 세탁장으로 돌아왔다. 얼굴을 씻기자 작지만 깊이 파인 상처가 드러났다. 버들의 가슴 한구석이 그보다 더 깊고 아프게 파였다. 태완의 등짝에 난 흉터를 볼 때보다 수십 배는 더 속상했다.

"우짜면 좋노. 흉 지겠다."

놀랐을 정호를 끼고 있고 싶었지만 아직 일이 많이 남아 있었다.

"호야, 어매가 이따 까까 사 주꾸마. 어매 일해야 하니까네 저 가서 놀그라. 앞으로 절대 안마당에 가면 안 된다. 알겠제?"

버들은 정호를 달래서 내보내고 다시 다리미를 잡았다. 하지만 버들은 퇴근을 앞두고 그날까지의 봉급과 함께 해고 통지를 받았다.

말없이 정호를 들쳐 업고 나온 버들은 터벅터벅 걸었다. 집까지 오는 내내 한 번만 봐 달라고 사정하지 않은 것을 후회했다. 그만한 일자리를 다시 구하기는 어려웠다. 그러면서도 한편으론 롭슨 부인에게 더 퍼붓지 못한 것이 억울했다.

*

버들은 새로운 일자리를 잡았다. 처음 하와이에 와서 묵었던 해성여관이었다. 일을 돕던 딸이 시집을 간 데다 주인아주머니가 허리를 다쳐 당장 일손이 급하다고 했다. 객실 청소를 하고 침구와 수건을 빠는 일이었다. 태완이 독립단 회원인 여관 주인을 만나러 갔다 들었다면서 그 이야기를 전해 주었을 때 버들은 밤인 게 안타까울 정도로 마음이 급했다.

버들은 다음 날 태완이 출근하는 길에 같이 나섰다. 노스쿠쿠이에 있는 사무실에 가려면 해성여관을 지나야 하는 태완이 자전거를 태워 주겠다고 했다. 여관에서 사무실까지는 걸어서도 십여 분

밖에 안 걸리는 거리였다.

버들은 정호를 앞으로 안고 자전거 뒤에 탔다. 바람을 가르며 달리자 가족이 나들이 가는 기분이었다. 처음 호놀룰루에 와서 구두 가게를 차렸을 때 태완과 함께 자전거를 타고 와이키키 해변에 놀러 갔던 일이 떠올랐다. 그때처럼 새로운 희망이 생겼다. 정호가 신나서 소리를 질러 댔다. 버들은 가는 길이 짧은 게 아쉬웠다.

"둘 태우고 오느라 고생하셨어예."

여관 앞에서 자전거를 내린 버들이 말했다.

"왼종일 고생하는 사람도 있는데 그거이 무스거 어려운 일이간."

태완이 땀이 흥건한 얼굴로 말했다.

"그라모 낼도 또 태워 주이소, 아부지. 그캐라 정호야."

버들이 정호를 핑계 삼아 속내를 비쳤다. 정호가 혀 짧은 소리로 따라 했다.

"알갔어. 앞으로 자주 태워 주갔으니 걱정 말라. 저녁에 보자우."

태완은 인사를 건네고 다시 자전거에 올라탔다. 정호와 함께 태완을 배웅한 버들은 한동안 잊고 지냈던 일상의 행복을 되찾은 것 같았다.

여관 주인 부부가 버들을 반겼다.

"아를 떼어 둘 데가 없어가 델꼬 댕겨야 합니더. 양해해 주시면 열심히 해 볼게예. 홀몸인 사람보다 돈 쪼매 덜 주셔도 됩니더."

그동안 외국인 틈에서 일해 온 버들은 조선말을 할 수 있는 것만으로도 힘이 났다.

"동포끼리 어떻게 그렇게 야박하게 해? 애 아버지랑은 하와이
오는 배에서부터 안 사이인데."

한때는 조선 사람이 더 꺼려졌던 버들은 동포라는 말에 콧날이
시큰해졌다. 롭슨 저택에서 당했던 설움이 사라지는 것 같았다. 버
들은 정호에게 뒷마당에서 놀라고 이르고 당장 손님이 나간 방부
터 치우기 시작했다. 정호는 낯선 뒷마당 여기저기를 탐험하기 시
작했다. 여관 앞에 있는 개천이 걱정이었지만 주인아주머니가 지
켜볼 테니 걱정 말라고 했다.

해성여관은 여전히 사진 신부들로 북적였다. 버들이 오던 때처
럼 사진과 다른 신랑을 보고 절망한 신부들의 통곡 소리가 가득했
다. 버들은 먼저 온 사진 신부로서 함께 눈물지으며 그들을 다독여
주었다. 롭슨 저택에서 받던 보수보다 적었지만 마음은 편했다.

8월이 됐다. 일을 마친 버들은 정호 손을 잡고 여관을 나섰다. 어
디선가 구급차 소리가 들려왔다. 정호가 버들의 손을 잡고 집이 아
닌 노스쿠쿠이 쪽으로 이끌었다. 출근길에 태완의 자전거를 타곤
했던 정호는 아버지 사무실이 그쪽이라는 것을 알고 있었다. 버들
은 정호가 태완을 따르게 되어 너무 좋았다.

"호야, 아부지캉 저녁 묵고 드갈까?"

그날 버들은 하올레 손님에게 팁을 받았다. 공돈이 생겼으니 오
래간만에 셋이서 외식을 하고 싶었다. 버들은 신나서 펄쩍거리는

정호를 데리고 천변을 따라 노스쿠쿠이로 갔다. 독립단 건물이 보이는 곳에서 버들은 깜짝 놀라 멈춰 섰다. 구급차는 독립단 건물 앞에 서 있었고 경찰차와 사람들로 웅성거렸다. 정호는 구급차와 경찰차를 보고 흥분했지만 버들은 가슴이 벌렁거리고 다리가 후들거렸다. 정호가 앞장서 버들을 이끌었다. 건물 앞까지 간 버들은 모여 선 사람들 틈을 비집고 들어갔다. 몇몇 사람들이 경찰에 연행되는 중이었고, 또 몇몇 다친 사람들이 구급차에 타고 있었다. 모두 한인들이었다.

"아이고 정호 아배요, 이기 무신 일입니꺼?"

버들이 소리치며 달려들었다. 손수건으로 눈썹 부위를 누른 채 구급차에 타려던 태완이 깜짝 놀라 버들을 보았다.

"여긴 어쩐 일이간?"

잔뜩 굳은 얼굴인 태완은 정호에게 알은체도 안 했다.

"얼매나 다친 깁니꺼? 누가 이런 기라예?"

태완이 버들의 손을 꽉 쥐며 낮은 목소리로 말했다.

"별거 아니니까니 걱정 말고 날래 집으로 가라우. 집에 가는 대로 문 걸어 잠그고 있으라."

버들은 가지 않겠다고 버둥대는 정호를 들쳐 업고 얼른 그 자리를 빠져나왔다. 다리가 헛놓였지만 정호를 생각해 이를 악물고 집까지 뛰었다. 일본이 하와이까지 손을 뻗친 게 분명했다. 미국은 조선이 아니라 일본 편이었다. 버들은 태완에게 큰 사달이 난 것 같아 숨도 쉬기 어려웠다.

  태완이 집에 온 것은 밤 11시가 넘어서였다. 그때까지 숨죽인 채 태완을 기다리던 버들은 눈썹과 머리에 반창고를 붙인 모습을 보자 왈칵 눈물이 쏟아졌다. 태완이 부상당한 것은 이승만 지지파에 의해서였다. 상해에서 돌아온 이승만은 동지회라는 단체를 설립했다. 임시정부를 후원하기 위한 단체로 임정 대통령인 이승만을 종신 총재로 추대했다. 그런데 독립단 기관지인『태평양시사』가「이승만 행방불명」이라는 기사를 실었다. 이승만이 임시정부 내부에 분열을 일으키고 난국을 감당하지 못해 도망쳤다는 내용이었다.

  그 기사에 격분한 이승만 지지파 부인네들이 사무실로 쳐들어와 대통령에 대한 불경한 기사를 정정하라고 요구했다. 담당자는 상해 한인 적십자사 주무원한테서 받은 편지를 보여 주며 그를 근거로 한 기사임을 말하고 침입자들을 내보냈다. 버들이 저녁나절에 본 장면은 사무실에서 내쫓긴 부인네의 남편들이 쳐들어와 난동을 부린 뒤의 일이었다. 습격자들은 경찰서로 연행되고 부상자들은 병원에서 치료를 받았다. 부상이 심하지 않았던 태완은 상처를 치료한 뒤 사무실을 정리하기 위해 복귀했다. 그런데 8시쯤 또다시 들이닥친 습격자들은 사람들을 때리고 신문사 인쇄기와 활판 기계마저 때려 부쉈다. 태완은 그들이 휘두른 몽둥이에 머리를 다쳤다.

  "왜놈한테 끌려가 다친 기도 아이고 같은 동포한테 이런 꼴을 당하다니 우째 이런 일이 있습니꺼? 독립이고 뭐고 다 싫습니더. 내는 독립보다 당신이, 우리 정호 아부지가 우선입니더. 당장 그만 두이소. 줄리네처럼 우리도 여 떠서 와히아와로 가입시더. 거 가서 조선이고 독립이고 다 잊어삐리고 맘 편히 살아예."

버들이 울면서 말했다. 태완은 사건을 설명한 뒤 말을 잃은 사람처럼 입을 다물었다.

한인끼리의 다툼이었던 사건은 하와이 신문에까지 실려 망신을 샀다. 또한 한인들의 갈등도 더 깊어졌다. 태완은 한동안 화난 사람처럼 입을 꾹 다문 채 사무실을 오갔다. 버들은 살얼음판 위에 서 있는 것처럼 조마조마한 심정으로 태완을 지켜보았다.

며칠 뒤 태완이 돼지고기와 정호 장난감을 사 가지고 일찍 들어왔다. 바퀴가 굴러가는 나무자동차였다. 버들은 돼지고기보다 정호 장난감이 더 반가웠다. 정호는 자동차를 사 온 태완에게서 떨어지려 하지 않았다. 남편이 사 온 돼지고기로 서둘러 저녁을 준비하는 버들의 마음은 기대와 불안함이 팽팽하게 엇갈렸다.

세 식구가 밥상에 둘러앉았다. 정호는 버들이 밥을 하는 동안 자동차를 가지고 재미있게 놀아 준 아버지에게 푹 빠져 밥 먹는 동안에도 무릎에서 내려오지 않았다. 그 모습에 버들은 눈물이 났다. 세 식구가 오순도순 모여 앉아 반찬 없는 밥일망정 정겹게 먹는 것. 그게 버들이 꿈꾸는 일상이었다. 하지만 평소와 다른 태완의 행동에 버들의 마음속 저울추는 불안함 쪽으로 기울고 있었다.

"개성 아자씨한테서 연락이 왔댔어. 세탁소에 일손이 필요하다누만. 딸네가 본토로 간다는데 아주마이하고 아자씨 둘이 하기에는 일이 벅차다고."

식사를 마치고 숭늉으로 입가심을 한 태완이 말을 꺼냈다. 버들의 가슴속 저울추가 순식간에 기대 쪽으로 옮겨 갔다.

"뭐라 캤습니꺼?"

버들이 기대에 찬 얼굴로 물었다.

"당신하고 상의해 본다고 했지."

"상의할 기 뭐 있어예? 당장 가입시더. 더는 여 있기 싫습니더."

흥분한 버들을 바라보던 태완이 어렵게 입을 떼었다.

"와히아와엔 당신하고 정호만 가라우. 개성 아주마이네 있는 거이 남 집보다 낫지 않간. 당신도 알갔지만 두 양반 다 점잖고 우리 오마니, 아바지하고도 형제처럼 지냈댔어."

버들의 심장이 툭 떨어졌다.

"다, 당신은예?"

태완은 시선을 다른 데로 돌렸다.

"내레 아무래도 중국으로 가야갔어. 사무 일을 보는 거이 성미에 맞지 않고, 여기서 동지회하고 싸우고 싶지 않아. 내레 싸워야할 상대는 동포가 아니라 왜놈들이야. 박 단장께서 조선공화정부를 구성하고 계시니까니 거기로 가야갔어."

박용만이 만드는 정부라면 무장투쟁을 바탕으로 하는 정부일 것이다. 버들은 눈앞이 캄캄해졌다. 그토록 두려워하던 일이 결국 벌어지고 만 것이다.

"정호 아부지, 가지 마이소. 지는 당신 몬 보냅니더. 지 친정아부지가 우찌 돌아가셨는지 알지예? 아부지 돌아가시고 어무이랑 우리 형제가 가장 없는 설움을 얼마나 당했는지 당신은 모를 기라예. 가지 마이소. 당신도 잘못될까 무섭십니더."

씨가 돼 화를 불러올까 봐 눌러두었던 말이 버들의 입에서 울음과 함께 쏟아졌다. 방 안엔 버들의 흐느낌만 가득했다. 정호가 단풍잎처럼 작은 손으로 버들의 눈물을 닦아 주었다. 그 모습을 본 태완은 오히려 결의에 찬 얼굴이 됐다.

"가시아바이나 정호 오삼춘 목숨 헛되지 않게 할라믄 반다시 싸워야 하갔구만. 내레 자식 앞에 당당한 아바지가 되고 싶어. 정호가 냄중에 아바지는 그때 어디서 뭐 하고 계셨댔시요, 하고 물으믄 할 말이 있어야 하지 않간? 내레 지금 안 가면 평생 후회하믄서 살기야. 그럴 수는 없지 않네. 정호야, 아바지레 일본놈 싹 다 무찌르고 나라를 되찾아 올 테니까니 오마니하고 씩씩허게 잘 지낼 수 있지?"

태완의 물음에 정호는 물색없이 힘차게 고개를 끄덕였다.

*

　태완은 짐을 들어 줄 겸 해서 와히아와까지 함께 갔다. 엄마, 아버지와 함께 기차를 타자 신난 정호는 연신 조잘댔다. 태완과 헤어질 시간이 다가오고 있다는 생각에 버들은 순간순간이 안타깝고 자꾸 목이 멨다. 와히아와에 홍주가 살고 있다는 사실도 위안이 되지 못했다.

　역에 내리자 제복 입은 병사들이 눈에 띄었다. 와히아와 지역에 사는 한인들은 파인애플 농장이나 통조림 공장에서 일하기도 했지만 대부분은 스코필드 부대 군인들을 상대로 가게를 했다. 그중 세탁업이 가장 성행했다. 군인을 빼면 하울레는 별로 보이지 않았다. 세탁소, 이발소, 식당, 재봉소, 잡화점, 가구점, 구두 수선소 같은 가게들이 줄지어 선 거리는 호놀룰루처럼 크거나 멋진 건물은 없었지만 그곳과는 또 다른 활기가 느껴졌다. 짐을 든 태완이 앞장서 걸으며 집을 찾았고 정호를 업은 버들은 눈물을 삼키며 뒤쫓았다.

　개성 아주머니네 세탁소는 팜스트리트에 있었다. 버들네 식구가 오기를 기다리고 있던 아주머니 부부가 반갑게 맞이했다. 푸른색 함석지붕 건물의 길 쪽이 세탁소였고 뒤편에 방 두 개와 식탁만으로 꽉 찬 마루 겸 부엌이 있었다. 빨래를 말릴 수 있는 뒷마당 한옆에 세탁장과 변소가 있었다.

버들은 태완이 개성 아저씨와 은밀히 이야기를 나누는 동안 아주머니를 도와 저녁상을 차렸다. 세상 끝자락에 선 양 시름없이 움직이는 버들에게 개성 아주머니가 시금치를 무치며 말했다.

"어짜갔네. 나라를 되찾을라믄 내남없이 나서야지. 총칼 들고 왜놈하고 싸우는 거만 독립운동은 아니다. 그 길 떠나는 정호 아바이 편하게 보내 주는 거도 애국하는 일이라."

버들은 개성 아주머니가 남의 일이라 그렇게 말할 수 있는 거라고 생각했다. 그런데도 아주머니의 말은 버들에게 큰 위로와 의지가 됐다.

태완이 떠나기로 한 뒤 버들은 계속 어머니가 떠올랐다. 이 사실을 알면 어머니는 "딸은 어매 팔자 닮는다 카더마는." 하며 자기 탓을 할 것이다. 버들은 어머니가 의병이었던 아버지의 전력이 남은 자식한테 화를 미칠까 봐 두려워하던 것밖에 알지 못했다. 그 이야기는 금기였으므로 내놓고 이야기한 적도 없었다.

남편이 뭘 하는지 아예 모르고 있었는지, 싫은데도 남편이 하는 일이니 말리지 못한 것인지, 훌륭한 남편이라고 자랑스럽게 생각했는지…… 무엇보다 아버지가 집을 떠나 소식이 없을 때 어떻게 견뎠는지 궁금했다. 오로지 자식 때문이었을까? 버들은 정호를 사랑하지만 그것만으로는 태완이 없는 삶을 견딜 수 없을 것 같았다. 개성 아주머니의 말대로 일본과 싸우는 남편 대신 가정을 지키고 자식을 키우는 것 또한 독립운동의 하나라는 명분이라도 있어야 했다. 버들은 태완의 밥을 꾹꾹 눌러 담았다.

정호까지 다섯 명이 식탁에 둘러앉았다. 정호는 낯선 곳에 오자 수줍음 많은 성격이 발동해 얌전히 있었다. 아주머니가 세탁소 사정을 설명했다. 로스앤젤레스에서 식료품점을 하는 사위 형이 개성 아주머니네와 세탁소를 하고 있던 사위에게 함께 사업을 키워 보자고 연락을 해 왔다. 형제가 사탕수수 농장 노동자로 와서 일하다 형은 일찌감치 본토로 건너갔고, 개성 아주머니 큰딸과 결혼한 사위는 하와이에 눌러앉았다. 사위는 형과 함께 있고 싶은 마음에, 아주머니 큰딸은 자식을 미국 본토에서 키우고 싶은 마음에 가기로 결정했다.

"우리보고 같이 가자는데 할 일도 없이 가서 뭐 하갔나. 호항에 있는 자식들 두고 떠나기도 편치 않고. 작은아들이 세탁소 그만두고 호항으로 오라지만 단골 아까워서리 갈 수 있간. 기캐서 정호 어마이를 불렀다."

한 병사를 맡아 제복에서 수건, 양말까지 모든 것을 세탁해 주고 한 달에 4달러를 받는 경우가 제일 좋고 안정적이었다. 그런 만큼 경쟁도 치열해 누군가 세탁비를 낮추어 받으면 단골이 끊기기도 했다. 개성 아주머니네는 그동안 신용을 얻은 덕에 단골이 꽤 됐다.

"손이 하나 줄었으니 일거리도 들 받을 생각이야."

월급은 25원으로 차차 올려 주겠다고 했다. 태완 없이 지내야 하는 버들로서는 먹여 주고 재워 주는 것만으로도 고마운 심정이었다.

"아주마이, 저 없는 동안 에미네 잘 부탁하갔습네다."

태완이 개성 아주머니에게 말했다.

"걱정 말라우. 일은 힘들지 몰라도 설움은 안 주갔어. 에와 농장 살 때 니 어마이가 내를 동생처럼 챙겨 줬다. 성님 생각해서라도 식구들 잘 돌봐 줄 거이니 정호 아바이는 고저 몸 성히 지내다 오라."

이미 태완과 이야기를 나눈 개성 아저씨는 같은 마음이라는 듯 고개를 끄덕였다.

태완은 하룻밤 자고 가기로 했다. 버들과 정호가 쓸 방은 펀치볼 스트리트의 방보다 작지 않았다. 세 식구만 있자 정호는 다시 활기를 되찾았다. 태완에게 달라붙어 쫑알거리는 모습을 보자 버들은 또 눈물이 났다. 안 하던 잠투정까지 해 가며 버티던 정호가 잠이 들고서야 부부의 시간이 왔다. 태완이 고개를 떨군 채 말했다.

"그동안 가장 노릇도 못 하고서 또 이렇게 떠나니까니 내레 면목이 없어. 나 없는 동안 정호 부탁하고 당신도 건강하게 잘 지내라우. 기러믄 낸중에 옛 말 하며 살 날 오지 않갔네. 편지 자주 못 하더라도 걱정 말라. 무소식이 희소식이니까니."

떠나기로 결정된 뒤 부러 더 활기차게 굴던 태완이 묵직한 한숨과 함께 말했다. 입술을 깨물고 있던 버들이 입을 열었다. 개성 아주머니의 말을 떠올리며 힘겹게 한 마디, 한 마디 했다.

"기왕 가는 길 편하게 보내 드릴 깁니더. 하지만서도 한 가지만 약속해 주이소, 정호 아부지."

태완이 고개를 들어 버들을 보았다.

"절대로 죽으면 안 됩니더. 무신 일이 있어도 살아 돌아와야 합니더. 정호캉 날마다 기다릴 깁니더."

버들은 떨리는 목소리로 말했지만 끝까지 울지 않았다.

윗동네, 아랫동네

개성 아주머니 부부도 아직 일어나지 않은 새벽, 버들은 태완을 세탁소 앞에서 배웅했다. 태완의 가방 속에는 버들이 한 땀 한 땀 남편의 안전과 행운을 빌며 수놓아 만든 태극기가 들어 있었다. 버들은 모르지만 태완은 와히아와의 동포들이 모은 성금도 지니고 있었다.

길 건너 상점들 간판이 보이지 않을 만큼 짙은 안개가 세상을 휩싸고 있었다. 버들의 어깨를 한번 안았다 놓은 태완은 빠르게 안개 속으로 사라졌다. 마치 안개가 삼킨 것 같은 태완은 영영 돌아오지 않을 듯했다. 남편을 부르며 두어 발자국 떼어 놓던 버들은 허물어지듯 주저앉았다. 지난밤 수없이 다잡았던 마음은 힘없이 무너졌다. 껍데기만 남은 것 같아 서 있을 수 없었고 생각조차 할 수 없었다. 버들은 자신 또한 사방이 보이지 않는 안개에 갇힌 것 같았다. 안개를 뚫고 정호 울음소리가 들려왔다. 어디선가 어머니의 목소리도 들려왔다.

'버들아, 정신 차리그레이. 니는 정호 어매다.'

내부에서 들려온 버들 자신의 목소리이기도 했다. 자식을 돌보는 일은 어떤 명분보다 앞서는 일이었다. 간신히 일어선 버들은 비칠거리며 아들이 울고 있는 방으로 갔다. 낯선 방에 혼자 있다는 두려움에 찬 울음소리였다. 방으로 들어간 버들은 정호를 끌어안았다. 엄마 품에 안긴 정호는 다시 평온해진 얼굴로 잠이 들었다. 아이의 숨이 껍데기만 남은 버들을 채우기 시작했다. 태완이 돌아올 때까지 버들은 어린 생명을 온전히 감당해야 했다. 아버지 몫까지 하기 위해선 감상에 젖어 있을 새가 없었다.

정호를 눕힌 뒤 세탁소로 나간 버들은 남포등을 켜고 자신의 일터를 살피기 시작했다. 빨래든 다림질이든 바느질이든 종류만 다를 뿐 롭슨 저택에서 해 본 일들이었다. 버들은 재봉 도구와 다리미를 점검했다. 마지막으로 재봉틀 앞에 앉은 버들은 능숙하게 기계를 다루는 자신의 모습을 그려 보았다. 홍주와 줄리 엄마를 만나고, 명옥과 막선과도 어울리는 모습을 상상했다. 아들이 불어넣어 준 숨으로 움직이기 시작한 버들에게 새로운 희망이 움텄다.

홍주는 버들이 와히아와에 온 사실을 아직 몰랐다. 태완은 조용히 떠나고 싶어 했다. 개성 아저씨도 어젯밤 말했다.

"좁은 바닥이니 고대 알려지갔지만 먼첨 나서서 말할 거이 없다."

버들은 세탁소 일부터 제대로 배운 뒤 홍주를 만나기로 했다. 재봉틀을 배우는 게 급선무였다. 일은 바로 시작됐다.

"저 양반이 아침마다 부대 들어가 배달하고 다른 빨랫거리레 받아올 거이야."

세탁거리가 오면 개성 아주머니와 버들이 빨고 다림질과 수선은 버들이 하기로 했다. 마지막으로 고객별로 세탁물을 분류 정리하는 건 개성 아저씨 몫이었다.

"밥은 내레 할 거이니 신경 안 써도 된다."

"아지매가 해 주시는 밥을 앉아서 받아 묵고 무신 복인지 모르겠네예."

버들이 웃으며 말했다. 정호는 엄마가 일하기 시작하자 알아서 떨어졌다. 태완이 사 준 자동차와 개성 아주머니 손주들이 두고 간 장난감 덕이 컸다. 정호는 그 장난감들이 싫증 날 때까지 엄마를 귀찮게 하지 않을 것이다. 버들은 개성 아주머니에게 재봉틀부터 배웠다. 한 땀 한 땀 바느질하려면 시간이 걸리던 것을 단번에 드르륵 박으니 신기하고 편했다. 아직 박음질이 고르지 않았지만 연습하면 금세 제대로 할 수 있을 것 같았다.

"눈썰미가 좋으니 고대 배우누만. 내레 실 거는 거만도 얼마나 오래 걸렸는지 모른다. 그나마도 눈이 침침해서 이젠 재봉질도 못

하갔다."

개성 아주머니가 흐뭇해했다.

버들은 개성 아주머니에게 홍주 주소를 대며 어디쯤인지 물어
보았다. 와히아와 시내가 아니라 파인애플 농장이 있는 위쪽으로
걸어서 한 시간 가까이 걸리는 거리였다. 둘 다 일을 하니 평일에
는 만나기 어려울 것이다. 지난번 홍주가 그랬던 것처럼 연락 없이
불쑥 찾아가면 얼마나 반가워할까. 떠들썩한 홍주 목소리가 들리
는 것 같았다. 명옥이나 막선이 어디 사는지도 알아보고 싶었지만
홍주보다 그들을 먼저 만날 수는 없었다. 하지만 줄리 엄마를 먼저
보는 건 괜찮았다.

"줄리네 세탁소는 여서 멉니꺼? 한 번도 몬 보네예."

오자마자 줄리 엄마와 만날 줄 알았던 버들이 개성 아주머니에
게 물었다.

"저 양반이나 부대 가는 길에 줄리 아바이를 만나지 나도 못 본
지 꽤 됐다."

버들은 줄리 엄마가 얼마나 바쁠지 이해됐다. 버들도 아침 9시
부터 밤 9시까지 쉬는 시간이라곤 밥 먹은 뒤 잠시뿐이었다. 줄리
엄마는 아이가 넷인 데다 남편과 둘이서 하니까 더 바쁠 것이다.

와히아와에서 두 번째 맞는 일요일, 개성 아주머니가 교회에 간
뒤 버들은 홍주네 집에 가려던 계획을 포기했다. 태완의 빈자리를
잊으려고 억척같이 일한 게 탈이 났는지 몸이 자꾸 까라졌다. 쉬

지 않으면 병이 날 것 같았다. 앓아누워 세탁소 일에 지장을 주면
큰일이었다. 버들은 하루 푹 쉬기로 하고 저고리를 다시 바꿔 입
었다.

"호야, 어매 아파가 쪼매 누버 있을 테이까네 마당에 가서 놀
그라."

베개를 내려 방바닥에 눕는 버들에게 정호가 나가자고 칭얼거
렸다. 할머니, 할아버지가 귀여워해 줘서인지 와히아와로 오고부
터 떼가 늘었다.

"자꾸 이라모 하부지한테 자전거 태워 주지 말랄 기다. 아부지
한테도 장난감 사다 주지 말라꼬 펜지할 기고."

버들의 야단에 정호는 입을 쑥 내민 채 뒷마당으로 나갔다. 정호
를 안쓰러워할 새도 없이 까무룩 잠이 들었던 버들은 밖에서 들려
오는 소리에 눈을 번쩍 떴다.

"버들아, 안에 있나? 내다, 홍주다."

버들은 벌떡 일어나 신도 제대로 못 신고 뛰어나갔다. 홍주와 줄
리 엄마가 가게 문 밖에 함께 서 있었다. 버들이 허둥대며 걸쇠를
풀자 문을 열어 젖힌 홍주가 버들을 끌어안았다.

"가시나야, 니 여 온 기를 인자 알았다. 와 미리 이바구 안 했노?"

"그레 됐다. 미안타. 그란데 우찌 줄리 성님캉 같이 오노?"

버들이 벅찬 감정을 주체하지 못하며 두 사람을 번갈아 보았다.
홍주와 줄리 엄마가 마주 보며 친근한 미소를 지었다.

"삼월이 성캉 같은 교회 다닌다 아이가."

홍주가 말했다.

"삼월이 성?"

버들이 어리둥절한 얼굴로 묻자 줄리 엄마가 "내다. 내 이름이 삼월이다." 했다. 버들은 줄리 엄마와 더 오래 알고 지냈어도 이름을 알지 못했다. 사람들 소리를 듣고 정호가 쫓아왔다.

"정호야, 이모 기억나나? 마이 컸네."

홍주가 정호에게 양팔을 벌렸다. 정호는 홍주는 말할 것도 없고 줄리 엄마마저 낯선지 버들 뒤로 숨었다.

"얼라 때 본 기를 우찌 기억하겠노. 참, 성길이는 어데 갔노?"

버들이 두 사람을 살림집으로 들이며 물었다.

"주일학교에 놓고 왔다. 명옥이 언니가 교회 한글 학교 선생 아이가. 막선이 언니도 같은 교회 다닌다."

홍주는 반얀트리 가지처럼 사람들과 어울려 살고 있었다. 버들이 그리워하던 삶이었다.

"태완 씨는 어데 갔노? 호항에 있나?"

홍주가 식탁만으로 꽉 찬 집 안을 둘러보며 말했다. 차를 준비하던 버들은 개성 아저씨 말이 생각나 잠시 머뭇거렸다. 하지만 홍주에게까지 비밀로 하고 싶지 않았다. 줄리 엄마에게도 마찬가지였다.

"정호 아배 중국 갔다. 둘만 알고 계이소."

줄리 엄마와 홍주 앞에 차를 내주고 맞은편에 앉으며 버들이 말했다.

"니 계속 교회 다니는 줄 몰랐다. 그란 줄 알았으면 개성 아지매한테 물어봤을 긴데."

"물어봐도 소용없다. 개성 아지매캉 우리캉 다니는 교회가 다르다 아이가."

줄리 엄마가 설명했다. 와히아와의 한인 교회는 두 개였다. 원래부터 있었던 감리교회와 이승만이 세운 기독교회. 감리교단과의 갈등으로 호놀룰루에 한인기독교회를 세웠던 이승만은 한인이 많이 사는 와히아와에도 교회를 열었다. 와히아와는 동지회 회원들의 단결력이나 이승만을 향한 충성심이 호놀룰루보다 더 강한 곳이었다.

세탁소에서 가까운 팜스트리트에 있는 한인기독교회는 윗동네 교회, 올리브애비뉴에 있는 감리교회는 아랫동네 교회로 불렸다. 조선을 떠나기 전부터 감리교회 신자였던 개성 아주머니 부부는 계속 아랫동네 교회에 다녔다. 카후쿠를 떠난 뒤 열렬한 이승만 추종자가 된 줄리 엄마는 한인기독교회로 옮겼고 와히아와에서도 윗동네 교회에 다녔다. 버들은 개성 아주머니가 줄리네 이야기가 나올 때마다 말을 아꼈던 이유를 알 것 같았다. 부부 모두 교회에 다니지 않는 버들은 그쪽 상황은 잘 모르고 있었다.

"교회도 나눠 다니는 기가?"

버들이 혀를 차며 말하다 줄리 엄마 눈치를 보았다. 둘은 한번 틀어졌던 사이였다. 버들은 그동안 많은 도움을 받고 의지했던 언니 같은 사람과 다시 소원해지고 싶지 않았다.

"독립단이 자꾸 싸움을 건다 아이가. 이 박사가 임시정부에 분란 일으키고 도망쳤다꼬 가짜 기사를 쓴 기 누구고?"

목소리를 높인 사람은 줄리 엄마가 아니라 홍주였다. 놀란 버들이 무어라 말할 새도 없이 줄리 엄마가 덧보탰다.

"맞다. 불철주야 나라 생각뿐이고 국민들 위해가 동분서주 애쓰시는 분을 그레 모함하는 기 어뎄노? 내가 전에도 말했다 아이가. 정호 아배 정신 차리게 하라꼬. 느그 신랑 혹시 그 일로 피한 기가? 그라모 잘 도망갔다. 독립단 신문사 사람들 다시 손봐 준다 캄서 베르는 사람이 한둘이 아이다."

버들의 몸이 부들부들 떨렸다.

"저, 정호 아배 그캐서 간 기 아입니더. 도망간 기 아이고 동포끼리 싸우는 기 싫어가 간 깁니더. 동포 말고 일본캉 싸울라꼬 처자식 두고 간 깁니더."

독립운동의 일환이라는 말을 위안 삼아 태완의 빈자리를 견디고 있는 버들은 목이 메고 눈물이 쏟아졌다. 홍주가 아차 싶었는지 옆으로 옮겨 앉아 버들의 등을 어루만졌다.

"울지 말그라. 내가 잘몬했다. 우리 사이에 이런 일로 얼굴 붉히는 기 될 말이가. 성님, 버들이캉 지는 친동기간이나 마찬가집니더. 버들이캉 편 가르기 싫습니더."

홍주 말에 버들은 그동안 눌러두었던 울음이 때를 만난 듯 터져
나왔다.

"동상, 그만 울그레이. 내사 마 시동생 같은 태완 아재 걱정돼가
한 소리다. 홍주 말대로 우리가 우떤 사이고. 우리끼리는 편 가르
지 말고 살자."

줄리 엄마도 버들의 손을 잡고 말했다. 버들은 비로소 마음이 진
정되고 두 사람에게 느꼈던 서운함도 사라졌다.

홍주가 다녀간 뒤 버들은 정호의 머리를 깎이러 막선네 이발소
를 찾아갔다. 집 옆에도 이발소가 있었지만 막선을 볼 겸 해서였
다. 더 멀리 있는 명옥네 가구점은 다음에 가기로 했다. 두 사람도
윗동네 교회에 다녔지만 버들은 홍주와 줄리 엄마처럼 먼저 쌓은
정을 우선으로 여기리라 믿었다. 막선은 연년생으로 딸 둘을 낳은
뒤 셋째를 임신 중이었다.

"신랑 싫다꼬 울고불고해 쌓더이 얼라는 줄줄이 놓네."

홍주 말을 떠올린 버들은 미소를 머금은 채 이발소로 들어섰다.
작은 이발소엔 커다란 거울과 손님용 의자가 두 개 있었다. 막선
신랑은 손님 머리를 깎는 중이고 막선은 아이를 업은 채 손님 머
리를 감기고 있었다. 구석 의자에 앉아 막대사탕을 빨아 먹고 있는
아이가 큰딸인 듯했다. 기척을 내자 막선의 신랑이 돌아다보았다.
그동안 막선이 잘 거뒀는지 처음보다는 멀끔해진 모습이었다. 그

때는 말 한마디 나누지 않았지만 삼 년 만에 보니 반가웠다.

"안녕하셨어예? 지 기억나십니껴?"

버들이 인사하자 막선 신랑도 어색하게 미소 지으며 목례했다. 손님 머리를 다 감기고 수건을 꺼내던 막선이 버들을 보았다. 끈 포대기 사이로 부른 배가 보였다. 얼굴 가득 기미가 깔린 막선은 신랑과 나이 차이가 그렇게 많아 보이지 않았다.

"언니야, 내 버들이다. 잘 지냈나?"

그사이 많은 고생을 한 것 같은 막선의 모습에 뭉클해진 버들이 큰 소리로 말했다.

"왔다는 소리 들었어. 어쩐 일이야?"

기대와 달리 시큰둥한 응대에 당황한 버들은 슬그머니 정호를 내세웠다.

"아 머리 깎일라꼬……."

막선은 정호를 한번 보곤 말없이 비어 있는 이발 의자에 아이용 방석을 올려놓았다. 오래간만에 만난 사이에 으레 있을 법한 최소한의 안부 인사나 아이에 대한 관심도 표하지 않았다. 버들도 막선의 딸들에게 알은척하기 어려웠다. 버들은 무안하고 서운한 마음을 간신히 누른 채 정호를 방석 위에 앉혔다. 겁먹은 표정으로 두리번거리던 정호는 막선이 자신의 목에 보자기를 두르자 울음을 터뜨렸다. 배가 부른 데다 아이까지 업은 막선은 움직일 때마다 숨차 보였다.

"괜않다. 아재가 이쁘게 해 줄 기다. 우리 호야, 말 잘 들어야지 하부지가 자전거 태워 준다 아이가."

버들이 달랬지만 정호는 울며 내려 달라고 떼를 썼다.

"니 자꾸 이라모 아부지한테 장난감 사 오지 말라꼬 펜지 쓸 기다."

정호에게 할아버지의 자전거와 아버지의 장난감은 망태 할아버지보다 위력이 셌다. 그런데도 정호는 울음을 그치지 않았다.

"애 아버지가 어디 갔나 보우."

머리를 다 감고 일어선 남자가 물었다. 버들은 동지회 사람들이 태완을 벼르고 있다는 줄리 엄마 말이 생각나 입을 다물었다. 막선 부부가 왜 그러는지 분명해졌다. 버들은 막선이 아무리 윗동네에 다니고 동지회 회원이라고 해도 자기를 이렇게 박대할 줄 몰랐다. 버들은 당장 이발소를 나가고 싶었지만 그렇게 하면 똑같은 사람이 될 것 같아 꾹 참고 정호를 달랬다. 그사이 옆 손님 머리를 다 깎은 막선의 신랑이 가위를 들고 다가오자 정호는 새파랗게 질려 더 크게 울기 시작했다. 버들도 울고 싶은 심정이었을 때 어느 틈에 왔는지 막선의 큰딸이 정호에게 제가 먹던 막대사탕을 내밀었다. 버들이 말릴 새도 없이 덥석 받아 든 정호는 울음을 그쳤다. 사탕은 벌써 정호 입으로 들어갔다. 버들의 눈에 눈물이 핑 돌았다.

"누부야 고맙다, 해야제."

어른들이 아이만도 못하다는 생각이 들었다. 머리를 다 깎은 손님을 위해 면도 거품을 내고 있던 막선도 민망한 기색으로 슬그머니 시선을 돌렸다. 막선 신랑이 정호가 울음을 그친 틈을 타 가위질을 시작했다. 막선의 딸은 계속 곁에 서서 정호와 놀아 주었다. 겨우 한 살 많은데 큰아이 같았다. 그 덕에 정호는 무사히 머리를 깎았다. 막선은 버들의 시선을 피한 채 이발비를 받아 앞주머니에 넣었다. 누구의 입에서도 다음을 기약하는 말은 나오지 않았다. 정호의 손을 잡고 이발소를 나가려던 버들이 돌아서서 막선의 딸에게 물었다.

"아가, 니 이름이 뭐꼬?"

아이가 또랑또랑한 목소리로 베티라고 했다.

"까까 사 묵으라. 베티가 고맙고 이뻐서 이모가 주는 기다."

버들은 아이 손에 1센트를 쥐여 주곤 이발소를 나왔다. 명옥을 찾아갈 생각은 아예 접은 채 버들은 터덜터덜 집으로 돌아왔다. 갈 때보다 몇 배는 먼 것 같았다.

*

태완이 떠나고 한 달쯤 됐을 때 버들은 둘째를 임신했음을 알았다. 몸이 자꾸 까라지고 정호가 유독 보챘던 것도 그 때문이었다. 태완에게선 아직 아무런 소식이 없었다. 개성 아주머니는 혼자 자식을 둘이나 키워야 할 것을 걱정했지만 버들은 기쁨이 앞섰다. 아이들의 존재가 태완을 지켜 줄 부적처럼 여겨졌고 하나보다 둘의 힘이 더 클 것 같았다. 배 속의 아이가 엄마 처지를 봐주는 듯 정호 때보다 입덧도 덜했다. 버들은 태완은 물론 자식들을 생각해서라도 잘 먹고 씩씩하게 지내려고 애썼다.

와히아와에는 하올레나 원주민보다 한인을 비롯한 아시아 민족이 더 많이 살았다. 미국이나 하와이 당국은 세력이 커진 중국인이나 일본인을 배척하고 견제했다. 스코필드 부대에서도 한인을 선호한 덕분에 속속 모여든 사람들로 와히아와의 한인 사회는 호놀룰루나 본토보다 더 번성했다. 중국인들이 모여 사는 차이나타운처럼 한인들끼리만 어울리며 살아도 될 정도였다. 하지만 내부 사정은 교회, 단체, 지도자를 따라 편이 나뉘어 거미줄처럼 복잡했다. 호놀룰루는 넓은 데다 버들이 사람들과 어울리지 않아 그런 사정을 피부로 느끼지 못했지만, 좁고 여러 사람과 얽혀 있는 와히아와에서는 생생하게 느껴졌다.

한인기독교회에 다니는 사람들은 대부분 이승만이 세운 동지회 회원들이었다. 그들 중엔 임시정부 대통령인 이승만을 지지하는 것을 넘어 추앙하는 사람도 많았다.

"이 박사가 우리 동포들 위해서 학교도 세우고, 독립을 위해 열심히 하는 거이 다 안다. 기캐도 이 박사가 그리스도는 아니지. 암만 같은 황해도 사람이라고 해도 아닌 거는 아닌 거이야."

개성 아주머니 부부는 대한인국민회 회원이었다. 여기저기 세워졌던 단체들을 통합해 1910년에 설립된 대한인국민회는 해외 한인 전체를 아우르는 단체였다. 지지하는 지도자를 따라 많은 사람들이 교회나 단체를 옮겼지만 개성 아주머니 부부는 소속을 바꾸지 않았다.

버들은 우리 사이에 편 가르지 말자던 줄리 엄마를 그 뒤 한 번도 보지 못했다. 이승만은 와히아와에 종종 들렀는데 그를 집에 초대하기 위한 경쟁이 치열했다. 저녁 식사 초대에 성공한 줄리 엄마는 이승만과 가족이 함께 찍은 사진을 세탁소에 대문짝만하게 걸어 놓았다.

"이 박사한테 눈도장 확실하게 찍은 기라. 내는 초대하고 싶어도 집이 변변찮아가 누구 오라 카기도 낯 뜨겁다 아이가."

홍주는 줄리 엄마를 부러워했다. 홍주는 일요일 오후마다 세탁소로 와서 성길의 주일학교와 덕삼의 동지회 임원 회합이 끝나기를 기다렸다. 그동안 홍주는 온갖 푸념을 늘어놓았다. 버들과 달리 교류하는 사람이 많은 만큼, 부대끼는 일도 상처받는 일도 많았다. 덕삼이 동지회 와히아와 지부의 임원이 됐지만 홍주는 남편이 더 큰 자리를 차지하기를 바랐다. 버들은 동지회 사람이 독립단 사람과 만나거나 교류를 하면 벌금을 물린다는 홍주 이야기를 듣고 깜짝 놀랐다. 그냥 만나면 얼마, 깊은 교류를 하면 얼마 하는 식으로 벌금 액수까지 매겨져 있었다.

"무신 그런 뱁이 다 있나? 너 이레 여 오다 월급 타도 벌금으로

다 날리겠다."

버들이 농담 반 걱정 반 말하자 홍주가 코웃음을 쳤다.

"니는 아랫동네 교회 나가는 기도 아이고, 독립단 회원도 아인
데 와 벌금을 무노."

버들은 와히아와 사람들이 다 자신을 멀리해도 홍주와 개성 아
주머니 부부만 있으면 된다고 생각했다.

그날도 버들은 밖에서 노는 정호를 지켜보며 홍주를 기다렸다.
정호는 요새 옆집 필리핀 아이와 노는 재미에 빠졌다. 또래인 둘은
각자 조선말과 필리핀말을 하면서도 곧잘 놀았다. 어른들은 민족,
인종, 종교 등에 따라 패를 갈라 어울렸지만 아이들 사이엔 경계가
없었다. 개성 아주머니 부부가 교회에서 돌아왔다.

"댕겨오셨습니꺼?"

아저씨는 쉬겠다며 먼저 안으로 들어갔다.

"성길 어마이 기다리는 거이가? 백가 상회에 있던데."

개성 아주머니가 말했다. 백가 상회는 큰 거리 모퉁이에 있는 잡
화점인데 그 가게의 버들 또래 며느리도 사진 신부 출신이었다.

"홍주 혼자요?"

버들이 의아한 기색으로 물었다.

"성길 어마이 말고도 줄리 어마이, 이발소 새댁, 가구점 새댁, 구
두 수선집 새댁…… 여남은 명 되는 거이 계 하는 모양이라."

개성 아주머니가 말했다. 홍주와 줄리 엄마, 막선, 명옥이 다 있

었다. 버들은 홍주가 계를 하는 줄은 전혀 몰랐다. 상부상조를 위한 계는 조선의 오랜 전통이었다. 조선에서는 관혼상제와 연관된 계가 많았지만 밑천이 적은 하와이 한인 부인네들은 주로 돈 계를 조직해 살림을 일구었다. 또한 계는 친목 수단이기도 했다. 아랫동네 교회 사람들과 계를 하는 개성 아주머니도 곗날이면 모여 밥을 먹고 일 년에 한 번은 해변으로 놀러 간다고 했다. 간혹 계주가 돈을 떼어먹어 문제가 생기기도 했지만 그보다는 장점이 더 많은 터라 버들도 계를 들고 싶은 마음이 있었다.

"지는 같이 하자 캐도 안 할 깁니더. 여자들 모여가 남 흉이나 보고 말이나 늘쿠지 좋을 기 없습니더."

묻지도 않은 이야기를 하는 버들은 가슴이 휑했다.

"기래. 다 윗동네 교회 사람들이라 끼워 주지도 않을 거이고 계에 들어 봤자 개밥에 도토리 신세나 되지 않간. 내레 다음 계 할 때 사람들한테 얘기해 보갔다."

개성 아주머니 말은 조금도 위안이 되지 않았다. 버들은 홍주, 명옥, 막선과 함께 하고 싶었다. 그들과 함께 어울리고 싶었다. 버들은 쉬는 날이지만 세탁소로 나가 재봉질을 하기 시작했다. 그냥 있자니 심사가 끓어올라 견디기 어려웠다.

홍주는 다저녁때 성길을 데리고 세탁소에 들렀다. 버들은 재봉틀을 멈추지 않았고 성길에게 알은척도 하지 않았다. 홍주도 덕삼이 기다리고 있어 바로 가야 한다면서 서서 말했다.

"일이 있어가 늦었다. 그냥 갈라 카다 니 기다릴 거 같아가 잠깐 들렀다."

"안 기달렸다. 내도 바빴다."

버들의 목소리가 퉁명스러웠다. 홍주는 잠시 버들의 눈치를 보다 말했다.

"하이고 답답하구로 그냥 말할란다. 내, 계 하기로 했다. 니캉 같이 하고 싶어가 이바구했더만 니 끼면 다 안 한다 칸다."

마크를 새기던 군복을 팽개치고 일어선 버들이 소리 질렀다.

"그카는 사람들하고 니는 계를 한단 말이가? 가시나가 의리도 없제, 내 같으면 안 한다."

"하이고, 공 없는 소리 하는 거 봐라. 내가 날마다 니를 이레 덮고 저레 쓸고 얼매나 힘쓰는 줄 아나?"

홍주도 시뻘게진 얼굴로 목소리를 높였다.

"누가 해 달라 캤나? 즈그들캉 같은 교회 아니라꼬 따돌리는 종자들하곤 내도 어울리기 싫다."

버들은 군복을 집어 들고 다시 재봉틀 앞에 앉았다. 그 모습을 보며 잠시 서 있던 홍주가 목소리를 누그러뜨리며 말했다.

"그라지 말고 니도 내캉 윗동네 교회 다니자. 아니면 부인구제회라도 들그라. 그레 있으면 누가 고고하다꼬 해 줄 줄 아나?"

"가라, 그카고 다시는 여 오지 마라. 윗동네 교회 사람들캉 천년만년 살그라."

버들은 홍주에게 소리치고 살림집으로 들어와 버렸다.

*

1922년이 됐다. 정호는 네 살이 됐고 배 속 아이는 오 개월에 접어들었다. 말을 곧잘 하게 된 정호는 눈을 뜨면 사진 속의 아버지에게 아침 인사를 했다. 태완이 떠나기 전 가족사진을 찍자고 했을 때 버들은 마지막 사진이 될 것 같은 불길한 생각에 주저했다. 버들은 끝까지 사진 찍을 것을 고집한 태완이 고마웠다. 그 덕에 날마다 태완을 볼 수 있고, 세 식구가 함께했던 시간들을 추억할 수 있었다. 태완은 북경에 도착해 박용만 단장을 만났다는 편지를 보내온 뒤 소식이 없었다. 거처를 옮길 거라고 해서 답장도 하지 못했다.

홍주는 싸우고 난 뒤 연락을 끊었다. 버들은 호놀룰루에서처럼 다시 외로워졌다. 아예 만나기 힘든 곳에 살 때보다 가까이에 있는데도 거리가 멀어진 친구에게 느끼는 서운함과 허전함은 더 컸다. 밖에서 놀다 들어온 정호가 아버지를 찾았다. 동네 아이들이 제 아버지와 함께하는 걸 본 모양이었다.

"사진 봐라."

버들 말에 정호가 사진 액자를 쳐서 바닥으로 떨어뜨렸다.

"아부지 아니야. 가짜 아부지 말고 진짜 아부지."

정호가 화난 얼굴로 바닥에 떨어진 액자를 발로 찼다.

"이기 뭐 하는 짓이고? 어매가 이레 버릇없이 갈쳤나?"

가뜩이나 심사가 복잡하던 버들은 정호 등짝을 후려쳤다.

"잘못했다 빌고 사진 지자리에 올려놓으라."

하지만 정호는 꼼짝도 하지 않았다. 울지도 않았다. 버들이 더 때리다 붙잡고 울자 그제야 울음을 터뜨렸다.

'내사 마 독립운동도 싫고 애국도 싫습니더. 아한테는 나라가 아이라 아부지가 필요합니더. 당장 돌아오이소.'

태완을 향한 그리움과 원망이 버들의 가슴속을 이리저리 텅텅 부딪치며 맴돌았다.

어느 날 개성 아주머니가 말했다.

"정호야, 요번 주일에 교회 가자. 예배 보고 나서 독립단 노 선생이 연설한단다. 중국 갔다 왔다니 정호 아바이 소식 들을 수 있을 거이야."

버들도 태완과 함께 독립단 사무실에서 일했던 노 선생을 두어 번 본 적 있었다. 일요일 아침, 버들은 태완을 만나러 가는 것인 양 정호를 씻기고 제일 좋은 옷으로 입힌 다음 자신도 분홍 치마저고리를 입었다. 얼굴이 꺼칠해 보여 분칠도 했다.

교회 사람들이 버들과 정호를 반겨 주었다. 외로움에 사무쳤던 버들은 개성 아주머니를 따라 그 교회에 다니고 싶은 마음이 생겼다. 사람들과 어울리고 싶었고 신에게 의지하고 싶었다. 하느님에게 매달려 태완이 무사히 돌아오기를 빌며, 자신에게 일어나는 일들을 신의 뜻이라고 받아들이며 살고 싶었다. 하지만 아랫동네 교회에 다니면 홍주와 영원히 멀어질 것 같았다. 태완의 배우자로서 윗동네 교회에도 갈 수 없었다.

버들은 얼른 예배가 끝나기를 조바심치며 기다렸다. 드디어 노선생이 연단에 올랐다. 버들은 심장이 밖으로 튀어나올 것처럼 높이 뛰어 숨이 가쁠 정도였다. 노 선생은 박용만 단장이 중국 혼하 지역에 둔전병제를 바탕으로 한 독립군 기지를 만들기로 했음을 알렸다. 거액의 돈이 필요하기에 군자금 마련을 위해 은행도 세울 계획이라고 했다. 버들은 알지 못하는 여러 이름들이 등장했지만 태완의 이름은 나오지 않았다.

"만주 일대에서 활동하는 독립군을 모두 모아 산 너머 병학교 같은 군대를 만들 것입니다. 식량을 자급자족하고, 무기 구입을 위한 재원도 마련하고, 사람들을 모집해 군사 훈련을 시키면 막강한 힘을 가진 군대가 될 것입니다. 조국 광복을 이룰 독립군 기지 건설을 위해 동포 여러분의 후원이 절실하게 필요한 때입니다. 박 단장께서도 중국 사람들의 후원을 받아 내기 위해 불철주야 뛰고 계십니다."

노 선생의 연설 중간중간 사람들의 박수가 터져 나왔다. 연설이 끝나자 여기저기에서 성금을 냈다. 끝내 태완의 소식을 듣지 못한 버들은 맥이 풀렸다. 노 선생 주위엔 사람들이 둘러서 있어 가까이 갈 엄두가 나지 않았다. 하지만 그냥 돌아가기엔 발길이 떨어지지 않아 앉아 있는데 노 선생이 다가왔다. 버들은 허둥지둥 일어나 인사했다. 정호를 찾았지만 개성 아저씨를 따라 밖으로 나갔는지 보이지 않았다. 수인사를 주고받은 뒤 드디어 노 선생이 태완의 소식을 전해 주었다.

"서 동지가 독립군 기지 개척단으로 떠나는 걸 보고 왔소. 본격적으로 건설이 시작되면 서 동지는 큰 임무를 맡게 될 겁니다. 아주머니 고생이 크겠지만 조국 광복을 위해 견뎌 주시오."

태완의 이름이 나오지 않을 때는 조금 서운했는데 막상 큰 임무를 맡을 거라고 하자 걱정부터 됐다. 임무가 클수록 집으로 돌아올 시간도 늦어질 것 같았다.

"거기 주소는 아십니꺼?"

버들이 물었다.

"당장은 거처가 일정치 않아 연락을 주고받기 어려울 거외다. 서 동지가 연락해 올 때까지 무소식을 희소식으로 알고 기다려 주시오."

노 선생을 보고 온 뒤 버들은 월급에서 1달러씩 떼어 개성 아주머니 편에 후원금을 냈다. 그리고 밤마다 정호에게, 또 자신에게 말했다.

"정호야, 아부지가 얼매나 훌륭한 분인지 알제? 아부지는 큰일 하러 가신 기다. 우리도 이레저레 휘둘리지 말고 마음 단단히 묵고 살자. 아부지 오실 때까지 씩씩하게 기다리는 기다."

*

산달이 한 달 앞으로 다가왔다. 버들은 태완 없이 아이를 낳아야 하는 게 심란했고, 며칠이라도 일을 못 할 게 벌써부터 미안하고 걱정됐다.

"기런 소리 말라. 한 이레 사람을 쓸 거이니 맘 편히 먹으라우."

개성 아주머니가 말했다. 정호를 낳고는 삼칠일 동안 산후조리를 했지만 지금은 일주일도 과분했다. 버들은 아이를 낳기 전에 조금이라도 더 많이 일을 해 놓으려고 애썼다. 오래 앉아 있으면 밑이 빠질 것 같고 허리가 끊어지게 아팠다. 그날도 버들은 정호를 재워 놓고 재봉틀 앞에 앉았다. 그날 중으로 마쳐야 할 일들이 있었다.

버들은 재봉질에 열중해 누가 가게 안으로 들어서는 것도 알지 못했다. 작업대 위로 그늘이 드리워져 고개를 든 버들은 귀신이라도 본 것처럼 놀랐다. 홍주가 큰 가방을 들고 서 있었다. 몇 달 전 서로 독한 말을 퍼붓고 헤어진 뒤 처음이었다. 성길과 덕삼이 보이지 않아 뒤를 살폈지만 홍주는 혼자였다. 거죽만 서 있는 것 같은 모습에 버들은 가슴이 내려앉았다.

"이기 무신 일이고. 이 시간에 웬일이고? 여, 여 앉그라."

버들은 허둥지둥 일어나 홍주를 끌어다 의자에 앉혔다. 홍주는
버들이 이끄는 대로 허깨비처럼 딸려 왔다. 버들은 떨리는 손으
로 물을 한 컵 따라 주었다. 홍주는 물을 넘기는 것조차 힘들어 보
였다.

"혹시 니, 도망친 기가?"

버들이 살피듯 보며 조심스레 물었다.

"도망은 내가 아이고 조덕삼이가 쳤다."

홍주가 실성한 것처럼 흥흥, 웃으며 말했다.

"뭐라꼬? 어데로? 성길이는 우짜고?"

버들이 거푸 질문하자 홍주가 한숨을 내쉬곤 말했다.

"성길이 델꼬 조선에 갔다. 내도 같이 가자 캤는데 안 갔다."

"댕기러 간 기가? 친정에도 가고 좋을 긴데 와 안 갔노?"

남편과 아이들을 앞세워 어진말 친정에 가는 것은 버들이 사진
결혼하기로 결심한 순간부터 가졌던 꿈이었다.

"댕기러 간 기 아이고 아주 간 기다. 그라고 내는 조선 가면 첩으
로 살아야 하는 기라."

홍주 말에 버들도 재봉틀 앞에 주저앉았다. 덕삼은 상처한 게 아
니라 자식을 키우며 부모를 공양하고 있는 아내가 조선에 버젓이
살아 있었다. 딸만 다섯인 덕삼은 더 나이 들기 전 아들을 얻기 위
해 사진결혼을 한 것이다. 그리고 아들을 낳자 돌아가기로 결심했
다. 자린고비 소리를 들어 가며 모은 돈으로 땅을 장만할 거라고

했다.

"의뭉스런 인간이 내 몰래 여, 저 이자 놔 가메 불린 돈도 꽤 된다 칸다."

홍주는 과부로 떠난 조선 땅에 첩이 되어 돌아가고 싶지 않았다. 덕삼은 아들 낳은 홍주가 최고라며 돌아가면 본처와 이혼하겠다고 했지만 십수 년 동안 남편과 아버지를 기다린 이들에게 못 할 짓이었다. 무엇보다 홍주는 그럴 만큼 덕삼을 사랑하지 않았다.

"시상에 무신 그런 나쁜 사람이 다 있노. 잘했다. 안 가길 잘했다. 그란데 니 성길이 떼 놓고 살 수 있겠나?"

호기롭던 버들의 목소리는 자식 이야기에 이르러서 풀이 꺾였다. 대답을 듣지 않아도 홍주는 거의 죽어 가는 몰골이었다.

"우리 성길이 안 본 지 닷새 됐는데 이레 안 죽었다 아이가."

홍주는 바짝 마른 입술을 달싹이며 겨우 말했다.

"버들아, 미안타. 내 올 데가 여밖에 없는 기라."

"가시나야, 무신 소리고? 그라모 내한테 와야제 어데로 간다 말이고. 잘 왔다."

버들은 앞뒤 잴 겨를 없이 말하곤 홍주를 안으로 데려갔다. 홍주의 상황을 안 개성 아주머니가 따뜻하게 받아 주었다.

"자식 떼 놓은 어마이 맘이 오죽하갔나. 맘 추스를 때까지 편하게 동무 옆에 있으라."

그날 밤, 정호를 가장자리에 재운 버들은 홍주와 나란히 누웠다.

만나기만 하면 끊임없이 이어지던 수다 대신 방엔 두 사람의 한숨 소리만 가득했다. 그 사이로 새근새근 정호의 숨소리가 섞여 들었다. 만일 정호가 없다면. 버들은 생각했다. 자식의 존재는 남편과 또 달랐다. 태완 없이는 그럭저럭 살고 있지만 정호가 없다면 살 힘과 이유도 사라질 것 같았다. 자식과 떨어진 홍주 또한 심장이 떨어져 나간 것처럼 힘들 것이다. 버들은 어둠 속에서 홍주 손을 찾아 쥐었다.

와히아와의 무지개

　홍주는 작은 방이 동굴인 양 틀어박혀 지냈다. 끼니마다 버들이 성화를 해서야 죽지 않을 만큼 먹었다. 사흘을 지켜보기만 하던 개성 아주머니가 방 한구석에 웅크린 채 앉아 있는 홍주에게 말했다.

　"천륜을 끊을 수 있간? 니 배로 낳은 애는 죽어도 니 애인 거이야. 자식은 반다시 어마이를 찾게 돼 있다."

　그 소리에 홍주가 울음을 터뜨렸다. 가슴을 치고 몸부림치며 통곡했다.

　"우리 성길이는 지가 버린 깁니다. 그래도 지를 어매라고 찾겠습니꺼?"

　홍주가 울면서 개성 아주머니에게 매달리듯 물었다.

"애가 옆에 없어도 너는 어마이다. 애는 떨어져서도 어마이 기운으로 사는 거이야. 성길이 생각해서 기운 차리라."

개성 아주머니가 홍주를 다독였다. 닷새를 앓고 난 홍주가 개성 아주머니에게 말했다.

"아지매요, 지 맘 잡고 돈 벌랍니더. 무신 일이든 할 기라예. 여서 당분간 묵게 해 주이소."

"얼마든지 기케 하라. 우선 세탁소 일 해 보는 거이 어떻갔나? 정호 어마이 몸 풀면 사람 써야 하니까니 성길 어마이가 해 보라."

홍주는 고마워하며 곧바로 일을 시작했다. 손이 퉁퉁 붇게 빨래를 하고 그 손을 데어 가며 다림질을 했다. 그렇게 싫어하고 재주 없던 바느질도 손가락을 찔려 가며 했다. 자식 떼어 보낸 자리를 잊느라 죽을힘을 다하는 게 느껴졌다.

"가시나야, 쉬어 가면서 해라. 쓰러진다."

겉으로는 예전의 활기를 되찾았지만 밤이 되면 홍주는 숨죽여 울었고 버들은 예전처럼 소리 없이 친구의 아픔을 함께했다.

"버들아, 니 몸 풀고 나면 내캉 가게 안 할라나? 니 재주 살려가 재봉소 하면 우떻겠노? 일감은 내 책임지고 받아 오꾸마."

홍주의 이야기를 처음 들었을 때 버들은 말도 안 되는 소리라고 생각했다. 무엇보다 자신은 물론 홍주까지 받아 준 개성 아주머니에게 미안한 짓이었다.

"담 달에 곗돈도 타고 조덕삼이가 떼 주고 간 돈도 있다. 우선 쪼매난 가게 얻어가 재봉틀 하나 놓고 시작하자."

버들도 150달러 가까이 있었다. 월급 25달러에서 후원금으로 1달러를 내고, 최대한 아껴 쓰며 악착같이 모은 돈이었다. 버들은 태완이 오면 가게를 차리고 싶었다. 밤마다 무슨 가게를 할지 궁리하고 태완과 하루 종일 함께 지내는 모습을 상상하며 시름을 달래곤 했다.

"그라모 좋다만서도 아지매한테 우예 그 말을 하노? 여적 신세 져 놓고 말이다."

버들이 말했다. 세탁소에서 일을 해 보니 무슨 가게든 직접 하는 게 수입이 나은 건 사실이었다.

"니도 오케이제? 내사 아지매한테 의논 삼아 이바구해 볼 기다."

하고 싶은 말은 해야 직성이 풀리는 홍주는 개성 아주머니에게 자기 생각을 말했다. 그 옆에 있던 버들은 아주머니가 자신들을 배은망덕하다고 여기면 어쩌나 마음을 졸였다. 그런데 뜻밖에 개성 아주머니가 반색했다.

"나가서 재봉소 할 생각이믄 이거 물려받으라우. 단골이 있으니 새로 차리는 것보다 낫지 않갔네. 세탁을 같이 해야 재봉소 손님 잡기도 쉽다. 애들 아바이가 일 그만하자고 벌써부터 성화였다. 내도 인자 삭신이 아파서 못 하갔어. 호항 아들네 가서 손주 봐 주면서 살 거이야."

집주인과 다시 계약할 수 있도록 다리를 놓아 준다고 했다. 시설비도 재봉틀과 증기 다림 시설, 자전거 값 등만 내면 됐다. 웬만한 살림살이는 다 두고 간다니 그보다 좋은 조건이 없었다. 무엇보다 한 달에 4달러짜리 단골 병사가 쉰 명이 넘었다. 버들과 홍주는 머리를 맞대고 계획을 세웠다. 월세가 70달러였고, 세탁소 운영 경비와 생활비를 합쳐 50달러는 잡아야 했다. 빨래하는 일꾼을 써도 단골 병사 일감만으로 너끈히 충당할 수 있었다. 밤마다 버들은 홍주와 미래를 설계하느라 잠을 설쳤다. 처음 구두 가게를 차릴 때와 달리 이번엔 확실한 손님이 있고 수완 좋은 홍주와 함께하는 일이었다.

개성 아주머니네는 버들이 아이를 낳고 산후조리를 마친 다음 떠나기로 했다. 그사이 자전거를 배운 홍주는 개성 아저씨를 따라다니며 세탁물 수거와 배달, 영업 방법을 익혔다. 홍주는 교회를 비롯한 모든 단체의 활동을 그만두었다.

"첨에 과부 돼가 어진말로 돌아왔을 때 젤로 싫었던 기 사람들한테 동정 받는 기였제. 인자 서방한테 소박 맞았다꼬 혀 차고 수군거려 쌓아 가기 싫다. 그라고 사업할라 카면 어느 한쪽에 발 담가가 있는 기보다 자유로운 기 낫다 아이가. 버들아, 우리 열심히 돈 벌어가 부자 되자."

홍주가 각오를 다졌다.

＊

버들의 산통이 시작됐다. 이번에도 개성 아주머니가 아이를 받아 주었다. 얼마 안 돼 아기 울음소리가 집 안에 울려 퍼졌다. 딸이었다. 이름은 당연히 펄이 되었다. 한글 이름도 진주로 지었다.

"부모 얼굴 중 잘난 곳만 빼다 닮았다."

개성 아주머니가 강보에 싼 펄을 버들 품에 안겨 주었다. 갓난아이는 입을 오물거리며 젖을 찾아선 암팡지게 빨아 댔다. 버들은 아버지가 없을 때 태어난 펄을 먹먹한 마음으로 보았다. 아들과는 또다른 느낌이 밀려왔다. 딸은 엄마 팔자 닮는다는 어머니 말이 떠올라 버들은 마음을 다잡았다.

'내 딸은 좋은 시상에서 내보다 나은 삶을 살아야 한다.'

홍주와 정호가 곁에 와 아기를 들여다보았다. 홍주 얼굴에 그리움과 아픔의 빛깔이 번졌다. 정호는 아기에 대한 신기함과 엄마를 빼앗겼다는 감정이 뒤섞여 혼란스러운 표정이었다. 버들이 펄에게 젖을 물리자 정호는 홍주에게 찰싹 달라붙었다. 버들은 일주일 만에 자리를 떨치고 일어났다. 홍주가 말렸지만 듣지 않았다.

"우리 어무이는 아 놓고 사흘 만에 바늘 잡았다 칸다. 일주일 누버 있었으면 마이 쉰 기다."

버팀목과 보호막이 돼 주었던 개성 아주머니 부부가 떠났다. 버들은 바람 부는 벌판에 홍주와 둘만 남은 것처럼 불안하면서도 한편으론 세탁소를 직접 운영할 일이 설렜다.

버들과 홍주는 계획했던 대로 빨래할 사람을 구했다. 오후에 와서 빨래만 하는 일이었는데 칼레아라는 하와이안 여자를 채용했다. 노동자 출신인 일본 남자와 결혼했었다는 칼레아는 일본어를 조금 했고 버들은 롭슨가에서 일할 때 사용했던 간단한 하와이말들을 아직 기억했다. 홍주와는 일본어, 버들과는 하와이어로 그럭저럭 소통이 됐다. 홍주가 오전에 배달하러 가서 세탁물을 수거해 오면 점심 먹고 온 칼레아가 빨았다. 양이 많을 때는 홍주도 함께했다. 처음엔 개성 아주머니네가 물려준 단골뿐이었지만 빠르게 일감이 늘어났다.

"그기 다 내 인물이 한몫해선 기라. 자전거 타고 영문 들어서면 군인들이 휘파람 불고 난리도 아니다. 한번 웃어 줘 삐리면 그길로 단골이 되는 기다."

홍주는 한복을 벗어던지고 원피스를 입었다. 쪽 찌었던 머리를 자른 뒤 파마를 해서 늘어뜨리자 뒷모습만 봐서는 하올레 처녀 같았다.

버들은 좁은 바닥에서 홍주가 남의 입길에 오르내릴까 걱정스러웠다. 평판이 나빠지면 앞날에 지장이 있을 터였다.

"걱정 마라. 내사 마 남자라 카면 신물 난다."

우스갯소리로 삼세판이니 시집을 한 번 더 간다고 했던 홍주는 팔을 휘휘 내저었다.

재봉틀 사용이 능숙해진 버들은 잡지를 보고 서양 부인 옷을 흉내 내어 만들었다. 홍주는 배달 갈 때 그 옷을 입었다. 그러곤 흥분해서 돌아와 장교 부인의 옷을 주문받았다고 소리쳤다. 자기가 입어서 멋져 보인 거라고 공치사하는 것도 잊지 않았다. 더러는 장교 부인들이 직접 찾아오기도 했다.

버들은 입고 다니는 한복 저고리의 고름을 떼어 낸 자리에 단추를 달고 치마 길이를 줄여 입었다. 고름이 없으니 간편했고 치마 길이가 짧아지니 시원했다. 한인 부인들도 그렇게 고쳐 달라고 찾아왔다. 때로는 반대로 전통 한복을 만들어 달라는 손님도 있었다. 회갑을 맞거나 자식들 혼례를 치르는 이민 1세대들이었다. 홍주 말대로 둘 다 아무 데도 속해 있지 않은 게 도움이 됐다.

버들은 월급 받고 일할 때도 꾀를 부린 적이 없었지만 내 가게가 되자 잠자는 시간마저 아까웠다. 일한 만큼 돈이 벌리는 게 신바람 났고 더 많이 벌고 싶어 펄에게 젖을 먹일 때조차 조바심 났다.

*

11월이 됐다. 하와이의 겨울이 시작되고 있었다. 여기에 처음 와서는 계절이 여름만 있는 것 같고 날씨의 변화도 잘 감지하지 못했는데 하와이살이 사 년째인 지금은 미묘한 차이를 단박에 느낄 수 있었다.

태완은 몇 달째 소식이 없었다. 동지회 측에서 흘러나온 이야기로는 독립군 기지 건설이 자금난으로 더뎌지고 있다고 했다. 버들이 좋은 소식만 바라는 건 아니었다. 그저 어려운 대로, 힘든 대로 안부를 전하는 게 집 떠나 있는 사람의 도리가 아닌가 싶어 태완이 원망스러웠다.

노 선생이 모금차 호놀룰루에 왔다는 소식이 전해졌다. 일요일, 정호를 홍주에게 맡긴 버들은 펄을 업고 호놀룰루로 갔다. 노 선생한테라도 야속함을 토로할 작정이었다. 다행히 독립단 사무실에 노 선생이 있었다. 수인사가 끝나고 태완의 안부를 묻는 버들에게 노 선생은 태완이 박용만을 떠나 대한통의부 소속 부대로 옮겨 갔다고 했다. 보채는 펄을 돌려 안은 버들은 놀란 얼굴로 물었다.

"그, 그기 어뎁니꺼? 박 단장님하고 무신 일 있었습니꺼?"

박용만 단장을 깊이 존경하며 따르던 태완이 왜 떠난 걸까? 그나마 연결된 끈마저 끊어졌다고 생각하니 아득하고 막막했다.

"그런 것은 아니오. 서 동지는 한시바삐 항일 무장투쟁에 나서기를 바랐소. 박 단장님도 서 동지 뜻을 충분히 이해하고 받아들이셨소."

태완이 옮겨 간 대한통의부는 남만주 지역에 흩어져 있던 독립군들을 합쳐서 만든 군사 조직이라고 했다.

"서 동지가 비록 박 단장님을 떠나기는 했지만 그쪽 부대가 전투에 나가 많은 공을 세우고 있다는 소식에 모두 힘을 얻고 있소."

"저, 전투라꼬요?"

노 선생 입에서 걱정했던 전투라는 말이 나오자 버들의 얼굴이 하얗게 질렸다. 당장 태완이 총에 맞아 죽었다는 소식이 날아올 것만 같았다.

"얼마 전에도 서 동지가 속한 의용군 부대가 경찰서를 습격해 적을 다섯이나 사살하고 무기를 쟁취했다는 소식을 들었소."

적을 사살한 것처럼 언제든지 태완도 죽을 수 있다는 말이었다.

"선상님요, 우리 정호 아부지 무사한 기지예? 아무 탈 없는 기지예?"

버들이 간신히 물었다.

"우리도 서 동지가 무탈하기를 늘 기도하고 있소."

노 선생이 눈을 감은 채 대꾸했다. 버들은 태완의 주소를 알아봐 달라고 신신당부한 뒤 준비해 간 성금 10달러를 건넸다.

노 선생을 만나고 온 뒤 버들은 일손이 잡히지 않았다. 군복 이름표를 잘못 달고, 세탁물을 분류할 때도 실수를 거듭하자 홍주가 소리 질렀다.

"가시나야, 정신 차리라. 그레 넋 놓고 있다 다치면 우짤라 카노?"

홍주 말이 맞았다. 넋 놓고 있을 때가 아니었다. 불안해하는 마음이 나쁜 일을 불러올 수 있다. 버들은 더 강하고 의연해지자고 마음을 북돋웠다. 태완이 소식을 보내오면 당당하게, 잘 지낸다는 답장을 쓸 수 있어야 한다. 태완을 위해 할 수 있는 일은 그것뿐이었다.

"버들아, 니 계 안 할래?"

며칠 뒤 재봉질하는 버들 옆에서 세탁물을 분류하던 홍주가 물었다.

"내 끼면 다 안 한다 카면서?"

계를 생각하자 버들의 가슴 한구석에 꽁하게 뭉쳐 있던 서운함이 튀어나왔다. 버들은 그동안 홍주가 계 모임에 가는 것을 알아도 모르는 척했다.

"그 계는 인자 끝났다. 판을 새로 짤 기다. 계원들한테도 말했는 기라."

"뭐를?"

홍주가 군복을 내려놓고 허리에 손을 척 올리더니 계원들에게 했다는 말을 그대로 읊었다.

"내는 인자 어데 파도 아이다. 이승만 파 아이라꼬 싫다면 고마 빠져 삐릴 기다. 그라고 버들이는 즈그 신랑이 독립단 활동한 기제 내처럼 아무 파도 아이다. 아랫동네 교회에 안 나간 기 보면 모르겠나. 내는 버들이캉 계 할 테이까네 같이 할 사람 내한테 붙어라."

"하이고, 마 내 속이 다 시원타. 진작 그카제."

버들이 올라가는 입꼬리를 감추지 못한 채 눈을 흘겼다. 줄리 엄마는 빠졌지만 명옥과 막선은 함께 계를 하기로 했다. 교회 내분으로 한글 학교 교사를 그만둔 명옥은 고민 없이 새로운 계에 찬성했고, 끝까지 망설이던 막선은 옛 친구들과 하는 계에서 빠지면 두고두고 후회할 것 같다면서 참여하기로 했다. 백가 상회 영순, 홍주가 파인애플 통조림 공장에 다닐 때 사귄 친구 두 명을 더해서 일곱 명이 됐다. 동갑이거나 한두 살 차이가 질 뿐 비슷한 또래에 모두 사진 신부 출신이었다.

첫 모임은 세탁소에서 했다. 곗날은 매달 첫 번째 일요일 오후로 잡고 계를 타는 사람이 밥을 내기로 했다. 기본 곗돈은 10달러로 해서 한 번에 100달러씩 태워 주기로 했다. 계원은 일곱 명이었지만 버들과 홍주, 영순이 두 개씩 들어 열 구좌를 만들었다. 앞 번호에 탈수록 다달이 내는 곗돈 액수가 컸고, 나중에 타면 은행에 맡긴 것보다 더 높은 이자가 붙었다.

세탁소 뒷마당이 고만고만한 아이들의 떠드는 소리로 가득 찼다. 아이들은 장난감을 놓고 싸우거나 놀다 넘어져도 엄마를 찾지 않았다. 엄마들도 아이들에게 질세라 왁자지껄 떠들며 국수를 해 먹었다. 김치 하나 놓고 먹으면서도 소풍 나온 것처럼 즐거웠다. 버들은 함께 온 사진 신부들 중 송화만 없는 게 서운했다. 버들은 대부분 송화를 잊고 지냈다. 실은 태완도 종종 잊을 만큼 바쁘고 힘들었다.

"이레 모여 있으이까네 송화 생각 난다."

홍주가 같은 생각을 했는지 말했다.

"그러게. 송화네도 이사 오면 좋을 텐데."

막선이 맞장구를 쳤다. 카후쿠까지의 거리는 호놀룰루에서보다 훨씬 가까웠지만 직접 오가는 차편이 없어 다니기는 더 불편했다. 버들과 홍주는 전처럼 송화를 찾아가자고 벼르면서도 짬을 내지 못했다.

"버들아, 우리 돈 벌어가 집세 장사하자. 그기 수입도 일정하고 몸도 젤 편할 기 같다."

첫 계 모임을 끝낸 날 홍주가 말했다. 한인들이 세탁업 다음으로 많이 하는 게 집세 영업이었다. 방이 여러 개인 집을 사거나 임대해 사람들에게 세를 놓는 것이다. 세탁소만큼 고되지 않고 수입도 안정적이라고 했다.

"집세 장사하면 송화네도 부르자. 박석보는 파인애플 농장으로 보내 삐리고 우리 서서 하는 기다. 청소하고 빨래까지 해 주면 세탁소보다 안 낫겠나."

버들은 홍주가 태완을 없는 사람으로 취급하는 게 속상했지만 틀린 말도 아니었다. 통의부 의용군의 활약상은 신문에도 실렸지만 집에서 태완의 존재감은 점차 사라졌다. 정호는 더 이상 아버지를 찾지 않았다. 아버지한테 장난감 사 오지 말라고 편지 쓴다는 위협도 통하지 않았다. 낯을 가리기 시작한 펄은 어른 남자만 보면 울었다. 버들은 태완네 부대가 일본군과 교전을 벌여 큰 성과를 냈다는 신문기사를 오려 잘 보관했다. 태완의 얼굴이나 이름이 나온 건 아니지만 정호와 펄이 크면 아빠가 곁에 없었던 이유를 알려 주기 위해서였다. 버들의 간절한 바람은 그 전에 태완이 무사히 가족 곁으로 돌아오는 것이었다.

명옥의 집에서 세 번째 계를 하고 온 날 버들은 태완에게 언제 부치게 될지 모를 편지를 썼다. 늘 곁에 있었던 사람처럼 일상적인 이야기를 했다.

오늘은 세 번째 곗날이었십니더. 계원은 일곱 명이라예. 그중 명옥 언니, 막선 언니, 백가 상회 영순이는 윗동네 교회에 다닙니더. 가입한 단체는 다르고예. 명옥 언니하고 막선 언니는 동지회고 영순이는 국민회라예. 우리캉 동갑인 봉순이는 아랫동네 교회에 다니면서 동지회 회원이고예. 젤로 어린 기화는 절에 다닌다 아입니꺼. 홍주는 교회도 동지회도 다 그만둬 삐렸습니더.

오늘 곗돈 타는 명옥 언니네 집에 모여 밥을 먹는데 스콜이 쏟아지고 무지개가 섰습니더. 언니가 우리 계 모임 이름을 무지개회로 짓자고 하데예. 계원이 일곱 명이라 그레 짓자는 줄 알았는데 성경에 무지개가 하느님이 인간과 함께한다는 증표라고 나와 있답니더. 홍주는 무지개 색맨키로 우리도 다 다르다고 했어예. 우쩌 됐든 비 온 뒤에 환하게 서는 무지개처럼 우리 앞날에 좋은 일만 있기를 바라는 마음은 모두 같았습니더. 참, 명옥 언니는 탁아소를 차린다 캅니더. 우리 모두 빨리 문 열기를 기다리고 있지예. 일하는 사람들이라 애 봐 줄 데가 간절하다 아입니꺼. 지도 탁아소를 열면 정호를 보낼 생각입니더. 언니는 한글

학교 선생님이었으니까 얼라들을 잘 돌봐 줄……

　버들은 편지를 마치지 못하고 잠이 들었다.

*

　버들과 홍주는 다음 날 배달할 세탁물을 정리하고 있었다. 하루 종일 재봉틀 앞에 앉아 있었던 버들이나, 배달 갔다 와서 빨래를 한 홍주나 움직일 때마다 저절로 앓는 소리가 나왔다.

　"일 많은 기 좋지만서도 니나 내나 이레 일하다가는 골병들어 죽겠다. 다른 세탁소들은 예닐곱 되는 식구들이 말캉 달려들어 일한다 아이가. 빨래하고 다림질할 사람 하나 더 뽑으까?"

　오후에 나와서 빨래만 하던 칼레아를 종일 근무로 돌린 지 오래였다.

　"인건비로 다 나가 삐리면 남는 기 뭐가 있겠노. 아직은 펄이 크게 안 보채이 지금대로 해 나가 보자."

　버들이 꼬리표를 붙이면 홍주가 번호를 매겼다. 일이 끝나갈 즈음 세탁소 문이 드르륵 열리며 애를 업은 막선이 들어섰다. 아들을 낳자 막선 신랑은 돌잔치를 크게 했다. 칼레아가 하와이에서도 아이가 돌 전에 죽는 경우가 많아 첫 번째 루아우를 크게 한다고 했다. 루아우는 잔치를 말하는 하와이말이었다.

"니들 여기 누가 왔는지 봐라."

막선을 따라 들어서는 사람을 본 버들과 홍주는 자리를 박차고 일어섰다.

"아이고 이기 누구고? 송화야!"

"애 재우느라 나왔는데 누가 기웃거리고 다니는 거야. 낯이 익어 자세히 보니 송화더라고."

막선의 설명을 듣는 둥 마는 둥 버들과 홍주는 소리 지르며 송화를 얼싸안았다. 송화는 그사이 더 말라 종잇장 같았다. 버들은 송화를 의자에 앉혔다. 막선이 세탁소를 나가자마자 홍주가 물었다.

"니 우째 왔노? 놀러 온 기가? 할배는 우짜고?"

"야가, 무신 취조하듯 묻나? 어디 무서버가 대답하겠나."

핀잔을 주었지만 버들도 숨넘어가게 궁금한 건 마찬가지였다.

"할배 돌아가싰다."

송화가 담담한 어조로 말했다.

"와? 우짜다?"

버들이 놀라 물었다.

"저녁 잘 자시고 자는 드키 돌아가셨다."

잠시 침묵이 감돌았다. 환갑 진갑 다 지냈으니 천수를 누린 셈이었다.

"니를 그레 힘들게 했다 카드만 노인네가 말년 복은 많았는 기라."

홍주가 입을 비쭉거렸다.

"아이다. 가실 걸 알았는가 요샌 내한테 잘했다. 내는 할배 원망 안 한다."

송화 얼굴엔 진심이 어려 있었다.

"다행이다. 그캐도 얼매나 놀랬노. 장사는 우예 치렀노?"

버들이 함께하지 못한 것을 안타까워하며 물었다. 첫아이 입덧할 때, 시아버지가 돌아가셨을 때 송화한테 큰 도움을 받아 놓고 정작 송화가 큰일을 당했을 땐 까맣게 몰랐다.

"캠프 사람들이 도와줘가 공동묘지에 잘 묻어 드렸다."

송화는 숙제를 마친 듯 홀가분해 보였다.

"잘 왔다. 노인네도 잘 돌아가셨고. 명만 길면 뭐 하노. 송화야, 인자 맘 편히 우리캉 살자. 우리 세탁소 얼매나 잘되는지 아나? 월급 후하게 줄 테이까네 여서 일하다 좋은 신랑 만나가 시집가그라."

홍주가 말했다.

"하이고, 신랑 묘에 흙도 안 말랐을 긴데 벌써 그기 무신 소리고. 송화야, 쪼매만 조신허니 과부 노릇 하고 있그라. 느그 새신랑은 내가 찾아 주꾸마."

버들과 홍주가 떠드는 모습을 비죽이 웃으며 보던 송화가 말했다.

"고맙다. 얼라 놓을 때까지만 신세 지께."

송화 말에 버들과 홍주는 너무 놀라 할 말을 잃었다. 태가 조금도 나지 않아 임신했을 줄은 꿈에도 몰랐다.

"어, 얼라를 가졌다꼬? 석보 영감 아 맞나?"

버들이 자기도 모르게 물었다. 송화가 그럼 누구 아이겠느냐고 묻는 표정에 민망해진 버들은 홍주에게 소리쳤다.

"거, 거 봐라. 장수 아배도 환갑 진갑 넘어서 장수 놓았다 캤제?"

버들과 홍주는 마지막 달거리한 날짜를 꼽아 본 뒤 임신 사 개월쯤이라고 추정했다.

"우리 펄이 돌 때쯤 놓겠네."

버들은 아버지 없는 아이를 낳을 송화가 걱정됐다. 펄도 아버지 없이 태어났지만 태완은 엄연히 살아 있었다.

"걱정말고 놓아라. 아배 없으면 우뗳노? 우리 서이서 키우면 된다. 내, 공부 시켜 주꾸마."

홍주가 호기롭게 외쳤다.

다음 날부터 송화는 일을 돕기 시작했다. 집안일과 아이들 돌보기에서부터 다림질까지 필요한 일들을 척척 해냈다. 덕분에 버들과 홍주는 세탁소 일에 더 열중할 수 있었다.

*

또 해가 바뀌었다. 세탁소는 시스터스 런드리로 불리며 성황을 이루었다. 버들과 홍주는 반강제로 송화를 계 모임에 끌어들였다.

"얼라도 놓을 긴데 돈을 모아야 할 거 아이가."

송화는 먹여 주고 재워 주는 걸로 됐다고 했지만 버들과 홍주는 다달이 월급 조로 송화 몫을 떼어 놓았다.

여덟 명이 됐어도 계 모임 이름은 여전히 무지개회였다. 계원들 중 조선과 연관된 소식에 가장 민감한 사람은 남편이 만주에 가 있는 버들이었다. 버들은 틈틈이 신문을 보았다. 무지개 회원들에게서 단체 기관지도 얻어다 읽었다. 통의부 의용군이 조선으로 진입해 신의주 주재소를 폭파했다는 기사에 가슴이 철렁 내려앉았다. 일본 땅이 돼 버린 조선에서 독립운동을 하다 잡히면 꼼짝없이 감옥에 갇히거나 죽을 것 같았다.

정치가들의 소식은 암울하기만 했다. 임시정부는 문제점을 고쳐서 이끌어 가자는 개조파와 아예 새로운 정부를 구성하자는 창조파로 나뉘어 대립했다. 사태의 원인은 이승만이 국제연맹에 조선을 위임 통치해 달라는 청원서를 제출했다는 사실이 알려진 때문이었다. 머잖아 이승만이 쫓겨날 거라는 소문이 파다했다. 그래도 하와이를 비롯한 미주 동포들은 조국의 독립을 위해 후원금을 아끼지 않았다. 조국에서 조선물산장려운동이 벌어지자 하와이의 부인들도 일본 물건 안 사기 운동을 펼쳤다.

태완이나 조국의 소식과 별개로 버들을 비롯한 무지개 회원들의 삶은 그 어느 때보다 순조롭게 펼쳐지고 있었다. 세탁소는 말할 것도 없었고, 막선네는 이발소를 넓혔다. 명옥은 레인보우스 홈이라고 이름 붙인 탁아소 겸 유치원을 차렸다. 원생이 많아 기화가 공장 일을 그만두고 합류했을 정도였다. 봉순은 그동안 모은 돈으로 남편과 식료품점을 차렸다.

송화가 제일 걱정이었다. 산달이 다가오자 송화는 시름없는 표정에 말수도 줄어들어 하루 종일 몇 마디 안 했다. 정호는 홍주가 작은 방에서 데리고 자고 안방에서 버들과 펄, 송화가 잤다. 낮에 쉴 새 없이 일한 버들은 펄이 깨어서 울어도 잠결에 젖을 물린 채 다시 잤다. 송화가 오한이 들거나 잠꼬대 같은 헛소리를 하는 것도 몰랐다. 홍주 또한 깊이 잠들어 송화가 한밤중 뒷마당에 나가 서성거리는 것을 알지 못했다.

"송화야, 걱정할 기 하나 없다. 암 걱정 말고 밥이나 잘 묵그라. 아한테 다 파 묵혀가 빈껍데기가 됐다 아이가."

홍주의 걱정처럼 송화 몸은 임신 팔 개월인데도 표시가 나지 않았다. 걱정된 버들과 홍주가 억지로 병원에 데려갔지만 별 이상은 없었다.

그 무렵 가장 큰 사건은 홍주에게 차가 생긴 일이었다. 세탁소의 오랜 단골이었던 부대 군무원 찰리가 본토에 있는 본대로 복귀하면서 주고 간 차였다. 사십 대 초반으로 아내와 사별했다는 찰리는 홍주를 좋아했다. 홍주도 찰리를 좋아했다.

버들은 홍주가 찰리와 연애라도 하다 상처 입을까 봐 걱정되었다.

"과부에 소박까지 맞은 년이 무신 상처를 더 받겠노? 내는 내 맘 가는 대로 살 기다."

홍주는 버들의 걱정을 귓등으로 흘렸다.

"니는 하올레가 얼매나 몬됐는지 모른다."

버들은 태완의 어깻죽지에 난 흉터, 카후쿠역에서 자신이 준 달 걀을 짓밟았던 하올레 부인, 정호를 다치게 했는데도 자기네 정원 에 들어온 것만 문제 삼던 롭슨 부인을 거론하며 찰리와의 교제를 말렸다.

"찰리는 신사다. 그동안 본 사나 중 젤로 점잖고 정 많다. 여자 알기를 우습게 알고 가정도 지대로 돌볼 줄 모르는 조선 사나들보 다 백배는 낫다."

홍주가 코웃음 쳤다. 틀린 말은 아니었다. 당장 태완만 해도 몇 년째 가족을 떠나 있었다.

"말도 안 통하는 사나캉 우예 사귄단 말이고?"

더 말릴 구실이 없어진 버들이 말했다.

날마다 미국 군인들을 상대하는 홍주는 간단한 영어는 했지만 아직 어린아이 수준이었다. 버들의 말에 홍주가 생긋 웃으며 대꾸 했다.

"말 배울라 카먼 연애가 최곤 기라. 영어 잘하면 세탁소에도 도 움 된다 아이가."

제 말대로 찰리와 사귀면서 영어 실력이 부쩍 는 홍주는 어쩌다 찾아오는 하올레 손님들을 제법 능숙하게 응대했다. 홍주 말대로 영어가 통한다는 소리에 찾아오는 사람도 있었다.

일요일마다 찰리는 차를 세탁소 앞에 대놓고 홍주를 기다렸다.

한껏 모양을 낸 홍주는 외출 준비가 끝났는데도 찰리를 일이십 분기다리게 한 뒤에야 나갔다. 사랑에 푹 빠진 홍주가 벌써부터 걱정된 버들이 중얼거렸다.

"저레 동네방네 소문 다 내놓고 결혼 몬 하면 우짜꼬."

"걱정 마라. 결혼한다."

송화가 옆에서 툭 내뱉었다. 버들은 깜짝 놀라 송화를 돌아다보았다.

"참말이가? 니 또 뭐 보이나?"

눈에 잠깐 비쳤던 열기가 사라진 송화는 금방 자기가 무슨 말을 했는지 모른다는 얼굴로 딴전을 피웠다. 송화는 이상한 소리를 툭툭 내뱉는 빈도가 잦아졌다. 게다가 그 말이 들어맞을 때도 많았다. 버들은 홍주가 찰리와 결혼하는 상황에 대비해 마음의 준비를했다. 그런데도 홍주가 찰리로부터 청혼받은 사실을 알았을 때 눈앞이 캄캄해졌다. 홍주가 없으면 세탁소를 닫아야 했다. 곧 아이를낳는 데다 더러 넋을 놓곤 하는 송화와 둘이 꾸려 나가기란 불가능했다. 하지만 자기 이익을 위해 친구의 선택과 행복을 막을 수는없었다.

"잘됐다. 결혼해라. 내는 송화하고 재봉소 하면 된다. 벌이야 비교도 안 되겠지마는 그동안 모은 돈도 있고 하니까네 걱정 말그라. 그저 니 생각만 하면서 결정하그라."

홍주와 헤어질 생각에 벌써부터 가슴이 무너졌지만 버들은 차분하게 말했다. 홍주가 이번만큼은 정말 행복하게 살기를 바랐다. 찰리가 결혼해서 본토로 가자고 한다며 달떴던 홍주의 표정이 가라앉았다.

"가시나야, 섭섭하구로 그기 뭔 소리고? 결혼 안 한다. 찰리하고 결혼하면 내는 미국 사람 되는 기라. 그라모 조선하고 영 멀어진다 아이가. 느그들하고 여서 살 기다."

홍주의 눈자위가 붉어졌다. 홍주에게 조선은 성길이었다.

홍주는 찰리의 청혼을 거절하며 차를 자기에게 팔고 가라고 했다. 송화가 또 무슨 예언을 했을 때 버들은 "치아라, 홍주 결혼도 몬 맞혔다 아이가." 하고 코웃음을 쳤다.

"한다. 홍주 결혼."

송화가 중얼거렸다. 하지만 찰리는 자동차를 남기고 하와이를 떠났다.

포드사의 대량생산으로 이제 자동차는 노동자 월급 일 년 치면 살 수 있었다. 하지만 당장 먹고살기 바쁜 서민들에게는 여전히 손 닿을 수 없는 곳에 있는 귀한 물건이었다. 차가 생긴 홍주는 곧바로 면허를 땄다. 1915년산을 개조한 포드는 걸핏하면 시동이 꺼졌지만 자전거보다 더 빠르게, 더 많이 배달할 수 있는 큰 재산이었다.

"오다 시동 꺼져가 애먹었다 아이가. 그런 고물차를 타고 댕긴 걸 보면 찰리도 자린고빈 기라. 내 팔자에 들어온 사나는 말캉 억수로 짠 기만 있다."

홍주는 찰리를 보낸 아쉬움을 공연한 투정으로 달랬다. 차를 타고 맘껏 돌아다니겠다는 건 하와이 올 때부터 홍주의 바람이었다. 드디어 차가 생겼지만 세탁소와 군부대를 오갈 뿐 일에 치여 돌아다닐 틈도 없었다.

그들이 처음 차를 타고 놀러 간 것은 부활절로, 와히아와의 상점들 대부분이 문을 닫는 일요일이었다. 교인들에게 대단한 축일인 그날, 버들과 홍주도 즐거운 계획을 세웠다. 송화가 아이를 낳기 전 북쪽에 있는 선셋 비치에 놀러 가기로 한 것이다. 일요일 반나절 외엔 쉬어 본 적도, 멀리 나들이를 해 본 적은 더더욱 없는 버들과 홍주는 첫 소풍에 흥분했다. 송화도 모처럼 들떠 보였다. 클수록 더 어른들 기분에 민감하게 반응하는 정호는 물론 막 걸음을 떼어 놓기 시작한 펄도 덩달아 신이 났다.

사람들이 교회에 가는 오전, 홍주의 포드는 세탁소를 출발했다. 조수석엔 송화가 짐을 들고 앉았고 뒷자리엔 펄을 안은 버들과 정호가 앉았다. 홍주의 운전 솜씨는 서툴고 과격했다. 달리다 급정거하기를 반복하자 버들은 멀미를 하기 시작했다. 차를 타는 순간부터 흥분 상태였던 정호는 창에 매달려 소리를 질러 댔고 펄도 정신없이 꺅꺅거렸다.

버들은 멀미를 하면서도 친구가 운전하는 차를 타고 놀러 간다는 사실에 아이들 못지않게 흥분했다. 와히아와 한인들 중 자동차를 가진 이는 두 사람뿐이었다. 여자 운전자는 다른 민족을 통틀어도 손에 꼽을 정도였고 한인들 중에서는 처음이었다. 버들은 와히아와 사람들에게 자동차 타고 나들이 가는 자신들의 모습을 보여주고 싶었다. 바다 건너 조선 사람들에게도 마찬가지였다. 거기 살았다면 상상도 못 했을 일이었다. 버들은 태완이 운전하는 자전거를 탔을 때와는 또 다른 벅찬 감정이 멀미와 함께 솟구쳤다. 가장 흥분한 사람은 홍주 자신이었다.

해변에 도착한 그들은 차에서 내려 백사장으로 갔다. 버들은 송화가 펼쳐 놓은 돗자리에 펄을 내려놓았다. 정호는 얼어붙은 듯 서서 바다를 보았다. 2, 3층은 거뜬히 될 만큼 높은 파도는 마치 용틀임하는 것 같았다. 어른과 아이 모두 돗자리에 앉아 싸 온 샌드위치와 오렌지, 바나나를 먹으며 해변으로 밀려오는 파도를 구경했다. 언제 바다에 뛰어들었는지 파도타기를 하는 젊은 남녀들이 보였다.

버들은 호놀룰루 와이키키 해변에서 서핑하는 사람들을 본 적이 있었다. 그때는 운동이나 놀이로 보였는데 파도가 거칠고 높은 지금은 목숨을 건 곡예로 보였다. 파도가 젊은이들을 집어삼킬 듯 몰려왔고 해변의 사람들은 숨죽인 채 지켜보았다. 파도에 휩쓸린 그들 중 여자 한 명이 보이지 않자 버들은 숨이 멎는 것 같았다. 여자가 파도 위로 우뚝 솟아오르는 순간 버들은 겨우 숨을 토해 냈다. 구경꾼들이 환호성을 지르며 박수 쳤다. 정호도 작은 손으로 힘껏 박수를 쳤다. 여자는 파도의 품에 안겨 멋지게 미끄럼을 타며 내려왔다.

정호를 따라 펄이 아장아장 돗자리 밖을 벗어났다. 버들보다 송화가 먼저 일어나 아이들을 따라다녔다. 홍주는 운전하느라 진이 빠졌는지 조용히 바다만 바라보고 있었다. 버들은 아무것도 안 하고 앉아 있어도 마음 편한 시간이 눈물 날 만큼 좋았다. 그때 홍주가 중얼거리듯 말했다.

"저 아들이 꼭 우리 같다. 우리 인생도 파도타기 아이가."

아이들과 송화를 좇고 있던 버들은 홍주가 하는 말을 단박에 이해했다. 홍주 말대로 자신의 인생에도 파도 같은 삶의 고비가 수없이 밀어닥쳤다. 아버지와 오빠의 죽음, 그 뒤의 삶, 사진 신부로 온 하와이의 생활……. 어느 한 가지도 쉬운 게 없었다. 홍주와 송화가 넘긴 파도 또한 마찬가지였다.

젊은이들 뒤로 파도가 밀려오고 있었다. 그들은 파도를 즐길 준비가 돼 있었다. 바다가 있는 한 없어지지 않을 파도처럼, 살아 있는 한 인생의 파도 역시 끊임없이 밀어닥칠 것이다.

버들은 홍주의 어깨를 끌어안았다. 그리고 저쪽에서 아이들을 따라다니는 송화를 바라보았다. 함께 조선을 떠나온 자신들은 아프게, 기쁘게, 뜨겁게 파도를 넘어서며 살아갈 것이다. 파도가 일으키는 물보라마다 무지개가 섰다.

판도라 상자

로즈 이모가 위스키를 한 잔 더 따랐다. 붉은 매니큐어를 칠한 이모의 손가락 사이에서 담배 연기가 피어올랐다. 남자 친구 생각에 빠진 나는 이모 이야기를 듣는 둥 마는 둥 하고 있었다. 피터는 가족과 함께 캘리포니아 할아버지네 집으로 크리스마스 휴가를 보내러 갔다. 사귀기 시작하고 처음 맞는 크리스마스에 이렇게 떨어져 지내다니.

12월 7일 일요일 새벽, 일본군 폭격기가 진주만에 있는 해군 기지를 공습했다. 처음엔 우리 군인들이 훈련하는 줄 알았다. 2,400여 명이 죽고 엄청난 수의 전투기와 항공모함, 전함들이 태평양에 가라앉았다. 호놀룰루에서도 진주만 쪽에서 피어오르는 시커먼 연기가 보였다. 미국이 그렇게 속수무책으로 당하다니. 하와이 사람들뿐 아니라 나라 전체가 충격에 빠졌다. 다음 날 루스벨트 대통령의 연설에 이어 의회가 일본과의 전쟁을 선포했고 젊은 남자들은 앞다퉈 군에 입대하기 시작했다.

어딜 가나 진주만 이야기였다. 수학 선생은 선전포고도 없이 침공한 일본을 성토하며 젊었으면 자기도 군대에 갔을 거라고 열을 올렸다. 뒤늦게 교실에 있는 일본계 아이들이 생각났는지 일본군과 정부가 나쁜 결정을 한 것이고, 선량한 다수의 일본 사람들은 잘못이 없음을 강조했다.

하와이의 인구 비율을 보면 아시아계가 가장 높았고 그중에서도 일본계가 제일 많았다. 한인 어른들은 미국과 일본이 전쟁을 시작하자 조국을 삼십 년 넘게 짓밟고 있는 일본이 이참에 망하길 소원했다. 부모님 나라에 별 관심 없는 나는 펄이란 이름 때문에 놀림감이 된 게 짜증 났다. 남자애들은 나를 보고 실실 웃으며 펄이 침공당했대 어쩌고 하며 신경을 긁었다. 원래부터도 내 이름이 마음에 들지 않았다. 엄마가 다른 보석을 좋아해 사파이어나 루비, 골드, 다이아몬드 따위로 짓지 않은 건 천만다행이지만 펄도 이상하기는 마찬가지였다.

중학교에 들어갈 때까지 나와 같은 이름을 가진 아이를 한 번도 보지 못했다. 그러다 문학 시간에 읽은 너새니얼 호손의 『주홍 글씨』라는 소설에서 처음으로 펄이란 이름을 보았다. 목사와 여자

주인공이 간통해서 낳은 딸로 유쾌한 상황의 인물은 아니었다. 엄마가 그 소설을 읽었다면 절대 짓지 않았을 이름이었다.

두 번째로 만난 펄은 삼 년 전 미국 여성 작가로는 처음 노벨 문학상을 받은 사람이었다. 그의 『대지』라는 책은 노벨상을 타기 전 이미 퓰리처상을 받은 작품으로 학교 필독서였다. 세계적으로 유명한 사람과 이름이 같다는 사실에 긍지를 느끼며 읽기 시작했지만 얼마 지나지 않아 책을 덮고 말았다. 등장인물들은 중국 시골의 무식한 농부인데 하나같이 말투가 고상하고 교양이 넘쳤다. 내 주변의 중국인들 중에 그런 식으로 말하는 사람은 없었다. 무엇보다 여자 주인공이 너무 답답해서 짜증 났다. 그런데 이번엔 적의 공격에 처참하게 무너진 펄이라니. 피터가 나서서 남자애들의 저질스러운 놀림을 막아 주지 않았다면 아마 내가 사고를 쳤을 것이다.

피터와 나는 그 일로 특별한 사이가 됐다. 알고 보니 피터는 일 년 전부터 나를 짝사랑하고 있었다. 내가 피터의 존재조차 모를 때부터 그 앤 날 사랑하고 있었던 거다. 포르투갈계인 피터 할아버지도 우리 할아버지처럼 사탕수수 노동자로 하와이에 왔다. 많은 이민 1세들처럼 피터 할아버지는 캘리포니아로 이주했고 피터도 그곳에서 태어나 자랐다. (그 애 엄마는 일본인이다.) 피터가 하와이에 온 건 아버지 사업 때문이지만 그 애는 나를 만나기 위해서 온 것 같다고 했다. 나도 일본군이 진주만을 공습한 게 우리를 맺어주기 위해서인 것 같다고 화답했다. 운명이 이끄는 대로 우리는 이

주일 만에 키스했고 함께하는 미래를 계획할 만큼 서로에게 푹 빠졌다.

첫 번째 계획은 같은 대학에 진학하는 것이다. 나는 이미 본토 중북부에 있는 위스콘신주립대학에 가기로 마음을 정한 상태였다. 캘리포니아로 가려고 했던 피터는 자기도 나와 같은 대학에 원서를 넣겠다고 했다. 함께 위스콘신에 가기 위해선 내 문제부터 해결해야 했다. 엄마는 내가 하와이에서 대학을 나와 교사가 되기를 원했다. 아니 강요했다. 피터와 사귀기 전 나는 이미 그 문제로 엄마와 크게 싸웠다. 추수감사절 방학 때 집에 가서 이야기했더니 엄마는 펄펄 뛰며 그 대학에 가면 나를 자식으로 생각하지 않겠다고까지 했다.

"데이비드는 UCLA 갔는데 나는 왜 안 돼? It's my life. It's none of your business!(내 인생이야, 상관하지 마!) 위스콘신 갈 거야."

엄마는 영어를 거의 못했다. 한인 커뮤니티 안에서만 사니 그럴 수밖에 없다. 내 모국어는 영어지만 나는 조선말도 웬만큼 했다. 말하기가 듣기 실력에 못 미칠 뿐이다. 간혹 내게 불리한 일이면 못 알아듣는 척할 때도 있지만 일상적인 소통은 문제없었다. 나는 엄마와 모국어가 다르다는 사실이 크게 불편하지 않다. 같은 언어를 쓴다고 해도 어차피 부모와 자식은 말이 통하지 않기 때문이다. 하지만 싸울 때는 너무 답답했다. 내가 더듬거리던 조선말을 팽개치고 영어로 말하면 엄마는 상처받은 얼굴이 됐다. 마치 내가 날카로운 무기라도 휘둘러 댄 것 같은 표정을 했다. 그날도 나는 엄마와 각자의 언어로 소리 지르며 싸우다 대화를 포기하고 집을 뛰쳐나왔다.

나는 로즈 이모 집으로 돌아왔다. 학교가 멀어 이모네서 지내는 게 얼마나 다행인지 몰랐다. 그 뒤 사 주 동안 집에 가지 않았고 크리스마스 방학에도 가지 않기로 결심했다. 곧 쓰게 될 대학 원서를 내 의지대로 하겠다는 무언의 시위였다.

크리스마스 방학을 앞두고 먼저 전화한 사람은 엄마였다. 나는 엄마의 마음이 바뀌었기를 기대했다. 하지만 엄마는 대학 이야기는 아예 없던 일처럼 굴며 방학 동안 로즈 이모를 잘 보살펴 주라고 했다.

"같이 오면 좋을 긴데 안 온다 카니 니도 집에 올 생각 말고 이모 옆에 있그라."

비장의 무기로 준비했던 계획이 허망하게 날아갔다. 그리고 엄마가 크리스마스에 집에 오지 말라고 하니 서운했다. 내가 안 가겠다는 것과 엄마가 오지 말라는 건 하늘과 땅 차이였다.

이모는 고향에서 온 편지로 뒤늦게 어머니의 사망 소식을 알게 됐다. 크리스마스이브부터 식당 문을 닫은 이모는 육 일째 술에 취해 지내고 있었다. 그리고 한없이 감상에 젖어 어렸을 때부터의 일을 읊기 시작했다. 못 알아듣는 척해도 소용없었다. 이모는 관객이 한 명뿐일지라도 연기 혼을 불사르는 무대 위의 배우인 양 자기

역할에 심취해 있었다. 그 덕에 나는 내 인생 최악의 크리스마스 시즌을 보내는 중이고 이제 견디기 어려울 만큼 짜증이 치밀어 오르고 있었다.

"펄이야, 우리 세탁소 시스터가 정호캉 니캉 델꼬 선셋 비치에 놀러 간 얘기 했드나?"

이모가 풀린 눈으로 나를 보며 말했다.

"응, 이모. 세 번이나 했어. 서핑하는 사람들 이야기도 했고, 인생이 파도 타는 것 같다는 이야기도 다 했어."

나는 이모가 또 이야기할까 봐 얼른 대꾸하며 일어설 기회를 엿보았다. 주정 섞인 이모의 지난 이야기보다 혹시 걸려올지 모를 피터의 전화에 더 신경이 쏠렸다.

로즈 이모 이야기가 무조건 지루하고 짜증 나기만 했던 건 아니다. 덕분에 이모 인생에서 떼어 낼 수 없는 엄마의 지난 삶도 좀 더 알 수 있었다. 엄마는 과거 이야기를 거의 하지 않았다. 어쩌다 물으면 오늘 살기 바빠 어제 일은 기억도 나지 않는다고 했다. 며칠 동안 이모 이야기를 듣다 보니 기억력이 부족한 건 엄마의 큰 장점이었다. 이모 이야기에 나오는 엄마의 삶은 고생스럽고 답답하기 그지없었다. 내가 보아 온 엄마도 마찬가지였다. 『대지』를 읽다 그만둔 가장 큰 이유는 여주인공 올란의 모습에 엄마가 겹쳐 보였기 때문이다. 엄마가 그런 이야기를 날마다 되풀이한다면 생각만 해도 우울한 일이다.

"돌이켜 보면 하와이 와서 그때가 젤로 신바람 나고 행복했다 아이가."

나는 어이가 없었다.

"Jesus Christ! 남편 떠난 여자, 남편 죽은 여자, 남편한테 버림받은 여자 셋이 모여서 뭐가 좋았다는 거야?"

스물세 살, 고작해야 나보다 네 살 더 많은 나이였다. 사 년 뒤 내게 그런 인생이 기다리고 있다면 맹세컨대 나는 지금 여기서 삶을 멈출 것이다.

"니 혹시 남편한테 버림받은 여자는 내를 말하는 기가?"

이모가 날 보았다. 나는 '그게 아니면?' 하는 표정으로 마주 보았다.

"그레 생각하면 큰 오산인 기라. 버림받은 기 아이고 내가 버린 기다."

이모가 술잔에 남은 술을 털어 마셨다. 그거나 저거나 내게는 상관없다.

"네, 네. 어련하시겠어요. 이제 그만 주무세요."

나는 얼른 이모 앞의 빈 잔을 집어 들고 일어섰다. 살림집 설거지와 청소, 빨래는 내 일이었다. 엄마는 오빠를 맡길 때부터 하숙비만큼 일을 시킬 것을 이모에게 분명히 했다. 나도 처음엔 오빠가 했던 것처럼 저녁마다 이모와 마주 앉아 식당의 전표를 불러 주면 장부를 작성하고 돈 계산을 했다. 그 돈을 쓰라면 모를까, 계산이 맞지 않으면 몇 번씩 다시 해야 하고 장사가 안된 날이면 푸념까지 들어야 하는 일은 너무 재미없었다. 나는 차라리 집안일을 하겠다고 사정했다. 싱크대로 간 내게 이모가 말했다.

"술잔 도로 가온나. 아부지 죽고, 어매도 죽고, 인자 내는 고안 기라."

마흔 넘은 나이에 고아 타령이라니. 나는 고개를 저으며 술잔을 도로 이모 앞에 놓아 주었다. 한편으로 이럴 때 이모 비위를 맞춰 주는 것도 나쁘지 않겠다는 계산이 섰다. 엄마가 위스콘신으로 가는 것을 끝내 반대하며 경제적인 지원을 끊을 경우 기댈 수 있는 사람은 로즈 이모뿐이다. 한인 단체에 통 크게 기부하기로 이름난 이모가 내 처지를 모르는 체하진 않을 것이다. 게다가 대학 문제만 있는 것도 아니다. 엄마는 피부색이 다른 데다 일본 피가 섞인 피터와 사귀는 일 또한 허락하지 않을 것이다. 결혼은 더더욱. (대학을 졸업하자마자 결혼하는 게 우리의 두 번째 계획이다.) 그때도 지원군이 돼 줄 사람은 이모뿐이다. 고집 센 엄마가 이모 말을 들을지 모르겠지만.

"니도 뭐 하나 갖고 와가 마시그라."

나는 냉장고에서 콜라를 꺼내 병뚜껑을 따 들고 이모 맞은편에 앉았다.

"고작 콜라가? 니도 니 어매 닮아가 답답하다. 우리 둘뿐인데 술 한잔 마시그라. 열아홉 살이면 내사 과부 되고, 재혼도 해가 얼라까지 낳은 나이다."

로즈 이모가 비웃듯이 말했다. 엄마가 답답한 건 맞지만 나까지 그렇게 보는 건 절대 동의할 수 없다. 내 안에 어떤 열정이 들끓고 있는지 이모는 모른다.

"아니라고. 열여덟 살 육 개월이라고."

나는 조금 전 이모 나이와 내 나이를 계산할 때는 조선식으로 했으면서 그렇게 대꾸했다. 초등학교에 입학했을 때 나이를 세는 게 제일 헷갈렸다. 와히아와 초등학교엔 조선계뿐 아니라 중국계, 일본계, 필리핀계, 포르투갈계 등 온갖 아이들이 다 있었는데 그 애들은 모두 여섯 살에서 일곱 살짜리들이었다. 나는 으스대며 여덟 살이라고 했다가 단번에 거짓말쟁이가 되고 말았다. 태어나자마자 한 살이라고 하는 건 한인들뿐이었다.

"내사 마 조선 기 좋은 기 없지만서도 나이 세는 법만큼은 조선이 맞다. 미국식으로 하면 엄마 배 속에 있는 나이는 안 치는 긴데 그라모 배 속 얼라는 생명이 아이란 말이가?"

"여기는 조선 아니고 하와이, 미국 준주야."

엄마한테 지겹도록 해 온 말을 이모에게도 하게 될 줄 몰랐다. 엄마는 조선을 떠난 지 이십 년이 넘었는데 말은 물론 조선식 생각과 생활 방식을 버리지 못했다. 그런 사람이 어떻게 자식 이름은 영어로 지었는지 모르겠다. (물론 엄마는 조선 이름으로 우리 남매들을 부른다.) 그나마 말이 통한다고 생각했는데 이모 역시 한인이었다. 한인들과 미국인들은 나이뿐 아니라 이름을 적는 방식도 달랐다. 자기 이름보다 성을 먼저 쓰는 한인들은 개인보다 가족을, 가족보다 나라를 우선으로 생각한다. (우리 아버지 같은 사람 말이다.) 날짜를 표기할 때도 연도가 먼저다. 오늘보다 과거나 미래를 더 중요하게 여기기 때문이다. (우리 엄마 같은 사람 말이다.) 하지만 나는 지금 이 순간이 가장 중요하다.

"그래, 여는 하와이제. 팔자 고쳐 볼라꼬 남의 땅에 와가, 뭐 피하다 똥 밟는다꼬 별별 인생사 다 겪으면서 오래 살았다."

이모가 노인 같은 소릴 하며 술잔을 단숨에 비웠다. 그리고 위스키 병을 들더니 술을 질질 흘리며 따랐다. 나는 당장 일어서고 싶은 마음을 누른 채 비굴하게 앉아 있었다. 최악의 크리스마스로 남게 하지 않으려면 의리파이자 기분파인 이모의 환심을 확실하게 사 놓아야 한다. 그러자면 이모 말에 열심히 귀 기울이는 척하고 질문도 해 줘야 하는데 더 이상 이모 인생에 궁금한 게 없었다.

나는 송화에 대해 묻기로 했다. 로즈 이모 말에 따르면 이모, 엄마, 송화는 삼총사였다. 그런데 송화는 본 적도, 엄마에게 이야기를 들은 적도 없었다. 그래서인지 이모라는 말도 안 나왔다. (한인의 또 한 가지 특징은 사람을 이름이 아니라 관계에 의한 호칭으로 부르는 것이다. 어렸을 때 이모들의 이름만 불렀다가 혼난 적이 많았다. 아직도 이해가 안 되는 건 이모는 엄마의 자매를 뜻하는 aunt라는데 엄마는 자기 친구들한테 그렇게 부르라고 했다.)

"송화는 지금 어디 살아? 재혼했어?"

로즈 이모는 나를 빤히 보았다. 나는 '이모나 엄마 이야기는 이제 지겨워서 그래.' 하고 속으로 대답했다.

"송화는…… 조선으로 돌아가 삐맀다."

이모는 술을 또 한입에 털어 넣었다. 재혼이라도 했다는 게 더 흥미로울 뻔했다. 이제 궁금한 척하기도 귀찮아진 나는 이모의 술잔을 채워 주었다. 차라리 빨리 더 취하게 만들어 재우는 게 나을 것 같았다.

"송화가 와 조선으로 가 삐맀는지 아나? 무병이 심해진 기라."

이모는 묻지도 않은 걸 말하곤 잔을 비웠다. 병이 났구나. 아프면 집이 그립겠지.

"무병? 그게 뭔데?"

나는 건성으로 물으며 또 술을 따랐다.

"무당 되는 병 말이다."

"무당은 또 뭐야?"

로즈 이모가 영어 단어를 찾는 듯 입속말로 중얼거리다 말했다.

"옳지, 샤, 샤만이라 카는 기 말이다."

로즈 이모는 이제 발음조차 불분명했다.

"아, 샤먼. 송화가 샤먼이 됐다고?"

나는 의자 등받이에 기대고 있던 몸을 뗐다. 샤먼이라니. 그건 좀 흥미로웠다.

"그래, 원래 그 가시나 할매가 무당인 기라. 조선서는 무당이라 카면 아주 천한 직업이제. 송화 할매가 손녀딸은 무시당하지 말고 살라꼬 여로 시집보낸 긴데 고마⋯⋯."

옆길로 샌 이모의 사설이 길어질 것 같아 말을 끊고 물었다.

"혹시 포춘 텔러도 했어? 점쟁이 같은 거 말이야."

"점쟁이라고 할 수는 없지만서도 가끔 신이 들어오면 툭툭 뱉는 말이 맞기는 했다. 그기를 알고 예수 믿는다 카면서도 몰래 송화 찾아오는 사람들도 있었제. 그래도 송화는 무병 이겨 볼라꼬 혼자 애 마이 썼다."

이모는 술병을 바닥냈다. 송화가 있다면 내 운명을 물어보고 싶다. 원하는 대학에 갈 수 있는지, 피터와 결혼할 수 있는지. 그 사람도 이모일 테니까 공짜로 점을 볼 수 있었을 텐데, 아쉽다.

"근데 왜 돌아갔어? 조선에서는 샤먼이 천한 직업이라면서."

"⋯⋯얼라를 위해선 기라. 자식 생각해서 갔다⋯⋯. 니는 몰라도 된⋯⋯."

로즈 이모는 말을 다 마치지 못하고 식탁 위에 엎어졌다. 테이블 밖으로 굴러떨어지려는 술잔을 아슬아슬하게 붙잡은 나는 이모를 방으로 데려갔다. 밀가루 자루처럼 축 늘어진 이모는 질질 끌어도, 침대에 던지듯 놓아도 잘 몰랐다. 카디건이 답답할 것 같아 벗기는데 게슴츠레 눈을 뜬 이모가 말했다.

"펄이야, 니 느그 어매 원망하면 몬쓴다. 다 니를 위해서 그런 기다……."

내 꿈을 반대하는 게 나를 위해서라고? 부모는 모든 걸 자식을 위해서라고 변명할 수 있으니 참 좋겠다. 이모가 맨정신에 한 말이었으면 분명히 따졌겠지만 술 취한 사람과 실랑이를 벌이는 건 시간 낭비, 감정 낭비다.

"네, 네. 알아요. 이제 그만 자."

나는 이모에게 베개를 받쳐 주고 이불을 덮어 주었다. 이모는 무어라 중얼거리더니 곧 코를 골았다. 나가려는데 방 안의 광경이 눈에 들어왔다. 며칠 동안 치우지 않은 방은 엉망이었다. 평소엔 날마다 청소를 했지만 식당 문을 닫은 며칠 동안은 이모가 방에서 지내는 시간이 많아 내버려 두었다. 술이 깨면 이모는 내 할 일을 제대로 안 했다고 한 소리 할 것이다. 대강이라도 치워 놓는 게 좋겠다 싶어 방바닥에 널브러진 옷가지들을 주워들었다. 옷에 덮여 있던 웬 나무 상자가 나타났다. 뚜껑이 열려 있는 상자 안엔 사진과 편지들이 들어 있었다. 방바닥에 떨어져 있는 편지는 찰리 것이었다.

피터로부터 전화가 오긴 이미 틀린 시간이었다. 전화기가 거실 벽에 걸려 있다더니 전화할 상황이 안 됐던 모양이다. (언제까지 이렇게 어른들 눈치를 보며 살아야 하는지. 얼른 하와이를 떠나고 싶다.) 낮잠을 많이 자 잠도 오지 않을 것 같았다. 이모의 과거 이야기에 물린 상태였지만 사진이나 연애편지는 시간 때우기에 그만이다. 방이 떠나가라 코를 고는 이모는 호놀룰루에 포탄이 떨어져도 모를 것 같았다.

나는 상자를 집어 들고 이모 방을 나왔다. 자기 전 상자를 제자리에 갖다 놓으면 눈치채지 못할 테고 들킨다고 해도 이모는 웃어넘길 것이다.

*

침대 머릿장에 기대앉아 상자 뚜껑을 열었다. 뒤죽박죽 섞여 있는 사진과 편지들 중에서 사진부터 꺼냈다. 식당에서 직원들과 찍었거나 행사 사진 같은 것들을 제쳐 놓자 이모와 찰리의 결혼식 사진이 나왔다.

본토로 가서도 계속 이모에게 편지를 했던 찰리는 몇 년 뒤 하와이로 돌아왔다. 그리고 빨간 장미와 반지를 주며 다시 청혼했다고 한다. 이모 이름이 로즈가 된 건 그때부터라나. (우리 엄마는 꼬박꼬박 홍주라고 부르지만.) 이모의 결혼식 장면은 내 인생의 첫 기억이다. 나는 예쁜 드레스를 입고 신랑 신부에 앞서 꽃을 뿌리며 입장했다. 사람들이 박수 치는 게 나를 향해서인 것 같아 우쭐했더랬다. 엄마가 만들어 준 드레스가 마음에 들어 잘 때도 벗지 않겠다고 고집부렸던 것도 생각난다. 다섯 살 때 기억은 그게 전부다.

결혼식 날 로즈 이모 부부와 우리 가족이 함께한 사진도 있었다.

이모가 뒷면마다 날짜를 적어 놓아 사진 찍은 날이 언제인지 알 수 있었다. 1927년 5월 14일에 찍은 사진에는 결혼 예복 차림인 로즈 이모와 찰리, 나를 안은 엄마와 오빠만 있을 뿐 아버지는 없다. 내가 아버지를 처음 본 건 그다음 해 가을이었다. 처음 보았다기보다 그전의 일은 기억하지 못한다는 게 맞는다. 아버지는 내가 아기 때 한번 다녀갔다고 했다. 엄마는 아버지가 날 무릎에 앉히고 밥을 먹여 줬느니, 잘 때 자장가를 불러 줬느니 하는데 나는 하나도 생각나지 않았다.

"데이비드, 정말 그랬어? 대디가 나한테 그렇게 해 줬어?"

오빠에게 물어보았지만 대답을 듣지 못했다. 오빠는 아버지 이야기만 나오면 화를 냈다.

아버지에 대한 첫 기억은 누군가의 죽음으로 비탄에 빠진 모습이다. 우리는 물론 엄마조차 곁에 가길 어려워했다. 나는 죽었다는 사람이 한인 커뮤니티의 지도자 박용만 선생이고, 아버지가 일본과 싸우러 집을 떠났던 것도 그 사람 영향 때문이었다는 걸 나중에 알았다. 박용만은 중국에서 일본과 내통했다는 오해를 받고 같은 조선인이 쏜 총에 사망했다고 한다.

아버지는 박용만 선생의 장례식이 끝난 뒤 다시 집을 떠났다. 나는 솔직히 집안 분위기를 어둡고 무겁게 만들었던 아버지가 간 게 하나도 서운하지 않았다. (한동안 엄마가 아버지 못지않게 집안을 어둡게 했지만.) 나는 아버지보다 찰리가 훨씬 더 좋았다. 로즈 이모는 결혼한 뒤에도 우리 집 근처에 살며 엄마와 함께 세탁소를 운영했다. 스코필드 배럭스에서 일하던 찰리는 부대에서 맛있는 걸 자주 사 왔다.

찰리는 우리 남매를 많이 사랑해 주었다. 오빠가 처음 캐치볼을 한 사람은 아버지가 아니라 찰리였다. 우리를 비치에 데려가 주고 행사 때마다 우리 모습을 사진으로 남겨 준 사람도 찰리였다. 그는 삼 년 전 암으로 세상을 떠났다. 언젠가 아버지가 우리 곁을 떠난 다고 해도 그때만큼 슬프지는 않을 것 같다.

아버지가 다녀간 뒤 배가 불러 온 엄마는 마이클을 낳았다. 아이 들은 다리 밑에서 주워 오거나 황새가 물어다 주는 게 아니란 사 실을 그때 확실하게 알았다. 동네 한인 아이들 대부분은 형제가 대 여섯 명씩 됐고 터울도 한두 살씩이어서 자기네끼리 친구처럼 지 냈다. 오빠는 네 살 차이 나는 나를 어린아이 취급하며 상대하지 않았다. 나는 동생이 생기는 게 너무 신났고 다른 아이들에게 아버 지가 있다는 걸 증명할 수 있어서 좋았다. 일곱 살 때 태어난 마이 클을 돌보는 일은 거의 내 몫이었다. 초등학생이 된 뒤에도 동생을 본다는 핑계로 업고 나가 어두워질 때까지 놀았다. 마이클을 보느 라 힘들었기 때문에 당연히 숙제를 하기 어려웠다.

아버지가 아주 돌아온 것은 1931년 12월이었다. 바람처럼 다녀 갔던 기억도 희미해졌을 즈음이었다. 2학년이 된 나는 엄마하고 마이클하고 한방을 썼고 작은 방은 초등학교 최고 학년인 오빠 혼자 썼다. 오빠는 레일레후아 중학교에 우수한 성적으로 입학하기 위해 열심히 공부하고 있었다. (나는 엄마가 장남인 오빠를 특별 대우하는 게 부럽지만은 않았다. 엄마 말에 따르면 장남은 공부도 잘하고 부모 말도 잘 듣고 커서는 집안을 일으켜 세워야 했다.)

아직 세탁소 일이 끝나지 않은 엄마 대신 간신히 마이클을 재웠는데 갑자기 밖이 소란스러웠다. 무슨 일인가 싶어 나가니 오빠도 방에서 나오고 있었다. 우리는 엄마와 함께 마루에 서 있는, 머리가 하얗고 수염이 덥수룩한 남자를 멍하니 보았다.

"야들아, 아부지 오싰다. 인사드리그라."

엄마가 숨 가쁜 목소리로 말하기 전 나는 이미 알고 있었다. 하지만 금방이라도 쓰러질 것 같은 초라한 남자가 아버지라는 사실을 인정하고 싶지 않았다. 아버지는 삼 년 만이 아니라 삼십 년 만에 온 것처럼 늙어 보였다. 게다가 병자처럼 기침을 해 대느라 우리 인사도 제대로 받을 수 없는 지경이었다.

"정호 아부지, 일단 방으로 드가이소. 니들도 들어온나."

엄마가 보물 상자라도 되는 양 아버지를 감싸 안고 방으로 들어갔다. 아버지는 한쪽 다리를 심하게 절고 있었다. 나는 아이들한테 놀림받을 걱정부터 들었다. 차라리 아버지가 없다고 놀림받는 게 나았다. 오빠는 화난 얼굴이었고 나는 실망스러운 마음을 감추지 못한 채 방으로 들어갔다. 아버지가 자고 있는 마이클 옆에 앉자 엄마는 우리에게 절을 하라고 했다. 무릎을 꿇고 엎드려서 하는 조선식 인사 말이다.

그날 밤 나는 오빠 방으로 가야 했다. 오빠는 내가 말만 걸어도 성질을 부렸고 발이 닿으면 걷어차기까지 했다. 내가 울며 안방 문 앞에 가서 이르자 아버지가 들어와서 자라고 했다. 마이클 자리는 엄마 아버지 사이였고 나는 엄마 곁에서 잤다. 하지만 아버지가 밤새도록 기침을 해 대는 통에 제대로 잘 수 없었다. 나는 다음 날부터 도로 오빠 방으로 갔다.

엄마는 아버지가 일본군과 싸우다 다리도 다치고 병도 얻은 거라면서 훌륭한 분이라고 했지만 내겐 조금도 와닿지 않았다. 그동안 고생한 엄마가 아버지를 좋게만 말하는 것도 이해가 되지 않았다. 로즈 이모도 마찬가지인 모양이었다. 사실 이모는 전에도 엄마 없는 데서 가끔 아버지 흉을 보곤 했다. 그런데 그날은 대놓고 했다. 나는 마이클을 업고 재우는 척하면서 이모와 엄마의 대화를 엿들었다.

"나라를 독립시켰나, 자기 이름을 날렸나. 몸만 베려 갖고 왔다 아이가. 니 혼자 아들 키우느라 고생한 공도 없이 이기 뭐꼬? 자그마치 십 년이다. 골병든 기는 닌데, 와 정호 아부지한테 보약이다, 사골국이다 해 바치노? 니는 느그 신랑 밉지도 않나?"

로즈 이모가 실밥 뜯던 쪽가위를 흔들며 엄마에게 말했다. 나는 어려서 제대로 정리하지 못했던 내 마음을 이모가 콕 짚어 말한 것 같아 시원했다.

"내는 뭐 부처가? 내도 밉고 원망스럽다. 그 맘을 말로 할라 카면 끝이 있겄나. 니 말대로 독립도 몬 하고 몸만 저레 돼 갖고 집에 온 마음은 우쩔까 싶어 불쌍타. 언젠가 독립이 된다면 정호 아부지나 내가 한 고생도 보탬이 된 기겄제. 그라믄 영 헛산 기는 아이다. 우쨌든 지금은 몸 보해가 사람 꼴 만드는 기 우선이다. 아들 아부지 아이가."

우리한테 아버지를 좋게 이야기할 때와 달리 어둡고 힘없는 목소리였다. 엄마의 진짜 마음을 안 게 그렇게 좋지만은 않았다. 내게 필요한 건 불쌍한 아버지가 아니라 훌륭한 아버지였다.

얼마 뒤 교회에서 아버지를 초청했다. 와히아와의 한인 교회는 두 곳이었다. 아이들은 학교에서 같이 놀다 일요일이면 부모를 따라 윗동네, 아랫동네 교회로 갈라졌다. (그 교회들은 각각 업 처치와 다운 처치로 불렸다.) 동네에서 교회를 다니지 않는 집은 우리와 로즈 이모네뿐인 것 같았다. 부활절엔 이 친구를 따라 업처치에 가고, 크리스마스엔 저 친구를 따라 다운처치에 갔던 나는 부모와 함께 교회 다니는 아이들이 부러웠다. 혼자 행사 때만 가면 눈치가 보였기 때문이다.

아버지를 먼저 부른 곳은 아랫동네 교회였다. 우리 식구는 옷을 차려입고 교회로 갔다. 로즈 이모도 함께 갔다. 부모님과 함께 가자 당당한 기분이 들었다. 우리는 맨 앞자리에 앉아 아버지가 말하길 기다렸다. 만주의 독립운동 단체들도 와히아와 한인 사회처럼 여러 파로 나뉘었다. 아버지는 통의부가 어쩌고 참의부가 어쩌고 단체 이야기를 한참 했다. 아버지가 마지막에 몸담았던 곳은 조선혁명군이었다. 아버지는 또 그 단체가 만들어진 배경을 설명했다. 지루해진 나는 주위를 훔쳐보았다. 아이들이 하품을 하거나 몸을 꼬고 있었다. 조바심이 난 나는 빨리 아버지가 일본군을 무찌르다 다리 다친 이야기를 하기를 바랐다.

만 명에 이르는 조선혁명군들은 일본군과 싸우는 것은 물론 일제의 관공서나 철도를 폭파하고 친일파를 처단했다. 혁명군은 단독으로 싸우기도 하고, 중국군과 연합해서 싸우기도 했다. 1929년 유하현 추가보라는 곳에서 벌어진 전투는 대성공이었다. 아버지가 다리에 총상을 입은 것은 그 전투에서였다. 드디어 나온 이야기에 나는 귀를 쫑긋 세우고 무용담을 기대했지만 그뿐이었다. 아버지는 수많은 독립군 중 한 명이었을 뿐 주인공이 아니었다. 그래도 스스로 총알을 빼내고 상처를 치료했다는 이야기를 할 때 사람들이 박수를 쳤다. 아버지가 돌아온 것은 다리 부상과 춥고 거친 곳에서 생활하다 걸린 천식이 심해진 때문이었다.

아버지가 조국이 독립하는 것을 보지 못하고 돌아와 부끄럽고 죄스럽다고 하자 사람들은 아니라고 외치며 힘껏 박수를 쳤다. 아멘 소리도 들려왔고 눈물을 닦는 사람도 있었다. 기침하느라 말이 끊길 때마다 조마조마하긴 했어도 사람들의 박수를 받는 아버지가 자랑스러웠다.

하지만 윗동네 교회에서는 상황이 달랐다. 누군가 박용만을 변절자라고 했고 아버지는 이승만을 비판했다. 교회 안은 아수라장이 됐고 마이클을 안은 엄마와 로즈 이모가 아버지를 이끌고 교회를 빠져나왔다. 오빠는 우는 나를 끌고 뒤를 따랐다.

그 뒤 아버지는 외부 활동을 끊고 세탁소 일을 도왔다. 나는 아버지를 부끄러워해야 할지, 자랑스러워해야 할지, 불쌍하게 생각해야 할지 늘 헷갈렸다.

*

우리가 와히아와를 떠난 것은 아버지가 돌아온 지 칠 개월 만이었다. 와히아와는 내가 태어나 자란 곳이다. 정든 곳을 떠나는 것도 친구들과 헤어지는 것도 싫었다. 게다가 호놀룰루로 이사 가는 로즈 이모와도 헤어져야 했다. 이모의 예쁜 옷들과 액세서리, 갖가지 화장품으로 가득한 화장대를 볼 수 없는 게 너무 슬펐다.

엄마는 남의 옷은 잘 만들어 주면서 자기는 교복 입는 학생처럼 일 년 내내 흰색 치마저고리나 흰색 저고리에 검정 치마만 입었다. 액세서리라곤 결혼반지라는 닳고 닳은 은가락지뿐이었다. 꼭 이사를 가야 한다면 우리도 로즈 이모네처럼 호놀룰루로 가서 엄마가 예쁜 옷을 만드는 양장점을 차리기를 바랐다. 그런데 오아후 남쪽 끝에 있는 코코헤드라는 시골에 가서 카네이션 농장을 한다고 했다.

엄마는 이승만의 동지회 회원이 많이 사는 와히아와를 떠나 아버지가 마음과 몸을 요양할 수 있는 곳으로 가려는 것이었다. 코코헤드는 와히아와보다 날씨가 좋다고 했다. (자식들에겐 아무런 결정권도 없었다.)

우리 가족은 짐과 함께 트럭 뒤 칸에 탔다. 농장도 싫고 시골도 싫었던 나는 가는 내내 와히아와로 돌아가자며 울었다. 같이 울게 하려고 마이클을 꼬집었지만 그 애는 난생처음 타는 트럭에 신나 있었고, 오빠는 뚱한 얼굴로 남의 식구인 것처럼 떨어져 앉아 있었다. 오빠는 학교 때문에 곧 로즈 이모네로 갈 테니 코코헤드로 이사 가도 상관없을 것이다. 나만 억울한 것 같아 더 크게 울었다.

"그만 몬 그치나. 그레 고집이 세가 어데 써먹노. 단디 잡아라. 자빠진다."

마이클을 안고 있는 엄마가 화를 냈다. 나는 입을 쑥 내민 채 일부러 아무 데도 잡지 않았다. 이사 가는 것을 멈추게 할 수 있다면 트럭에서 떨어져 어디가 부러져도 좋았다.

"당신 닮아 고집 센 거인데 야단치면 안 되지. 진주야, 친구는 코코헤드에 가서 또 사귀면 되니까 그만 울라."

아버지가 내 편을 들어 주는 바람에 머쓱해진 나는 영어로 대꾸했다.

"Don't call me that, I'm Pearl.(그렇게 부르지 마. 내 이름은 펄이

야!)"

나도 로즈 이모네서 살고 싶었다. 군부대를 그만둔 찰리와 로즈 이모는 펀치볼스트리트에서 임대업을 한다고 했다. 방이 많은 건물을 사서 인테리어를 한 다음 렌트해 주는 것이다. (이모는 그 사업이 잘된 탓에 그 옆 건물까지 사서 식당을 차렸다. 지금 내가 사는 집 아래층이 그 식당이다.) 호놀룰루엔 공립 중고등학교가 맥킨리하이스쿨 하나뿐이었는데 코코헤드에서 통학하기 힘들다고 했다. 로즈 이모네 집에 가서 학교 다니게 될 오빠가 너무 부러웠던 나는 빨리 커서 중학생이 되길 고대했다.

코코헤드산이 보였다. 코코넛 열매를 반으로 잘라 엎어 놓은 듯한 모습이었다. 산이 멀리 보이는 와히아와와 달리 높은 산들이 가까이 담처럼 둘러서 있었다. 울다 지쳐 잠시 그쳤던 나는 트럭이 키아베나무가 무성한 좁고 울퉁불퉁한 길로 들어서자 다시 울기 시작했다. 가게도 집들도 없는 그곳은 짐승이나 살아야 할 곳 같았다. 나뭇가지가 팔을 긁고 지나간 걸 핑계 삼아 더 크게 우는 사이 바다가 보였다. 와히아와에선 볼 수 없던 풍경이었다. 바다를 보면서부터 잦아든 눈물은 드넓게 펼쳐진 밭을 지나 우리 집 앞에 도착하는 순간 자취 없이 사라졌다.

넓은 땅 한가운데 자리 잡은 2층집 아래층엔 큰 거실과 부엌, 다이닝룸이 있었고, 위층엔 침실 네 개와 욕실 두 개가 있었다. 그리고 거실에서 바다가 보였다. 커다란 유리창으로 흰 파도가 밀려오는 바다를 보자 눈을 뗄 수 없었다. 그것만으로도 환상적인데 엄마가 내 방이 따로 있음을 알려 주었다. 처음으로 혼자만의 방을 갖게 된 나는 흥분돼서 기절할 지경이었다. 2층 내 방에서는 밭과 코코헤드산이 보였다. 나는 오는 내내 울었던 게 무색할 만큼 신나서 펄쩍펄쩍 뛰었다. 더 놀라운 것은 그 집과 땅이 진짜 우리 소유란 사실이었다. 엄마는 찰리의 보증으로 은행에서 대출을 받아 2에이커의 땅과 집을 샀다. 호놀룰루 한복판에서 살고 있는 지금은 그 집이 대단한 게 아님을 알지만 와히아와 세탁소에 딸린 방 두 개짜리 집에 살았던 꼬마의 눈에는 궁전처럼 크고 멋져 보였다.

*

상자 안엔 집들이 파티 사진도 있었다. 우리 집 거실에도 찰리가 그날 집 앞에서 찍어 준 가족사진이 걸려 있다. 파티엔 무지개회회원인 이모들과 그들의 가족이 모두 왔더랬다. 이모들보다 훨씬 나이 많은 남편들은 할아버지 같았다. 엄마보다 아홉 살 더 많은 아버지는 다른 사람에 비하면 아주 젊은 신랑이었다고 했다. 슬프게도 아버지는 이제 그 아저씨들보다 그다지 젊어 보이지 않았다.

어른들은 어른들끼리, 아이들은 아이들끼리 신이 났다. 사춘기에 접어든 오빠와 그 또래 언니들은 수줍은 기색으로 얌전을 뺐지만 초등학생인 나와 아이들은 집 안팎을 뛰어다니며 놀았다. 뛴다고 야단치는 사람도, 놀다가 다칠 만한 위험한 것도 없었다. 평소와 달리 조선말을 하지 않아도 돼 좋았다. 아버지의 일 중 하나는 우리에게 조선의 말과 글을 가르치는 것이었다. 말하기도 쉽지 않았지만 읽고 쓰는 건 정말 어렵고 지루했다. 아버지는 우리에게 집에서는 무조건 조선말을 쓰게 했고 영어로 하는 요구나 부탁은 들어주지 않았다. 그런데 그날만큼은 예외였다. 조선말을 아예 할 줄 모르는 아이도 있었기 때문이다.

이모들끼리만 식탁에 둘러앉아 찍은 사진을 보자 기억 하나가 떠올랐다. 그때 우리는 숨바꼭질을 하고 있었다. 나는 다른 아이들이 잘 모르는 부엌 옆의 창고에 숨었다. 조용히 앉아 있자니 다이닝룸에서 이모들이 이야기하는 소리가 들려왔다.

"인자 정호 어맨 진짜 지주가 됐다."

"그레 말이다. 야가 첨에 태완 씨 지주라 캐서 홀딱 반했다 아이가."

처음엔 지주가 무슨 뜻인지 몰랐다. 단어뿐 아니라 이모들이 떼로 모여 떠들면 더 알아듣기 어려웠다.

"남편 덕이 아이라 지 힘으로 땅 주인이 됐으이 더 대단타."

지주가 땅 주인임을 알고 나자 우리한테 늘 돈보다 귀한 게 있다고 가르쳤던 엄마가 지주인 줄 알고 아버지를 좋아했다는 게 조금 실망스러웠다.

"홍주맨키로 임대업 하면 편할 긴데 와 고생을 사서 하는가 모르겠다."

"정호 아버지가 사탕수수 농사는 지어 봤어도 카네이션 농사는 처음인데 할 수 있겠어?"

이모들의 말이 이어진 끝에 엄마 목소리가 들려왔다.

"배워 가며 해야제. 여로 온 기는 정호 아부지를 위해서기도 하지만 내를 위해서이기도 한 기다. 내 처음 포와에 도착했을 때 항구에서 사람들이 레이를 걸어 주는 기 참말로 보기 좋고 부러웠는 기라. 누가 내한테도 이쁘고 향기 나는 꽃목걸이 쪼매 걸어 줬으면 싶었다. 난중에 카후쿠 가서 얼라들이 레이를 걸어 주는데 잘 왔다꼬 해 주는 기 같은 기라. 내는 내가 키운 꽃이 누군가를 환영하고 축하하고 위로하는 데 쓰일 기라고 생각하면 벌써부터 좋다."

엄마는 평소 듣지 못하던 교양 있는 말투로 이야기했다. 지주가 됐으니 귀부인처럼 말하려고 마음먹은 모양이었다. 그때 창고 문이 벌컥 열리며 술래가 나를 찾아냈다. 다이닝룸으로 나갔을 때 본 엄마 얼굴이 지금도 생생하다. 환하게 웃고 있는 엄마는 꿈을 다 이룬 사람 같았다.

하지만 카네이션 농사는 결코 쉽지 않았다. 코코헤드에는 부자들의 별장도 있었지만 꽃을 재배하는 한인과 일본인들이 많이 살았다. 일본인들은 장미와 국화, 그리고 꽃꽂이용 꽃을 주로 길렀고 한인들은 대부분 우리 집처럼 레이에 쓰이는 카네이션 농사를 지었다. 경험이 없는 엄마와 아버지는 이웃 카네이션 농장에 가서 재배 방법을 배웠다. 해 지난 카네이션 줄기를 얻어다 뿌리를 내리고 꽃을 피운 다음, 거기서 받은 씨를 파종해 키워야 했다.

아버지가 돌아왔어도 엄마의 고생은 줄어들지 않았다. 아버지는 나을 기미가 없는 기침과 통증이 남아 있는 다리 때문에 힘든 일을 하지 못했고 쉬운 일도 오래 하지 못했다. 엄마는 손이 많이 필요한 때만 일꾼을 쓰고 대부분은 식구들 힘으로 농장을 꾸려 나갔다. 아침저녁 너른 땅에 물을 주는 일만 해도 만만치 않았다. 그리고 한 번 꽃을 수확한 땅은 몇 달 묵혀야 했기 때문에 2에이커도 충분한 게 아니었다. 엄마는 주변의 땅을 임대했고 일거리는 더 늘어났다. 오빠도 주말마다 와서 농장 일을 도왔고 바쁠 때는 내가 마이클을 보며 밥까지 지어야 했다.

엄마는 꽃 농사뿐 아니라 집을 가꾸는 일에도 열심이었다. 집 주변에 자몽과 라이치 같은 과일나무를 심었고 카네이션만으로 부족한지 다른 꽃도 심었다. 그리고 닭도 키웠다.

엄마와 아버지는 사이가 별로 좋아 보이지 않았다. 내게는 로즈 이모와 찰리가 사랑하는 부부의 모델이었다. 그들은 달링과 허니를 입에 달고 살았고 누가 있건 말건 서로 만지고 뽀뽀했다. 하지만 엄마와 아버지는 하루 종일 함께 있어도 몇 마디 하지 않았다. 그런데 이모는 엄마와 아버지가 서로 많이 사랑한다고 했다. 나는 아버지가 돌아왔을 때 엄마가 이모에게 했던 말을 또렷하게 기억하고 있었다. 밉지만 불쌍해서 사는 거 아니냐고 하자 이모는 내가 어려서 잘 모르는 거라고 했다. 어른들은 속마음과 다른 말을 많이 한다나. 특히 엄마는 내숭과여서 더 그렇다고 했다. (그건 어느 정도 맞는 말 같다. 엄마는 나쁜 감정을 잘 표현하지 않는 편이다.)

"같이 산 세월보다 떨어져 산 세월이 더 길다 아이가. 느그 어매 아배가 같이 산 날짜를 따져 보면 안즉 신혼인 기라."

로즈 이모 말에 나는 우웩 하고 토하는 시늉을 했다. 엄마는 이모 말이 맞는다는 듯 동생 둘을 더 낳았다. 폴과 해리. 둘 다 남자인 그 애들은 다른 집처럼 두 살 터울이다. 물론 부모가 사이좋은 게 나쁜 일은 아니었다. 엄마가 늦은 나이에 아이를 낳느라 죽을 뻔하고, 내게 또다시 엄마 대신 돌보아야 할 동생들이 생긴 걸 빼면 말이다.

막내 해리가 태어난 뒤 이제 아이를 그만 낳으라고 화를 내자 엄마가 내게 말했다. 엄마도 나처럼 오빠 한 명과 남동생 셋 사이에 낀 외동딸이었다고. 내게 자매를 만들어 주고 싶었는데 바람대로 되지 않았다고. 나를 위해 동생을 낳았다는 말에 머쓱해졌다.

아버지는 독립단이 해산한 후 더 이상 정치 모임이나 단체에 가담하지 않았다. 박용만 선생이 설립한 그 단체는 독립운동 지원뿐 아니라 호놀룰루에 학교를 세워 한인 아이들 교육도 시켰다고 한다. 하지만 박용만 선생이 사망한 뒤 침체에 빠진 독립단은 우리가 코코헤드로 이사 온 다음 해 하와이 대한인국민회로 통합되었다.

아버지는 노인처럼 쉬엄쉬엄 밭일을 하거나 거실에 앉아 하염

없이 바다를 바라보곤 했다. 우리에게 한글을 가르치는 것도 힘겨워하는 아버지는 몸만 아니라 마음 깊은 곳까지 아파 보였다. 혼자 우두커니 앉아 있는 아버지 옆에 가면 아버지는 내 머리를 가만가만 쓰다듬어 주었다. 그러면 아무 말 하지 않아도 둘이 대화를 나누는 느낌이 들었다.

맥킨리하이스쿨에 입학해 로즈 이모 집에서 살면서부터 나는 맑은 공기와 환한 햇살, 꽃밭과 바다가 있는 코코헤드의 우리 집을 더 사랑하게 됐다.

*

이번엔 화장을 짙게 하고 조선 옷을 입은 내가 무대를 뒤로하고 로즈 이모와 서 있는 사진이었다. 이모가 적어 놓은 날짜를 보니 9학년 때 3·1절 기념 공연을 마치고 찍은 것이다. 해마다 열리는 3·1절 기념식은 한인 커뮤니티의 이벤트 중 가장 성대한 행사다. 그날은 형제클럽 회원들도 많이 바빴다.

엄마는 오빠와 나를 한인 2, 3세들의 모임인 형제클럽에 가입시켰다. 우리는 한 달에 한두 번 모여 조선에 관한 것을 배웠다. 부모님들은 하와이에서 태어난 자식들에게 조선의 역사나 전통문화 같은 것들을 가르치고 싶어서 형제클럽에 보냈겠지만 우리 대부분은 사교 모임으로 생각하고 있다. 오빠가 첫사랑을 만난 것도 형제클럽에서였다. 나잇대별로 그룹이 달랐지만 형제자매들을 통해 금방 소문이 퍼졌다.

오빠가 사귀었던 에밀리는 나와 같은 중등부인 메리의 언니였다. 메리는 내가 무용 공연에서 주인공으로 뽑히자 노골적으로 시기하고 뒤에서 흉도 보았다. 나는 메리 언니라는 이유만으로 에밀리가 싫었다. 내게는 뚱하거나 화만 내면서 메리의 언니와 히죽거리고, 심지어 메리에게까지 친절하게 구는 오빠 때문에 속이 뒤집혔다. 헤어지지 않으면 엄마에게 이르겠다고 협박했지만 오빠는 들은 척도 안 했다. 물론 엄마한테 말하지는 않았다. 자신의 '장남'이 조선 역사와 문화는 거들떠도 안 보고 여자애나 사귀는 것을 알면 엄마가 얼마나 실망할지 알기 때문이었다. 오빠의 첫사랑은 에밀리가 청년부의 대학생과 사귀면서 끝이 났다. 그러게 내가 말릴 때 헤어졌어야지. 그땐 그렇게 생각했지만 지금은 마음대로 되는 일이 아니란 걸 안다.

오빠에 비하면 나는 춤으로 한정되긴 했어도 엄마가 형제클럽에 보낸 목적을 잘 수행한 편이었다. 조선에서 온 지 얼마 안 된 박 선생님한테 꼭두각시춤, 바구니춤, 부채춤 같은 조선 민속무용을 배웠다. 문화 교류라는 이름으로 하와이 원주민 무용 선생님을 초빙해 훌라 춤을 배우기도 했다. 나는 조선 춤이든 훌라 춤이든 다 좋았다. 음악에 맞춰 몸을 움직이고 있으면 현실이 아닌 다른 세상에 와 있는 것 같았다.

홀라 선생님은 우리에게 춤뿐 아니라 알로하 정신과 레이의 의미도 가르쳐 주었다. 어디서나 흔히 들을 수 있는 '알로하'라는 말은 단순한 인사말이 아니었다. 배려, 조화, 기쁨, 겸손, 인내 등을 뜻하는 하와이어의 첫 글자를 따서 만든 말이었다. 그 인사말 속에는 서로 사랑하고 배려하고 존중하며 기쁨을 함께 나누자는 하와이 원주민의 정신이 담겨 있다고 했다.

레이에 대해 이야기할 때는 카네이션 농장 집 딸이라 그런지 더 관심이 갔다. 레이 또한 단순한 꽃목걸이가 아니었다. 누군가를 두 팔로 안는 것과 같은 의미의 레이는 사랑을 뜻했다. 원주민들의 풍습이었던 레이는 레이 데이가 있을 정도로 널리 퍼진 문화가 되었다. 나는 하와이에 사는 모든 사람들이 밥 먹듯이 레이를 주고받기를 바랐다. 그래야 우리 카네이션이 잘 팔릴 테니까. 그래야 마음 놓고 춤을 출 수 있을 테니까.

내가 춤에 관심을 갖게 된 건 중학생이 되면서부터였다. 로즈 이모네로 옮겨 온 지 얼마 안 됐을 때 찰리와 로즈 이모가 날 극장에 데려가 영화를 보여 주었다. 「위대한 지그펠트」는 브로드웨이에서 유명했던 뮤지컬을 영화로 만든 거라고 했다. 나는 화려한 의상과 무대, 그리고 예쁜 여자 배우한테 홀려서 내용은 생각할 겨를도 없었다. 영화를 보고 온 뒤에도 멋지고 화려한 춤 장면이 머리에서 사라지지 않았다.

잘하는 게 별로 없던 나는 춤에서만큼은 다른 아이들보다 빨리 배우고, 선이 예쁘다고 칭찬받았다. 칭찬이 나를 부추긴 것도 있지만 그보다 춤 자체를 즐겼다는 게 더 맞았다. 3·1절 기념식에서 공연을 할 때마다 학생부 독무는 거의 내가 맡았다. 사람들의 시선을 한 몸에 받는 게 좋았고 몸을 써서 무언가를 표현하는 건 더 좋았다. 춤을 출 때면 진짜 '펄'이 된 것 같았다.

고등학생이 돼서도 공부보다 춤에 빠져 있자 엄마는 나와 상의도 없이 형제클럽 선생님에게 나를 공연에 참가시키지 말라고 했다. 부모가 자신의 뜻과 다른 길로 가는 자식을 막고 싶을 때 절대 하지 말았어야 할 행동이었다. 나는 엄마와 처음으로 심하게 싸웠고 형제클럽도 그만둬 버렸다.

엄마의 반대로 열정이 더 끓어오른 나는 도서관에 가서 춤에 관한 책들을 찾아 읽었다. 그중에서 이사도라 덩컨 전기가 가장 재미있었다. 발레 슈즈를 벗어던지고 몸이 가는 대로 춤을 추었다는 이야기에서 나는 내가 원하는 춤이 어떤 것인지 어렴풋이나마 알게 됐다. 어린 시절부터 숲속에서, 바닷가에서 마음 가는 대로 춤추었던 덩컨처럼 내 마음을, 감정을 자유롭게 표현하는 춤을 추고 싶었다. 하지만 백인이 아니면 무대에 서기 어려운 미국 모던 댄스계의 현실에 걱정이 앞섰다.

'동양계인 내가 설 무대가 있을까?'

미국 사람들이 자기 춤을 받아들이지 못하자 유럽으로 떠났던 덩컨이 용기를 주었다. 일단 본토의 대학에 가서 배워 보고 벽에 부딪히면 새 길을 찾으면 될 것이다. (나는 이미 엄마의 바람인 교사를 따분한 직업으로 여기고 있었다.)

미국의 대학 중 무용과가 있는 공립학교는 위스콘신주립대학뿐이었다. 사립학교도 한두 군데 있었지만 우리 형편으로는 어림없고 장학금을 받는다는 보장도 없었다. 집에서 학비만 대 주면 생활비나 용돈은 내가 해결할 계획이었다. 그런데 엄마는 내가 그 대학에 가면 부모 자식 간 인연을 끊겠다고 했다. 나도 내가 가려는 길이 안정된 직업을 갖기 어렵고 사회적으로 편견 어린 시선을 받을 수 있다는 것을 안다. 하지만 엄마가 자신의 생애를 바쳤다고 해서 자식의 인생까지 마음대로 할 권리는 없다.

새삼스레 화가 솟구친 나는 주먹으로 침대를 힘껏 내리쳤다. 그 바람에 상자가 바닥으로 떨어졌고 사진과 편지들이 쏟아졌다. 로즈 이모의 생애가 쏟아진 느낌이었다. 나는 상자가 부서졌으면 어쩌나 싶어 허둥지둥 바닥으로 내려갔다. 엎어진 상자를 집어 들자 바닥 틈새에 낀 채 붙어 있는 사진 두 장이 보였다. 한 장은 뒤집혀 있었고 한 장은 여자 세 명이 함께 찍은 사진이었다. 보나 마나 엄마와 로즈 이모, 송화일 것이다. 결혼 전 모습 같았다.

바닥에 앉은 나는 그 사진부터 집어 들고 내 또래였을 세 여자를 들여다보았다. 블라우스와 긴 치마 차림으로 접은 양산을 지팡이처럼 짚은 채 오른쪽에 서 있는 여자는 당연히 로즈 이모였다. 그리고 왼쪽에 치마저고리를 입고 꽃다발을 안은 사람은 송화일 것이다. 가운데 앉아 부채를 들고 있는 사람이 엄마다. 내 얼굴이 엄마 젊었을 때와 비슷하다는 걸 알자 슬며시 웃음이 나왔다. 이래서 엄마가 늘 내가 자기를 닮았다고 우기는 모양이다. 나는 사진 속 엄마가 마음에 들었다. 코앞의 것만 보고 동동거리며 사는 지금과 달리 사진 속 아가씨는 카메라 너머 어딘가를 보고 있었다.

나는 그 사진을 내려놓고 뒤집혀 있는 사진을 들었다. 시간이 흘러 세 여자는 아이 둘과 함께였다. 사진 아래에 금박 글씨로 펄의 첫 번째 생일이라고 적힌 게 눈에 들어왔다. 내 돌 사진이다! 우리 집에 있는 내 돌 사진은 혼자 찍은 것뿐이었다.

나는 그날의 주인공인 나를 둘러싸고 엄마와 이모들이 시끌벅적하게 사진 찍는 광경이 떠올라 미소 지었다. 로즈 이모 목소리가 들려오는 것 같았다. 오빠는 로즈 이모가 안고 있고 나는 가운데 앉은 엄마 품에 안겨 있다. 엄마 옆에 앉아 내 손을 잡고 있는 여자가 송화인 듯했다. 그런데 자세히 보니 엄마가 안고 있는 아이는 내가 아닌 것 같았다. 그뿐 아니라 아이를 안은 사람은 지금 엄마 모습과 같았고, 그 옆에 앉아 있는 사람은 방금 본 사진 속 엄마와 닮았다.

나는 사진 뒷면에 로즈 이모가 써 놓은 날짜를 보았다. 아까는 무심히 보았던 숫자에 심장이 툭 떨어졌다. '1923년 5월 27일.' 내가 태어난 건 1923년 6월 4일이다. 사진 속 펄의 돌 사진을 찍던 날 나는 아직 태어나지 않았다. 그럼 사진 속 펄은 누구이고 그 사진을 보고 있는 지금의 펄은 또 누구란 말인가? 거대한 허리케인이 몰려오는 것 같았다.

나는 바닥의 사진들을 정신없이 헤집어 다섯 쌍의 신랑 신부가 함께 찍은 사진을 찾아냈다. 그런데 가장 젊은 신랑 곁에 서 있는 신부는 내가 엄마라고 생각했던 부채 든 여자가 아니었다. 그 여자는 가장 늙은 남자 곁에 선 채 결혼식에서조차 카메라 너머 어딘가를 보고 있었다.

나는 생각이 달려가는 방향을 애써 외면한 채 편지 봉투들을 살피기 시작했다. 상자에 든 편지 중에서 조선에서 온 것만 보았다. 이모의 아들로부터 온 편지도 밀쳐놓고 '안' 씨 성의 것만 찾았다. 로즈 이모와 같은 마을에 살았다고 했으니 만일 송화 이야기가 있다면 안 씨의 편지일 것이다. (내 머리는 평소보다 긴박한 순간에 더 잘 돌아간다.) 간신히 찾아낸 편지는 한자와 한글이 섞여 있는데다 세로로 돼 있고 흘림체에다 띄어쓰기도 안 돼 있어 암호문 같았다.

로즈 이모의 오빠로부터 이삼 년에 한 번 정도 편지가 왔는데 주로 누가 죽었거나 태어났거나 결혼했음을 알리는 내용이었다. 간신히 몇 통을 읽은 끝에 나는 드디어 편지에서 무당이라는 단어를 발견했다. 로즈 이모가 소식을 물어본 듯 금화가 작년에 죽고 무당이 된 송화가 신당을 꾸려 가고 있다는 이야기가 적혀 있었다. 일본 순사들이 신당을 때려 부순 적도 있지만 용하다는 소문이 나 굿도 많이 하고, 송화가 로즈 이모의 어머니나 버들의 어머니, 그러니까 내 외할머니한테 잘한다고 했다. 짧은 내용이었지만 시험공부 하듯 몇 번이나 읽어 보고서야 겨우 이해할 수 있었다. 편지 끝에 쓰여 있는 신미년이 언제인지 몰라 봉투의 소인을 보니 1932년, 구 년 전이었다.

침대에 기댄 채 한참을 앉아 있던 나는 네 장의 사진을 시간 순서대로 방바닥에 늘어놓았다. 세 여자 사진, 합동결혼 사진, 펄의 첫 번째 생일 기념사진, 그리고 로즈 이모 결혼식 사진. 똑같이 엄마 품에 안겨 있지만 아기 때의 펄과 다섯 살 때의 펄은 분명히 다른 아이였다. 아이들은 크면서 변한다고 해도 쌍꺼풀이 없고 있는 눈은 확실하게 구분이 갔다. 활짝 웃고 있는 다섯 살 때의 펄은 아무리 봐도 헤벌쭉 웃고 있는 송화의 늙은 남편하고 입매가 똑같았다. 몸에서 내 모든 게 빠져나가는 것 같았다.

가늠할 수 없는 시간이 흐른 뒤 나는 간신히 일어나 거울 앞으로 갔다. 꼭두각시 인형처럼 몸의 관절이 따로 노는 것 같았고 머릿속이 휘몰아치는 바람으로 흔들렸다. 나는 지옥 문 앞에 선 양 두려운 마음으로 거울을 보았다. 눈, 코, 입이 크고 턱이 갸름한 열아홉 살의 펄은 송화를 닮았다. 상자에서 쏟아진 건 로즈 이모의 생애가 아니라 나 자신이었다.

나의 엄마들

"펄아, 퍼뜩 일나라."

로즈 이모가 날 깨웠다. 눈을 뜨니 외출복으로 갈아입은 이모가 침대 옆에 서 있었다. 밖이 환했다. 새벽까지 깨어 있다 나도 모르게 잠든 모양이었다. 무슨 일이지? 아직 머리가 돌아가지 않았다.

"얼른 일나그라. 느그 집에 갈 기다."

정신이 번쩍 든 것과 동시에 가슴이 내려앉았다. 갑자기 우리 집에 가다니. 이모가 식구들 앞에서 다 말하려는 걸까? 나는 아직 아무런 준비도 돼 있지 않았다.

"Wh-what's the matter?"(무, 무슨 일이에요?)

나는 이불 속에서 바닥 시트를 움켜쥔 채 물었다. 침대를 나갈 수 없을 만큼 아프다고 거짓말이라도 할 참이었다.

"이레 한가할 때가 아이다. 느그 집에 큰 사달 났는 기라. 정호가 군대 간다 칸단다."

정호, 군대? 어젯밤보다 덜하지 않은 충격이 머리를 강타했다. UCLA에서 회계학을 전공하는 오빠는 한 학기만 더 다니면 졸업이었고 뉴욕 월가에 취직할 꿈에 부풀어 있었다. 그런데 갑자기 군대라니.

"빨리 안 일나고 뭐 하노? 정호 군대 가면 느그 어매 명대로 몬 산다."

로즈 이모 말이 맞았다. 엄마가 아무리 아버지를 사랑한다고 해도 오빠만큼은 아니었다. 오빠는 엄마를 떠받치고 있는 기둥이었다. 서운하고 질투 나지만 부정할 수 없는 사실이었다.

벌떡 일어난 나는 부랴부랴 세수한 다음 하늘색 원피스를 꿰어 입었다. 엄마가 만들어 준 그 옷은 펑퍼짐하고 덜 파여서 피터와 데이트할 때는 절대 입지 않았다. 평소에도 잘 입지 않아 엄마를 섭섭하게 했던 그 옷에 손이 간 건 아마 정신없어서였을 것이다.

나는 뒹굴듯이 계단을 내려가 식당 앞에 세워진 이모의 쉐보레에 탔다. 시동을 켠 채 기다리고 있던 이모는 차 문을 닫기도 전에 출발했다. 그리고 말을 하면 차가 느려지기라도 한다는 듯 입을 꾹 다문 채 액셀과 브레이크를 번갈아 밟으며 마구 달렸다. 이모의 운전 솜씨는 엄마가 멀미를 했다는 예전과 다를 바 없었다.

나는 두 손으로 손잡이를 움켜쥔 채 엄마를 생각했다. 지금 엄마는 어떻게 하고 있을까? 하이스쿨에 다니는 내내 우등생이었던 오빠는 대학도 전액 장학금을 받고 합격했다. 말썽 한 번 부린 적 없는 오빠는 엄마의 자랑거리였다. 내게도 마찬가지였다. 오빠를 기억하는 학교 선생님들은 내가 데이비드의 동생이라는 사실을 믿지 않았다. 우리는 닮은 데가 없었다. 그래서 다행이라고 생각했었는데 나는 오빠뿐 아니라 우리 가족 누구와도 닮지 않았다. 가슴을 송곳으로 찔러 대는 것처럼 아팠다. 나는 다시 내 문제로 돌아왔다. 집이 가까워지고 있는 게 두려웠고 곧 만나게 될 가족을 어떻게 대해야 할지 막막했다.

나는 로즈 이모를 훔쳐보았다. 이모는 어젯밤 일을 기억할까? 어젯밤 거울 속에서 송화와 닮은 모습을 확인한 나는 이모 방으로 달려갔다. 그리고 널브러져 자는 이모를 마구 흔들어 깨웠다. 몽롱한 상태로 눈을 뜬 이모에게 범인을 취조하는 형사처럼 물었다.

"로즈, 날 낳은 사람은 송화지? 그렇지?"

내 입에서 나온 말 한 음절 한 음절이 날카로운 창날이 돼 나의 뇌수를, 심장을 찔렀다.

"……야가 시방 무신 소리를 하노?"

이모는 잠꼬대하듯 중얼거렸다. 이모가 입을 열 때마다 술 냄새가 풀풀 났다.

"다 아니까 속일 생각 마."

나는 이모가 범인인 양 으르댔다. 이모가 게슴츠레한 눈을 껌뻑였다.

"시상에, 무신 꿈이 이레 생생하노. ……맞다. 송화가 니 어매다."

로즈 이모가 눈을 감은 채 대답했다. 다시 번개가 치고 천둥이 울리고 세상이 흔들렸다.

"그럼, 비치에 데려갔던 펄은 누구야? 이모가 그랬잖아. 선셋 비치에 데이비드랑 나랑 데려갔다고. 그때 나는 송화 배 속에 있던 거였잖아."

말의 창날에 찍힌 뇌수와 심장에서 피가 울컥울컥 쏟아지는 느낌이었다.

"맞다. ……비치에 간 아는 버들이 펄이다. 가는 돌상 받고 메칠 안 돼가 폐렴으로 죽었다 아이가. ……아이고마, 인자 그 펄인지, 저 펄인지 구분도 안 간다."

아까 이모가 송화는 조선으로 갔다고 했다. 아이를 낳아 놓고 가 버린 것이다. 그 아이가 나였다.

"송화는 왜 간 거야? 조선에서는 샤먼이 천한 직업이라면서."

"……살라꼬 간 기제. 무병 들어가 시름시름 앓는 기 사람 꼴이 아니었는 기라."

"그럼 나는 왜 두고 갔어? 데리고 갈 수도 있었잖아."

그때쯤 이모는 정신이 든 것 같았다. 자신이 무슨 소리를 하고 있는지 깨닫고 놀란 듯싶었지만 눈을 뜨지 않았다. 나도 그게 나았다. 이모와 마주 보고 이야기할 자신이 없었다. 이모가 한숨을 내쉬었다. 그리고 술에 취해 자신도 모르게 하는 말이라는 양 더 혀 꼬부라진 소리로 대꾸했다.

"조선에 가면 왜놈 시상에 무당 딸로 살아야 할 긴데 델꼬 가고 싶겠나. 송화 어릴 때 그 가시나한테 돌 안 던져 본 아 없다. 내도 던지고 버들이도 던진다."

나는 눈을 질끈 감았다. 돌 맞는 아이가 나 같았다.

"송화는 날 왜 우리 엄마한테 주고 간 거야? 다른 사람한테 줄 수도 있었잖아."

나는 간신히 물었다. (로즈 이모 자식으로 컸으면 어땠을까? 나는 자주 로즈 이모가 내 엄마였으면 좋겠다고 생각했다.)

"그 속을 우찌 아노? 신기가 있었으이 니하고 느그 어매하고 인연인 걸 알았나 보제. 우쨌든 버들이는 자식 잃고 넋 빠져가 있다니 키우면서 다시 정신 채렸다. 니가 느그 어매를 살리고, 느그 어매가 니를 살린 기다. 아이고, 내사 마 꿈에서라도 다 말하니까네 십 년 묵은 체기가 내려간다 아이가."

로즈 이모는 돌아눕더니 지금까지 꿈속에서 말했다는 듯 코 고는 소리를 냈다. 날 살린 느그 어매가 송화를 말하는 건지 우리 엄마를 말하는 건지 알 수 없었다.

우두커니 서 있던 나는 내 방으로 돌아왔다. 나를 받쳐 주던 바닥이 사라지고 허공에 떠 있는 느낌이 들어 침대에 주저앉았다.

어쩌면 그렇게 눈치가 없었을까. 나는 온 세상 아이들이 자라면서 한 번쯤 하는, 내 엄마는 친엄마가 아닐 거라는 생각을 단 한 번도 해 본 적이 없었다. 인식하지 못했지만 친자식이 아님을 알고 본능적으로 막았던 걸까. 나는 새벽에야 상자를 이모 방의 원래 있던 자리에 갖다 놓았다. 내가 열어 버린 상자에는 신화 속 판도라 상자와 달리 희망 같은 건 들어 있지 않았다.

이모가 급브레이크를 밟는 바람에 나는 유리에 이마를 박을 뻔했다 겨우 균형을 잡았다.

"아이고, 괜않나? 어젯밤 술을 퍼먹고 자가 꿈자리가 억수로 어지러벘다. 내, 잠꼬대 마이 했제?"

로즈 이모가 내 쪽을 슬쩍 보더니 말했다. 가슴이 철렁했다. 어제 그 순간엔 지구 바닥까지 파헤쳐서라도 진실을 알아낼 기세였지만 지금은 내가 알고 있다는 걸 아무에게도 들키고 싶지 않았다. 오빠 일로 정신없는 엄마와 아버지에게 또 다른 걱정거리를 안겨 주고 싶지 않았다. 아니, 내가 아직 이 상황을 받아들일 준비가 안돼 있었다. 새벽까지 고민했지만 어떻게 해야 할지 결정하지 못했다. 이모는 내가 잠자코 있자 중얼거리듯 덧붙였다.

"정호 군대 간다는 소리 들을라꼬 그레 꿈자리가 뒤숭숭했는 기라."

"이모를 방에다 눕히고 나도 금방 잠들어서 몰라."

나는 뒤늦게 대답했다. 무엇을 하든 간에 오빠가 군대를 간다고 하는 지금은 아니다. 하기 싫은 숙제를 미루는 아이처럼 내 문제는 일단 접어 두기로 했다. 숙제를 마칠 때까지 마음이 편치 않겠지만 당분간 시간을 벌었다.

"그런데 이모는 우리 집 일에 왜 이렇게 신경 써 주는 거야? 이유가 있어?"

엄청난 비밀을 알고 나자 모든 게 의심스러웠다. 우리 집에 무슨 일이 벌어지면 언제나 로즈 이모가 있었다. 아버지가 없을 때 엄마와 함께 우리를 키워 주었고, 이사 온 다음에도 오빠와 나는 이모네 집 신세를 지고 있다. 마이클도 중학교에 들어가는 내년 가을 학기부턴 이모 집에서 지낼 것이다. 엄마가 절망에 빠져 있을 지금 가장 먼저 달려가고 있는 사람도 이모였다. 어떻게 그럴 수 있지?

"느그 어매캉 내캉은 같은 어무이 배 속은 아니지만서도 어진말이라 카는 한배 속에서 나온 자맨 기라. 내사 마, 느그 어매가 아니었으면 결혼을 세 번이나 한 사나운 팔자를 우예 견뎠겠노. 그라고 느그 어매나 느그 집을 위해서가 아이라 내 욕심에 하는 기다. 느그들 보면서 내 아들도 저만하겠제, 우리 성길이도 지금 저런 생각할 기다, 하고 말이다."

나는 어젯밤 보았던 이모 아들의 편지를 떠올렸다. 어머님 전상서라는 첫머리만 보고 던져 버려 내용은 알지 못했다. 잠시 머뭇거리던 이모가 말을 이었다.

"송화도 느그 어매하고 내한테는 자매나 마찬가지다. 그 가시나가 조선 간다 캤을 때 우리는 안 말렸다. 송화는 그때꺼정 남이 시키는 대로 살았는 기라. 오라면 오고, 가라면 가고. 늙은 신랑캉 살으라 카면 살고. 조선으로 돌아간 기 그 가시나가 처음으로 지 뜻대로 한 기다."

아이 이야기는 쏙 빠져 있었다.

*

코코헤드산이 보였다. 차는 융단처럼 펼쳐진 꽃밭들 사잇길로 들어섰다. 집으로 가는 길에 이렇게 마음이 무거운 적은 없었다. (내 일은 접어 두기로 했으니까) 오빠가 없는 우리 집은 상상되지 않았다. 진주만에선 불과 몇 시간 만의 공습으로 엄청난 사람이 죽었다. 그 사람들도 누군가의 자식이거나 부모 형제고 연인이었을 것이다. 이젠 불운이 나만 비켜 갈 거라는 자신이 없어졌다.

이모가 마당에 차를 세우자 폴과 해리가 뛰어나왔다. 아홉 살과 일곱 살인 아이들 둘 다 내가 우유 먹이고 기저귀 갈아 주며 키우다시피 했다. 해맑은 동생들을 안자 가슴이 아려 왔다. 아이들은 마이클과 모노폴리 게임을 하고 있었다며 내게도 같이 하자고 했다. 나와 가족 사이에 달라진 건 아무것도 없었다. 영원히 그러고 싶었다. 나는 두 아이를 양옆에 끼고 집 안으로 들어갔다.

거실로 들어서자 소파에 앉아 있던 아버지와 엄마가 지옥 속을 헤매는 듯한 얼굴로 나를 맞았다. 눈이 퀭하고 광대뼈가 불쑥 솟아오른 엄마를 보자 눈시울이 뜨거워져 시선을 돌렸다. 바닥에 놓인 모노폴리 게임판 앞에 앉아 있던 마이클이 조용히 눈인사를 했다. 업고 나갔다 떨어뜨려서 생긴 상처가 마이클 뒤통수 어딘가에 있을 것이다. 나는 애써 눈물을 참으며 누구에게랄 것 없이 물었다.

"데이비드는?"

다른 때 같으면 오빠라고 하라며 야단쳤을 엄마는 한숨만 쉬었고 아버지가 제 방에 있다고 대답했다.

"아이고, 이기 무신 일이고."

뒤따라온 이모가 나를 밀치고 엄마에게 달려들어 부둥켜안았다.

"홍주야, 이를 우짜면 좋노."

엄마가 이모를 보더니 울음을 터뜨렸다. 아버지가 마이클에게 말했다.

"정규야, 동생들 데리고 방에 가서 놀라. 기카고 형 좀 내려오라고 하라우."

마이클은 가족의 중요한 대화에 끼워 주지 않는 게 불만인 표정이었지만 군소리 없이 폴과 해리를 데리고 2층으로 올라갔다. 내게도 방으로 가라고 하면 듣지 않을 생각이었는데 엄마가 눈물을 닦으며 차를 가져오라고 했다. 오빠와 이야기를 나누는 자리에 있어도 좋다는 뜻이다. 로즈 이모가 자기는 블랙커피로 달라고 했다. 부엌으로 간 나는 엄마와 오빠를 위한 밀크티, 아버지를 위한 블랙

티, 그리고 커피 두 잔을 만들었다.

"메칠 동안 암 말 않고 있다가 그젯밤 할 말 있다 카더이 느닷없이 군대를 간다 카는 기라."

엄마의 꽉 잠긴 목소리가 들려왔다.

"시내도 요새 미국 머스마들 다 군대 간다꼬 난리다. 정호도 머스마 아이가. 그캐도 절대 군대 보내면 안 된다."

우리 이야기를 엄마보다 더 잘 들어 주고, 부모와 갈등이 생길 때면 우리 편이 돼 주던 이모 목소리가 단호했다.

"어제 왼종일 붙잡고 이바구했다. 지 아부지나 내 말은 씨도 안 먹힌다. 홍주, 니가 이바구 좀 해 봐라. 니 말은 그래도 듣는다 아이가."

엄마 목소리는 절박했다. 엄마 말대로 오빠가 첫사랑 이야기나 실연한 사실을 처음 말한 사람은 이모였다. 엄마가 알면 서운하겠지만 나는 오빠를 이해했다. 우리는 아버지 없이 고생하는 엄마를 보며 자랐다. 아버지만 돌아오면 고생이 끝날 줄 알았는데 여전히 삶의 무게를 짊어진 사람은 엄마였다. 오빠는 그런 엄마에게 여자애를 좋아한다거나, 실연해서 가슴 아프다는 이야기 따위는 차마할 수 없었을 것이다. 엄마가 오빠를 위하는 것만큼이나 오빠도 엄마를 최우선으로 생각했다.

평소 두 사람을 보는 내 기분은 반반이었다. 엄마가 무엇이든 오빠를 먼저 생각할 때는 서운하고 샘났고, 오빠는 본토로 대학을 보내 주면서 나는 못 가게 할 때는 억울했다. 하지만 오빠의 어깨에 얹힌 장남에 대한 기대를 생각하면 내가 최우선이 아닌 게 다행이다 싶었다. 마음먹은 것은 꼭 해내고야 마는 오빠인 만큼 입대 결심이 충동이나 허세가 아닐 거라는 생각에 불안함이 배가됐다.

쟁반을 들고 거실로 가자 오빠도 2층에서 내려오고 있었다. 푸석한 얼굴이었다. 아버지는 일인용 소파에 앉았고 엄마와 이모는 맞은편 카우치에 앉아 있었다. 나는 테이블 위에 잔을 내려놓고 카우치 옆의 스툴에 앉았다. 오빠는 잠시 서 있더니 비어 있는 아버지 옆의 소파에 가서 앉았다.

"일단 마음 가라앉히고 차들 마십시더."

로즈 이모 말에 모두 이모가 조종하는 줄에 매달린 마리오네트처럼 자기 앞의 잔을 들어 한 모금씩 마셨다. 거실엔 찻잔 달그락거리는 소리와 차 마시는 소리만 들렸다. 엄마와 아버지는 이모가 오빠의 마음을 돌려주길, 오빠는 이모가 부모님을 설득해 주기를 바라는 마음이 침묵 속에 담겨 있었다. 중대한 역할을 인식한 듯 이모가 두어 번 헛기침을 하더니 입을 열었다.

"정호야, 내도 찰리랑 결혼해가 반 미국 사람이지만 이긴 아이다. 한 학기만 다니면 졸업하고 취직할 긴데 와 니가 미국 전쟁에 나갈라 카노. 왜놈들이 얼매나 악독한 줄 아나? 진주만을 그레 공습한 기 봐라. 무뢰배들인 기다. 거 낄 생각 말고 맘 돌려 묵그라."

오빠는 대답하지 않았다. 원래부터 그랬다. 나는 대들고 소리 지르며 감정을 표현하는데 오빠는 조용히 자기 뜻을 관철시켰다. 엄마가 힘을 얻어 말했다.

"느그들 외할아부지가 우찌 돌아가싰는지 아나? 의병 나가 갖고 왜놈들하고 싸우다 내 아홉 살 때 돌아가싰다. 우리 오래비도 왜놈 순사한테 대들다가 죽었는 기라. 우리 어무이가 내를 이 멀리까지 시집보낸 기는 일본 없는 데 가서 맘 편히 살라꼬 그란 기다."

처음 듣는 이야기였다. 엄마는 나처럼 오빠와 남동생들 사이에 끼어 있는 외동딸이라고 했다. 그 오빠가 죽었다고 하자 더 불길한 느낌이 들었다. 그동안 나는 솔직히 엄마가 사진 신부였다는 사실이 창피했다. 가난한 조선 여자가 돈에 팔려 온 것 같아 자세히 묻지도 않았다. 도대체 엄마 가슴속엔 상처로 얼룩진 이야기가 얼마나 들어 있는 걸까. 그런데 엄마의 고향 이야기가 나오자 그곳에 살고 있을 송화가 떠올랐다. 나는 얼른 그 모습을 지워 버렸다.

"하이고, 그캐서 이 먼 데를 왔더만 느그들 아부지도 독립운동 하러 갔다 아이가. 느그 어매 십 년 동안 간 졸이메 산 기는 내가 알고 하늘이 안다."

엄마가 결코 자기 고생한 이야기는 하지 않으리라는 것을 아는 이모가 끼어들었다. 아버지는 슬그머니 딴 데를 보았다.

"나라에다 아부지 목숨 바치고 남편 다리 바쳤으면 됐다. 자식까지 보낼 순 없다. 내 눈에 흙 들어가기 전에는 그레 몬 한다."

엄마가 단단히 결심한 얼굴로 말했다.

"그래, 데이비드야, 느그 어매 살리는 셈 치고 고마 마음 돌리그라. 조선에서도 왜놈들이 청년들을 전쟁에 내보낸다 칸다. 우리 성길이도 전쟁에 끌려갈지 모른다 캐서 내 속이 속이 아인데 니까지 전쟁 간다 카이 정신을 몬 차리겠다. 데이비드 니가 전쟁 나가면 우리 성길이캉 총질하고 싸울 기 아이가. 성길이도 내 아들이고 니도 내 아들이다. 까딱하면 형제끼리 총부리를 겨누게 생긴 기라. 이기 될 말이가?"

로즈 이모가 눈물을 쏟으며 말했다. 엄마도 눈물을 닦았다. 오빠가 입대한다는 말을 듣고 이모가 정신 나간 사람처럼 굴었던 데는 그런 이유도 있었다. 엄마와 이모의 시선이 아무 말도 하지 않고 있는 아버지에게 쏠렸다. 아버지의 표정은 한없이 복잡해 보였다.

오빠와 아버지 사이엔 늘 어색한 기류가 흘렀다. 어쩌다 만나도 둘 사이엔 거의 대화가 없었다. 아버지가 돌아왔을 때 오빠는 열세 살로 한창 예민할 나이였다. 하지만 그 당시 아버지는 오랫동안 떨어져 살았던 자식들 마음을 헤아려 주거나 가까이 다가가려고 노력할 만한 상태가 아니었다. 코코헤드로 이사하자마자 이모네 집으로 옮겨 간 오빠는 아버지와의 거리를 좁힐 시간이 없었다. 대학에 간 뒤 일 년에 한두 번 집에 왔을 뿐인 오빠는 나처럼 아버지를 옆에서 지켜보며 연민이라도 느낄 기회조차 없었던 것이다. 그래도 나는 아버지가 오빠에게 무슨 말이라도 하길 바랐다. 어떻게든 오빠를 막아야 했다. 엄마와 이모와 내가 마지막 희망인 양 바라보자 아버지는 떠밀리듯 입을 열었다.

"내레 어린 너와 네 오마니를 두고 중국으로 갔던 거이 자식한 테 독립된 조국을 물려주기 위해서였다. 그 일이 가정을 돌보고 내 안위를 지키는 일보담 더 중요하고 의미 있다고 생각했댔지. 독립도 이루지 못하고 병든 몸으로 돌아온 거이 원통하지만, 나도 네 오마니처럼 너마저 조국을 위해 희생하는 거이 원치 않아. 이 애비레 네가 행복한 네 인생을 살기를 바란다."

아버지가 그렇게 길게 말하는 건 아주 드문 일이었다. 오빠에게는 더더욱. 하지만 오빠는 냉소 어린 표정으로 말했다.

"내가 군대 가려는 건 그래서가 아니에요. 조선을 위해서가 아니라고요. 미국을 위해서도 아니고요. 내게는 지금이 기휩니다. 우리 2, 3세들이 시민권자라고 해서 다 같은 미국인인 줄 아세요? 부모님 국적은 일본이잖아요. 지금 본토에선 일본 사람들에게 일본으로 돌아가라고 난리예요. 미국 사람들 눈에 나는 일본계라고요. 이럴 때 미국 시민이고 애국자라는 걸 보여 줘야 해요. 그래야 나중에 내가 원하는 곳에 취직할 수 있고 성공도 할 수 있어요. 나와 우리 가족을 위해서 입대하려는 겁니다. 그래야 나중에 책임을 다하는 가장도 될 수 있어요."

오빠가 조선말을 그렇게 잘하는 줄 몰랐다. 논리가 명확한 오빠 말 속엔 아버지를 향한 가시가 박혀 있었다. 나는 엄마를 절망하게 만들고 아버지를 짓밟아 버린 오빠에게 화가 났다.

"데이비드, 너 왜 그렇게 못됐어? 그게 할 소리야? 아버지가 가족을 돌보지 못한 게 자기를 위해서 그런 거야? 그리고 성공을 위해서 군대에 간다고? 엄마 생각은 안 해? 네가 엄마한테 어떤 존재인지 너도 알잖아. 네가 다치기라도 하면 엄마가 살 수 있을 것 같아?"

나는 영어로 쏘아붙였다. 엄마는 아예 알아듣지 못할 테고, 아버지나 이모도 빠르게 말하면 무슨 소린 줄 잘 몰랐다. 그래도 차마 죽음이라는 단어는 입에 올릴 수 없었다. 오빠가 나를 노려보다 말했다.

"위스콘신대학에 간다는 사람이 할 소리는 아니지. 내가 못됐다면 넌 이기적이야. 내가 성공하려는 건 가족을 위해서라고. 내가 성공해야 엄마의 고생을 덜어 줄 수 있어. 하지만 넌 춤추는 걸로 집에 어떤 도움을 줄 수 있는데? 오로지 너 좋은 것만 하려는 거잖아."

오빠도 영어로 말했다. 나는 말문이 막혔다. 문득 오빠는 내가 친동생이 아니라는 걸 알고 있을지 모른다는 생각이 들었다. 내가 태어났을 때 오빠는 다섯 살이었다. 내가 로즈 이모 결혼식을 기억하는 것처럼 오빠도 동생의 죽음과 송화의 아이인 내가 그 자리를 차지한 걸 기억할 수 있다. 그러자 가슴이 콱 막혀 와 더 이상 말할 수 없었다.

와히아와 살 때 오빠는 동네에서나 학교에서나 나를 지켜 주는 든든한 보호자였다. 오빠가 문제를 일으켰다면 대부분 누군가 나를 놀리거나 울렸을 때였다. 아버지가 없어도 오빠 덕분에 기죽지 않고 어린 시절을 보낼 수 있었다. 고등학교에서도 데이비드의 동생이라는 사실만으로 선생님들의 주목과 사랑을 받았다. 그런 오빠한테 "남인 네가 무슨 상관이야."라는 말을 듣게 되면 더 이상 이 집에 있을 수 없을 것 같았다.

나는 눈물이 쏟아지려고 해 얼른 일어나 빈 찻잔을 거두어 부엌으로 갔다. 춤추는 걸로 집에 어떤 도움을 줄 수 있느냐는 물음이 가시처럼 가슴에 박혔다. 오빠 말대로 내가 춤을 추려는 건 오로지 나 자신을 위해서다. 나답게 살기 위해서다.

'나는 행복하기 위해서 춤추려는 거라고. 그런데 전쟁터엔 뭐가 있어? 다치거나 죽는 것밖에 더 있어? 무사히 돌아온다고 해도 상처뿐이잖아.'

가까운 곳에 그 사실을 증명하는 사람이 있다. 바로 아버지다. 아버지는 일본과의 전투에서 부상당하고 건강을 해치고 마음의 병까지 얻은 채 돌아왔다. 아버지가 앓는 마음의 병은 독립을 이루지 못하고 도중에 돌아와서만은 아닐 것이다. 와히아와의 좁은 집에 살 때 아버지가 잠결에 지르는 비명 소리에 깬 적이 여러 번 있었다. 상대가 적이라고 해도 사람을 죽이거나 다치게 하고, 또 동료들이 같은 일을 당하는 걸 숱하게 본 사람이 어떻게 멀쩡한 정신으로 살 수 있겠는가. 어쩌면 아버지는 그런 마음조차 조국에 죄스러운 일이라고 생각하며 괴로워하고 있는지 몰랐다. 나는 빈 잔들을 씻어 건조대에 올려놓은 뒤에도 거실로 가지 못하고 서 있었다.

"아버지, 어머니, 이모. 군대 간다고 다 죽는 거 아니니까 너무 걱정 마세요. 멋지게 싸우고 돌아올게요."

오빠는 생각을 바꿀 뜻이 전혀 없어 보였다.

"세상에 멋진 싸움이라는 거이 없다."

아버지의 힘겨운 목소리가 들려왔다.

*

포탄이 날아왔다. 여기저기 불길이 치솟고 피가 튀고 살이 찢긴 사람들이 비명을 질러 댔다. 아버지가 한쪽 다리가 잘린 채 절뚝거리며 가고 있었다. 울며 불렀는데 돌아다본 사람은 오빠였다. 피투성이인 오빠 모습에 비명을 지르며 쓰러지는 나를 송화가 나타나 안아 주었다. 사진에서 보았던 결혼 전 그대로의 모습이어서 나를 낳은 사람이란 생각이 들지 않았다. 그냥 내 또래 아이를 만난 것 같았다. 잘 지냈느냐고 묻고 싶은데 조선말이 하나도 생각나지 않았다. 영어로 말하니 송화는 알아듣지 못했다. 송화가 내 목에 카네이션 레이를 걸어 주었다. 레이가 우리를 이어 주었다. 우리는 함께 춤을 추었다. 송화는 하늘과 땅을 연결하는 샤먼의 춤을, 나는 사람과 사람을 이어 주는 나의 춤을. 나는 몸이 흠뻑 젖을 때까지 춤을 추다 잠에서 깼다.

먼동이 트며 비추는 빛이 방 안 가득했다. 또 하루가 시작되고 있었다. 충격과 두려움 속에 맞았던 어제 아침보다 나아진 건 하나도 없었다. 어제, 온종일 오빠를 설득하려다 실패한 로즈 이모는 엄마와 아버지가 카네이션밭에 물을 주는 동안 찬장을 뒤져 푸짐한 저녁을 차렸다. 나도 이모를 도왔다. 이모는 성화를 부려 온 식구를 식탁에 불러 모았다. 오빠까지 모두 모인 건 지난 여름방학 이후 처음이었다.

"오늘만 먹고 죽을라 카나. 뭘 이레 잔뜩 차렸나?"

식탁을 본 엄마가 평소처럼 투박한 말투로 말했다.

"이럴 때일수록 먹고 힘내야 하는 기라. 정호 아부지도 마이 드이소. 느그들도 마이 묵그라."

식구들에게 음식을 권하는 로즈 이모와 재깔거리는 폴과 해리 덕분에 그나마 숨통이 트였고 밥이 넘어갔다. 저녁을 먹고 차까지 마신 뒤 이모가 집에 가겠다며 일어섰다.

"빈집에 혼자 가가 뭐 할라꼬? 내하고 아들 방에 가서 자든가 진주 방에서 자고 가라."

엄마가 말렸다. 함께 자는 건 내키지 않았지만 이모는 지금 우리 가족에게 가장 위안이 되는 사람이었다. 나도 이모를 붙잡았다.

"내 집 놔두고 와 펄이 침대에 끼어가 자노. 싫다."

"그라모 진주라도 델꼬 가그라."

엄마는 이 와중에도 이모가 혼자 있을 걸 걱정했다. 나는 술 마시고 울게 뻔한 이모보다 아무 일도 없는 것처럼 평소 모습으로 돌아온 엄마가 더 걱정됐다.

"아이다. 개학 메칠 안 남았으이 펄이 니는 식구들하고 그믐 보내고 온나. 뭐니 뭐니 해도 어매한테는 딸이 최곤 기라."

이모가 내게 말했다.

"그럼 술 많이 마시지 마요."

지금은 엄마 곁에 있을 때다.

"하이고, 펄이가 내 딸 노릇까정 한다. 내도 혼자 있으면서 울 어무이 딸 노릇 할 기다. 실컷 울며 우리 어무이 생각할 기다. 그라고 새해부터 또 기운 내서 장사해야제. 안즉 돈 벌어가 할 일 많다 아이가."

로즈 이모가 떠나자 집 안은 아버지의 기침 소리만 간간이 들려올 뿐 무거운 침묵에 휩싸였다. 나는 놀자고 조르는 폴과 해리를 내보내고 9시도 안 돼 잠자리에 들었다. 빨리 잠들어 현실로부터 도망치고 싶었는지 몰랐다. 하지만 꿈속도 편하지는 않았다.

똑바로 누워 꿈속에서 본 송화를 떠올렸다. 함께 춤추는 꿈은 무엇을 의미할까? 샤먼인 송화가 그냥 꿈에 나왔을 것 같지 않았다. 춤을 좋아해서 꾼 꿈이라는 생각보다 앞날에 대한 계시일지 모른다는 생각이 더 컸다. 내게도 샤먼의 피가 흐르고 있으니 나 또한 예지력이 있을 수 있다. 다리 잘린 아버지가 오빠로 변하던 게 예지몽이라면. 나는 세차게 고개를 저었다.

엄마의 오빠가 죽었다는 것을 알자 데이비드가 친오빠가 아닌

게 오히려 다행으로 여겨졌다. 그 생각은 아주 잠깐이었고, 어제 오빠의 말 가시에 찔린 자국이 다시 아파 왔다. 넌 춤추는 걸로 집에 어떤 도움을 줄 수 있는데? 오로지 너 좋은 것만 하려는 거잖아. 이 집 딸도 아니면서 춤을 고집하는 게 염치없는 짓 같았다. 오빠를 전쟁터에 내보낸 엄마와 싸울 자신도 없었다. 내가 춤을 좋아하는 건 샤먼의 피가 흘러서일지 모른다. 혹시 그래서 엄마는 내가 춤추는 걸 싫어하는 걸까? 10학년 때의 일이 떠올랐다.

3·1절 기념 공연에서 독무를 추고 무대 뒤로 온 나는 춤이 불러일으킨 열정에 취해 있었다. 무대 위에서 잠깐 춤춘 걸로는 성에 차지 않았다. 나는 스태프들이 보거나 말거나 상관없이 몸이 가는 대로 소맷자락을 펄럭이며 춤을 추었다. 엄마가 온 줄도 몰랐다.

"가시나가 정신을 어데 빼 던져 놓고 있노?"

엄마가 내 뺨을 후려갈겼다. 놀란 내 눈에 다른 아이들과 선생님의 더 놀란 얼굴이 들어왔다. 나는 엄마를 보았다. 자기가 맞은 사람인 양 엄마 눈엔 두려움과 당황스러움이 가득했다. 하지만 엄마 눈빛 따위를 헤아릴 겨를이 없었다. 나는 공연장을 뛰쳐나왔고 엄마는 선생님에게 내가 공부 때문에 더 이상 공연에 참가할 수 없다고 했다. 그때 나는 엄마의 손찌검과 눈빛이 딸을 교사로 만들려는 욕심에서 나온 것이라고 생각했다.

이제 엄마가 왜 내가 춤추는 걸 반대하는지 뚜렷해졌다. 엄마는 내가 춤추다 송화처럼 샤먼이 될까 봐 두려운 것이다. 송화가 내 엄마란 사실을 비밀로 한 것도 샤먼이 사람들 눈에 천한 직업이라서다. 내가 존재하는 건 내가 원해서가 아니다. 나를 낳아도 되느냐고, 여기 두고 가도 되느냐고, 키워도 되느냐고 내게 물은 사람은 하나도 없었다. 내 인생인데 모두 자기들 마음대로 결정하고 비밀로 만들어 뒤늦게 뒤통수를 쳤다. 자기들은 그렇게 했는데 왜 나는 내가 원하는 것을 하면 안 된단 말인가. 머리가 뜨거울 정도로 울분이 솟구쳤다. 하지만 소리치며 대들 상대가 없었다.

바람에 창문이 덜컹거렸다. 나는 벌떡 일어났다. 창에 붉은 햇살을 머리에 인 코코헤드산이 가득 들어왔다. 창밖을 보니 엄마는 벌써 카네이션밭에 나가 있었다. 꽃이 활짝 핀 밭은 분홍색 양탄자 같고, 졸업 시즌에 팔 카네이션 씨를 심으려고 갈아 놓은 밭은 황토색 양탄자 같았다. 또 한옆엔 아직 꽃이 피지 않은 초록색 양탄자가 펼쳐져 있었다. 그림처럼 아름다웠다. 하지만 부모님이 얼마나 힘들었을지 알기에 그저 아름다워 보이지만은 않았다. 연민이 밀려왔다. 모두 불쌍했다. 나는 물론 엄마, 아버지와 오빠, 로즈 이모, 그리고 송화까지도…… 이 세상에 불쌍하지 않은 게 없었다.

잠옷 위에 카디건을 걸쳐 입고 방을 나갔다. 오빠나 동생들 방은 조용했다. 아래층으로 내려가자 아버지가 부엌에서 아침을 짓는 게 보였다. 내가 하겠다고 할까 잠시 고민하다 그냥 밖으로 나갔다. 아버지를 부엌에서 밀어내는 대신 아침을 맛있게 먹는 것으로 위로하고 싶었다.

밖으로 나가자 차고 강한 바람이 몰아닥쳤다. 겨울은 겨울이었다. 떠오르는 해로 붉게 물든 바다와 거칠게 날뛰는 파도가 보였다. 나는 카디건 앞자락을 여미며 엄마 곁으로 갔다. 잡초를 뽑고 있던 엄마가 돌아다보았다. 검게 그을린 얼굴에 기미가 가득했고 희끗희끗한 머리카락이 삐져나와 바람에 흩날렸다. 이제 마흔한 살인데 예순 살은 돼 보였다. 그 모습에 열여덟 살 버들이 겹쳐 떠올랐다. 엄마에게도 그런 때가 있었다. 눈앞이 뿌예졌다.

"더 자지 와 벌써 일났노?"

엄마가 호미로 잡초를 긁어내며 말했다. 나는 말없이 엄마 옆에 쭈그리고 앉아 잡초를 뽑았다. 꽃향기가 가득했다. 엄마가 집들이 파티 때 이모들한테 했던 말이 떠올랐다.

"누가 내한테도 이쁘고 향기 나는 꽃목걸이 쪼매 걸어 줬으면 싶었다."

엄마는 카네이션의 꽃말이 사랑이란 사실을 알고 있을까. 엄마가 키운 카네이션들은 예쁘고 향기 나는 레이가 돼 누군가를 환영하고, 축하하고, 위로하며 따뜻하게 안아 줄 것이다.

잠시 뒤 엄마가 호미를 놓고 밭둑에 놓인 긴 의자에 앉았다.

"고마 이리 와 앉그라."

엄마가 옆자리를 손바닥으로 두드렸다. 나는 엄마 곁으로 가 앉았다.

"진주야, 니 가고 싶은 대학 가라. 그 대신 학비밖에 몬 대 준다.

느그 동생들도 갈쳐야 안 하나."

엄마가 덤덤한 목소리로 말했다.

나는 너무 놀라 한동안 아무 말도 하지 못했다. 오빠 때문에 속 썩는 것만으로도 너무 힘들어 나를 포기한 걸까? 이젠 내가 아무렇게나 돼도 상관없어진 걸까?

"왜, 왜 생각이 바뀐 거야?"

나는 겨우 물었다. 엄마가 긴 한숨을 내쉬었다.

"죽을지 모르는 전쟁터에 간다는 자식도 몬 말리구로 지 좋아하는 기 배우겠다는 아를 우예 말리겠노. 생각해 보니까네 니가 마당을 사방팔방 뛰어댕기면 나폴거리는 나비맨키로, 포롱거리는 새 맨키로 이뻤다. 남들 앞에서 춤출 때도 그렇고."

그 모습을 떠올리는지 엄마 얼굴에 미소가 감돌았다. 그건 가장 펼다운 때였다.

"고마워, 엄마."

나는 목이 메 간신히 말했다.

"부모 자식 간에 인사는 무신. 우리 어무이는 왜놈 없는 시상에서 살라꼬 내를 여로 보냈지만 내는 공부시켜 준다 캐서 온 기다. 돌이켜 보면 내는 새 시상 살라꼬 어무이, 동생들 다 버리고 이 먼 데까지 왔으면서 딸은 내 곁에 잡아 둘라 카는 기 사나운 욕심인 기라. 내는 여까지 오는 것만도 벅차게 왔다. 인자는 니가 꿈꾸는 시상 찾아가 내보다 멀리 훨훨 날아가그레이. 그라고 니 이름처럼 고귀한 사람이 되그라. 암만 멀리 가도 여가 니 집인 걸 잊어삐리지는 말고."

엄마가 쉬엄쉬엄 말했다. 편안하고 환한 얼굴이었다. 나는 울음을 꾹 참고 힘껏 고개를 끄덕였다. 엄마는 가난해서 팔려 오거나 일본 없는 세상에서 편히 살기 위해서가 아니라 나처럼 꿈을 찾아 여기까지 온 것이다. 비록 꿈은 이루지 못했지만 엄마는 매 순간 최선을 다했을 것이다.

문득 그런 사람이 내 엄마인 게 자랑스럽다는 생각이 들었다. 필연적으로 남은 두 사람이 따라 떠올랐다. 로즈 이모가 내 곁에 있어 줘서 행복했다. 그리고 송화가 날 낳아 줘서 고마웠다. 레이의 끝과 끝처럼 세 명의 엄마와 나는 이어져 있다. 나는 또 어느 곳에 있든 하와이, 그리고 조선과도 이어져 있다. 가슴이 뜨거워졌다. 언제나처럼 갑자기 비가 쏟아졌다.

"물 안 주길 잘했구로."

엄마가 웃었다. 우리는 비를 피하지 않았다. 하와이에 산다면 이런 비쯤 아무렇지 않게 맞아야 한다.

아스라이 펼쳐진 바다에서 파도가 달려오고 있었다. 해안에 부딪친 파도는 사정없이 부서졌다. 파도는 그럴 걸 알면서도 멈추지 않는다. 나도 그렇게 살 것이다. 파도처럼 온몸으로 세상과 부딪치며 살아갈 것이다. 할 수 있다. 내겐 언제나 반겨 줄 레이의 집과 나의 엄마들이 있으니까. (*)

작가의 말

한인 미주 이민 100년사를 다룬 책을 보던 중이었다. 사진 한 장
이 눈길을 끌었다. 흰 무명 치마저고리를 입은 세 여성이 각기 양
산과 꽃, 부채를 든 채 앉아 있거나 서 있는 모습이었다. 앳돼 보이
는 그들은 한 마을에서 함께 떠난 사진 신부들이라고 했다. 사진
신부를 안 건 그때가 처음이었다.

1903년 1월 13일, 102명의 한인 이민자를 태운 갤릭호가 하와이
호놀룰루 항에 도착했다. 그중 배에서 내릴 수 있었던 사람들은 신
체검사에서 통과한 86명(남자 48명, 여자 16명, 어린이 22명)뿐이
었다. 사탕수수 농장에 일하러 온 그들은 근대적 개념의 첫 이민자
이자 대한제국 정부가 최초로 인정한 공식 이민자들이다.

더 나은 삶을 꿈꾸며 이민선에 올랐던 이민자들은 세상을 태울

듯한 뙤약볕과 칼날처럼 날카로운 잎을 가진 사탕수수, 채찍을 휘두르는 냉혹한 관리자 밑에서 노예처럼 일해야 했다. 일본의 제지로 이민 금지령이 내려진 1905년까지 하와이로 간 이민자들은 7,200여 명이었다.

대다수였던 독신 남성 노동자들은 가정을 꾸리기 위해 사진결혼을 택했다. 조국으로 자기 사진을 보내 배우자를 구하는 것이다. 1910년부터 '동양인 배척 법안'이 통과된 1924년까지 이어진 사진결혼 과정에서 신랑감들은 젊었을 때 찍은 사진을 보내거나 직업, 재산 상태 등을 속이기 일쑤였다. 중매쟁이들도 하와이나 신랑감에 대한 허위 광고를 서슴지 않았다.

가족을 부양하기 위해서, 일본의 지배를 받는 게 싫어서, 가난과 여자에게 주어진 굴레를 벗어나고 싶어서, 여자도 공부할 수 있다고 해서 모험을 택한 사진 신부는 천여 명이었다. 그들은 대부분 십 대 후반에서 이십 대 중반의 젊은 여성들이었다. 내 시선을 사로잡았던 사진 속 여성들은 책을 다 읽은 뒤에도 잊히지 않았다. 오히려 더 강렬하게 마음을 흔들었다.

여자들은 장에 가는 것조차 어려웠던 때 어떻게 머나먼 곳으로 떠날 생각을 할 수 있었을까. 무엇이 사진 한 장에 자기 운명을 걸게 했던 걸까. 그 용기는 어디에서 나왔을까. 하와이에 도착해 만난 남편들은 어떤 사람이었을까. 낯선 곳에서의 삶은 또 어땠을까. 끝없이 솟아나는 질문에 사진 속 신부들은 버들과 홍주, 그리고 송화로 살아나 자신의 이야기를 들려주었다.

하와이에 도착한 사진 신부들은 깨진 꿈을 슬퍼하고 한탄할 겨를도 없이 주어진 삶을 살아 내야 했다. 낯선 환경에 적응하며 가정을 이루고, 아이들을 키우고, 남자 못지않게 힘든 노동을 하고, 살림을 일으키고, 조국의 독립을 위해서도 당당하게 열정을 보탰다. 그 여성들은 선구자이며 개척자였다.

지금 우리나라에서 살고 있는 결혼 이주민 여성들도 마찬가지다. 그들 또한 자기 가족과 집과 나라를 떠나는 일이 큰 모험이었을 것이다. 한국에 온 그들이 낯선 언어와 환경에 적응하느라 얼마나 힘든지 다 알기 어렵다. 결혼 이주민 여성들과 연관된 안 좋은 소식을 들을 때마다 100여 년 전 사진 신부들을 보는 것 같아 마음이 아프다. 버들과 홍주, 송화 이야기가 현재의 우리를 비추는 거울이 되었으면 좋겠다.

『알로하, 나의 엄마들』이 세상에 나오기까지 애써 주신 분들께 감사드린다. 늘 응원해 주고 기다려 주는 독자들께도 이 책이 작은 보답이 되기를 바란다.

2020년 새봄에
이금이

참고 자료

강건영 『하와이, 멕시코, 남미로의 한인 이민』, 선인 2017

김도형 「하와이 대조선독립단의 조직과 활동」, 『한국독립운동사연구』 37호,
　　독립기념관 한국독립운동사연구소 2010

김도훈 『박용만』, 역사공간 2010

김욱동 『한국계 이민 자서전 작가』, 소명출판 2012

김원용 지음, 손보기 엮음 『재미한인 50년사』, 혜안 2004

문옥표·이덕희·함한희·김점숙·김순주 『하와이 사진신부 천연희의 이야기』,
　　일조각 2017

성석제·오정희·은희경·손석춘 『100년을 울린 겔릭호의 고동소리』, 현실문화
　　2007

웨인 패터슨 『하와이 한인 이민 1세』, 정대화 옮김, 들녘 2003

이건호 『집으로…』, 서울 MBC 2019

이경민 「사진신부, 결혼에 올인하다 1」, 『황해문화』 2007년 가을호, 새얼문화
　　재단 2007

이덕희 『하와이 이민 100년』, 랜덤하우스코리아 2003

이상묵 「박용만과 그의 시대」(1~75회), 『오마이뉴스』(www.ohmynews.com)
　　2010~2011

이선주·로버타 장 『하와이 한인사회의 성장사 1903-1940』, 이화여자대학교
　　출판문화원 2014

홍윤정 「하와이 한인 여성단체와 사진신부의 독립운동」, 『여성과 역사』 26권,
　　한국여성사학회 2017

한국이민사박물관(https://www.incheon.go.kr/museum/MU040101)

창비청소년문학 95

알로하, 나의 엄마들

초판 1쇄 발행 • 2020년 3월 25일
초판 20쇄 발행 • 2024년 3월 22일

지은이 • 이금이
펴낸이 • 염종선
책임편집 • 정편집실 정민교
조판 • 박아경
펴낸곳 • (주)창비
등록 • 1986년 8월 5일 제85호
주소 • 10881 경기도 파주시 회동길 184
전화 • 031-955-3333
팩시밀리 • 영업 031-955-3399 편집 031-955-3400
홈페이지 • www.changbi.com
전자우편 • ya@changbi.com

ⓒ 이금이 2020
ISBN 978-89-364-5695-5 43810